走出迷雾

（上册）

陈汐作品

浙江工商大学出版社 ZHEJIANG GONGSHANG UNIVERSITY PRESS | 杭州

图书在版编目(CIP)数据

走出迷雾：上、下册／陈汐著. — 杭州：浙江工商大学出版社，2019.8
ISBN 978-7-5178-3339-0

Ⅰ．①走… Ⅱ．①陈… Ⅲ．①长篇小说－中国－当代 Ⅳ．①I247.5

中国版本图书馆CIP数据核字(2019)第163256号

走出迷雾（上、下册）
ZOUCHU MIWU (SHANG XIA CE)
陈　汐著

责任编辑	唐　红　谭娟娟
封面设计	郑晓龙
责任印制	包建辉
出版发行	浙江工商大学出版社
	（杭州市教工路198号　邮政编码310012）
	（E-mail：zjgsupress@163.com）
	（网址：http://www.zjgsupress.com）
	电话：0571-88904980，88831806（传真）
排　　版	杭州彩地电脑图文有限公司
印　　刷	杭州宏雅印务有限公司
开　　本	710mm×1000mm　1/16
印　　张	25.75
字　　数	307千
版 印 次	2019年8月第1版　2019年8月第1次印刷
书　　号	ISBN 978-7-5178-3339-0
定　　价	69.00元（全二册）

目录

Contents

第一章 / 电话

夏天过去了，烦躁不安、闷热的日子过去了，慢慢地迎来了秋天。

这个季节不用惶恐不安，不用担心台风，也不用担心突然下暴雨，一场倾盆大雨足以毁掉游走西湖的好心情。曲院风荷的荷花还零星地绽放着，似乎在等待最后一拨游人的到来。

陈青本以为自己的日子就像这夏去秋来、花开花落一样，正常之极，也百无聊赖，没有波澜，没有涟漪，甚至连一丝的热情都没有。

好友蓓蓓突然来电，说有急事，并请她喝下午茶。有段时间没见，一见面两人好得就像一个人。

"对了，最近都不理我，突然找我有何指教啊？"陈青问。

"没有啊，咱不是好久都没聚了嘛！出来聊聊呗！"

"不对啊，肯定有事。"

蓓蓓知道瞒不过陈青，可是又不知道该如何开口。她不想这么唐突，把一件难事丢给陈青，但又觉得这事非陈青不可。蓓蓓是电视台的HR，在一个外人趋之若鹜的集团里干着掌握别人饭碗的工作。本是游刃有余，没想到台里空降一位名主持，一个月内单是助理就换了三个。蓓蓓来回折腾招聘、面试，还企图说服上任助理留下，没想到还是一个个决绝地离开。有了这一个月换三任助理的传闻，新来应聘的都被吓跑了，于是蓓蓓招聘了半个月都没有合适的人，她走马灯式地面试，突然想到了好友陈青。

于是，她试探性地问了一句："你最近都在干吗呢？"

"能干吗，就这样待着呗！"

"还没有具体的想法？这不像你啊，你不是说要以事业为主吗？"

"不是刚过完夏天嘛？咱这儿的夏天这么热，能做什么呀！这儿逛逛，那儿走走，看会儿书，话说也的确有点无聊。"

听到这儿，蓓蓓大概心里有谱了，她觉得这事儿放在陈青这里应该没有太大的问题。

"那你想不想找点事儿做做呢？"蓓蓓问。

"把我招到你们台里啊？你别说笑了，我可不是新闻系毕业，专业不对口啦。"

"现在啥年代，你还想找个专业对口的事呀！你那啥哲学专业，一点也不接地气，现在谁读这个专业，谁是傻子。"

"哎呀，我怎么觉得你那么市侩，这不像以前的你。"陈青说。

"哈哈，本来就是啊，谁能像你这么清高啊，不愁衣食，也无所事事。哼！"

"你别生气啦，你这么接地气，拯救下我呗。"

"就听你这句话，姐们我愿意拯救你，不离不弃。"蓓蓓终于说出了自己的心里话。

"怎么拯救啊？"

"想不想做点好玩的事？"

"怎么好玩？"

"最近台里来了一个出了名难搞的主持人，大家都避之不及，他来台里就要求配助理，结果已经有三个助理辞职不干了，姐一直在烦恼这个事。我觉得你比较合适，因为你不怎么接地气，应该能对他的胃口。"

"这跟我有什么关系啊？"陈青纳闷了。

"给你解解闷呗。你不在家待着无聊，找点事儿做做，说不定遇上个白马王子！"

"白马王子？还黑马王子呢？你知道我目前对男人没想法。"

"目前没有，说不定将来有呢。你总不能一直活在自己的世界中吧。"

蓓蓓的话不无道理，人应该尝试去做不同的事情，不能一直把自己困住，总要去接受一个新的圈子，一些新的东西。给主持人当助理，陈青从来没有想过，只是这份助理的工作真的适合自己吗？爱发脾气的自己，是否受得了别人的使唤呢？陈青还在犹豫。

"怎么，怕浪费您老的时间啊。"蓓蓓开玩笑似的说。

"也不是啦。"

"你就说是，也没问题啊，我知道你有远大的理想、抱负，眼下就先过渡一下，反正你下半年也没具体计划，总比每天晃荡好吧。你整天待在家，估计你妈也受不了了……要是不适合，大不了不干。"

陈青觉得蓓蓓说的也有道理，不然一晃下半年又过去了，找点新鲜事做做也未尝不可。

"他帅吗？"陈青有点兴致了。

"帅，当然帅。"蓓蓓特自豪地说。

"又不是你男朋友，你得意什么呀！"陈青说。

"台里很多女主播对他暗送秋波呢！就是不知道为啥，他都不理人家。"蓓蓓也觉得奇怪。

"那有什么呀，不是人家的菜呗。要是都接受了，那才是坏男人呢！"

蓓蓓示意陈青靠近一点，然后凑到她耳朵边轻声地说："听说可能是那一款的。"

"啥？"陈青表示听不懂。

"就是非正常的。"蓓蓓又悄悄地说。

"就是同志喽。"陈青觉得没啥，现在这社会，什么稀奇古怪的事儿都有。

"你真聪明。"

"这样我就更安全了，不用担心被骚扰。"陈青更开心了。

两人边喝茶边聊，事情就这样定下来了。下周一，蓓蓓会安排陈青和未来的 Boss 碰面。尽管陈青还是有点担心，连辞三个助理的人没有个三头六臂，八成也是个"怪物"，她怕自己也受不了，可内心却隐隐有一丝兴奋。她有点想不通，但不管怎样，答应了朋友的事，就暂时好好干吧。

晚上吃饭的时候陈青异常高兴，母亲问她怎么了，她支支吾吾地不说，只说下周会有惊喜。母亲也习惯了这样整天嘻嘻哈哈的女儿，好像世界上的所有事情都跟她无关似的。陈青找了一些书，《关于如何当好老板的助理》《助理禁语》等，她觉得自己有些异样。她问自己，明明知道本来就是抱着好玩的心态去的，可为什么还要找那么多书来看呢？自己真的很想做这份工作吗？胡思乱想了好久，最后，她对自己说："要做就得做好，不然就别做了。"

　　周末，陈青去买了几套职业装，她不知道自己会遇上一位怎样的Boss，但至少希望自己看上去成熟一些。

　　一阵微风吹过，陈青想起五年前，那青春年少的岁月，那些美好该安放在哪里？她站在林荫下，发了一会儿呆，眼角湿润了。

第
二
章
／
初
遇

周一下午 3 点，陈青按照蓓蓓的约定，赶到一家咖啡馆，和传说中的"怪物"碰面。

面前的这个人正斜靠在沙发上翻杂志。从侧脸看，精致得出人意料。脸庞英俊，身材挺拔而高大，鼻子有点像加拿大裔的白人，嘴唇很性感。

男人见有人靠前落座，眼皮都没抬一下，说："我是 Edison。"

陈青有点傻眼，一个阳光大男孩般的人难道真的如传言那么可怕？而且还有一个众所周知的外号"一奇"，意谓"天下第一奇葩"。陈青想不通，又提醒自己："不能被他的外表所迷惑，知人知面不知心，还是要小心谨慎为妙。"

见对方没有反应，男人终于抬起头，扫了陈青一眼，说："还算是美女一个嘛，我还以为给我找了个丑女或者脑残粉？"

"你是外貌协会的？"陈青怼了上去。心直口快，无所顾忌，这是陈青一贯的风格，所以她想也不想地说。

"你不是吗？" Edison 瞥了她一眼，似笑非笑的表情。这话可一语双关哪，陈青一下子愣住了，这不像是没大脑的专靠脸吃饭的人。任何一个语义都令陈青感到尴尬。一层意思是你不是美女吗？如果说自己是丑女，简直无法忍耐。另一层意思是指 Edison 觉得陈青也是以貌取人，又有什么资格说别人呢？总之，两层意思，都令陈青感到尴尬。

陈青偷偷地瞄了一眼 Edison，总觉得有一种奇怪的感觉，可到底是什么呢？说不清，隐约有一种情绪在内心升腾。而 Edison 也在打量陈青，他是正大光明地看着陈青，肆无忌惮地盯着。陈青被看得不好意思，可是又不能阻止，毕竟他是她的未来 Boss。她脸上红扑扑的，心怦怦地跳，最终还是没忍住。

"喂，你干吗盯着我？"

"我即将是你的上司，难道你不应该礼貌点吗？"

陈青不语，他又继续说："下属难道不应该与上司好好说话吗？"

陈青不服气的表情上来了，心想：有什么了不起，看在你还比较帅的面子上，先忍耐，看你怎么个怪法。

这倔强的表情，突然令 Edison 想到了一个人，但那似乎是他梦中的人。五年了，每晚折磨着他，在他的梦里时不时地浮现，可他看不清她的脸，不清楚这个人到底是谁，这令他很痛苦。他望向了窗外，陷入了沉思。陈青于是大胆地望了望他，她盯着他的侧脸，不知道为什么，内心突然沉重起来。

"你们在聊什么呢？"蓓蓓坐回了位置。

一阵沉默。"不好意思，我去趟洗手间。"陈青想先稳定一下自己的情绪。

"觉得我朋友怎么样？"蓓蓓问 Edison。

"就定她吧。"Edison 说。

蓓蓓松了一口气，差点还以为成不了。要是搞砸了，自己又得累死累活地去另找他人，而且这事儿没完，过一两个月又得换，又得继续找，现在，终于搞定了。但是，蓓蓓也很奇怪为啥他相中了陈青，她浅笑着问：

"这么确定？你真的觉得我朋友合适吗？"

"不合适也要合适。"

Edison 向来霸道，蓓蓓是知道的，可是如此顺利，又令她不安，总觉得哪里不太对劲，可又找不出不对劲的地方。

Edison 自己也没想到。他原本对新助理没抱多大希望，虽然自己的要求是高了点，可是之前的助理实在太差劲，要不就像老鼠见猫一样唯唯诺诺，要不就是不会干事，没有一个是称心如意的。单从外形看，陈青虽然穿着职业套裙，在他看来，衣服的成熟与她不饰妆容的脸反而形成了一种有趣的落差，虽然漂亮但也绝不是惊艳的那种，他看不出陈青有什么工作能力，然而，当陈青第一句怼他的话扔过来的时候，他突然觉得放松，清澈的眼神让他有一种久违的安全的感觉。

"要不，一起吃个饭，我做东。"蓓蓓说这话其实是不抱有希望，据说台里好多女主播请他吃饭，都被他回绝了。自己这么邀请，也只是出于礼貌罢了，毕竟已经到了吃晚饭的时间了。

"好啊，我没问题。"Edison 很爽快地说。

蓓蓓差点惊出了一身汗，陈青倒是比之前淡定了许多。只是说出去的话泼出去的水，是收不回来的。他没问题，难道陈青有问题吗？

一行三人来到一家餐厅。这家餐厅布置得不错，很有一番格调，不嘈杂，进门处，有一小型喷泉，几朵真假难辨的莲花在水池中央，池中的水像小溪一样潺潺流动。餐厅很中式，明显不是这个霸道 BOSS 喜欢的类型，陈青有点紧张，她不好多问，也不想多嘴，只想老老实实吃完这顿饭。没想到 Edison 对着陈青说话了："你读什么专业的？"

我读什么专业和你没关系吧，和这工作也似乎没什么关系吧！陈青心想，可又不好直接这么说出口，有失自己形象。

"哲学。"陈青认真地回答。

"Philosophe?" Edison 表示惊讶。

"Philosophy, OK?" 陈青纠正了他。

"你还会英文啊！" Edison 看着她，一边又笑着。

这家伙的确很会损人，令人讨厌啊！难怪别人受不了。陈青心里有点怒，但是没吭声。一方面她不想让蓓蓓难做人，另一方面今天才第一次见面，就把事情弄僵了，她可不想这样。陈青只是嗯了一声，只管自己喝茶。

"你怎么不去读个人类学？" Edison 似笑非笑地说，两个酒窝非常明显。陈青心里想骂人了：还考古学呢！拿这开玩笑有意思吗？

"有机会以后去读。"陈青的回答把旁边的人给镇住了。

没想到 Edison 突然哈哈大笑。

"来，干杯。为大家的第一次见面干杯。"陈青只好举起了茶杯。她想不到的是 Edison 居然还这么酸，带点文人的气质。

她总觉得他看她的眼神怪怪的，可又说不出怪在哪里，也许是自己想多了吧。其实他蛮好看的，看起来也很友好的样子，偶尔流露出一股忧伤，让人看不透。陈青自以为很能看透别人，她以为这是自己学哲学的优势，只是大学里的同学没几个毕业后从事本专业，当老师的当老师，考公务员的考公务员，进国企事业单位的也蛮多，至今找不着北，不知道自己要干吗，甚至落到做助理的，也就她一个人吧！

陈青不想多说话，她默默地坐在那儿。显然上司没有想象中那样可怕，除了嘴巴毒，眼光毒，陈青暂时还不想先入为主，相反，她对他的感觉还是不错的，没有想象中恐怖，莫名还有一种熟悉。

"你是打算住家里呢？还是住我家？"Edison 问她。

"啊，什么？"陈青愕然，差点喷出一口茶。

蓓蓓也觉得奇怪，因为在这之前没有先例，虽然曾经有位助理因为要赶早班飞机，在他家窝了一晚上的沙发。现在他居然提出来，难道是叫陈青睡沙发吗？蓓蓓觉得 Edison 这样有些过分。

"我平时住家里，不劳烦您了。"陈青说。

"有时候我要赶早班飞机，你也得跟我一起去，住我家更方便些，可以晚些起来。"

陈青不知如何回答。

"嫌我家条件太差？"Edison 说这话的时候，眼神打量着陈青。

"哦，不是，不是这个意思。"陈青尴尬得不知怎么办。

"工作忙碌的时候，住你家，平时回家，你们觉得怎么样？"蓓蓓说。

"好，就这样。"当陈青还在考虑的时候，Edison 直接敲定了这件事。

陈青突然觉得自己没有反驳的机会，他应该不会骚扰我吧，她在心里揣摩了一遍可能性。她怎么就这么相信他呢，她自己都觉得奇怪。

"下周我很忙，周末搬过来。"Edison 以命令的口吻说。

"我来帮你。"蓓蓓替陈青回答。

陈青似乎是稀里糊涂地被扣上了助理这一角色，她听从蓓蓓的建议不想整天无所事事，也不想听母亲的唠叨，想尝试进入新的生活。她就这样跨入了 Edison 的生活中，或许更准确地说进入了 Edison 那光怪陆离的生活和工作中。很多事发生是偶然的，但也许就是命中注定的。

第三章 ／ 一 奇

助理这一角色说白了，就是打杂。如果说一个公司的总经理助理主要是辅助总经理安排日常行程、拟定文件及接待客户等，那么陈青这个助理角色，无疑还得再加一些明星的私人事务。正因此，陈青觉得多了解一些关于 Edison 的习惯、爱好，也许有助于日后相处。

第二天早晨 8 点，陈青出现在 Edison 的办公室。她观察了办公室的整体格局，很容易发现摆在角落里的办公桌就是她的座位。然后她整理了一下办公室，准备好咖啡，还接到了几个电话，陈青一一记录下来。

9 点，Edison 还没来。陈青有些奇怪，又不好意思问别人，她坐在自己的位置上四处观望，又拿了书架上一本书心不在焉地浏览着。

门外传来一些说话声。

"新来的？"

"大概是，我也搞不懂，怎么又换了个新的。"

"估计过不了多久，就得走人。"

"不过这次这个挺漂亮的！"

　　"不会是老板女朋友吧！"

　　"我看不像，女朋友怎么可以用来当苦力呢！这助理的工作可不好干，又辛苦又吃力不讨好！"

　　"是啊是啊，不管那么多……工作，工作。"

　　办公室外叽叽喳喳，同事们议论纷纷。在这个楼里，陈青除了蓓蓓还未认识第二个人。

　　时钟敲了10下，Edison出现了，还戴着墨镜和口罩。一进办公室，他将口罩和墨镜摘下来后丢在沙发上，并示意陈青将它们放好。陈青一下子不知道放在哪，傻站在那里。"左边柜子第二个抽屉里。"一打开，全是口罩。"天哪，他是口罩控吗？"陈青呆住了。明星的生活果然令人匪夷所思。

　　昨晚陈青已经搜索了一下Edison的介绍，虽然信息不多，但人气很高，很多节目都邀请他主持，近期还忙着出专辑，据说他从小就喜欢音乐。

　　"下午2点要去录音棚，把下午的拍摄内容拿给我。"这次拍的主题是某服装品牌的冬装广告。现在还是秋天，就要裹上厚厚的大衣，陈青简直不敢想象，外面还阳光灿烂呢，20多摄氏度。不过，Edison已经习惯了，要是冬天穿夏天的，那可真吃苦头呢！

　　下午1点钟出发去录音棚。司机看到陈青，微微笑了一下。到达摄影棚，和摄影师沟通，然后化妆，最后进入拍摄。陈青提前了解到拍摄需要换10套衣服，需要拍摄五六个小时。换衣服间隙，陈青在边上拿着扇子给他扇，又倒水、递咖啡。拍摄的时候，陈青看他摆各种Pose，偶尔有好笑的动作，她禁不住捂着嘴巴笑起来。聚光灯下的男人瞪了她一眼。

"天哪，这么远也能看见。"陈青以为他看不见。

拍摄持续了很长时间，陈青在一旁看着都觉得很累，可是聚光灯下的他，却还是那么认真、专注。只听到摄影师按快门的声音，然后他不停地变换着动作、眼神。如果他不是自己的老板，没准还会是自己崇拜的男神呢？一恍神，陈青突然升起这个念头，但她马上又拍拍自己的脸，笑话自己一定是太无聊了。

Edison 用心地拍着，偶尔往底下瞄，发现他的助理丫头一会儿潋气屏神地盯着他，一会儿傻乎乎地笑，一会儿又不见了。

中场休息的时候，问她："你刚才去哪了？"没想到陈青从袋子里拿出两块蛋糕："补充下能量，附近有家蛋糕店，怕你会饿。"

"工作中，不准乱跑。"Edison 略略有点惊讶，但接过蛋糕，语气却很生硬。

"知道了。"陈青不好意思地撇撇嘴。

终于结束了，走出摄影棚，陈青觉得自己好累，虽然似乎自己啥也没干。她抬头看看自己的老板，脸上有点汗，但精神仍然很好。陈青好奇地问："你累吗？"

"不累。"

"哇，老板你好厉害，我都觉得累。"

"哈哈。"Edison 有点笑她的意思。

"笑什么哦，难道你真不觉得累吗？"

"累？有一点吧，习惯了。"Edison 轻描淡写地说。

"现在我可以下班了？"

"不行。"Edison 坚定地说。

"为什么，今天工作不是结束了吗？"

"陪我吃饭。"

"这也是工作任务？"陈青问。

"对啊，我现在饿得要晕过去了，作为助理你应该照顾好我，赶快给我订家餐厅，我饿了。"

听到这话，陈青就十分郁闷，助理可不是保姆啊。难道从此她的生活必须围着他，连业余时间都没有了？可是想想自己才第一天上班，总不能撒手不干啊！

于是，陈青预订了一家韩国料理餐厅。之前她稍微做了功课，知道他喜欢吃韩国料理。

坐在满是情侣的韩式餐厅，陈青觉得自己极其尴尬，别人一男一女都是情侣或夫妻或好哥们或好姐们，只有他俩一个老板一个助理相对无言。

突然，Edison 夹了泡菜给陈青。陈青有点脸红，幸好在餐厅灯光的照射下，显示不出她的脸红。

"喂，你有男朋友吗？"Edison 突然冒出这么一句话。

"没有。"陈青如实回答。

"没有？不可能啊！"Edison 好奇地盯了陈青一眼，又问："你以前谈过恋爱吗？"

"这个好像是我的隐私吧，老板。"陈青特意加重了"老板"两个字的重音。她低下头吃了一口饭，脑中忽闪过五年前的一幕幕。

见陈青不说话，Edison 就没有再问。他感觉有点不舒服，似乎很想知道她的恋爱史，又奇怪这种感觉从何而来。前三任助理，他可是连工作之外的话都没有多讲过几句。

晚饭结束后，陈青一个人坐地铁回家。Edison 想叫司机送她，陈青拒绝了。一个小助理，让老板司机送，她自认还没有这个待遇。

刚到家，就接到蓓蓓的电话："今天的工作咋样？他没为难你吧！"

"那倒没有。"

"那你就谢天谢地吧！"

"啊？"

"我挂了哈，祝你工作顺利。"

陈青被蓓蓓弄糊涂了，什么叫谢天谢地。难道他这第一天是装模作样的？陈青躺在床上，回想起今天一整天的工作，尤其是拍摄的时候，陈青觉得老板的神情、气质，像极了一个人，然而她又马上否定了自己。不要说完全不一样的脸，整整五年都全无讯息，怎么可能会是他呢？是不是自己太思念他了，而且五年未接触过其他男人，所以胡思乱想。陈青想了很久，终于迷迷糊糊地睡着了。

眨眼到了周五，陈青发现老板并不像外界传闻说的那样稀奇古怪，她反而觉得他挺正常，很敬业，还挺为老板的坏名声抱不平！同事们陆续下班了，陈青去买盒饭，回到办公室门口时，发现里面有动静，她停顿了一下，不敢推门而进，怕打扰，恰在这时听到里面老板的声音："想死我了，怎么现在才来？"陈青一下子惊呆了。

"我也很想你啊，你都不来北京。"说话的是另外一个男声。陈青壮着胆子从门缝里看到，她的老板正亲密地熊抱对面一个高大的男人。

"天哪！"陈青差一点叫了出来，她突然想起蓓蓓和自己说过的话。"看来还真不是空穴来风。过了一会儿，她才敲了敲办公室的门，老板在里面叫："进来"。

陈青假装不知道刚才的事，一脸坦然地和他们一起坐在沙发上吃饭。Edison 更像是没有发生过任何事情一样，与朋友谈笑风生，几乎忽略了陈青的存在。

陈青悄悄地走出办公室，她站在楼下等车，回到望了一眼18楼的灯光，突然感觉有点失落。

周六在家睡了一天。晚上又接到蓓蓓的电话："明天下午我来接你。"

"接我干吗？"

"去你老板家。"

陈青这才想起来，下周要住在老板家。之前，她还有点担心老板的品行，据说这年头上司对下属性骚扰的案例还挺多的，她可不希望自己碰到这种事。自从突然发现老板与男人熊抱这一幕后，陈青竟然有点失落，也有点失望，似乎她刚刚建立起的对老板的好感又一下子崩塌了。她有点不愿意去老板家，但是为了工作也没有办法。

周日的早晨，空气清新，陈青的心情也无比明媚。她决定去跑步，跑完回家，妈妈已经做好了早餐。

"嗯。妈，我下星期出差，晚上要搬到老板家，明天一早的飞机。"

"什么？搬到老板家？"

"是啊。"

"他是个正人君子吗？你可不要被骗了，现在坏人多。"

"妈，您放心，人家是公众人物，不会乱来的。"

"哦。"母亲还是有些担心。

"蓓蓓也认识的，是她介绍的工作。"

母亲似乎这才放了心。她说："我买了一只乌骨鸡，中午炖汤给你补一补。"

"谢谢妈。"

"不用谢，你要是能干好自己的事，我就感谢老天。"其实妈说的不无道理，这些年陈青也确实让母亲操碎了心，可陈青呢，还一副事不关己，高高挂起的样子，好像外面的世界全然与她无关似的。有时候陈青会对母亲说："我现在先玩，等以后我会赚钱的，会努力赚很多钱的。"她的想法不合母亲的心意，母亲只希望她能安稳地过日子，平平淡淡，健健康康！所以，现在陈青能去上班，母亲最开心。

傍晚，蓓蓓来接了。坐上她的车，陈青似乎还没缓过劲儿来。

"你还没睡醒？"

"不是啦！"

"这两天你也熬夜？"

"没有啊，这两天睡得最多了。没事就睡觉，吃完了就睡觉。"

"那你是睡得太多了，睡多了也会疲乏的。"

"他家在哪儿啊？家里还有别人吗？"

"应该没有吧！我也不是太清楚。"

"他，他养宠物吗？我最怕狗啊，猫啊之类的。"

"没听说过哦。你最好自己问他。"

其实陈青最怕的倒不是猫猫狗狗之类的，最怕的是万一在家里见到办公室的那一位。

"他单身吗？"陈青试探着问蓓蓓。

蓓蓓被她这一问，呆住了，大脑不听使唤，方向盘也差点握不住了，只好紧急刹车。

"你该不会喜欢上他了吧！"蓓蓓问。

"你乱猜什么啊！"

"那你问这样的问题叫人很奇怪。"

"我才不会喜欢这种类型的人呢。"

"是啊，我知道你不喜欢这种类型，所以很放心让你来做助理的啊。不过，你懂的，他也算是半个娱乐圈的人了，谁说得清楚，哈哈。也许以后你就知道了。"

"为什么啊？"陈青不解。

"因为你以后与他接触最多，肯定会了解到很多内幕的啊。"

陈青想起办公室看到的场景，心想，自己不能这么八卦，封住自己的嘴也是助理的职责。

车在一处静谧的高档住宅楼前停了下来。蓓蓓用门禁卡刷开了门，电梯到 11 楼，蓓蓓打开了房门。一开房门，一股味道迎面而来，屋内一片狼藉，茶几上放着各色酒瓶子，垃圾桶里堆满了各种零食的塑料袋和泡面盒，泡面的汤都还在。沙发上堆满了衣服和几本时尚杂志，桌上还落满灰尘。

"天哪！"陈青叫了出来，"这是人住的地方吗？外表穿得光鲜亮丽，这人和房子一点也不搭调啊。"

"我见怪不怪了。他平时这么忙，根本没有时间收拾，也不可能自己动手的。没准他自己也不常住。"蓓蓓觉得一点也奇怪。

"我觉得他应该再找个保姆更合适一些。要不，叫个阿姨来打扫一下吧！"陈青询问蓓蓓的意思。

"这不好吧，他人不在，要是外人进来的话，我不好交代。"

"可是你看看，你看看这样子，这怎么住得下去？"

"哎呀，别想这么多了，你先把你住的那个房间整理好就 OK 了，其他的我们不去管。"

"这样真的好吗？"陈青看着这乱糟糟的一幕，也无从下手。

"大小姐，我们管好自个儿吧！来，我帮你一起弄。"蓓蓓说完了，就去阳台接了一桶水，拿起抹布来到陈青的房间，见陈青还傻站在那儿，"快点啊，别愣着了。"陈青这才回过神来，和蓓蓓一起打扫卫生。没过一会儿，蓓蓓的电话响了，她走出了房间，接电话去了。

陈青的房间慢慢地变得整洁了。她拉开窗帘，打开窗户透风，房间一下子显得亮堂起来，从窗户望下去，可以看到小区的花园，其实这个房间还是不错的。墙壁上还挂了一幅画，有点看不懂。"也许是印象派风格的画吧。"陈青虽然对画没有太多的接触，但她还是了解一点点的，因为之前在家无聊的时候也会去看一些画展，有空的时候也会去博物馆看一下藏品。

"青青，我得走了，晚上还有事。"蓓蓓说。

"你不陪我啦？"陈青眨了眨眼。

蓓蓓笑了，说："我晚上真有事，就不陪你了，你自己当心，哈。"说完，还朝青青做了一个鬼脸。然后，从包里掏出一串钥匙。"这是给你的钥匙和门禁卡，别弄丢了哈。我先走了。"

蓓蓓走后，陈青坐在客厅的沙发上，看着前面的这一切简直惨不忍睹。难道这糟糕的情况还要持续下去？到时候虫子都要生出来了，一想到这恶心的虫子，陈青只好卷起裤腿，来到厨房，找到围裙和淋浴帽，把自己武装了起来。她先把沙发上的衣服叠好，把书整齐地放在茶几上，把久未洗的杯子、盘子全都放在厨房的水槽里，把桌子擦了一遍，把沙发用干净毛巾擦了两遍。一个小时后，在她的辛苦劳动下，终于呈现了初步的成果，客厅终于看上去像一个客厅了，东西都整齐地叠放好，也算井井有条了。只剩下厨房了，她用抹布沾一点洗洁精，半个小时就搞定了，因为没有太多的油烟，只有灰尘。打开冰箱，里面除了一些饮料、红酒、香槟外，没有主食，连面条都没有，看得陈青都呆住了，她以为里面会有琳琅满目各式进口食品呢。

她突然觉得在生活中，Edison 简直是白痴，也不知道他的房间会是个什么样，难道也是乱槽糟的吗？他的房门紧闭着，陈青没有进去，她对别人的隐私没有太大的兴趣。即使里面也是一团乱，她也没有权利去过问，那是他的私人空间，与她无关。

晚上，陈青一个人煮了水饺。下饺子的时候，她在想是否要多下一碗给 Edison，还没等她想明白到底要怎样，饺子从包装盒里滑向了沸腾的锅里。她抬头看着外面一片漆黑，Edison 还没回来。她不敢给他打电话，只好回到房间收拾好明天出发的行李。

客厅里的时钟指向了晚上 8 点。她坐在沙发上，仔细地观察着室内的一切，发现 Edison 的品位可真不俗。天花板上圆弧形的吊顶搭配一盏欧式皇家古典水晶吊灯，一颗颗璀璨的水晶散发出的光泽显得客厅分外的迷人和精致。沙发是灰色丝绒的 L 形四人位沙发，转角处可以躺卧，旁边有个小茶几，上面放满了音乐 CD 片和一些好莱坞影片。陈青随身拿出一张，是郑中基的专辑，第一首歌就是《绝口不提爱你》。这首歌陈青很喜欢，只不过那是在读大学的时候，现在，说不上来是喜欢，还是不喜欢，连陈青自己也不晓得。"我不愿放弃，却又故意默默允许。"陈青想起那句经典的歌词，眼角有一滴泪滑落。

当她沉浸在回忆中时，一阵脚步声传来。陈青一慌，赶紧起来，却和迎面而来的人撞了个满怀。两个人面面相觑。

"怎么是你？"陈青问。

"不是我，是谁？"Edison 甚觉奇怪，陈青为啥会这么问。

"这是我家，当然是我了。"Edison 没好气地说。

"我吓了一大跳呢！"陈青无辜地说。

Edison 来到客厅，发现此客厅非彼客厅也。他家的客厅已经变得面目全非了。

"这，怎么变成这样了？"

"哦，我整理了下。"陈青愉快地说。

"谁叫你整理的？"Edison 严厉地问。

"我觉得太乱了，根本没法住人啊。所以就想把它弄干净、整齐点。你看，现在干净了吧，很清爽吧！"

"你这叫自作多情，我有叫你弄吗？你是我的助理，不是保姆，谁叫你搞卫生的，真是的，多此一举。"

"好心办坏事。"陈青本想邀功，没想挨骂，她嘀咕了一声。

"现在我的东西找不到了，怎么办？"Edison 发火了。

"你想找什么？我帮你找。"陈青觉得自己很委屈，但又不好发作，她尽可能地控制着自己的情绪，不想把事情弄得很僵。

"郑中基的 CD。"

"在这儿，给。"陈青拿给老板，转身走回自己的房间。的确，她不是保姆，为什么还要费力去讨好他呢。可是她不想给自己找借口，也许他就是这样难相处的人。还没上几天班，她可不想放弃。

半夜，陈青想上洗手间，她蹑手蹑脚地走出房门，一切显得静悄悄的，仿佛这套房子里就只有她一个人似的。经过客厅的时候，陈青用余光扫了一眼，发现老板拿着刚才自己找给他的 CD 发呆。他面无表情，似乎很痛苦的样子，仿佛整个世界都安静了下来。陈青觉得很奇怪，她想问但又不敢问，怕引起冲突。跟这种人打交道，尽量柔和加温和，不要和他起冲突。这是陈青这几天总结得出的结论。她又蹑手蹑脚地回到了自己的房间，呼呼入睡了。

凌晨 4 点闹钟的铃声响了。陈青一骨碌从床上爬起来，10 分钟后洗漱完毕，正打算去叫 Edison，没想到他也从房间里走出来，推着行李。

楼下，司机已经在等候。车行驶在开往机场的路上。天还没亮，东方鱼肚白还没出来，陈青摇下窗户，一阵清新的空气扑面而来。想想自己有多久没有早起了，看不见冉冉升起的太阳，看不到太阳打破地平线的瞬间，她自己都没意识到颓废的状态持续了这么久，现在终于可以恢复正常了。想到这，她很感激蓓蓓，可是一看到这车里的人，她就想生气，但也许每个人都有自己的生活状态和节奏吧，她想试着去理解他，然后做好自己的工作，这是她对自己的要求。

这次他们是去 A 城，参加一档访谈节目。下了飞机，栏目组就有人来接他们。节目从上午 10 点钟开始，到达机场已是上午 8 点钟，行程安排得很紧张。一到目的地，化妆师和服装师全都围着他，陈青不知道可以做些什么，这是她第一次随他出差，所以有点手忙脚乱，她很想帮上一点什么，可是由于自己不熟悉工作流程，似乎只能做个包包、衣物管理员。此时她觉得自己像个小傻瓜，原来以前真是高估自己了。他说他渴了，她拿了一瓶水过去；他说他冷了，她给他拿外套；他的电话响了，她帮他接——如果是工作电话，她就用笔先记录下来；如果是他朋友或听来关系亲密的人，她就把电话递给他。

陈青坐在观众席上，见他谈笑风生和其他嘉宾互动、和观众互动。其实他也算是蛮有吸引力的人吧，陈青邪恶地想。要是他不是自己的老板，走在路上，她是不是也会多看他几眼呢？中饭的时间过去了，节目仍在录制中，陈青的肚子咕咕在叫了，可是她发现大家的关注点全都在节目上，没人提到吃中饭啊，她想偷偷地啃一点饼干，又发现自己这样实在不妥，只好强忍着。陈青以前也听说过电视台录节目有时要录到半夜，现在她深深感到做这一行的辛苦了。她该感谢老板吗？突然，她看见台上一双眼睛在盯着她，就不敢胡思乱想了，还是乖乖地当好一名观众吧。

录制结束后，Edison 和节目组的领导、嘉宾吃完晚饭已是晚上8点。这期间有两个小时陈青找不到 Edison，后来才得知他们吃饭去了。她坐在大厅等，看着老板出来，依然精神焕发的样子，陈青一句话都说不出来，她几乎饿了一天，又一脸的疲惫。过了安检，老板突然问陈青："今天累吗？"

陈青不想说很累，答道："还好，不累。"

"真的不累？"老板的语气很关切。

"你这么关心我干吗？"陈青说这话的时候连自己也想不到，在她脑海里基本是比较亲密的人，要好的朋友之间赌气才会说这句话的。

"不要紧张嘛！老板关心员工那是应该的啊！"

"哦。"陈青羞红了脸。

"那实话实说是不是很累？"Edison 轻轻地问。

"嗯，有一点。"

"等会儿，在飞机上好好睡会儿。"

飞机起飞后，陈青一靠在座位上就睡着了。Edison 看着她熟睡的样子，给她加了毛毯。他隐隐感到这个新助理有点不同，他对陈青也跟以前的助理不太一样。五年了，他的脑海里总会不间断地掠过一些画面，很模糊，他想要尽力记起来，可每当这个时候，头就会疼，这令他很是困惑，像是有一张无形的网困住了他，他想尽力地寻找，可是不知道找什么。

乘务员送来了点心，Edison 帮陈青要了一份炒面，连同自己的点心放在了陈青的小桌板上。看着她睡得很安稳，口水都差一点流下来的样子，他忍俊不禁，但不忍心叫醒她。一会儿，陈青醒来，发现小桌板上放满了好多食物，还有味全酸奶，顿时她高兴极了："哇，都是我的吗？"

"是啊，都是你的，慢慢享用。"Edison 说。

陈青这才想起来，旁边坐着她的老板，她一定是睡糊涂了，于是赶紧撕开湿纸巾，擦了一把脸，然后不好意思地说："谢谢！"

"不用啦，赶快吃，都要凉了。"Edison 说。

到家已是半夜了，两个人都很累，关上门各自休息去了。Edison 回到自己的房间，望着墙壁上的照片发呆，那是一个青春少年，有一张阳光而又稚气未脱的脸，他坐在床上又想了一会儿，脑袋又开始痛了。他抱着自己的头，很是痛苦，但又无法得到解脱，那种痛苦甚至比死亡还要来得严重。

或许因为在飞机上睡得太沉，躺在床上的陈青，发现自己怎么也睡不着，想起去年的此时此刻，自己还在挑灯夜读，复习着各种专业书，不承想还是没有通过研究生复试。她是多么想考上 FD 大学。一旦研究生毕业，她觉得自己的前途就会敞亮许多。这也是她消沉了四年后唯一想达成的目标——改变自己。可是生活总是多磨难，过了初试，却过不了复试，看着之前和她一起参加考研培训的同学通过了复试，一副趾高气扬的样子，她就觉得可恶，心想：有什么了不起的，难道考不上研究生就没出路了吗？她以为自己会振作起来，可事实上她颓废了，陷入了无限的迷茫之中。现在的他们，一定是兴高采烈地上学去了。造化总是弄人，此前陈青觉得自己是多么的无助、无望外加无聊，在家一晃就半年过去了，虽然家人不曾说过什么，但实际上她心里比谁都清楚，可是她振作不起来，偶尔看会儿书，看看电视，出门走走，时间不知不觉就这样过去了。母亲总是担心她的未来，而她自己表面上劝慰母亲，其实心里很绝望——那是对自己的绝望，一种找不到希望，也看不到眼前路的绝望。鲁迅曾说："世上本没有路，走的人多了，也便成了路。"可是她该往哪儿走，光明的前途在哪儿？她想起一句歌词：也许前路的惆怅跟随我的脚步，而我坚信光明就在前方。有时候，她就用这样的方式来安慰自己，不让自己陷入无力的绝望之中。偶尔会做下白日梦，期待有一位王子骑着白马，腾云驾雾地来到她的身边拯救她，不至于让她陷入恐慌之中。

可是大部分时候的陈青都是无比的清醒，她知道不会有白马王子出现，即使出现，也只是瞬间，转瞬即逝，一如当初的爱情，很美好也很残忍，甚至残忍远远大于美好。所以，她为了那段美好的无疾而终的爱情消沉了四年后，也终于决定为自己打算，去考一所好的研究生院，毕业了可以当个老师。她读文科，古人云：腹有诗书气自华。所以 Edison 觉得她和别的助理不同，也许这与她多读书习得的修养有关。世界上的事就是这么奇妙，她没考上研究生，反而成为他的助理。他是幸还是不幸呢？谁也不知道。

早上陈青醒来，窗户外鸟语花香，鸟儿在歌唱，花儿吐着芬芳，令人忘记了昨日的烦恼。她推开窗户，早桂的花香迎面扑来。

等 Edison 走出房间的时候，桌上盛有两晚饺子，两杯白开水。

"我煮了水饺。"

"哪里来的水饺？"

"哦，我之前买的，看冰箱里没东西，我就买了两袋水饺。你喜欢吃吗？"

"随便吧！" Edison 没有理她，只管自己吃，眼皮都懒得抬一下。

"你平时早上都吃什么？"陈青忍不住好奇地问。

Edison 没有回答，那神情似乎在说，关你什么事？陈青也只好默默地吃完了早餐。

到达办公室，一切照旧。中午的时候，陈青只给老板预定了盒饭，然后自己跑开了。Edison 在吃中饭的时候才发现自己一个人，于是打电话问陈青："你在哪里？"

"我在外面吃饭。"

"现在是上班时间，谁准你跑到外面？"

陈青非常无语，难道饭都不用吃了？

"马上给我回来。"Edison 用命令的口吻说。

于是，陈青放下吃了一半的面，又跑回了办公室。Edison 扒了一口饭，看着陈青像做错了事的小孩一样站在他面前，心里感觉乐开了花：她可真听话，一叫就回。他心里的满足感得到了实现。

"坐吧！"

"我不坐。"

"我叫你坐下来。"

陈青这才小心翼翼地在沙发上坐了下来。她心里很不舒服：真变态，中午午休时间也不让我出去吃饭，真想骂人了。可转念想一想，还是忍住了。他那种命令的语气和高高在上的样子真的很让人倒胃口，怪不得一年要换几个助理。

熬到下班的时间，陈青打算拎起包就走了，想一想又觉得不对，等下如果被喊回来，那可就太麻烦了，于是决定先打个招呼，总不可能今天还不让人回家吧！"老板，我下班了。"

"哦。"他瞧也没瞧她一眼。

陈青开心地打算回家了。"等一下。"Edison 说。

"什么？"

"晚上有空吗？"

"没空。"陈青想也不想地说。

"哦，这样啊，你很忙吗？"

"我两天没看见我妈了，我要回家了。"陈青甩下一句话。

"我还以为你跟你男朋友去约会呢？"Edison 嬉皮笑脸地看着她。

"去你妈的男朋友！"陈青心里这样骂，但没说出口。

"那好吧，你回家吧！"Edison 只好这样说。

陈青打车回家了，在路上就给她妈妈打电话了，这高兴的样子，好像是考上研究生了。一到家，就看见一大桌的菜："哇，都是好吃的。"

"知道你辛苦了。来，让妈妈看看，怎么瘦了呀！"

"哈哈，没啦，妈！"

"你那老板亏待你啦？不给饭吃？"母亲开玩笑地说。

"没有啦，妈，老板挺好的，我就是有点累，哈哈，不过，我一看到这么多菜，我就高兴死了。"

"赶紧去洗个手，来吃饭。"

陈青的饭量可真大，一大盘白虾只剩半盘，老鸭汤也被她喝得只剩一小半，还有小梅子鱼，她吃了两条，一整盘西兰花全被她消灭。

"慢慢吃，别噎着。"母亲说。

"嗯，太好吃了，妈，我爱死你了。"

"别，别，肉麻，你要是好好工作，比什么都强，妈就不用操心了。"

"妈，我会努力加油的，我以后还要开家公司，赚很多的钱给你花。"

"好啦，别说大话了，妈用不着那么多钱，你好好的最重要。"

陈青抬头看了看她母亲，才发现银发不知道什么时候静悄悄地爬上了她的脸，眼角的皱纹褶皱得厉害，她发誓自己要好好努力。

电话响了，母亲给她拿了过来。母亲问："是谁？"

"我老板。"

陈青接起了电话。

"你在哪？"Edison 问。

"我在家吃饭。"

"等会儿有空吗？"

"没空。"陈青有点愤怒地说，心想难道又要占用我的时间。

"半个小时后，我来接你，发给我你家地址。"Edison 挂了电话。

陈青愣在那里，她是多么不想在业余时间再看到他。这时，母亲说话了："老板找你？"

"嗯！"

"那赶快吃啊，愣在那里做什么？"

陈青叹了一口气。一会儿，手机又响了，短消息提醒：快把你家地址发给我。

"这个变态。今天想早点休息都不行了。"她又想骂人了，可是不想惹母亲生气，她还是把地址发了过去。没多久，手机又响了。"我在你家小区门口。"陈青慢吞吞地下了楼，随便穿了件连衣裙，拎了个小包，头发也不想弄，披头散发地就出门了。

"挺不错！"Edison 半是调侃半是赞美。

她看了他一眼不说话。一阵风吹来，吹起了陈青的长发，一副清新范儿。

"素颜美女哦。"

你别讨好我，陈青还是没吭声，心想，反正，我已经厌恶你了。

"请吧！"他居然拉开了车门，请她入座。陈青这才发现，原来是Edison 自己开车来接她，她本想问：司机老王呢，想想还是不问算了，不想多此一举。他开车的速度好快，如风驰电掣一般，很快道路两旁的法国梧桐树就被甩在了后面。

"慢点开。"陈青好不容易才蹦出了一句话，他开始慢了下来。透过镜子，他看到了陈青那张可爱的小脸，跟平时不一样的脸。

"你跟我出去，也不化妆？"

"化什么妆啊？你又不是我男朋友。"

"我是你老板好不好？"

"白天工作才要化妆。"

"你一点不懂礼仪，化妆是对别人，也是对自己最起码的尊重。这点你难道不懂吗？"

"我不懂。"陈青倔强地说。

"你，你……"Edison 觉得此刻的陈青一点都不听话，怎么跟他对着干呢？他打算气气她。

Edison 把车停靠在了无人的路边。

"怎么了？"陈青问。

"车坏了。"

"车怎么坏了呀，这一路过来都挺好的呀。"

"因为你不听话。"Edison 一脸坏笑。

陈青噘起了嘴巴，看着 Edison。"那怎么办嘛？"

"你亲我一下，车就好了。"Edison 故意邪恶地说。

"我才不要呢！"陈青脱口而出。

"真的不要？"Edison 坏坏地看着她。

"喜欢我的女生不要太多哦！"Edison 说。

陈青脸红了，低下了头，不知所措。她还不知道怎么回答，或者更确切地说是不知如何面对。其实，他有一张精致的脸庞，只是面对这样的脸，她有一种说不出的感觉。她突然想起了那天周五看到的情形，她很快打开了车门，站在路边。她不想和一个非异性恋扯上什么关系。

Edison 一个人在车里觉得好无趣，为什么刚才自己似乎要被眼前的这张脸震到了？为什么脑海里有个模糊的身影一闪而过？他又抱着自己的脑袋陷入了痛苦之中，还不停地捶打着自己的脑门。陈青下车后发现好久都没有听到老板的声音，甚觉奇怪，忙走到车门前，发现不对劲，大声地喊："老板，你怎么了，你怎么了？"她有点惊慌失措，不知该怎么办，本能的反应就是打开车门，把他的双手从头上拿了下来。Edison 这才恢复了意识，看着陈青："没事啦。"陈青快被吓死了，听到他这样讲，总算是松了一口气。她从后备厢里拿出一瓶矿泉水，可是由于太紧张，瓶盖怎么都拧不开。"你看你，连个瓶盖都拧不开，还做我助理。"Edison 一边嘲笑她，一边又似乎带有那么一丝的怜爱，只有一点点，毕竟她刚才那么大声地吼他。

"做你助理要大力士吗？那你找个退役的拳击运动员吧！"陈青似笑非笑地说。

"那可不行，要是意见不合，把我打趴下可就麻烦了。"

"哈哈，你也担心没人家 Strong 啊！"

"好啦，我带你去逛逛。"

"你这样，不需要去医院吗？"陈青关心地问。

"不需要啦，刚才就是头有点晕，可能最近太累了。"

"那你还不回家休息。"

"出来玩也是休息啊！"Edison 说。

"那好吧。"

车行驶在宽阔的马路上。夜晚，灯火阑珊，摇下车窗，一阵微风吹来，轻抚着她的脸庞，好像在告诉陈青：美好的时刻来了，光明就要来了。

"你把我带到这儿来干吗？"陈青问。

"挑喜欢的买。"Edison 戴着墨镜，一脸帅气地对她说。

"什么呀？"陈青搞不清楚 Edison 葫芦里卖的是什么药。

"你喜欢什么风格的衣服？"

"啊？"陈青又懵住了。

"你怎么这么笨，这商场里的衣服，你随便挑，挑喜欢的随便买。"Edison 说。

"这商场你家开的？"陈青问。

"那倒不是。"

"那你什么意思啊？"

"过几天有一些场合，你是我助理，也不能穿得太 out 吧！"Edison 说。

"我很 out 吗？切。"

"听话！不听话我头又要晕了。"Edison 说，然后装作要晕过去的样子。

"别，你要晕倒了，大老板非得找我麻烦，我可担当不起。为了给你撑面子，我买，我买最贵的礼服，行不？从我工资里扣。"陈青说。

其实一说出口，她就后悔了，还说要努力赚钱，没想到就快要把钱给花光了。一想到这，她就生气，然后恶狠狠地瞪了 Edison 一眼。

一晚上试衣服，陈青试得快要火死了，还得装作礼貌地问 Edison：

好看吗？"天哪，这是什么日子。"她心想，要是哪天找到像这样的男朋友，非得气死不可。陈青的火焰都快要喷出来了，却还得忍着。

陈青着一袭粉色蕾丝中袖长裙，出现在 Edison 面前，导购员将她的头发挽起，给她搭配了一款白色水晶项链。她不好意思地问："好看吗？"

Edison 不说话，此时的陈青楚楚动人，明眸皓齿，似乎一切的烦恼都消失了，他的脑海忽然平静了。

"真好看。"Edison 发自内心地说。

"您男朋友真有眼光。"导购员羡慕地说。

"就要这件了。"Edison 对导购员说。

陈青回到试衣间把衣服换下来。等她出来的时候，Edison 已经把账结了。导购员认真地把衣服包起来，并且说明了洗涤方法和保养方式。

出门的时候，他竟然抓住她的手，朝大门口走去。陈青想使劲地缩回，可他抓得太紧。两人走出商场，她满脸通红。

"你把我抓得很痛。"陈青快要爆发了，遇到这样的人。明明就是在玩自己嘛，她想骂人了。

Edison 这才把手松开，狡黠地说："不知道为什么，握着你的手感觉很安全耶。"然后他看着陈青。

"我要回家了。"陈青说。

"哎呀，陪你逛了这么久，我饿了。"Edison 说。

陈青这时真想拿个乒乓球砸他，砸到他的脑袋上去。

陈青装作没听到，Edison 又说了："我想去吃消夜。"

"那你去吃。我坐公车回家了。"

"那要是我晕倒了，怎么办？"Edison 死皮赖脸地说。

"那好吧，一起去吃。"陈青觉得自己真是倒霉透了，怎么碰上这样的老板，自己又不是他什么人，只是助理而已，没想到自己一点私人的空间和时间都没了。

来到一家粤式餐厅，陈青点了芝士焗龙虾、蒜蓉粉丝蒸扇贝、石斑鱼，反正这些菜也不管饱，她可不想为他省钱，让他知道自己也不是好欺负的。又点了甜品，木瓜雪蛤。陈青突然之间发现自己蛮邪恶的，以前她总爱为别人考虑，可是现在呢，好吧，不要想太多，她告诉自己："Just enjoy!"没想到这句话居然说出了口，被 Edison 听到了，他居然哈哈大笑。"还笑得出来，摆明了是故意的。"陈青很肯定。

一盘盘的菜上来了，陈青就当作对面的 Edison 不存在，自顾自地夹菜，自己与自己干杯，她也不想与他的目光相遇。

"你很能吃。"Edison 故意找话。

"嗯。"

"你食欲不错。"

"嗯。"

"菜，喜欢吗？"

"嗯。"陈青连续回答几个嗯，让 Edison 有点恼了。

"为什么不好好说话。"

"你不是饿了吗？为什么不好好吃？"陈青很机灵地说。

Edison 被她的话噎住了，只好夹菜吃，心想原来听话都是假的，都是装的，女人真会装。

吃完消夜出来，路上一片安静，陈青说自己打车回去，可 Edison 不让，说这么晚了，让她一个女孩子回家不安全。陈青拗不过他，只好由着他。Edison 自己也搞不懂怎么会对一个助理如此呢？以前的助理都很怕他，所以才不好相处。陈青下车了，说了声"谢谢"。

　　"等一下。"

　　"干吗？"

　　"你的衣服。"

　　"先放你家，到时候再穿。"陈青说。

　　Edison 驾着自己的车飞驰而去。令他想不通的是衣服她也不拿去，现在他反而觉得她才是怪人。哪有女孩子不爱美丽，哪有女孩子不爱漂亮衣服，哪有女孩子不虚荣呢？他实在是想不明白。

　　回到办公室，陈青说了声"早"，就只顾自己干活，不想搭理 Edison，不过，Edison 也没理她，连"早"都懒得说。

　　中午两人无语，坐在沙发上各自吃饭。突然，陈青的电话响了：
"喂。"

　　"是陈青吗？"

　　"嗯，你是？"

　　"我是 Jacky，你忘啦。"

　　"哦，怎么有空给我打电话啊？"

　　"嗯，我以为你号码换了呢？试着打一下没想到还真拨通了呢。"

　　"哈哈，我一直是这个号码。你不是去英国了吗？"

　　"是啊，我回来了。你呢，怎么样啊？"

　　"我上班了。"

　　"有空给我打电话。"

　　"好。"

陈青挂了电话，这是她之前的高中同学，断断续续保持着联系。据说他暗恋她，不过，她没往深处去想，只是觉得他是个不错的人，而他也从来没跟她表白过，后来听说去了英国念书，联系就少了。陈青想起了自己年少的青春，想当年，她也被很多人追求，而今，孤独一人。她也很想远行，去一个没人的地方，想想自己的未来，可现实总是残酷的，让人不得不面对，更何况她现在想做什么事情也不清楚，没有未来的想法，又何必远行呢？她问自己。

"他是谁？"正在陈青思索之际，Edison来到她面前问。

她哦了一声。

"我问你他是谁？"Edison凶巴巴地说。

"跟你有什么关系。"陈青原本想这样回答他，可是说出来的话却是："一个朋友。"

"什么样的朋友？"

"就一个朋友。"她抬头看了他一眼。

他闷闷不乐地准备好资料，去了演播室，留她一个人在办公室。

熬到下班，Edison回到了办公室，看起来一副疲惫的样子。她泡了一杯咖啡给他，然后拿起自己的包走了。这次Edison没有喊她，也许是累了，也许是他意识到自己太过分了。陈青这么想。

下午蓓蓓来接陈青，两人约了去健身。两人到了一家高级健身会所，陈青不是这儿的会员，不过，蓓蓓是。听蓓蓓说，城中的帅哥美女或者是土豪、各类金融精英都喜欢来这儿健身。没想到老板竟然也在。

这时Edison正和一洋妞热情似火地聊天，似乎偶尔还有轻微的身体接触，只是在健身房这样的接触是非常正常的。比如新来的不懂器械怎么使用，教练就会教一下怎么使用器械，那么在这过程中势必会发生一些肢体碰触，而 Edison 和洋妞就属于这种。

蓓蓓扭头发现了 Edison 和洋妞的举动，忙示意陈青转过头去看看，可惜，陈青没理会。而 Edison 也似乎看见了蓓蓓和陈青，和洋妞一起过来打个招呼。Edison 把一只手搭在了洋妞的腰上，洋妞也不忌讳，搂着他的胳膊，一副亲热的样子。

"这么巧啊，你们也在这。"Edison 说。

陈青没听到，管自己继续跑步。蓓蓓一伸手把她一只耳朵的耳麦扯了下来。陈青看着这个金发碧眼漂亮的洋妞，沉默了，也许是找不到开口的方式，她心里升起一团莫名的火，但说不清是什么。然后她压制住内心的火，温柔地说了句："这是你女朋友啊，真美。"

没想到洋妞听得懂她的话，接上了她的话："谢谢赞美。"

Edison 不置可否，然后还邀她们半小时后一起休息，蓓蓓答应了。

陈青并不想和他们一起，但是又不好意思摆出一副臭脸。

"想不到这么快又勾搭上了？"

"谁啊？你老板？"

"真恶心！"

"恶心啥？这种算正常交往了，以后你最好还是见怪不怪。"

"为什么？"陈青问。

"没有为什么，他是你老板，他乐意怎样就怎样呗，你呀，干好自己的活，别的就甭管了。"

"哦。"

"难道你喜欢他？"

"我才不会喜欢这样的人。"

"哈哈，但愿你说的是真的。"蓓蓓听到这，偷偷地笑了。

"我当然不会。"

"早就跟你说过，很多女主播被他拒绝过。"

"切，有什么了不起，不就是长得帅了一点嘛！"

"没办法，人家就是帅呀！"

陈青极力压抑住自己心里莫名的一团火。两人来到休憩区，Edison 和洋妞已经在了。"你们迟到了哦！"Edison 说。

"不好意思。"蓓蓓说。

陈青理都没理 Edison，这时，Edison 把脸凑近了洋妞的耳朵边，小声地说了什么，然后洋妞突然大声地笑出来。他到底对她说了些什么？陈青挺好奇的。她这才仔细打量了一下眼前的 Edison，着一蓝色背心，穿一白色沙滩裤，健硕的胳膊露了出来，和精致的脸庞形成了鲜明的对比。他的身材如此好，令陈青有点意外，只是他的胳膊现在搂着的是洋妞，说不定，过会儿搂的又不知道是谁了，是男是女都说不准。

"Cheers!"洋妞主动向陈青敬茶。

"以茶代酒。"Edison 看着洋妞说。

陈青的心里一点都不是滋味，又觉得自己很奇怪，明明很讨厌这个人，为什么他对别的女人好，她心里会很难过呢？她明明心里想的是另外一个人，虽然和那个人已经不可能了，他已经在宇宙中消失了，她总这样安慰自己。她也只能祈盼老天爷在睡梦中让她见到他，以解她的愁苦。虽然还是很痛苦，可她明白人活着，必须要向前走，否则只会让自己陷入无底的黑洞，好像前面的路一片漆黑，看不见，她必须要摆脱这样的无望，让自己快乐起来，不能总是沉浸在对过去的回忆之中。其实 Edison 也一直在观察着陈青，他总觉得陈青身上有一种无法用言语表达的气息，他无法辨别这种气息来自哪里，总觉得有一种似有似无的好像上辈子见过的感觉。

　　据说奈何桥上，孟婆请路过的凡人喝下她熬制的孟婆汤，然后就会忘了前世的记忆和各种纷纷扰扰。"难道她是我的前世冤家？"Edison在想，"难不成她是我的前世恋人？"他马上被自己的想象吓了一大跳，然后又冒出一个念头：不会吧，这一世又来纠缠我。当然，他没有把话说出来，他也只是觉得好玩而已。他突然发现陈青正盯着他看。两人四目相对，陈青把目光收了回来，装作不经意的样子。其实，陈青是在想："看你还能玩多久？"然后又装作很潇洒的样子转向别的地方。洋妞和Edison一边聊着一边笑着，似乎很开心的样子，陈青心里很不爽，突然洋妞问大家："你们喜欢BBQ（野外烧烤）吗？"

　　"Yes, I like it."蓓蓓接了上去，可陈青却瞪了她一眼。

　　蓓蓓暗地里踢了一下陈青的鞋子。"干吗？"陈青小声地说。

　　"开心一点，别这样嘛，给人家点面子。"蓓蓓靠近了陈青，"乖乖，表现好一点啊。"

　　陈青噘起嘴巴，又觉得自己有些小家子气，想想自己为啥要生气。至于老板要找谁，这事与她有何干系呢？不管他找的是男朋友抑或是女朋友，这是他的自由，她无权过问也无权干涉，她又不是他妈，她觉得奇怪，自己为啥要生气呢？

　　Edison电话响了，他看了看手机上的来电，起身走到了外面。"喂,妈。"

　　"乖儿子，想妈了吗？"母亲温柔的声音传来。

　　"想，当然想啊。"

　　"那就好，我以为你忘了妈妈了，都不给我打电话。"母亲似乎有一点生气，"周末你表哥的Party，别忘了啊！"

　　"嗯，我差点忘了呢，谢谢妈提醒！"

其实关于表哥的 Party，他一直记得。可他的母亲总是不放心他，还把他当作小孩子来看待。不过，他习惯了。母亲虽然温柔，但又强势，喜欢凡事亲力亲为，不想假手于人。她也像其他妈妈一样总是催着他找对象，后来索性对他说："妈妈把朋友的孩子介绍给你认识，怎么样？"Edison 最反感的就是这种相亲形式，所以估计这次又要安排了。想到这，Edison 决定先找个顶替的人，而且之后不能缠着他，否则真到了母亲那里，女孩要是上演个一哭二闹三上吊逼迫他结婚之类的，相信母亲也会答应。他把目光锁定在了陈青身上。

这一点陈青完全不知情，她要是知道了，肯定不干。不过，话说回来，Edison 一点不讨厌陈青，他甚至觉得她很可爱，看见她生气的样子，他总会莫名的开心，甚至偶尔想整整她，故意惹她生气，然后他就很满足了。这种莫名的状态让他自己也很烦恼。

喝完茶，一行人来到城中"周五有约"烧烤店，这家店位于美食海鲜街上。据说很有名气，街上人来人往，各餐厅门口停满了一排排的豪华轿车及各类跑车，听说都是些名流人物。餐厅的露天区域特别吸引人，藤制桌椅，坐在这可以看到走过的人群，夜晚可以仰望皎洁的月亮，想必也是城中情侣的好去处。

秋天的夜色很美，俊男靓女们一排排地坐着，烧烤的架子立在桌旁，到处散发着一股炭烧的烟味，店里生意很好，人来人往。但是陈青没有心情，甚至觉得这股炭烤味有点恶心。

"嗨，你在想什么呢？"蓓蓓用手在陈青面前摇了摇。

陈青这才反应过来："哦，没什么。"

"难道是在想着如何泡帅哥？"Edison 说。

陈青本想说，你才泡美女呢，可是想一想不能这么说，只好沉默了。

"嗯，味道真不错。"蓓蓓边吃边说。

"我家里有个烧烤架，每到节假日的时候，就会和家人、朋友一起烧烤。"洋妞的中文说得还挺溜，她来中国两年了，平时努力地学中文。然后她还说到了她的初恋，又问大伙："你们的初恋是怎么样的？"

陈青觉得洋妞的思维方式果然和国人是不一样的，一般人都忌讳谈初恋啥的，而她竟然还主动说起了初恋。

蓓蓓说她的初恋是大学师兄，师兄毕业之后去了一家民营企业，然后，就没有然后了，大家想想也是知道的，就如电视剧中的狗血剧情一样，一年后，师兄和公司老板的女儿好上了。蓓蓓淡淡地说着陈年往事，好像这件事情与她无关似的，好像她只是个清醒的旁观者。都说大学恋情不可靠，百分之九十九都是没有结果的。

洋妞也详细说起了她的经历。"He is a bad man."她用英文说。读大学的时候，她付房租，付水电费，一起上学，毕业后，他去了另一个城市，再然后就消失了。等到他出现的时候，他旁边站了个有钱的女友。然后，她就只身一人来到中国。

"怎么都如出一辙啊！看来，没有好男人。"陈青感叹道。

"你呢？"Edison说。

"我，我……"陈青支支吾吾。

"说说你的初恋呗。"Edison望着她，似乎他很有兴趣知道。

"我没有什么好说的。"陈青不想讲那段往事。因为她怕自己克制不了，怕自己再一次想起他。

"这样不公平。"洋妞显然已经从自己的故事中解脱了出来。

"就是啊，这样不公平。"蓓蓓说。

"你讲讲嘛！"Edison突然用温柔的声音说。他很好奇，起初是好奇她有什么样的故事，而现在是好奇她为什么不讲出来，难道真的这么羞于讲出口嘛！他想。

"你都知道的，还叫我讲。"她用手拉了拉蓓蓓的衣角，像个害羞的孩子。

"有什么好难为情的，谁没有青春过呀，是不是？"蓓蓓一脸的爽气。

Edison 耐心而仔细地听她俩辩来辩去。

"爱得死去活来的，后来那男的消失了。"蓓蓓简短的一句话告诉了大家陈青悲惨的过去，似乎这么多人当中，她是最惨的一个。

"啊，消失了？"Edison 表示出一脸的惊奇。

"是啊，就是后来陈青再也没有见到他。"蓓蓓又补充了一句。

"那就是无疾而终？"Edison 问蓓蓓。

"算是吧，是不是听起来很狗血？"

"别说了。"陈青小声地低下头说。

"不会吧，难道不给个交代？"Edison 问。

"就是说喽，分手也得给个交代。"蓓蓓说。

"真是够残忍的。"Edison 小声地说。他想象不到陈青还有这样的经历。突然之间对她有了一丝的怜悯，他偷偷地看了陈青一眼，发现她悄悄拭去了眼角的泪水。他的心不知怎么的像被什么东西扯了一下，一阵揪心的痛。说实话，他也很想骂骂这个男人。

"那后来有见过吗？"Edison 又多问了一句。

"跟你说消失了，还见什么见。你烦不烦！"陈青又气又恼，她不知道是在生谁的气，是那个男人，是眼前一直追问的老板，还是把秘密说出口的蓓蓓？她想了想还是怪自己吧！她不想回忆起那个人，可是现在大家逼她又想起了他。她尽量克制住自己，不要让眼泪掉下来，以免让他看轻了自己。

其实她想多了，Edison 并没有看轻她，反而觉得她是个好姑娘。一个对于过去了这么久的事，还能有眼泪，不想让别人说出去的人，至少是个好人，坏不到哪里去。难道她还想着他？没有忘记他？这是 Edison 心中的疑问。他不禁对她又多了一份好奇。

"服务员！来一打百威啤酒。" Edison 叫着。

服务员打开了一瓶瓶啤酒。"我们今晚不醉不归！" Edison 说。

"来，cheers，致我们终将逝去的青春！"蓓蓓说。

大家举杯共饮。"让我们忘掉那些糟糕的日子吧！"洋妞说。

陈青一言不发一直在喝酒。"你少喝点。"蓓蓓说。

"你别管我。"陈青说。

不知为何，看着陈青不停地拿一杯杯酒灌自己，Edison 的心在隐隐作痛。他很奇怪竟然会有分手还搞失踪的男人。看着痛苦的陈青，他想做点什么，可是似乎什么也做不了。

"你怎么没讲你的事情呢？"蓓蓓有点醉了。

"我呀，没什么好讲的。" Edison 说。

"讲一下啦。"蓓蓓说。

"哎呀，老掉牙的故事了！" Edison 都忘了要讲什么。

"说嘛，说嘛！"蓓蓓催他快说。

"快点说啦！"陈青大叫一声，她是醉了。

"好吧，我说。"看着不省人事的陈青，他打算说了。

"我和她从小认识，她一直追我，后来我们在一起没多久，她说我不适合她，然后她就和别人在一起了，哈哈，其实在我之前她就和别人在一起了，我当了傻瓜。哈哈哈。"Edison 说完了，可是他似乎一点也不难过。

"原来你也这么悲惨啊！"陈青看着他说，虽然眼前有些模糊，脑子有些不听使唤，但她也听了个大概。

"都是悲剧，悲剧。"蓓蓓大声嚷嚷着。

大家都有点醉了，陈青也趴在了桌子上。这一桌三女一男，三个女人全都趴在了桌子上，Edison 也怕自己很快不省人事，他给司机打了电话，然后仰头靠在了椅子上。

老王匆匆赶来，四个人都睡得像猪一样，叫也叫不醒，也不知他们家住哪里。老王决定把她们带到附近的酒店，然后把老板送回家。

第二天，阳光穿过玻璃透到了房间内，刺眼的光照射到了陈青的脸上，她用手挡了挡光线，睁开了双眼，一看闹钟，已是中午 12 点。她顿时蒙住了，大叫道："哎呀，要迟到了。"可仔细地一打量，发现不是自己家的房间。

"这是在哪儿啊？"她大声叫着，看了看自己穿的衣服，又瞥见床上还有两个人。听到陈青的大呼小叫，蓓蓓和洋妞也醒来了。三人同时目瞪口呆。"Oh, My God!"洋妞一脸惊讶的表情。

"我怎么会和你们在一块儿？"蓓蓓说。

陈青的脑子渐渐清醒，她起来去冰箱里拿了一罐橙汁，冰箱里的百威啤酒提醒了她，她望着蓓蓓和洋妞说："咱仨昨儿个喝多了。"

"啊，我也想起来了。怎么只有我们三个人呢？"蓓蓓说。

"对了，你男朋友呢？"陈青问洋妞。

洋妞也想起来了，很不好意思地说："他不是我男朋友。"

"不会吧！"蓓蓓和陈青异口同声地说。

"我和他只是朋友。"洋妞说。

"原来如此。"蓓蓓说。

陈青吸了一口橙汁，难道他只是找洋妞当幌子以掩饰自己真实的倾向，天哪，好可怕！一想到这，陈青的心里不知是啥滋味。

匆匆与蓓蓓告别后，陈青来到办公室，Edison 正好走来，她不敢直面看他，忽然觉得有些不好意思，只低头说了声："对不起，那个，那个喝多了，所以，所以……"她竟然说不出话来了，心里扑通扑通地跳。

"昨晚睡得好吗？"Edison 一脸温柔地看着她。

她还是不敢抬头，只嗯了一声。

"你为什么不敢看我呀？"Edison 凑近了陈青的身旁，而陈青下意识地后退了。

"我头有点晕。"陈青只好伪装成自己头晕的样子。

"你不敢看我，是怕喜欢上我。"Edison 突然冒出一句话。

"啊，什么？"陈青装作自己没听到。她喝了一口水，努力镇定下来。她问自己为啥要紧张，难道，难道真的会喜欢上他？她马上否定了自己，那是不可能的事。她不紧不慢地说："你是我老板，干吗要我看你啊，我做好自己的工作就是了。"

"原来你还很痴情，一直忘不了前任啊！"

"才不是呢！谁没有过去呢！"陈青理直气壮地说，似乎觉得前任早已与她无关了似的。

"越是如此，说明受伤越严重。那个没良心的下次如果让我遇上，一定帮你揍他。"Edison 假装伸出拳头，没想到身体晃了晃，他有点头晕，辨不清方向，好像马上要倒下去了。陈青一转头，赶紧把他扶到沙发上，轻声地问："你怎么了？"

Edison 说："没事，就是头晕，估计是昨晚喝得太多了。"

"要去医院吗？"

"不用。"他知道自己的头痛又发作了，他也知道这根本不是喝酒的原因。

"真的不用吗？"她变得轻声细语。

"嗯，不用。"他和她的脸贴得很近，他近距离地看着她的脸，温柔的话语令他很安心。陈青凑过去的时候，也突然感觉这个男人令他异常熟悉。他紧紧地抓住她的手臂，闭上了眼睛。她在一旁轻声地问："好点了吗？"

"嗯。"

"那你好好躺着。"陈青站起来准备离开沙发。

可他还是死死地抓住陈青的手臂，似乎他不抓住，她就要逃掉了一样。

此时，桌上的电话铃声响了，他还是不肯放手，陈青只好安慰他："我去接电话，马上来，好吗？"他才慢慢地放掉了她的手。

"喂，你好！"

"儿子啊！"

"你好，我是他助理。"

"助理？"

"嗯，我是新来的助理。他现在在午休。"停了一下，她又说，"有事，我可以转告他。"

"没事，挂了。"

寥寥几句，陈青就感觉老板的母亲一定是个女强人，莫名其妙地就挂了电话。

　　她轻轻地走到沙发旁边，看见 Edison 睡着了，怕他着凉，从柜子里找到一条毛毯给他盖上。她仔细看着他的脸，为什么看他现在如此虚弱，自己会有心疼的感觉。难道不应该是幸灾乐祸吗？是同情心在作怪吗？她明明知道她不可能会喜欢上他。可那是什么，不是喜欢是什么？为什么他看着她的时候她会紧张，会心跳？为什么自己不敢看他的眼神？她问自己这到底是怎么了？如此近距离和他待在一起，反而很熟悉，没有觉得他很异样。虽然有时候他确实很让人厌恶，甚至有些自以为是，可为什么自己对他……

　　电话响了。"不要再想了。"她对自己说。挂断电话，把下周工作计划表看一下。她似乎是有意找事做，可以不让自己闲下来去想面前的这个人。他睡得很深，办公室里都可以听得到他的呼吸声。她把手机调成了振动模式，坐在椅子上，这样一有电话她就可以直接接起来了，不会影响到他的休息。

　　手机上短信传来："你没被他批评吧！"

　　陈青回："没呢，他挺好的。"

　　蓓蓓又发来一条简讯："真的吗？"

　　"是的，他没说什么呢！"

　　"不可能吧！"蓓蓓发这条消息的时候面露惊奇。

　　"我没骗你。"

　　"好吧，我干活去了。"

　　"嗯。"

　　"要不晚上一起吃饭？"

　　"你该不会怕我喜欢上他吧！"

　　"我不是怕你多想嘛！"

"才不会呢！"

"好吧，你千万不要多想。"

"你真啰唆！"

"哈哈！"

和蓓蓓聊完天，陈青看着沙发上的 Edison，他还在熟睡中。"喝多误事真是如此，幸好今天没什么重要的工作，不然又要出什么麻烦了。"陈青发誓以后再也不喝酒了，虽然昨晚她自己没发生什么事，可头还是有点晕的，秘密也被更多的人知道了，不知道以后会不会被当作笑话，也许这才是她不想在以后的日子里和他们喝酒的原因吧！可是除了这事，好像她也没有什么别的秘密了。

整个下午很平静，Edison 一直在看文件。好不容易挨到了下班。陈青起身想溜，想想还是要跟他说一声吧，可还是不敢看他的眼神。她悄悄地从柜子里拿了自己的包，打算悄无声息地撤。

"你要走了吗？"一阵柔和的声音响起。

天哪，又走不掉了，怎么办？陈青心里一阵慌乱。可是为什么这么心慌，明明没有做什么亏心事，弄得自己很心虚，下班不就是天经地义地可以离开了？真是令人讨厌。她这么想的时候，神情自然表露无遗，被他发现了。

"有些人，就是不好好干活，老板还没下班，助理就先下班了，要偷懒就说呗，干吗这么鬼鬼祟祟的。"

这不明摆着说她吗？陈青既生气又无语，想走又不行，只好假装平静地说："还有什么需要我做的吗？"

Edison 瞟了她一眼："看在你中午照顾我的分上，今天早点下班吧！"

"真的？"陈青笑着说。

他看着她像小孩一样一脸灿烂地笑着，突然心里感到一阵温暖。

"当然啦。"

其实陈青以为他又要找什么借口了，听到他说可以下班，当然兴奋得不行了，拎起包，像小鸟般雀跃地飞了出去。

第五章
／
画
像

望着她轻盈的背影消失了，Edison 突然有点怅然若失。

天色渐暗，他一个人开着车行驶在回家的路上，途中接到表哥的电话。

"周末的 Party 别忘了。记得带上你女朋友，这可是姑妈交代的哦。"

"知道了，我在开车呢！"

他心里很清楚，让他参加 Party 就是母亲逼自己去找对象的先兆，可是到目前为止，他没有碰见自己喜欢的女孩。所以他提早想好了对策，准备让陈青做临时女伴，这样既解决了自己的烦恼，也省得母亲唠叨。但是陈青会不会同意，也是个未知数。想到她逃了似的离开他的办公室，Edison 觉得有点烦。

回到家里，一进卧室，一幅 80 厘米宽的画像映入眼帘。画中的人眉清目秀，挺拔的鼻梁，他凝视许久，坐在房间的一角发呆，不知不觉泪流满面。床头柜上还摆放着一张小相框，同样的少年，风华正茂，阳光帅气，只是看上去年龄更小，二十出头，稚气未脱，眼神明亮清澈，和 Edison 长得完全两样。

他无聊地在房间里待了一会儿，拿出手机给陈青拨了一个电话，他自己也搞不清楚想要干吗，只是，眼看着电话已经拨出去了，对方也已经接听了："喂。"

"现在来我家！"

陈青非常想骂他神经病，怎么每次都这样，才刚到家吃好晚饭，又要占用自己的时间，还以为他今天够仁慈的，此时她的心里很火，很气。

"我在家洗头发呢，没空呢！"她编了个谎。

"洗好头发再来。"

"真变态。"只是陈青没说出口而已。她只好收拾一下就匆匆赶去了。

半路上他又来电话："顺便给我买个比萨，还有买份熏鱼给我。"

陈青又折回去买了一份熏鱼和比萨，心想：这暗无天日的生活啊，自己怎么这么倒霉呢？她默默地在内心为自己哀悼。有一点陈青自己也不明白，为什么不说"No"呢，为什么每次都答应呢？难道自己就不能态度坚决一点吗？

按了门铃，没人反应，陈青提着一大袋的东西在门口等了好久，只好摸出手机，给他打电话。

"你不在家还叫我送东西。"陈青火气很大，她的手臂快撑不牢了。

"我在家啊！"

"快开门。"陈青狠狠地挂了电话。

Edison 从地上站了起来，飞快地跑去开门。门口的陈青拎着一大袋东西，脸上尽是恨不得把东西砸地上的表情。他笑嘻嘻地接过陈青手上的东西，刚刚还一脸的忧愁，现在突然又变得完全不一样了，也许饿了看到食物就有了希望。

"谢谢！"

"不需要。"

"既然来了，要不去试试上次买的衣服吧！"Edison 对陈青说。

她没法拒绝，想想买都买了，迟早要穿，于是接受他的提议，起身去房间。

她走过去的时候发现他的房间门开着，不经意间往里瞥了一眼，看到了一幅画。这时候，"我答应自己爱你的心绝口不提……"郑中基的歌声从 CD 机里传出来。陈青突然想起了什么，她又盯了一眼那幅画，顿时呆住了，脚步不由自主地朝房间内迈去。熟悉的脸庞，熟悉的鼻子，熟悉的笑容，熟悉的身影，这正是陈青日思夜想的前男友——那个消失五年的初恋对象蒋明羽。她抚摸着墙壁上的画像。客厅里，Edison 在叫她，她没有听到。陈青想不通为什么 Edison 的房间内会有这样一幅画，难道他们有什么关系吗？……亲戚，又或者是……她简直不敢想，转而又否定了自己内心的怀疑。"不可能，他怎么会是这样的人呢？"陈青寻找他已经很久了，可是从来没有再见过，她多想再见他一面，想问问他为什么要离开她，为啥什么都不说就消失了。如今却在这里看见了他的画像，她的泪水止不住地往下流。

Edison 发现陈青不见了，而且四周没有一丝动静，甚为惊奇，他看到自己房间里的陈青，没有注意到她泪流满面，他大声地呵斥："谁让你进来的？"他很生气，因为从来没有人可以不经过他的允许直接进入他房间。

"你为什么在这里？"他又大声地问。

陈青这才反应过来，转过身，面无表情，Edison 吓了一大跳，见陈青脸上满是泪痕，他不明白发生了什么。陈青拖着沉重的脚步走出了房间，一不小心拌在门框，她一个趔趄摔倒在了地上，膝盖有点痛，全身上下都很痛，身体痛，心更痛，大脑几乎是要崩溃了。Edison 想扶她起来，她没理会。"地上太冰了，你起来吧！"她没听见。他拿了纸巾给她，她也不要。他问她："你怎么了？"

这是怎么了？陈青自己也说不清楚。她只是看到了一幅画，却似乎看到了蒋明羽本人。她思念如泉涌，却又生气。她想起与蒋明羽的那段恋爱，凭什么他可以不告而别？更奇怪的是居然出现在老板房间的墙上，这都无法解释。难道这正好印证了老板的传闻，与他在一起，又因为羞于出口，所以直接消失？肯定是这样的，陈青想也没多想就这么认定了，于是把所有的怨恨都发在了 Edison 身上。

"关你屁事。"

"你，你怎么这样说话。"

"我就是这样，你太恶心了。"

"你怎么回事啊，我惹你了？"

"画上的人是谁？"陈青抬起头问他。

Edison 欲言又止，他不知道该如何解释。如果他说这是他从前的样子，这墙上的画像就是他自己，有人会信吗？两个长相完全不同的人竟然是同一个人吗？他从五年前的一场车祸中死里逃生，换了一张面孔活下来。这张面孔远比以前的自己帅，但五年了，他似乎还不能完全接受。他觉得墙上的人和他完全不同，因为车祸令他失去了记忆，他觉得自己就像是外星人闯入地球，到达地球后突然有了一个身份，于是只好接受了地球人身份，可不知道从前的自己是什么样的。所以，他很痛苦。在澳洲待了四年后，他终究还是想回来，兴许还能找回以前的记忆。

可是看着陈青，他又想如实以告。他想也许她是认识从前的自己的，可是自己要点破吗？难道她是为了画像中的人哭，那她和他到底是什么关系？看着她如此的无助和虚弱的样子，他竟然感到一丝疼痛，他俯下身抱住她，她拼命地挣脱，可是没有用，他牢牢地抓住了她。此时，陈青零距离地和 Edison 接触，她闻到了他身上的体味，感受到了他结实的肩膀。他把陈青抱到了床上，拿来一块热毛巾敷在她脸上，又轻轻地拿下，小声地说："今晚就睡这儿吧！别哭了。"陈青点了点头，此时的 Edison 在陈青眼里是极其细心和柔和的，像是男朋友对女朋友的关心。他轻轻地关上门，走出了陈青的房间。

Edison 看着房间里的画像，看着曾经的自己，阳光、温暖、帅气，虽然现在的自己依然阳光、帅气，可是总觉得自己缺失了什么，大脑里总有一个声音在告诉他要找回记忆，可是每次他拼命地想记起什么的时候，头就会痛得厉害。这些年的孤独生活过得也真是够了，他总想找一个理解他并且懂他的人，可是现在的女生除了看见帅气的男生扑上来以外，还有什么呢？他对女生总有一丝偏见并且不让那些爱慕他的人接近他，所以造成了一些不明事理的人以为他性取向不正常。他只想记起从前发生的事，虽然每次都会头疼，他还是希望努力不会白费，总有一天，他会知道以前到底发生了什么。之前很多时候，他问他的母亲，母亲总是避而不谈，说希望他过得好，过去的就不要再去想了，过去的事情没有任何意义，把握当下才是最重要的。以前他总是很听话，母亲说去澳洲读书，他就去了，母亲说要好好工作，他就好好工作。即使母亲对他的过去有所隐瞒，那也全是因为爱护着他，不想让他受伤。那四年里，他在母亲的牵线搭桥下也有新的女友 Maggie，但即使后来分手，他也没有太多的痛苦和难过，反而觉得轻松，更希望 Maggie 能找到属于自己的幸福。

　　然而看见陈青这么痛苦，他不确定她是为谁悲伤，只是为什么他自己的心会生生地疼呢？难道自己真的是出于同情心吗？刚才抱着她的时候，为什么会有一种熟悉的味道，为什么和她说话竟然变得温柔了？为什么她跑进自己房间，虽然很生气，但还是没怎么样，要是换了别人，他准会把她轰出去的，更别说温柔地说话了。为什么每次和她近距离的时候，那颗焦躁不安的心就会停下来，取而代之的是愉悦和好心情。这些疑问都使得他难以捉摸自己的心思。

　　深夜 12 点，陈青忍不住还是跑去问 Edison："那个人是谁？"

　　"你是指画像中的人吗？"

　　"嗯。"

　　Edison 在犹豫不决，到底是说实话还是不说实话。如果告诉了陈青，他怎么面对自己，姑且不说陈青和他什么关系，他自己都无法面对自己；如果不说实话，他依然可以坦然地面对现在和未来，那样就不会有现实压力，虽然他很想知道过去的自己，可他明白这不是一下子就能知道的。

　　"就一个帅哥呗！"

　　"你朋友吗？"

　　"嗯。"Edison 漫不经心地说。

　　陈青从 Edison 的漫不经心里可以看出，他似乎不太想别人提到这个人。

　　"他现在在哪呢，你知道吗？"

　　"你跟他很熟吗？"

　　"哦，不，不，不熟。"陈青害怕他知道自己的心事。而且万一他俩之间真有那种关系的话，她宁愿 Edison 是不知情的。这样两人都不会尴尬，否则，他和她算什么？情敌，或者是前情敌。

"以前认识。"

"难道是你前任男朋友？"Edison 问。

"不是不是，最多算是我前任男友的朋友吧。"陈青觉得这个说法大家都可以接受，就糊弄了过去。

"看到他，你想到了你的前任？那也不至于哭成这样吧？"

陈青低下了头。难道她告诉他，这画中的人就是她曾经的男朋友吗？她不能说。

"这么晚了，你就别回去了。"

"出租车很多呢！"陈青说。

"出租车不安全，真的。你到家很晚了，明天也起不来。"Edison 似乎说得很有道理。

"你真的担心我啊！"陈青转头看向 Edison。

"那当然，你是我的员工，出了意外，我要负责任的。"

陈青想了想，半夜出门去打车也的确有点危险，于是答应留下，然后给妈妈发了条微信。

"谢谢你！"陈青诚恳地说。

"谢什么哦！"Edison 说。

"刚才，刚才……陈青有点不好意思。

"没事啦。"Edison 嘴上这么说，其实心里还是很开心的，至少她感受到了他的好。其实他觉得他们之间也没有太多的不和，只是他明白自己的确有点小霸道。也许是因为空虚，也许是因为寂寞，因为孤单，让自己陷入悲哀的境地。对于过去的自己，为什么他们都守口如瓶？比如母亲，比如表哥。他在国外的日子几乎断绝了和所有朋友的联系，可即使不隔绝，他的记忆也无法容许他和以前的朋友再次建立起深厚的友谊。面对全新的一切，他害怕，脆弱地想封闭自己。所以当他看见陈青刚才那个样子的时候，他没办法无动于衷，他想到了自己，曾经孤独无助的自己，他忍不住想安慰她，虽然他很清楚她只是他的助理，也许她不只是小助理那么简单。当他看见她满眼泪痕的时候，他竟然原谅了她闯入他的禁区，要知道，从来没有这样的先例。他明白她不是个处处听话的乖孩子，他知道她只是在忍受。可是刚才他抱着她的时候，明明是依赖着他的，那么楚楚可人，令人忍不住地产生爱怜。他想起了刚才的一幕，嘴角边掠过一丝温暖的笑意。

"晚安！"

"嗯！"

两人各自回到了房间，陈青甜甜地睡着了，仿佛找他有了希望，有了眉目。夜里，她做了一个梦，梦见在一片碧绿的草地上，看见曾经的他手捧鲜花向她走来，旁边还有一个可爱的小男孩向她飞奔而来，很幸福的场景。她不愿意醒，想一直留在梦中，那样就可以看到他了，那些幸福是她期待已久的。可是等了这么多年，他为什么不来找她，为什么？她一阵激动，与内心做着残酷的挣扎，她的内心告诉她，也许他在忙着奋斗事业，也许他的离开是有不得已的苦衷，也许他也正在找她。醒来，陈青发现自己的枕巾湿了，摸了摸眼睛，眼角四周都是泪水。她在内心呼喊着他，只愿他听得到，不管他身处何方。不知道如今的他一切可好，她无法忘记他。想到这一切，泪水止不住地往下流。流了太多的泪水，鼻子塞住了，眼睛也哭肿了，只好起来去卫生间洗脸，一边洗一边哭，就只差崩溃了。看着镜中的自己，想着自己再也见不到他，再也看不见他的样子，她的悲伤呼之欲出，憔悴的面容，暗黄的皮肤，披头散发，半夜站在镜子面前，她觉得自己就是世界上最悲惨的人了。

Edison 听到外面一阵哭声，他醒了，跑到卫生间一看，他傻眼了，见陈青哭得一塌糊涂。他去房间拿了一件外套，披在了她身上，然后对她说："傻瓜，别哭了，这深更半夜的，人家还以为我欺负你了呢！"

"与你无关！"

"我知道和我无关，不要哭了，好吗？"

"你别管我！"陈青大声叫道。

"孤男寡女的，我不管你，谁管你啊！"Edison 说。他把热毛巾拿来，放在了陈青手上，继而用温柔的眼神看着她说："别哭了，再哭就不漂亮了，不漂亮就没人要了。"

"没人要就没人要。"陈青噘起嘴巴，一副任性的样子。

"别这样，你父母会心疼的。"Edison 在说这番话的时候其实是他自己心疼。四周静悄悄的，除了客厅墙壁上时钟走动的声音。

"你去睡吧！别管我！"陈青说。

"哎，你这样我怎么睡得着，我不放心。"Edison 说这话不无道理，他害怕万一出什么事了，他没办法向她父母交代，可另一方面他又不知道如何安慰陈青。

"你们男人都没良心，残忍，自私，冷酷……"陈青说了一大堆男人的坏话。

"好，好，好，我们男人是自私，行了吧！你也不要一棵树上吊死，你看看，像我这么优秀的单身男都还多得是。你瞧瞧，我很帅，也很有才华。考虑下我呗！"Edison 想不出别的办法，只好故意拿自己调侃了。

"我才不要你，你那么凶，那么霸道，我可吃不消呢！"陈青开始不哭了。

"我对女朋友很好的，很体贴的。"Edison 望着陈青认真地说。

"真的吗？"陈青问。

"那当然。不骗你，我不骗小姑娘的。"Edison 说。

"说谎。哼，我又不是小姑娘，我是大姑娘。"陈青嘟起嘴巴。

"哈哈。好男人多得是，别为一棵树放弃一座森林。"Edison 安慰道。

"我要是找不到，我就收你了。"陈青调皮地说。

"不是，这……你好过分哪。我这么差劲？沦为备胎了？"Edison 一边说一边笑起来了。

"哈哈，找个高富帅做备胎也不错呀！"

"天哪，这是一个陷阱哪，我不要！"Edison 故意生气地说。

"你不要什么？"陈青望着他的眼睛说。

"不要，不要做你的备胎。"Edison 突然觉得自己好可怜的，竟然因为同情把自己搭进去了。

"那你要做什么？"陈青盯着 Edison 问。

"嗯，我，我不做什么。"Edison 也不知道要说什么了。

"哼，我就知道你们男人说一套，做一套，假惺惺的，都没良心，虚伪，做作，鄙视你们。"陈青说完，理也不理还在一旁的 Edison，回到自己房间，把门哐的一声关上了。

Edison 愣在那儿，还没反应过来，陈青早已回到自己床上睡觉去了，因为她哭累了，困得要死。只剩目瞪口呆的 Edison 在自言自语：明明是好心，被当作没良心，天哪，这好人难做啊。他竟然想不到自己招了个这样的助理。他给她煮心灵鸡汤，当免费的辅导员，她居然还嫌弃，太过分了，可是怎么觉得，她傻乎乎的，又很可爱，连他自己都觉得奇怪呢。说她美吧，也没有美到什么程度，说她性格好吧，也没好到哪里去，甚至还会骂人。好心被当成驴肝肺，Edison 一时之间忽然无所适从，自己被当成了什么？好歹也是她老板呀，可她毫不在意，还把气出在他身上，这着实让他郁闷了一阵子。他也只好洗了下脸，打算继续睡觉去了。他指着墙上的画：都是你惹的祸，可你不就是我吗？你跟他有什么深仇大恨，竟然要我承担，太冤了。第二天，Edison 去叫陈青起床。Edison 经过昨夜这么一出，是真的怕她了。他觉得他惹不起陈青，这女人太神经质了，一会儿骂他，一会儿骂男人，一会儿眼泪鼻涕一把抓，一会儿楚楚可怜的样子，一会儿又很温柔可爱，集女生所有的缺点于一身，真叫人害怕。

"我先下去了。"陈青说。

Edison 求之不得，就怕一大清早再跟她起冲突。

其实陈青早把昨晚发生的事忘到九霄云外了。只是陈青的眼睛肿得太厉害了，眼睛都变小了。一整天，浓郁的咖啡奶香味充满了整个办公室，两个人睡眠明显不太够，就这样撑过了一整天。

下班的时间到了，陈青边走边打招呼："我走了。"那架势根本不是在沟通或征求意见，而是直接知会一声，不管让不让她走，反正她要下班了。Edison 没说什么，直接让她走了。

走出办公大楼，陈青高兴极了，终于感受到了不用看他脸色过日子的时候了，怎么还有一丝小雀跃呢，内心的自由时刻到了。她打车来到公园，池塘里的荷花已经凋谢了，只剩些许的莲蓬和大得可以当伞用的荷叶。陈青站在湖边，心旷神怡，初秋的湖面一片平静，偶有微风泛起一点点的涟漪，湖里的小金鱼和小青鱼游来游去，远处的桂花香蔓延而来。陈青坐在湖边的长椅上发呆，看着湖面欣赏着黄昏的落日余晖，禁不住用手机拍下了美好的一刻。她怀着愉悦的心情回到了家。饭后，陈青一个人坐在沙发上发呆，母亲走过来，见她脸色苍白，神情凝重，以为她发生了什么事，忙问她："你怎么了？"

她回答："没什么。"

"工作太忙了吗？"

"不忙？"

"工作很累吗？"

"也不是？"

"那你这是干吗？"

"你别管我了！"陈青扔下这么一句话，然后径直走回了自己房间。

母亲看着她的背影，直叹气道："你这孩子，真是的，叫你说你又不说，有什么事就不能说出来吗，说不定妈或许帮得上忙。"

陈青半躺在床上，望着天花板，脑海里一片空白，脑子昏昏沉沉的，竟然睡着了，灯也没关，窗户也没关上。秋日的风飘进了她的房间，吹拂着她的脸，是太累还是太兴奋，是身体累还是心累，都说不清楚。睡梦中，她与自己的内心进行了一次深层次的对话和剖析。醒来，发现母亲正在炖红枣银耳汤。

"妈，您这是干吗呢？"

"炖红枣汤。"母亲一边在厨房里忙着一边回答着陈青。

"大晚上的炖这干吗呀！"

"干吗？还不是给你补补身子。你看看你这脸色，这么不好，还不补补，可要长皱纹喽。"

"您怕什么呀，说得好像我已经很老了似的。"

"就是怕你老，你老了还嫁不出去，可不苦了妈，妈还得继续养你！"

母亲的一席话似乎也有道理，可陈青不以为然："干吗想那么早把我嫁出去呀！"

"男大当婚，女大当嫁。难道你还想一辈子和我们待一起啊！"

"对啊，我不嫁，我要和你们一直在一起。"

"我可不想！"陈青的母亲也很会开玩笑，有时候甚至弄得陈青哭笑不得。

"好啦，好啦，妈，我知道了。"

"嗯，真听话，这才是我的好女儿嘛！你先休息，妈一会儿盛给你。"

"谢谢妈。"

陈青的脑子清醒了许多。她坐在沙发上按频道，从头到尾按了一遍，发现没有好看的节目，于是果断地关掉了电视。现在可不比从前，不能深更半夜日夜颠倒地看电影了，要不然真如母亲所言会老得很快的。陈青明显感觉到了自己确实不再年轻，青春眼看着就要过去了，而自己却行走在事业的边缘，给别人当个小助理；行走在爱情边缘，等待那个不可能的人，即使看到了他的画像又怎样，有的人他不想出现，再等又有什么用。那等待中的煎熬，他知道吗？那等待中想死一百遍一千遍的理由都有了，可等待没换来任何结果。她有时候在想，难道他真的那么有本事，从此在地球上消失了吗？答案没人可以告诉她，他就像森林中的麋鹿，明明看着就在前面，可一眨眼的工夫就消失得无影无踪，无论你怎么追赶都无济于事，仿佛从此在人间蒸发了一样。

来到阳台上，她躺在木制的躺椅上，双手交叉放置于后脑勺，眼神依旧迷离。她抬头仰望星空，那一颗颗闪耀着光芒的星星似乎在倾听着她的诉说，月亮老人也在同情她，它仁慈而又爱怜地看着她，似乎让她重燃起了希望，让她的心不再惶恐不安，不再焦灼不安，让她看到人间的善良和美好。

　　蓓蓓突然打来了电话，问她怎么没联系，陈青一时语塞。

　　"你有了你的帅哥，就不要我了？"蓓蓓快人快语。

　　"什么我的帅哥啊？我哪里来的帅哥？"陈青感觉很惊讶。

　　"你呀就不要装了，还以为我不知道。"蓓蓓神秘地说。

　　"什么呀，我被你弄糊涂了。"

　　"重色轻友，对吧？"

　　"没呀，我哪来的色呀。"陈青越发觉得奇怪了。

　　"那个，他，他给我打电话，貌似想问我，你以前的一些情况。"

　　"谁啊这么八卦，还嫌天下不够乱吗？"

　　"你老板呗！还能有谁。"

　　"不会吧。"陈青一脸惊愕的表情，然后问蓓蓓，"那你说了什么？"

　　"你觉得我会怎么说呀！"

　　"哎呀，快告诉我你是怎么回答他的。"

　　"我当然什么也不说了。"

　　"太棒了，不愧是好姐妹。"

　　"那当然，咱俩谁跟谁呀，我可不能出卖你。"

　　"哇，赞一个。改天请你喝一杯。"

　　"好啦，这个以后有的是机会。"

　　"嗯，算我欠你一个人情。"

　　"不过，我奇怪的是难道他喜欢你？"蓓蓓认真地问道。

　　"他喜欢我？怎么可能，你不要开玩笑啦！"

　　"那他打听你干吗，而且态度好得离谱，我都怀疑是不是我脑子糊涂了，听错了。"

　　"谁知道，或许他无聊。"陈青只好先这么说。因为她还没想好要如何告诉蓓蓓她看到画像上的人这件事情。要是自己提起来，又要近乎崩溃，她可不想伤神，况且有些事她不说蓓蓓也是心知肚明的，说出来又有何意义。那家伙就像在地球上消失了一样无影无踪，这些年她为了他什么事也没干成，可是他知道吗？人的青春能有几年，再坚强再坚定的心也会被摧毁。他那么狠心离去，她又何必如此留恋。生活很美好，风景也不错，她不想再把自己的心情弄糟。

"哦，那也是，我也觉得是他无聊。哈哈。"蓓蓓说。

"对，没错，反正他就是个怪人，你也知道的。"陈青说。

"那么，我想问你个问题，你不要生气哦。"蓓蓓想先打个预防针，免得陈青骂她。

"你问吧。"

"你喜欢他吗？"蓓蓓认真地问。

"你没搞错吧！我怎么会喜欢他？"

"真的没有吗？"

"真的。"

"难道没有丝毫的好感？"蓓蓓又追问她。

"你说什么呀，我没有那么多心思，感情很累，你懂的，我不想再投入了。"

"我问你对他有没有好感，你这是答非所问。"

"好吧，我没有。可以吗？"陈青态度坚定。

"那就好，我听说他母亲很厉害，所以最好别靠近他。"

"你放心，我不会的。"

"嗯，我放心啦。"蓓蓓听到陈青这么说很高兴，她不想她受伤。

她明白和一个人相处久了，难免会心生好感，她怕脆弱的陈青会再次陷入旋涡，她瘦弱的身体估计再也禁受不住了。

挂了电话，陈青有点恍神，她摸摸自己的胸口，想到自己坚定的那句"我没有"突然有点心慌。

第六章 ／ Party

　　周五，陈青吃过中饭，感觉有些累，她靠在沙发上睡着了。这会儿 Edison 出门了，陈青料想他和哪个美女约好了。虽然她对他没有像过去那么讨厌了，可是她认定对他不是好感，总觉得他还是有些怪怪的。但即便如此，她觉得自己反而不用像从前那样紧张。因为她知道他不是一个坏人，至于是不是好人她倒不怎么在乎。即便他知道了她的某些小秘密，她也无所谓，哪个人没有过去呢？

　　窗外的阳光异常的明媚，透过窗帘，照到陈青的睡脸上。睡梦中，她看见她的白马王子缓缓向她走来，虽然他的样子很模糊，可她能感受到那就是她心中的人，她笑了，然后转了个身，忽然发现前面有个人影，猛地惊醒了。迎面有一双眼睛正盯着她看，并且那人正要俯下身去。

　　"你，你要干什么？"陈青一阵慌乱，她心跳得厉害。

　　"我要干什么，哈哈！你说我要干什么啊？"

　　"我，我不知道。"陈青赶紧起身了。

　　"难道你以为我要亲你？"

陈青咬着嘴唇，一言不发，看见他手里拿着一条毛毯。

"我睡过头了吗？"

"还没，离上班时间还有 15 分钟呢！你继续睡，要不你会怪我打扰到了你的美梦。"

"是做了个梦。"陈青老实地承认，她觉得没必要撒谎。

"怪不得呢，连睡个午觉也这么开心。梦见了你的梦中情人？"Edison 漫不经心地说，连他自己也猜不到，居然说中了陈青的心思。

"才没有呢，你乱讲。"陈青心虚地说，她想不通他为什么会猜得这么准。

"看你刚才笑得很甜蜜。要不是我怕你着凉，你都不会从美梦中醒了吧！"Edison 似有醋意地说。

陈青一下子愣在那儿，也不知道要如何回应，只得借口去洗手间洗脸去了。等她回到办公室的时候，Edison 对她说："别忘了明天的 Party，明天和我一起参加，作为我的助理，你必须参加。"见陈青愣在那边，他竟然凑到她耳边温柔地说："要打扮得美一点哦，可不要给我丢脸哦！"陈青感到一丝的难为情，觉得他总是似有似无地在挑逗她，可为什么还是感到一阵熟悉呢，直视他的脸明明是不一样的脸，完全不一样的脸，连性格都完全不同，难道自己对他……她不敢想下去，直接跑去做事了。

这时的 Edison 有点沾沾自喜。实际上，连他自己也不知道，以前和助理一起工作，他都懒得和她们说话，可是对她，为什么会有一丝的爱怜和不舍呢？看见她好端端的，他总想弄点事情出来，可是又不想在她那里表现出不好的样子，看见她逃掉的样子，他心里一阵窃喜，内心在偷偷地笑；看见她生气的样子，却是一阵心酸，似乎自己的心被她偷去了一半。陈青泡了一杯绿茶，让自己的大脑清醒一下，不想让自己沉迷于刚才的梦境，虽然梦很美，可是蒋明羽在哪里呢？即使看到了他的画像，又能怎样呢？世界这么大，到哪里才能找得到呢？或许他早就有了心爱的人，自己又算什么呢？她安慰自己的同时也在深深地伤害着自己的心，明知道全世界最在乎他的人是自己，却又总是给自己树立很多假想的敌人。"可是如果他还在乎我，为什么这么多年了没有来找我？"这是陈青无论如何也想不明白的事情，朋友的劝告被她当成耳边风，自己偶尔的心狠不代表可以忘记他。有的时候，她恨男人，咬牙切齿地恨，然后又无声地痛哭，可是面对 Edison 偶尔的温柔却又心跳。抛开他是她的老板，如果纯粹把他当成一个男生来看待，她会怎样，她问自己。她想也许她也会心动的，只是她的心已经被他占据了太大位置，没有空余的空间再来容纳别人。有时候，她发现甚至连她自己也容不下了，她是把太多的心力交给了他，才活得如此的悲情，这些别人一定不会知道吧。她不想记得他曾经说过的话，可为什么他的话时常在脑海里跳出来，并且清晰地呈现在面前？似乎她不记得他，她就会受到他的惩罚似的。所以她讨厌他，讨厌他那些迷惑她的话，她想摆脱他却又时时刻刻在找他，想见他，想骂他。为什么感觉他总是在周围看着她呢？可是又为什么不出现呢？她又痛恨着他，心里交织着无数的怨恨和爱意，却又无处诉说，她的心该是怎样的痛苦和绝望。可她的表面依然很平静。认真地处理了下午的事，她想给自己好好放个假。

　　下班了，Edison 说："别忘了明天的 Party，明天下午来我家试装和我一起去做造型。"陈青哦了一声，闷闷不乐地走了。

　　"要不要我载你一段？"Edison 问她。

"不用了，我想自己走走。"

"不需要我陪吗？"下了班的 Edison 一副玩世不恭的样子。

"谢谢！"

Edison 的车风驰电掣般呼啸而过，陈青看着他的车远去，心里一阵莫名的失落。她在湖滨公园坐了一会儿，静静地看着湖水发呆，秋风吹动着杨柳，柳叶发出沙沙的声响，地面的温度逐渐地降低，他一定忘记我了吧，她想。想起那些曾经的美好，陈青不由自主地掉下了眼泪。"你在哪里？"她在心里呐喊着，可是无人回应。似乎，上天把她遗忘了。一只小鸟落在她的脚边叽叽喳喳，四处走动着，好像她小时候养的小白鸽在阳台上和她玩耍一样。突然它飞到了她的肩膀上，她一惊，又马上坐稳了，生怕吓到它，它就会飞走了一样。起风了，小鸟忽地飞走了，掠过湖面，飞向了远方，消失在了云层中。陈青望向天空，天还未黑，夕阳一片红，她向上天祈祷他早点来到她的身旁，不要让她等太久。母亲打来电话，叫她早点回家吃饭。

陈青回到家，吃过饭，还没洗澡，直接倒在了床上。这一周也够辛苦的，终于迎来了假期，她昏昏大睡了。晚上手机响了好几次，她都没听到，只管自己睡。半夜起来，她直接把手机关了，什么也不看，什么也不想，并去厨房倒了杯水，端到自己房间。夜深人静，安静得连根针掉到地上都能听得见，陈青望着墙壁发呆，想睡一下子也睡不着，脑子很清醒。回忆肆意地袭来。她多想自己有个支撑的力量，却一直那么的孤独，可这都是自己选择的。要等到何时才能再次与他相见？她祈求上天，她向满天的星星祈祷，希望无论身处何方的他能知道，能了解她的用心。生活还要继续下去，她明白，可是对于未来，对于没有他的未来，她一想到就无比的恐慌与害怕。她多想有他一路同行，可是他在哪，在哪？如果有人告诉她，他在哪里，哪怕飞越大西洋、太平洋，她也一定会义无反顾地前往寻找他的路途。她的心早已被他带走了，而她的人还在，有时候她觉得自己就像行尸走肉一般地活着，没有他的世界，她又怎能活下去，只是不知不觉已经走过了五个年头。为什么他不来找她？他曾答应过她的，会永远和她在一起，永不分开，他无法承受失去她的痛。这是他明明说过的话，为什么他不兑现？她只能陷入了无边的回忆之中，即使她知道回忆只能让人产生莫名的伤感。想得头痛，累了也就睡着了。头靠在枕头上，歪向一边，她还是在想着他。

　　秋天的气候宜人，不太冷也不太热，夜晚的凉风吹进来很是舒服，陈青睡得很安稳，只要一想到蒋明羽，她就会很满足，因为她总觉得他一定会来找她的，自己再多等一些时间。这一夜，有的人失眠了，可陈青睡着了，或许大家都是因为爱情。很多人匆匆嫁给了现实，而她一如既往等他。

　　第二天下午，陈青接到 Edison 的电话："我在你家楼下。"这令陈青有些意外，他居然来接自己，可是想想他也没有违背常理，因为他请她参加 Party。反正不管他是出于什么目的，自己省了坐车的麻烦，这也使陈青很开心。"我在喝东西，你等会儿。"

　　其实 Edison 之前并没有想特地去接陈青。他刚才去健身了，折回来的时候刚好路过她家，于是就想顺带捎上她。Edison 想去接下她也是人之常情，不过，是不是有别的想法呢？这个 Edison 自己也没往深处想。

　　陈青还未走出小区大门，就远远地看到 Edison 了，又是一副墨镜架在高挺的鼻梁上，还戴了个绅士帽。其实 Edison 也蛮帅的，这么看着也不错，挺顺眼的，陈青心想。只是也许自己先入为主地以为他是个异类，所以……陈青突然发现自己有点邪恶，怎么会不知不觉把 Edison

联想到男朋友范畴了呢？她明明心里只有蒋明羽的，难道是他的外表吸引了她？绝对说不上，她可不是以貌取人的庸俗之人。想着想着，陈青已经走到了他的车旁。

"来了！"Edison 向她打招呼。

"嗯。"陈青没敢正眼看她。

见她坐稳了，Edison 突然加大了油门，把陈青吓了一大跳："你，神经病啊！"

"哇，你还会骂人。"

陈青才发现自己居然把他当成了朋友，因为只有朋友间开玩笑她才会这么说；而对于老板，说这样的话，简直就是找死。可是，话已经说出口了，怎么办呢？陈青正在尴尬之际，Edison 说话了："就想吓吓你，谁叫你不搭理我。"

"什么嘛，我，我没有不搭理你哦。"陈青支支吾吾又不知道要说什么了。

"你把我当成男朋友了？"Edison 显然减速行驶了。

"才没有呢？"

"那你刚才这么跟我说话。"Edison 的双手在方向盘上，眼睛却朝陈青望去，和陈青的眼神撞了个正着，陈青羞涩地把头转向了外边，装作在看路边的风景。

"你以前常骂你男朋友？"Edison 试探性地问。

"嗯。"

"你这么凶啊，那你男朋友吃得消啊。"

"哼，必须吃得消。不然，我不理他。"陈青一副生气的样子。

"那现在呢，你是不是把他气跑了呀？"

"才不是呢！你们男人都是大坏蛋。"

"哟，对男人恨之入骨啊？"

"切！"陈青一脸的傲娇。

"啥意思呀？"

"不想说。"

"要不，我当你男朋友，如何？"

"你得了吧，老板，我可惹不起。"陈青说。

"我这么帅，你看不上我吗？"Edison 一边开车一边说。

"你是挺帅的。"

"那就是喽，你都承认我帅了，怎么，难道是还没忘记你以前的那位吗？"

"讨厌啦，不要说了。"陈青有一点气愤。

"好了，好了，不说了。"

"嗯。"

"不过，你今晚要挽着我的手臂哦。"

"为啥呀？"

"这是礼仪，懂吗？"

陈青点了点头，反正也没人认识，无所谓，再说她穿着高跟鞋也怕摔着，挽着他的手岂不是更好。Party 上又不认识其他人，其实也挺尴尬的，挽着他的手也让她有安全感，所以她答应了。

"我昨晚给你打电话为什么不接？"Edison 问。

"没有呀。"陈青回答。

"有，给你打了好几个电话呢？你去哪玩了？"

"没有哦，我在家待着呢。"陈青说。

"不信，你肯定跑去玩了，不好意思所以就不接我电话。"

"才不是呢，我真的在家，我妈可以做证。"陈青气呼呼地说。

"好啦，你干吗这么紧张，哈哈。"Edison 很是开心。

"真是的，你又不是我男朋友，我在家不在家关你什么事啊！哼。"

"哈哈，这都是你自己说的，真傻。"

"你说谁傻？"陈青问。

"这里还有谁。"

"哼，讨厌。"陈青装作很生气的样子。

Edison 放起了 CD，一阵悦耳的音乐传来，让人产生无限的遐想，陈青陷入了美好的梦幻之中，是英文歌《爱无止境》。很快，就到了 Edison 的家。

"我先上去了。"陈青说着就下了车。

"不，你在旁边等我。"Edison 说。

"哦。"

陈青站在一旁等他停好车，两人一起上了电梯。陈青刻意和他保持距离。她到现在仍然搞不清楚他到底是什么样的人，或许接触时间太短暂了吧！他也一言不发，也许觉得在电梯里也没什么好说的吧！

Edison 打开房门，走到自己房间，从衣柜里拿出那套礼服。礼服被熨得整整齐齐，没有一丝的褶皱，甚至比刚买来的时候还要平整。陈青觉得很惊讶，这时，Edison 开口了："已经帮你熨好了，你这个小懒猫。"陈青很不好意思，原来他竟然可以这么细心。他又继续说了："去洗手间把妆洗掉，直接穿上，免得又要熨一次。"

"我没化妆。"陈青嘟着嘴，仿佛觉得他怎么不理解自己似的。

"我知道你是素颜，那也要洗一下吧！"见陈青还愣在那里，他又催她了："快点啦，好像你是老板似的。再不抓紧，等下没时间了。"

"哦。"陈青慢吞吞地踱到洗手间，发现他真的很细心，而自己简直是粗枝大叶，太搞笑了，明明他是男生，为何那么细致，就像当初的他。这个世界上除了他，她找不到哪个男生可以这么细心，偶尔又那么温柔。她站在镜子前发呆了好一会儿，没回过神来。

外面的他在叫了："好了没？快点啦。"

"知道了，别催啦。"陈青一脸通红，原来她也是害怕参加这种场合的。她曾经以为自己是不害怕的，跟在他后面有什么好害怕的呢？顶多她也只是个小跟班而已，别人也不会注意的。

陈青走出洗手间，把礼服拿到自己房间穿了起来，也不知道会怎么样。自从买的那天以后，她几乎忘掉了这件礼服长啥样，而今才正式穿起来，忽然感觉有些别扭，走路也不太好走。她走到客厅的大镜子面前，头发披散着垂了下来，下面的蓬蓬裙款式让陈青有了一种公主的感觉。这时，Edison 走了过来，上下打量着她，陈青很不习惯，"干吗这么看着我？"

"好看呗！"Edison 嘴角掠过一丝笑意。

"真的吗？"陈青的脸颊微红。

"Sure!"

Edison 一身白色西装，没有佩戴领结。他对她说："来，挽着我的手试试看。"他看着镜子中的陈青说。

"才不要呢！"陈青一脸羞涩，竟然不好意思地低下了头。尽管她知道只是装装样子，而并非他真的女朋友，但她还是难掩一丝的害怕，怕自己和他不配。

"快点啦！难道要我挽着你！"Edison 又逗她开心。

"那好吧！"陈青挽着他的手臂，但还是不敢看镜子中的自己。

"哇哦，不错。"Edison 说。

陈青这才敢看自己，其实真的蛮搭的，而且现在她还未化妆呢，要是做个造型肯定会更好。她发现自己真的不错，于是她马上变得自信起来。

"原来我这么美。"她对着镜子中的自己小声地说。

"你本来就很美。"Edison 接了上去。

陈青把手放了下来，轻轻地问："真的吗？"

"那么，你怎么认为就是什么吧！"Edison 走开了，他不喜欢不自信的陈青，哪怕他和她只是老板和助理的关系，他也不希望她不相信自己。虽然他对她的脆弱有所了解，但他喜欢看到自信的她，那个和他作对的她。

陈青偷偷地想瞄一眼他房间中的那张画像，可是门紧闭着，Edison 很快发现了："你想干什么？"

"没什么哦。"

"想跑到我房间干什么，又想起你那个初恋？"

"哦，不是哦！"陈青说。

"我告诉你，今天不许你想他，不管他是谁。"Edison 霸气地说道，"还有，一会儿见到我认识的人，你也要和他们打招呼，不许装作路人，知道不？"

"哦，知道了。"陈青表面上附和着他，其实在心里骂他，她气得咬牙切齿，凭什么，可是想想，也许在 Party 上可以见到想要见的人也说不定，反正多认识一些他身边的人，说不准就会找到有关他的下落呢！她这么安慰自己，因此忍受着他的霸道。

也许陈青一声不吭地站在那里，他又有点心疼了，也怪自己太过分了，他明知道她心里藏着些许忧伤，又为什么要刺激她？他的心竟然又疼了，胸口也在隐隐作痛。他坐在了沙发上，捂着胸口，似乎脑袋也疼了。陈青没有发现。他靠在了沙发上，过了好一会儿，她发现怎么没动静了，才看到他又是一副痛苦的模样。她去厨房倒了杯水，又去拿了湿毛巾给他，他不要，她只好帮他擦去了脸上的汗水，把水杯递到他嘴边，并且轻声细语地说："我听你的话，你别那么大声说话，好吗？别想了，好吗？"他喝了半杯水，头也不痛了，不知为何，听到她温柔的话语，他的心也不痛了。看着她为他着急的样子，他竟然觉得是那样的安心与满足。她清秀的脸庞他总觉得在哪见过，可是却怎么都想不起来，只是当她靠近他，并且温柔地关心他的时候，他感到了从未有过的温暖，即使是他的母亲也似乎给不了他这样的温暖。他温柔地抓起她的手，她的眼神那么温柔可人和灵动。

"嗯，你要干什么！"她有点不知所措。

"你是不是喜欢上我了？"他问她。

"没有啦，你快放开嘛！"她明明想大声斥责他，可是说出来的话却是那样带着娇羞的语气，脸颊一片绯红。

"哦！"他似乎一阵失望却又觉得是理所当然，可是她看他的眼神分明是在暗示什么，难道自己想多了吗？

"嗯，我们快点走，好吧，要迟到了哦！"陈青见 Edison 没事了，松了一口气，又去给他倒了杯水。

"那你等一下不要惹我生气！"Edison 用恳求的态度向她说。

"当然不会啦，不然又要照顾你，好麻烦的！"陈青开心地说。

"什么，你居然嫌我麻烦，我打你！"Edison 从沙发上蹦了起来。

陈青跑开了，一不小心撞到了茶几的边角上，"哎哟，好疼。"

"怎么了，撞到了没？"Edison 关心地问。

陈青摸着自己的膝盖，有一点点的瘀青。Edison 去了另一房间把医药箱拿出来，从里面找出医用消毒药水，给陈青擦拭伤口，然后又拿出创可贴给她贴上。

"谢谢你！"陈青说。

"不用啦，要是你妈妈知道你在我这儿受了伤，还以为你被我虐待了呢？"

这话说得，把陈青逗乐了，"哈哈！"陈青露出了明媚的笑容。

Edison 看到了，似有一股清泉流进了内心深处。

"人家都痛死了，你还逗我。"

"这样就不会痛了。"Edison 说，然后狡黠地看着陈青。

他从厨房里拿了一杯热水给陈青，用嘴吹了吹，然后放到陈青面前，就径直走到了自己房间。不一会儿，他手里端着一个小盒子，看起来十分贵重的样子，他拿给陈青。

"这是什么？"

"打开就知道了。"

"我不要。"

"我知道你不会要的，这不是送给你的，我要送给我心爱的人，现在只是借你戴一下而已。"

"你是说等会儿要戴这个吗？"

"对的。"Edison 说着就把它亲手戴到了陈青的脖颈上。

这是一颗水滴形的钻石，目测大概有 1 克拉，陈青可没戴过这么贵重的项链，据说女人只有到了结婚或者订婚的年纪才可以佩戴如此贵重的钻石。眼下配在陈青白皙的脖子上，钻石散发出夺目的光彩。

"这么贵重不怕我拿走它？"陈青开玩笑地说。

"你不会。"Edison 肯定地说。

"为什么？"陈青反问道。

"因为，因为……我不说，可以吗？"Edison 有些害羞。

"我猜，你该不会喜欢上我了吧！"陈青望着他的脸说。

"才不会呢。你这么笨笨的，没姿色没身材。我怎么会喜欢上你呢。"

"哼，我讨厌你。"陈青气得直想走了。

"是你叫我说的嘛，说了还怪我，做人可真难。"Edison 似乎一脸委屈。

"今天我戴了它，就把它拿回家，气死你。"陈青生气地说。

"好好好，你拿回家，拿回家。直到有一天我找到它的女主人。"Edison 只好安慰她。

"我不还给你了，什么女主人，我才不要给别人呢！"陈青竟然把他当成蒋明羽了。听着这话醋意十足，Edison 很是开心，不管陈青此时在想什么，看着一脸怄气的她，他的心里甜蜜得要死，也不知为什么。

墙上的时钟敲了几下，两人这才醒悟过来，快来不及了。她拿起包，冲出去。

"慢点开，我头晕。"陈青说。

"撞了一下，能不头晕吗？"Edison 说。

造型师打电话来了："喂，老大，什么时候到啊？都等你们半小时了。"

"快到了呢，刚才出了点意外。"

赶到造型师那里的时候，他们一个个都差不多要生气了，足足让他们等了一个钟头。而且今天本来他们是接了一个活动的整体造型，看在

Edison 的情面上才留了两个小时的时间出来。其实 Edison 他自己也不需要特别的修饰和造型，他是为陈青准备的，他是个爱面子的人，不想别人说他的女伴不够漂亮有气质。陈青素颜的底子不错，所以他想如果经过造型师的精心装扮，她应该会很惊艳，其实就算不惊艳，他也不想让看客们笑话，纯属堵上他们的臭嘴，免得他们到处乱说。实际上，最开始他都没有想过要把那条价值不菲的项链拿出来，他本想让造型师挑选出一款适合 Party 风的水晶项链点缀一下就可以，谁想到自己竟然动用了，都不知道自己当时是怎么想的。

"哇，好漂亮的项链啊！"化妆师小李赞叹道。

"谢谢！"陈青礼貌地道谢。

"老大，这位美女是谁哦？"造型师 Tom 凑近 Edison 的耳边问。

"关你什么事啊？"Edison 开玩笑地说。

"难道保密？该不会是未来嫂夫人吧！"Tom 调皮地试探。

"去你的，你什么时候听说过我有女朋友？"

"这么说，还只是暧昧？不会吧，这么衰。没意思。"

"暧昧都不是！"Edison 看着陈青的背影对 Tom 说。

"太逊了吧！还没到手？"Tom 甚觉奇怪，因为他觉得这不像是 Edison 的风格。

"我才不会选她呢！"Edison 说。

"那你还要我们全组人员都伺候她。"

"哎，你们不懂啦，反正把她打扮得漂亮点。"

"装，明明把那么贵重的东西都戴到她脖子上了，还死不承认，该不会是她不喜欢你，你霸王硬上弓吧？"

"去，干活啦，什么乱七八糟的。"Edison 催他。

陈青坐在正中央，一群造型师围着她，又是吹头发，又是电卷棒，又是编辫子，她都不知道自己的头发等下要变成什么模样。脖子上的项链在灯光的照射下闪闪发亮，绚烂夺目。识货的人都知道肯定价值不菲，这让一旁的造型助理羡慕不已。

"你男朋友对你真好。"

"他不是我男朋友。"

"别害羞了，没什么可难为情的。虽然他很花心，可是他从来没有给别的女生戴过这么贵重的首饰！"造型助理说。

"什么，他很花心？"陈青问。

"反正他经常带那些妆化得很浓的女生过来，要求我们给她们做造型。"

"哦。"

"不过，你应该算是例外吧，没见你化妆，而且很清秀，一看就知道有教养，有文化。"

"谢谢！"

"小庄别乱说。"Tom向小庄使了使眼色。

陈青才知道什么他不喜欢女人，原来都是假的，明明经常换女人。听到刚才小庄的一些话，她内心很不舒服，她可不想成为其中之一，虽然他是拿出了珍贵的项链，可也许他只是一时兴起，心情好而已，或者说今天的场合比较重要。一想到是这样，她竟然心中莫名的恼火。她直呼他的名字，他跑来了："干吗？"

"给我拿杯水。"

他去倒了一杯水，她喝了，然后又吐了出来："不要这个。"

"那你要什么？"

"我要纯净水。"

"纯净水？"Edison 急了，这会儿要是开车去买个纯净水，时间肯定来不及了，等会儿又要挨骂了，说不定母亲早就到了，他可不想迟到。

"老大，我这里有。"Tom 说着就叫助理去拿了一瓶。

"谢谢你，Tom！"

"应该的嘛。"

"真难伺候，"Edison 心里想，"还真以为自己是谁。"他不知道其实陈青刚才是吃醋了，女人的心思真难懂。陈青明明不喜欢他的，可是听着别人说他的过往情史，她竟然浑身不舒服，直想骂他一顿，憋着太难受。

整个造型过程持续了一个小时，接下来就是化妆了。陈青底子不错，化妆师建议不需要化太浓的妆，陈青同意了。连假睫毛都不用贴，因为她的睫毛本身已经很长了。加上一身礼服和脖子上的项链，马上从清纯少女变成了名媛，贵气十足，却又不失青春气息。当她出现在 Edison 面前的时候，Edison 惊呆了，加之陈青有点不好意思，脸上泛起了红晕，整体看上去，简直可以说是《瑞丽》封面名媛的装扮了，和 Edison 站在一起确有几分郎才女貌的感觉。

"老大，怎么样？"

"嗯，不错。"

"谢谢你们哦！"陈青向造型师 Tom 道谢。

"眼光不错哈，老大。"Tom 带着调侃的语气对 Edison 说。

"闭上你的嘴！"

"好心没好报。"

"少说话，多做事！"Edison 对 Tom 说。

Edison 认真地看着陈青，她和以前的那些女生确实不太一样，他原本以为他不喜欢陈青这种类型的，谁知道她打扮一下可以这么美又贵气十足，如果将这样的女生带到母亲面前，她应该不会逼自己相亲了吧！他想。他把手放在她的腰上走出了造型工作室。

"老大这回终于找到一个靠谱的了。"Tom 对其他人说。

"你放开。"陈青轻轻地挣扎着，没想到他竟然揽着她的腰，还说："谁叫你不听话，你听话，我就放开。"

"流氓。"陈青骂道。

"随便你怎么骂。"

"花心大萝卜。"

"你怎么知道？"

"刚才听那个助理说的。"

"哦，怪不得呢刚才发脾气，原来是吃醋了。"Edison 恍然大悟，然后放开了她。

"是真的吗？"陈青问他。

"不是真的。"

"那难道刚才的助理说谎吗？"

"也不是啦。"

"那她说的就是真的喽。"陈青生气了，莫名的生气了。

"干吗，你又不是我女朋友，还吃醋。"

"谁要吃醋啦，我就看不惯花心男人，到处玩弄女人。还以为自己很了不起似的。"

"我又没有玩女人。"Edison 一脸无辜地说。

"那些女人到底怎么回事？"陈青有一种打破砂锅问到底的气势。

"不是我要玩她们，是她们自愿的。" Edison 解释道。

"她们自愿？奇怪，难道你是说她们自己送上门来？" 陈青非常生气这样不尊重女生的男生。

"是，是她们主动追求我的。" Edison 结结巴巴地说。

"哦，原来是这样。"

"我早就拒绝她们了，我不喜欢她们。"

"那你喜欢谁啊？"

"不告诉你，这是我的秘密。" Edison 卖了一个关子。

"哼，有啥了不起嘛！"

"我为啥什么都要告诉你，你只是，只是……" 当他看到陈青盯着他看的时候，发现自己说不出她只是他助理这样的话。

"假装！" 陈青坐到了车里。

车缓缓地驶进了一高档别墅区，Edison 来到一座三层楼的别墅前，大门口罗马柱上的雕花，巴洛克式的拱形门，听说里面还有游泳池，陈青简直不敢想象其中的奢华。

大厅内走出一高个男人，眉宇间含有几分英气，年龄和 Edison 相仿。

"Edison!"

"Allen!"

两人直呼英文名。

见他俩用了英文名介绍，陈青的心悬了起来，真尴尬，自己的英文名呢？

"这是我朋友，陈青！"

"Nice to meet you!" Allen 向她打了招呼。

"Hi, nice to meet you!"

"你们自便，我去招呼其他人了！"Allen 说完走开了，然后又回头看了一眼陈青，觉得有点眼熟，可是又想不起来到底在哪见过。

"哦，对了，你妈还在美国，说临时有事抽不开身。"Allen 突然回头冲着 Edison 又说了一句。

"她居然临时变卦，还说要来看我？"Edison 有点意外，妈这回竟然没有亲自跑来帮他物色相亲对象，再转念一想，这不是好事嘛？

"你妈要来？"陈青一听，不知怎的有点心慌。

"她不来了。怎么你怕她？"

"我为啥要怕她？"陈青佯装镇定地说。

"哈哈！"Edison 盯着陈青的脸，意味深长地笑了。

这时，门外走进一人，他见到陈青，愣了一下，转而打了声招呼。陈青转过头一看，原来是她一个高中同学 Jacky。

"我还以为认错人了呢，你今天真美！"

"谢谢你的赞美！你怎么也来了呀？"

"我是 Allen 的校友！"

"哦，好久没见，今天真巧！"陈青只好这样说。

"是啊，一晃毕业五年了。"Jacky 看了一眼陈青身边的 Edison，问，"和男朋友一起来的？"

"哦……哦……"正当陈青不知怎么回答的时候，Edison 说话了。

"表哥叫我们过去一下！"Edison 跟陈青说。

"哦，好！"陈青挽着 Edison 的手走了。

其实 Edison 一直在观察着他们，他见 Jacky 看到陈青时热情的眼神，这让他的心里不是滋味，可又说不出确切的理由，只好找了个借口带走了陈青。

　　说起陈青的这位老同学，在高中时追求过她。可陈青的心思完全在学习上，木讷的她以为他找她借书，找她抄作业本都是同学间正常的互帮互助。后来有同学告诉她，他其实是在追她。这令陈青非常尴尬。一是她对他没有任何想法，二是知道了也不宜点破，如果再拒绝岂不是很伤他自尊，所以只好装傻，不过之后陈青每次碰到他，就尽量表现得不热络，免得加深对方误会。Edison 把陈青拉到一处安静的地方。"你干吗要把我拉到这里？"

　　"刚才那个男人是谁啊？" Edison 问她。

　　"是我高中同学。"

　　"哦，追过你？"

　　"没有。"陈青不想聊那些八卦，也不想给自己贴标签，自以为很有魅力的样子，所以她干脆说没有。

　　"不信。他刚才看你的眼神不太正常。" Edison 说。

　　"什么不太正常，你乱说。"陈青想不到他居然什么都看得出来。

　　"好，算我乱说。" Edison 很无奈，其实他也不知道这到底是为什么，陈青和别人聊天很正常，没必要像调查审问似的对她，更何况她不是他的女朋友。可是当他看到她跟别的男人聊得热火朝天的时候，他内心一阵莫名的嫉妒和不安。

　　Allen 来到大厅中央，服务员推上了五层蛋糕，覆满冰淇淋和水果，外裹一层芝士奶油，这是 Allen 喜欢的口味。

　　"Hi, everyone! 感谢大家百忙之中抽出时间参加鄙人的生日 Party，我表示诚挚的感谢！"待 Allen 说完，下面已经爆笑一片，虽然这话语实际上很平常，但从 Allen 口中蹦出来的词却个个都那么鲜活，好似他天生有一副幽默相，让人不由得笑出了声。

"下面大家来点祝福语吧！谁先开始！"

"我祝福我的好朋友 Allen 天天帅气！"

"祝福我的 Allen 哥早日找到意中人。"

"嗯，祝表哥早点成家立业。"Edison 的话惹来哄堂大笑。

"你们就不能说点有意义的吗？"

"难道这些不算是有意义的吗？"Edison 不解。

"我希望 Allen 哥心想事成。"

"吹蜡烛，许愿！"下面一片催促声。

蛋糕上面只有两根蜡烛，不知为何缘故。Allen 闭上眼睛，他许了第一个愿望就是希望他所有的朋友们都快乐。第二个愿望是希望家里一切都好，平安顺利。第三个愿望则希望自己能找到懂他的人，希望有一个人在不远处等他。

"Allen 哥，说说你的愿望吧！"不知谁说了一句。

"不是说要保密的吗？"

"说出来吧！"

"好吧，我希望大家一切都好，天天快乐！"

"真没劲！"

"Allen，你啥时候带女朋友来呢？"不知谁又说了一句。

"等我找到了那位灵魂伴侣，一定会通知大家的，请大家不要着急哈！"

底下哄堂大笑。

"下面的时间请大家用餐！"

众人纷纷来到自己喜欢的餐点前自助用餐。音乐声传来，气氛活跃起来。一位漂亮女生上台演唱了一首《生日快乐歌》，说送给亲爱的

Allen 帅哥。之前 Allen 旁边的某一女生深情演唱邓丽君的歌《我只在乎你》，她的眼里只有 Allen，唱歌时频频向 Allen 暗送秋波，可惜落花有意流水无情，Allen 只是绅士般地微笑着。那女生也不尴尬，借这个生日 Party 之际表达了自己的心声，也算不辜负自己的单相思，能和他成为聊得来的好朋友已足矣。

Edison 走上台："大家静一静，静一静。"场下的人看到又一位帅哥上台，不由闹哄哄的。陈青看到这个情景，很想笑，可是她没有当场笑出来。"下面由本人来唱一首《明天你要嫁给我》。"未等他把话说完，大家一片哈哈大笑，连他自己也要笑场了。

Edison 演唱完还不过瘾，继续来了一首陈奕迅的《十年》，似乎让大家回到了青春的记忆中，他深情演绎得淋漓尽致，叮她们呢，都沉浸在了对自己年少的回忆中，或悲伤或快乐，或美好或癫狂。

"要不要再来一首？"Edison 大声问下面。

"要。"下面欢呼声一片。

陈青心想，他大概是疯了，居然这么 high，到底谁是这场生日会的主角啊。可他只管自己在台上嗨："来首《青春》，好吗？"

"OK!"

Edison 脱掉了自己的西装外套，扔下了台，好几个女生抢着他的衣服，这下把陈青看傻眼了："他到底是要怎样？如此疯狂？"其实 Edison 原本并不想这样，一开始他以为他母亲会来。他骨子里还是害怕母亲的，只是现在的他正洋溢着满腔的热情，似乎不吼几声真的不过瘾！

"再见，青春，再见永恒的忧伤。再见，青春，再见灿烂的星光。"Edison 嘹亮的歌声打动了很多在场的人。

"我觉得他可以去开个人演唱会了。"其中一个 Allen 的朋友说。

"果然是省台的大才子，就是不一样耶。"

"听说 Allen 有个弟弟很是多才多艺，难道就是这位吗？"

陈青偷偷地听着这些人对 Edison 的评价，看着他台上的身影，似乎舞台都因他闪耀了。

台上的 Edison 满头大汗，陈青有点担心，怕他又会犯晕。幸好他很快唱完，下了台，直接跑向茶水区。

"你看你，累了吧！"陈青紧跟其后，她是不放心他的，于是帮他倒了杯茶水，又弄了些水果沙拉，趁着他吃东西的空隙，她去拧了一块热毛巾拿给他。

"谢谢。"

"这么客气干吗！唱这么嗨，真怕你晕倒。"

"好了啦，这么啰唆。你管这么多干吗！"

"我是关心你！"陈青竟然有些心疼他。

"你又不是我什么人，管这么多。"他一边说一边望着她。

她低下了头，想走开，然而被他拉住了。"陪我去楼上。"

"干吗哦？"

"没干吗。"

陈青还是走开了，等她再回来的时候 Edison 已经不在了。她在人群中搜寻着他，可是没看到他的人影。Allen 见她走来走去，向她打了声招呼。

"怎么样，很无聊吧！"

"没有啦，挺好玩的！"

"那就好！ Edison 呢，他没跟你一起吗？"

"嗯，他刚刚还在这儿的，一会儿工夫就不见了，也不知道在哪儿？"

看陈青一脸着急的样子，Allen 一脸坏笑地说："我知道弟弟在哪。"

"那你告诉我哦！"

"你得告诉我，你是他女朋友吗？要真话哦。"

"当然不是啦！"陈青老老实实地说。

令 Allen 奇怪的是，她竟然不是 Edison 的女朋友，可他居然把那么大的钻石戴到她的脖子上。"他肯定是疯了。"Allen 心想。不过，依他的眼光，这小子迟早要栽到她手里，虽然，她对此毫不知情。因为在他们进来，她挽着他的手的时候，他似乎看到了从前的 Edison，而这个女孩他似乎在哪见过。

"我们认识吗？"Allen 问她。

"第一次见面。"陈青确切地说。

"Edison 在二楼，你可以从花园上去。"

陈青绕过后花园，见二楼的一个房间灯亮着，她想他应该就在那儿了。她犹豫着要不要上楼。"他该不会又晕倒了吧！"陈青这么想着，就上了二楼。二楼楼梯口左拐弯处，有一间会客室，沙发、茶几，靠墙处还放了一排书柜，上面整整齐齐地摆满了书。她听到里面传出哗啦哗啦的水声，猜想他应该是刚才太热了，在洗澡。于是，觉得有点尴尬，就在楼梯口等，可等了半个小时，他还没出来。"该不会晕倒在浴室了吧！"陈青更担心了，她决定还是到房间看看。房间的摆设很清新，一袭蓝色的床上用品和米色的吊灯，窗前有一张象牙白书桌，墙上挂了两幅印象派的艺术画。这时，Edison 正从里面的门走出来，裹着浴袍，突然看见有一人在他的房间，他大叫了一声。陈青正在看墙上的画，被他的声音吓了一大跳，也大叫起来。

"天哪，你怎么在我房间里？"

陈青看到 Edison 还穿着浴袍，连忙用手捂住了眼睛："我没看到，我什么也没看到。"

"哈哈，原来你想偷看我！"Edison 一脸坏笑走近她。可她居然蒙住了双眼。"把手拿开！"他以命令式的语气说。

"不拿！"陈青的心都快跳出来了，心里想着该怎么应对。

Edison 拿开了她的手。

陈青的脸一片红晕，她想逃，可是已经来不及了。他沐浴后的香气袭来，围绕着她，他温柔的眼神此刻正看着她，她心想豁出去了，该干吗干吗，然后很不好意思地睁开了双眼，距离如此近，他的眼睛正盯着她看，并且问她："来这干吗？"

"我，我……"陈青竟有些语无伦次。

"你，你什么，说啊！"

"我害怕你会头晕，又一直不出来！"陈青说这话的时候根本不敢看他。

"所以你，你是在担心我？"他内心一阵喜悦。

"嗯。"陈青低下了头。

Edison 凝视着她："为什么不敢看我？"

陈青不语。

"我有这么可怕吗？"Edison 问她。

她还是沉默不语。

"有人说你是，是……"

"是什么？"

"我不说。"

"是同性恋吗？"

"嗯，你都知道了。"陈青这才抬起头看着他，但仍然不敢直视。

"那么你是希望我是呢，还是不是呢？"

"我，我……"陈青的内心是矛盾的。从一开始她是希望他是同性恋的，而现在，慢慢地，她竟然希望他是正常的，这点她自己也想不通。可是为什么当他靠近的时候，她总是那么慌乱呢？心里像小鹿乱撞一样怦怦地跳个不停。难道自己陷进去了吗？不可能呀，她明明很讨厌他的。

"说啊！"他目光坚定地看着她。

"异性！"陈青很不好意思地蹦出了两个字。

"我就是！"

"真的吗？"

"嗯，不骗你！"Edison 说。

"那个周五晚上，你和那个男生很亲热，怎么回事哦？"陈青问他。

"他是我弟弟。"

"哦。"

"你以为呢？"

"我还以为是你男朋友呢！哈哈。"

"你终于笑了。"当他看见她的笑容的时候，他的内心总是狂喜的。

他凝视着她，她一双忽闪忽闪灵动的眼睛，睫毛长长地，往上翘。看着她温婉又可爱的样子，他忍不住搂住了她，轻轻地一吻，似蜻蜓点水般，令她来不及躲闪。她的嘴唇很滑，很性感，让他有一种陷进去拔不出来的感觉。她就傻乎乎地站在那儿没反应过来，大脑一片空白。他温柔地看着她，望着她的眼神，目光里尽是柔情。他又一次吻了她，搂着她的腰，他的双唇贴在了她的唇瓣上，她想挣扎着摆脱，可是他紧紧地搂住了她，令她没有力气挣脱。他的唇紧贴着她，竟是那么温存，一股暖流流进了她的心窝，有一种熟悉感，她竟然享受着他的吻。他脱掉了浴袍，更热切地亲吻着她，他对她那么温柔，令他自己也未曾想到。

他霸道地想要拥有她，明明他觉得他和她是不可能的，他从未想过和她会怎样，而她也从未想过。他把她拥入怀中，她靠在了他的肩膀上。可是她的脑海里浮现出了另一个人，正看着她，理智告诉她，她不能，她很快挣脱了他，飞跑出了房间。

她一个人在后花园踱着步，刚才的温存还在，好似做了一场梦，她不知道他是认真的还是玩玩的，可是她知道她不能这样，不管他是否认真。自己明明心里装着另一个人，却和自己的老板这样，她无法接受这样的自己，即使假装也不行。正巧，Jacky 也在花园，远远看到她坐在木椅子上发呆，于是走了过来。

"一晚上都没怎么见你啊？"Jacky 问。

"哦。"陈青的心情无法形容，好像从一处深渊跌入另一处深渊，身不由己却是那么无奈。

"你有事？好像心情不太好？"

"哦，没什么。"陈青也不知道说什么，此刻她只想一个人待着。

"刚才那位唱歌的男生是你男朋友？"

"不是啦。"

"你如果觉得不舒服的话，要不我送你回家。"

"好啊！"此刻的陈青也很想马上离开这里，她不知道如何面对 Edison，她要好好地想一想，静一静。

透过窗户，Edison 看到陈青和她的同学 Jacky 正准备离开，他连忙套上一件花衬衫跑下了楼。到门口，Edison 追上了陈青，她在等 Jacky

的车，他抓起她的手，就朝另一方向走去。"你干什么？"陈青质问他。

"不许你和别的男人走。"Edison 霸道地说。

"那是我的自由。"陈青甩开了他的手。

"你，你。"Edison 显然生气了。

陈青没走几步，发现 Edison 没有跟过来，觉得奇怪，她终究还是不放心他，看见他在原地抱着头，蹲在那里，一副惹人疼的样子。

"你怎么了？"她问。

他没有回答。

她又问了一遍："你怎么了嘛？"

"头疼。"

"哪里疼？"

"我说了头疼，你没听见吗？"他激动地大声说。

"那我们回去吧！"

"你不是和他走了吗？"他压低了声音，似有醋意地说。

"不放心你！"

"你这大坏蛋。"他骂她了，他真以为她走了，和另一个男人。其实，他很脆弱。

她扶起了他，可是扶不动："快起来。"

"我不起来。"

"你怎么像个小孩子似的。再不起来，我走了。"此时的陈青哭笑不得，他怎么是这样的人，和从前的他越来越像，难道自己命中注定要和这样的人纠缠不清？

陈青要走了，他才起来，然后高高兴兴地跟在她后面。坐在车里的陈青一言不发，她打算把衣服换掉就马上回家，她想安安静静地放几天假。

回到 Edison 家，已经很晚了，陈青换下了那条项链，把它小心翼翼地装进了盒子里，拿给他。然后又换下了衣服，拿起包打算回家。

"这么晚了，你回家打不到车哦。"

"我走路回家。"陈青说，虽然她知道打不到车，可是她怕待在这里，会发生意想不到的事，她不想自己陷入为难的境地。

"别走了，明天再走，好吗？"他坐在沙发上抬起头恳求她。

"不行。"

两人陷入了尴尬，他一言不发，他觉得陈青可能不喜欢他，可是自己呢，难道真的对她动心了吗？为什么这么想要靠近她，想要她的安慰？她到底有什么魔力？她只是自己的助理而已，为什么自己偶尔想要依赖她？这一连串的疑问令他百思不得其解。

一阵困意袭来，陈青打了一个哈欠，真想倒头就睡，可这不是自己家，她真想好好休息一下。Edison 见她这样，他走进了自己的房间，说："你早点休息吧，这么晚了，我不妨碍你了。"然后随手关上了自己房间的门。这举动让陈青深感诧异，她没想到他如此体谅自己，这反倒让她不安起来，她并不想伤害他的，可他也没跟她说喜欢她。陈青在沙发上发了一会儿呆，看见装着项链的盒子放在茶几上，他没有将它收起来，或许他忘了。明早提醒他，陈青这么想着，去浴房冲了凉，回到房间休息了。

Edison 躺在床上，翻来覆去睡不着，那幅墙壁上的画到底隐藏了他多少未知的过去？他很想了解过去发生的一切，可是没人可以告诉他，每次提及，母亲总是有意遮掩过去，似乎他的过去隐藏了一个巨大的秘密似的，可是年少青春能有多少让人避之唯恐不及的秘密呢？无非就是学业、爱情罢了。那时候他还只是学生而已，问表哥，他总是一笑而过，似乎也并不愿意谈及，虽然他明白表哥是不想让他们母子太难相处，可是为什么呢？他一直在寻找答案。此刻，他多想有一个人来安慰他，抚慰他寂寞的心，越想越头痛，脑子几乎都快要裂了，他对过去依旧未知，他觉得自己就像一个傻瓜一样独存于这个世界。看着画中的曾经的自己，他崩溃了，呼喊着。

陈青听到他的房间传来一阵声音，急忙从自己的房间冲出去，跑到他面前，看到他脸色苍白，额头全是汗，画像已被他卸在了地上。陈青很快地拿了块热毛巾敷在他的额头上，又去倒了一杯温水，她知道此时他不适宜喝热水，也不适宜喝凉水，待他喝了几口，稍稍恢复了情绪之后，才问他："你怎么了？"

他不理会她，也不看她，只是呆呆地望着墙壁，好像世间只有他一人，那么的寂寞和悲凉，甚至有些许的颓废，白天的潇洒帅气全都不在了。陈青的心不知为何犹如被针刺一般疼痛，胸口竟也疼了起来，她用一只手捂住了胸口疼痛的地方。Edison这才发现陈青有点不太对劲，注意力从墙壁转到了她的脸上，她的表情有一点点的憔悴和痛苦，虽然没有之前的温婉和灿烂，却是那样的忧愁和迷人。他一把把她搂过来，用热切的眼神看着她，而她竟也被他吸引住了，胸口也不疼了，明明想要挣脱他，却发现自己无能为力，好像上辈子等了几百年似的相互凝望着。他的指尖那么温柔地贴着她的背部，她才发现自己刚刚是穿着睡衣跑过来的。他指尖的温度直达体内，很温暖也很舒服。她害羞地低下了头，内心有一种想赖在他怀里的感觉。"你喜欢我吗？"他问她。

"我，我……"她没料到他会这么直接地问，竟不知所措。她脸涨得通红，心跳加速，到底是喜欢还是不喜欢，连她自己也搞不清楚。

　　他轻轻地吻了她，她没有任何反应，他很恼火，内心的征服欲不停地刺激着自己，他霸道地环住了她的腰，封住了她的双唇，让她沉浸在他的海洋中。他肆无忌惮的热吻快让她窒息了，她大脑一片空白，双手情不自禁地搂住了他的脖子。

　　"嗯，你快弄疼我了？"她一脸娇羞地说。

　　"我喜欢你！"他温柔地看着她。

　　"嗯，你坏！好讨厌！"

　　"只对你坏。"他一脸坏坏地看着她。

　　"你好霸道。"她有点不满地说。

　　"只对你霸道。"他又吻了她。

　　他的吻那么温柔又那么熟悉，她回应了他。温暖的情意涌入了彼此的心中。好像回到了五年前。陈青的眼角满是泪痕，他心疼地凝望着她，抚动着她的头发，吻去了她的泪痕。原来他那么柔情，陈青的心快要陶醉了，一幕幕熟悉的场景一一浮现在眼前。为什么他这么像他？他的唇，他的眼神，他的温柔，她听到了他的心跳，那颗跳动的心。他其实很好，又英俊又温柔，她看着他，偷偷地亲了他，然后很害羞地低下了头。他轻轻地托起了她的下巴，她只得环住了他的脖颈，却发现他的后颈有一处很长很深的伤痕，她不禁好奇地问："你这里是？"

　　"嗯，伤疤。"他从未对外人说起过，可这会儿，他脱口而出了。

　　"怎么来的呀？"

　　"车祸。"他不想隐瞒她。

　　"哦。"

　　"很丑吧，你一定不喜欢吧！"他怕她介意。

　　"不，我不是那样的人。"陈青安慰他。令她想不到的是他竟然遭受过创伤，而这创伤一定不小呢，否则伤疤怎会如此深。

他推开了她的手，把自己的外套套在了她的肩上，然后对她说："你回房间睡觉吧！"突然间，由刚才的温存变为客气，陈青感到不适应，简直是冰火两重天。难道自己戳中了他的伤疤？其实自己也只是好奇问问罢了，并没有想到会伤害到他。陈青看着他，他面无表情，看她还不走，他大声呵斥："你走啊，赖在这里干什么？"

这句话深深刺痛了陈青的心，她怎会是如此庸俗之人？她觉得自尊心受到了严重的伤害，于是跑出了他的房间。回到自己房间穿上衣服想回家，走到门口的时候，她犹豫了，朝他房间的方向看去，又有点不忍心。她怕万一她走了之后，他会发生什么事情，她内心纠结着，她明白于公于私她都不能走。于公，她是他的助理，现在他情绪糟糕，她是不能离去的；于私，该怎么讲，她了解他只是一时冲动罢了，可为什么自己那么不舍呢？看见他这样会心疼，会想要忍不住关心他，安慰他。犹豫再三，她还是决定第二天天亮了再走。她在心里直骂自己贱，自己大可以一走了之，不去管他。

此时的 Edison 其实在悄悄地观察着陈青，他以为她会摔门而去，凭她的个性肯定接受不了他那样子说她。直到她又回到了房间关上门，他才确信她并没有气得走掉，他内心竟然有一丝感动。她没有在他脆弱、难过的时候一走了之，让他一个人承受，即使她不和他说话，他也觉得安心，只要她还在。说不出对她到底是怎样的情愫，总之想要在难过的时候有她在。他觉得自己好自私，他想总有一天他会找到自己的，他不会像现在这样崩溃和无奈的。正是因为那场车祸，让他的青春与年少变成了空白，他恨，却怎么也想不起来当时的情景，而这也是他头痛的根源。

陈青彻夜难眠，他对她的温柔，他对她的客气，无不表现出他在玩她，而她竟然像个傻瓜一样！她知道自己应该了解他是个情场高手，不要被他一时的脆弱所打动，那些都是骗女孩子的把戏，她明明晓得的，因她也不是一个笨女子。她又在想他说的车祸会跟画像中的人有关吗？如果有关，那么她找到她要找的人就不会那么难了。她祈祷着老天爷可以早点和他相见，因为她已经等得太久了，久到她发现自己再等下去就会心力交瘁而不记得他了。为什么 Edison 会对车祸的事这么讳莫如深呢？她想总有一天她会弄明白的。只睡了两个小时，陈青就起来了。天也渐亮了，她用电饭煲煮了粥，并且在汤锅里煮了两个鸡蛋，把冰箱里的哈密瓜拿出来做了水果沙拉，上面浇了一层酸奶，并用盖子把它盖好。做好了这些事情后，看看手表，已经快接近 6 点了，她把昨晚他给她的那件西装外套洗了，把礼服也拿到阳台上手洗，并把它们一一晾好。

她在他房间门口迟疑了一会儿，听到他打鼾的声音才放心地回到自己房间，拿起包，又环顾了一下客厅，然后轻轻地打开房门，坐上早班的公交车回家了。接下去有七天假期，陈青想这下子真的可以好好清静几天了。

第七章 / 厦门

睡了一天，晚饭后，陈青才慢悠悠地打开手机，有蓓蓓打来的，还有 Edison 打来的。这时，蓓蓓的电话又来了。

"哎呀，总算找到你了。"蓓蓓说。

"干吗呢？"

"我都打你一天电话了，怎么老关机呢？"蓓蓓神秘地说。

"我在家睡觉！"

"大白天睡觉？你真牛。"

"是啊，我还想继续睡，你别吵我啊！"陈青说。

"先别，我有事找你呢。"

"啥事啊，放长假了。"

"就是休息才找你啊！"

"啥事这么神神秘秘的。"

"明天和我一起出去玩吧，我买了票了。"

"你晚上准备一下行李，带两套衣服还有沙滩鞋。"

"你这是去度假的意思？"

"对啦。我先挂了。"蓓蓓匆匆挂了电话。

陈青想反正也是闲着，不如出去玩玩。Edison 的电话她一个都不想回，她的脑海里闪现出他的身影，但她极力地控制着自己不去想他，不然，这一整夜又睡不好觉了，她不想煎熬下去了。

第二天早上 6 点半，蓓蓓就在楼下等着了，原来她的目的地是厦门。

两人坐上了开往厦门的动车，此时车站人还不多。陈青安安静静地坐在自己的位置上，听蓓蓓说东道西，她说了一半，突然停下来神秘兮兮地盯着陈青。

"办公室里的人说 Edison 对你不太一样？是真的吗？"蓓蓓问。

"什么不太一样啊，没有啦！"陈青搪塞道。

"真的？"

"嗯，你别听他们瞎说啦，就他那霸道的样子谁能改变得了他啊！我可没这个本事，再说你也明白我也不会对他怎样的。"陈青说出了心里话，但又觉得自己有点口是心非。

"那就好，听说他还蛮有背景的，你还是小心一点为妙。"蓓蓓说。

"小心什么呀，我只是他的助理而已。"

"我只是提醒你啦！"蓓蓓关切地说。

"他不是坏人哦。"

"你该不会喜欢上他了吧！"蓓蓓很惊讶陈青对他的看法。

"不可能的。"陈青貌似很有决心地说。

"你可要说到做到！"蓓蓓似乎看出了什么。

"知道啦，啰唆！"陈青看向窗外，有点不敢回看蓓蓓。

动车快速地往前跑，一个个城市被远远地甩在后头，等你回头望的时候，已经看不到踪影。就像过去的岁月，青春再美好，可已经抓不住了，即使你拼尽了全力，也物是人非，陈青感慨道。在车厢里走动的时候，她看到前面的座位上，一位女生睡着了，头歪向了男生的肩膀，男生一动不动，好像怕一动就会惊扰了他的女朋友。陈青很是羡慕，当她回到座位把这件事情告诉蓓蓓的时候，没想到蓓蓓很不以为然，她说：

"恋爱刚开始都是这样子的，久了也就没新鲜感了！"

"你嘴巴可真毒，明明如此美好的东西也被你说得如此现实。"

"现实不好吗？你不也经历过，爱得死去活来，到最后还不是灰飞烟灭，连个人影都没看到。"

"哎，别说我的事。你呢，你那位呢？"陈青问蓓蓓。

"别说我了，说好这个假期陪我，可是现在他回家陪他父母去了。"

"难怪你要找我陪你玩。不过他也挺有孝心的，不错。"陈青不想火上浇油。

"得到了就不珍惜了，男人都一个样，我和他交往两年都不到，就成这样了。真没意思。"

"你就知足吧，他是陪他父母去了，又不是陪其他女人，你急什么呀！"陈青安慰她。

"我也不知道将来会怎样，他对将来也没什么打算和想法。敢情现在的男人谈恋爱就是耍流氓。"蓓蓓有点气愤地说。

"好了，别难过了，看看窗外的风景吧！"陈青指向了窗外，此时刚好经过一片林子。

"你别安慰我了，我好不容易想和他去度个假，结果他就不理解我，跑回家了。说什么节假日不想和别人在景区挤来挤去，可他平时有空吗？平时没空呀，我就指望这节假日和他一起吹吹海风，展望一下未来，可现在呢？真是有男人和没男人一个样。"蓓蓓一口气说出了对自己男朋友的不满。

"总比我好吧！你看我都见不到他。我都不知道他在世界的哪个角落，是在非洲的好望角呢，还是在美国的西海岸呢？抑或是和我们同在一片蓝天下，只是没有遇到而已。"

"如果你的他在非洲的乞力马扎罗山，你会去找他吗？"蓓蓓问她。

"会，一定会的，我会去找他的。"陈青眼神坚定地望向前方说。

"听说那里会有猎豹出没，小心吃了你哦！"蓓蓓故意吓唬她。

"我不怕。"

"你真执着。"蓓蓓其实很羡慕陈青，心里念着，忘不了也见不着，就简单地等着。这也需要勇气啊。而自己呢，男友就在身边，可谈了将近两年的恋爱也没个下文，时淡时热，她也不知道未来会如何，爱情的美好越来越远了。

"不要像我，想着一个不可能的人，明明知道他不会来找我，却还是像傻瓜一样等待着。"陈青其实很清醒。

在动车上坐了几个小时，终于到了。两人坐上了计程车，陈青的手机响了，她一看，按掉了。

"谁的电话，怎么不接？"

"不重要的人。"

其实给她打电话的是 Edison。只是陈青接起来也不知道要说什么，况且现在放假了，想起他前天晚上说的话，他把她的自尊放在哪了？他怎么可以这样子说她？她的手机再次响起，还是他打来的。她不接，任凭手机的铃声在那响。

"姑娘，你就接了吧，你男朋友这么在乎你！"计程车司机笑着说。

"你怎么知道是她的男朋友打来的？"蓓蓓问开车的师傅。

"这大过节的，想想就知道。"

"可她没有男朋友呀？"蓓蓓说。

陈青把手机关了。难道他就不能让自己安心地放几天假，为什么要来骚扰她？

"干吗不接呀，万一有什么重要的事呢？"蓓蓓说。

"能有什么重要的事？"陈青心烦意乱。

"姑娘别心烦，来到这儿就要好好欣赏这里的美景哦，去椰风寨吹吹风，去鼓浪屿喝个咖啡。别浪费了这大好的人生啊！"

"谢谢你，师傅。"蓓蓓说。

她们到达了蓓蓓事先预订的酒店。刚走进房间，蓓蓓就盯着陈青，眼神犀利。

"老实交代，到底是谁给你打的电话。"蓓蓓问陈青。

"无关紧要的人。"

"不相信。"

"真的啦！"

"难道有追求者？"蓓蓓只好这么想，她以为陈青会说的。

"没有啦，都没人追呢！"

"不可能吧，不相信。"

"那好吧，我告诉你，你别出卖我哦！"陈青神秘地说。

"难道是……？"蓓蓓搜索着她觉得可能的人。

"Edison。"陈青说。

"你老板？"蓓蓓张大了嘴巴表示怀疑。

"就是啊，他好像，好像……"陈青不知该如何表达，似乎也解释不清楚。

"他喜欢你？"蓓蓓更加惊讶了。

"我不知道哦，反正我觉得他看我的眼神有点，有点奇怪，哎呀，我不知道怎么讲啦。"陈青说。

"难道近水楼台先得月？说不通呀，之前有好几位美女追他，他都懒得搭理她们呢？"

"反正我也不知道，他有时候也挺可怜的，我感觉。"陈青说。

"你们有内情？"蓓蓓睁大了双眼问。

"那倒没有啦！呵呵！"陈青解释说。

"那就好，你别被他给骗了。"

"据说他是那个什么什么的，你懂的。"蓓蓓说。

"他很正常。"陈青澄清道。

"你怎么知道的？"蓓蓓再一次表示好奇与惊讶。

"他告诉我的。"陈青脱口而出。

"天哪，他连这个也告诉你了？"

"不过，我感觉……"陈青似乎有重要的话要说。

"你感觉什么？"

"嗯，没什么。"陈青突然又不说了。

"别，说啊，别吊人家的胃口，说一半算怎么回事呀！"

"我感觉 Edison 有时候有点像他。"陈青认真而似乎又不太肯定地说。

"像谁？蒋明羽那个王八蛋？"

"你别骂他。"

"到底是还是不是啊？"蓓蓓问她。

"是。"

"我看你是对那个王八蛋太念念不忘才这样。他们两个？完全不像，一点都不像好不好。真不知道你怎么看的。"蓓蓓表示完全想不通陈青的内心。

"我也不太确定。"陈青说。

"你呀，赶紧把那个王八蛋忘了，否则看见帅男人就说像他，这样下去你可怎么行啊！我真替你捏把汗。"蓓蓓不无关心地说。

"我也说了我不太确定，我只是说一下而已啦，你干吗又要骂他哦。"陈青还是不舍得别人骂他。

"你看看你，哎，我不说了，我困了，我睡觉去了。"蓓蓓说着闭上了眼睛。

陈青一个人默默地发呆，望着窗外的椰子树和棕榈树。不一会儿，她也睡着了。

早上醒来就8点多了，两个人又一边聊一边赖在床上，临近12点才决定起身出发。这一天的行程是步行街。

步行街道路两旁开着各种各样的特产店，还有专门卖在沙滩上穿的沙滩裙、沙滩裤和各种沙滩鞋的店。其中有一家特色水果干店吸引了陈青，她想进去，然而被蓓蓓拉住了。"别急啦，才刚来呢，后面还有更多好吃的和好玩的东西呢！"

"那好吧！"陈青无奈地说。

两人往前走到步行街。步行街有两个方向，一个方向通向海鲜美食街，基本来的都是一些游客和当地资深食客，蓓蓓在网络上看到了这条美食街的人气推荐，所以她们就来到了这里。另一个方向通向各式琳琅满目的旅游纪念品店。两个人先去逛纪念品店，一家进，一家出，挑挑这个又试试那个，一晃逛到了傍晚。这时，俩人决定奔向海鲜城。走上约莫半小时的样子，到达了那里。抬头一看，有十来家店，几乎每家店都人满为患。她们挑选了一家看起来稍微高大上一点的店，店员告诉她们已经没有包厢的位置了，只有露天的位置。

"那就露天的位置吧！"

她们来到二楼露天的座位，发现还能看见大海，虽然离得很远，也看得不太清楚，天快黑了。她们随服务员来到海鲜区，各种海鲜活蹦乱跳的，有的她们甚至叫不出名字。"哎，这个毛茸茸的是什么呀？"服务员告诉她们这是海胆。"哇，好像刺猬一般。"服务员又告诉她们海胆蒸蛋是很补的营养品。"那好，就来这个吧！"她们又点了新鲜的基围虾和牡蛎。据说这儿的基围虾是最新鲜的，是早上渔民捕捞上来的，不是养殖的。

"全是好吃的，太好了。"陈青只盼着菜能早点上来，肚子已经饿得不行了。

饱餐了一顿后，走出海鲜城，她们漫步在椰树下，抬头望去，椰树顶天立地地站在那儿，看着来来往往的游客。有很多青年游客头顶上都戴了帽子，穿着有特色的沙滩裙，脚底上穿着粉粉的洞洞鞋，穿梭在步行街中。她们走走看看，看到新奇好玩的就进去瞧一瞧，不知不觉来到了先前的那家特产店。陈青果断地称了半斤菠萝干，蓓蓓拦也拦不住，她尝了一口，果然好吃。陈青又喜滋滋地买了一大袋鳕鱼片。这家店还有鱼胶、燕窝之类的滋补品摆放在另一面的货架上，标价都在千元以上。陈青看了看，吐了吐舌头，说："我们走吧！"

走到不远处，看到前面有一家专门经营沙滩帽的小店，进去一看，各式好看的帽子躺在柜子上，等着它们主人的到来。陈青挑选了一款橙色带花边的帽子，站在镜子前，问蓓蓓："好看吗？"

"好看，配你那件白色裙子，简直美呆了。"

就连小店店主也夸她："美女，这顶帽子真的很适合你！"

陈青心情大好，直接买下，撕了标签，把帽子戴在了头上。走在街上，自由和潇洒成了她们此时的写照。关了手机的陈青什么也不想，却又偶尔走神，看着前面经过一帅气男子，她竟然叫了"蒋明羽"的名字，那前面的男生转过头来，原来不是。而她又从刚才的潇洒劲变成了黯然神伤，眼神迷离。蓓蓓看着她这样，心里很不是滋味，但又不知道该怎样安慰她。蓓蓓想叫她别想了，可她听得进去吗？她心里只装得下他，可他在哪里呢？蓓蓓虽然能够理解陈青的用心，但是也心疼她，觉得人不应该浪费时间在没用的事情上。

"明天我们去沙滩玩，好吗？"蓓蓓提议。

"嗯，好呀。"陈青还是有一点心不在焉。

"那我们早点回去休息吧！"蓓蓓担心太晚睡，明天会吃不消。

"嗯，走吧！"

两人回到了酒店。为了防止陈青胡思乱想，蓓蓓打开了电视，想让那些搞笑的综艺节目冲刷掉她的烦恼。

厦门的夜安静却不失繁华，好像海上的一个清新小女子，不让人厌倦。陈青走到酒店的阳台上，坐在藤椅上，抬头仰望着星空，繁星点点，要是他出现在她面前，该多好呀！她明白这只是她的幻想，他怎么会来找她？要是来的话早就来了，晚风吹拂着她忧伤的脸。风儿，你可知我的心？她在心里问道。她又嘱咐风儿，替她捎去她的思念，告诉他，她的忧愁和彷徨，风儿似乎明白了她的用意。四周很安静，陈青思念着不知在哪个角落的他，而他是否知情，无人告诉她答案。

蓓蓓推开阳台的门："你在发什么呆呀，快去洗澡吧！"见陈青愣在那里，她又说了："别像个诗人一样了，好吗？"

"讨厌。"陈青只好回房拿了衣服走进了浴室。

"他有那么好吗？至于让你念念不忘的。"蓓蓓自言自语地说。半小时后，陈青洗完澡，她把手机打开，看到有十几个 Edison 的未接电话，还有微信，问她在哪里，在做什么。她随即关掉了手机，把它扔到了抽屉里。躺在床上，她想起那晚他亲吻她。她有点厌恶自己，当时为什么不使劲地挣脱，为什么他一温柔，她就软弱？更关键的是，当时为什么竟然会想起蒋明羽？她不容许自己想 Edison，自己的心里只有姓蒋的一个人，任何人都进不去，即使 Edison 要追她，她也不让他走进自己的心里。

"明天我们去哪玩？"蓓蓓打断了正在沉思的陈青。

"你不是说去沙滩玩吗？"陈青从思绪中反应了过来。

"这儿有好多个沙滩呢？到底要去哪一个呢？"蓓蓓还没想好。

"要不去 SM 大学吧。听说 SM 大学的校园很美，校园后门还有处著名的沙滩。"

"你看过攻略了？"

"没呢，我老早就想去了，一直没机会呢，这次可要好好地去玩一次。"

"好吧，听你的。"

"嗯！"

两人把大灯关掉，只剩床头的灯，像读书那时候一样谈天说地。蓓蓓说到了她和她男朋友的事，她觉得要是再观察一段时间他还那样，她就打算分手了。陈青劝她三思，蓓蓓觉得与其再耗下去，不如分手来得干脆，自己还有时间去找别人。

"其实，说白了，男人有什么用呢？"蓓蓓说。

"确实没什么用。我一个人也过来了。"陈青说。

"要钱没钱，要体贴没体贴，要陪伴没陪伴，……"蓓蓓列出了一系列现实问题。

"可你需要他。"陈青很直接地说。

"需要有什么用，关键是需要他的时候，他不在身边。"蓓蓓说。

"哎，我也说不清楚。"陈青一阵感叹。

"你说人活着是干吗？"蓓蓓把头歪向陈青一侧。

"寻找自我！"

"你找到了吗？"

"还没有。"

"我都搞不清楚，难道人就非得谈恋爱、结婚和生子吗？"

"大部分人是这样，你可以不同。"陈青淡定地说。

"你倒说得轻巧，你呢，打算以后怎么办？"蓓蓓问陈青。

"到时候再看呗，反正我很迷茫，你懂的。"

"我不懂你，也不知道你整天想的是什么？"

"我整天想着那个他，你难道不知道吗？"陈青也不遮掩自己的心思。

"你说当年，你喜欢他什么，我真的很好奇。"蓓蓓想起了过去。

"也不知道，反正他就是吸引了我。"

"他的好身板吗？"蓓蓓悄悄地问。

"去你的。"陈青自己都笑了。

"我看就是。"

"切，才不是。反正我只喜欢他。"

"据说当年模特队的好多女生都追他，可他居然只喜欢你，也真够神的。"

"怎么，嫉妒啊？"

"那是，你说你有什么好？也不美，也不温柔，脾气也不太好。"

"讨厌，净说我的缺点。"陈青嬉皮笑脸地看着自己的闺密。

"可他偏偏喜欢你！"

陈青想起他，嘴角飞扬："他很帅。"

"你说什么，喂，我没听错吧！"蓓蓓张大了嘴巴，她惊讶于陈青居然赞美他帅。

"怎么，我外貌协会的。"陈青想起他心里就很满足。

"你不只是外貌协会的，你还很色。"蓓蓓说。

"人家就是喜欢他嘛！他真的很帅。"陈青一阵害羞。

"哎哟哟，可他不在呀！"

"讨厌，我好想他。"陈青嘟着嘴说。

"没办法，我也帮不了你的忙。"蓓蓓表示出无奈的样子。

"好啦，睡觉了！"陈青躲进了被子里，眼泪流了下来。

"这家伙居然不接电话，还关机？"Edison心里十分愤怒，可是也没办法，她不接电话他一点辙都没有。一个人待着好无聊，他打电话给其他朋友，正逢放假，大家也各有各的安排，于是他只好一人跑到酒吧。

Edison一个人闷闷不乐地喝着威士忌，这时，走来一位打扮亮丽的女生，坐在旁边的空位置上，点了一杯鸡尾酒。她不时地朝Edison看，他没注意，只顾自己喝着酒。

"帅哥，怎么一个人喝闷酒呢？"女孩主动搭讪了。

Edison仍然不理会，女生又继续说了："怎么不理人家，好伤心呀！"

女生嗲声嗲气地说着，把 Edison 逗乐了，他转过头看了一眼女生。女生抛了一个媚眼过来，然后就凑近了 Edison："怎么啦，心情不好？"

Edison 嗯了一声，女生主动过来给他倒酒："我也刚失恋呢，心情也很差呢，不过呀，看到你我的心情就好了。"说完，女生就要敬 Edison 一杯。"干杯！"

"嗯。"

"你有没有女朋友啊？"女生问 Edison。

"你问这个干吗呀？"Edison 说。

"嗯，就随便问问嘛，哈，我想你肯定也是单身。"女生有些醉意地说。

"你怎么知道的？"

"这大过节的，一个人跑来酒吧喝闷酒的要么就是失恋了，要么就是单身。"

"那你觉得我是什么呢？"Edison 问。

"我不知道，我猜以上你都有可能。"女生指着 Edison 的鼻尖说。

"哈，你真厉害！"

"来，干一个。"

两人都有点喝多了，女孩慢慢地靠近了 Edison，然后倒在了 Edison 的怀里，Edison 得意地说："哈哈，你真差劲，居然喝这点就醉了，没劲。"女孩突然又醒了："我没醉，我没醉，你才醉了呢。"说着嘴唇就贴上了 Edison，Edison 躲闪不及，他顺势也吻了她。微弱的灯光，加上舞台上的唱跳气息，整个空气都充满着暧昧的气息。女孩看 Edison 的穿着打扮怎么也像是一个有钱的人，于是，在 Edison 离开的时候就主动跟上了。Edison 也不推辞，搂着她走出了酒吧，女孩一路上不停地吻着 Edison。终于来到停车场，Edison 点开遥控，把她塞进了车里，女孩搂住了他的手臂，靠在他的耳边说："你真这么有钱？"

Edison 反问她："你看上我的钱了？"

女孩却说："我喜欢你的脸，你的吻。"女孩虽长相清秀，但没那么单纯，想必混迹酒吧多时。可 Edison 管不了太多，他像被饥饿吞噬的太久的老虎，和女孩激情地热吻起来。女孩乘势想解开他的衬衣，此时他清醒了过来。想起那晚和陈青在一起的情景，想起她的温柔，他的脑海里浮现的都是她的影子，他停止了一切动作。

女孩不高兴了："干吗啦？"

他放开了她："对不起。我不能继续下去。"

"你真扫兴，想玩又玩到一半，胆小鬼。"

"你下不下车？"Edison 不高兴对方这么说他。

"没见过你这样的。"

"你不下车，我下车了。"说着 Edison 打开车门，女孩也只好下了车。

Edison 在路口帮她打到了车，并递给师傅一百元："不用找了！"

Edison 一个人茫然地走在午夜的大街上，街上空荡荡的，节日的喧嚣在这个点上已经散去了，游客们也早就休息了。想起刚才的一幕，他不禁要打自己的脸："怎可堕落到如此地步？"内心的空虚无法排解，寂寞无处诉说，Edison 的脑袋痛得厉害，他只好找一处安静的地方坐下来休息。

第二天，陈青和蓓蓓一早来到了 SM 大学，一幢幢红色的建筑出现在眼前，红砖灰瓦。学生们放假了，走在校园里的学生们少了，游人们多了，陈青欣赏着这个美丽的校园。

两人一路有说有笑，来到校园的一处湖泊旁，湖里有几只天鹅，白色的，灰黑色的，映衬着校园的宁静和祥和。据说天鹅的胆子最小，最容易受到惊吓。湖的另一面是一片大草坪，两个人也走到了草地上，躺了下来，把背包当枕头，仰望着蓝天，似乎她们就是这儿的学子。

"羡慕吧！"蓓蓓说。

"是啊，做学生就是好。"

两人慵懒地躺在草地上，眯起眼睛。陈青看着天空，想象着自己还在读大学，可那时的时光一去不复返了，那些过去的美好她想拼命地抓住，却还是从指缝中溜走了，留下怅然若失的她，无力诉说的美好只留在了心间。

"你有理想吗？"蓓蓓问。

"不知道。"陈青似乎弄不清楚自己的理想。她曾经也要求自己简简单单地考个研究生，然后谋一份高校教师的职位，而今一切都面目全非，考不上研究生其他的都免谈了。她时常觉得自己很累，却又不知道为何而累，许是心中郁闷太久，要说她对他一点怨恨都没有那是假话，可终归她还是忘不了他，只盼望着能早点相见。有时候，她反倒羡慕起那些曾经不如她的同学，她们循规蹈矩地生活，毕业了，考公务员或事业单位，然后一边工作一边恋爱就把人生大事给解决了。谁曾想过曾经的她变成了孤家寡人，事业和爱情完全跟不上自己想要的节奏。她多想找一个地方，哪怕是荒漠，好好地想想自己的未来。

"你是不是对我介绍的这份工作不满意？"蓓蓓问她。

"也不是不满意。"陈青也不懂自己想要什么。

"其实工作嘛，没有几个人是满意的。"蓓蓓安慰她。

"我明白。"陈青清楚地知道自己想要一份实现人生价值的事业，但目前她只能如此。

蓓蓓明白她是个有理想的人，可有的时候理想就是很多人瞎折腾的东西，很少有人实现它。

两个人你一句我一句地闲聊着，和煦的阳光照在身上，陈青睡着了。这样的天，这样的景，她舒服地睡着了，好像好几夜没合过眼一样。

蓓蓓的男朋友给她发微信，问她在哪儿？她说自己和朋友出去玩了，她男朋友就问是女生还是男生，蓓蓓没有回答，她想既然在乎，又为什么不陪自己呢？这难得的节假日，既然以后想共同生活在一起，又为什么不把她放在第一位，她始终想不通为什么，手里握着手机不知道要说什么。他来电话了，她也不接，后来索性就把手机关掉了。也许男人的思维和女人不一样吧，她想。谈了两年的恋爱，说不上了解，也说不上不了解，也许彼此都进入了怠倦期吧！优点渐渐变少，缺点日益显露出来。

一个小时后，陈青醒了，她睁开眼，发现蓓蓓在发呆："你怎么没睡呀？"

"我可没你厉害呢，在这里也能睡着。"

"什么呀，睡得很舒服哦！"

两个人起身，然后在SM前门找了一家店，点了海鲜面。海鲜面十足，佐料丰富，有蛤蜊、鲜虾、鱼丸，还有香菇和小青菜，另外可加其他佐料，不过要另收费。陈青又点了一份富贵虾，这长长的背着硬壳的毛毛虫，陈青特别喜欢吃，虽然每次嘴巴都会不小心被钳到。她们还点了一份新鲜的菠萝，虽说这只是家海鲜面店，人可不少，有很多SM大学的师生来这儿用餐，或许是美味吸引了她们。这家海鲜面，料鲜，味美，总之，连陈青都赞不绝口。

走出这家店，两人又漫步于校园。绿影婆娑，午后的校园显得异常的安静，学生们回宿舍休息去了，游人们绕道去了别的地方或躲在有绿荫的草坪上，或在校门口对面的麦当劳吃着冰淇淋。陈青戴着帽子走在校园中，别人还以为她是学生呢。她们仔细地讨论着下午的行程，是不是要继续看海。在厦门，到处都是海，陈青却只想沿着海岸线一路走，直至椰风寨。椰风寨一听就很有诗意，这也是陈青想前往的原因。两人在芙蓉湖畔稍作休息，就出发了。

沿着沙滩的海岸线，前面看不到尽头，只有茫茫的一片海。走在环岛公路当中，陈青发觉自己置身于世外，一眼看不到人，除了蓓蓓，除了自己的脚步声。有一刹那，陈青觉得自己走在了另一个星球上，想遇见一个打招呼的人都很难，偶尔还会觉得路上有一丝的诡秘，幸好有人陪伴，否则一个人的话不知道心情会怎样。她们时而走在环岛路上，时而走在海边的木桥上，脚踩在上面发出吱嘎吱嘎的声音，偶尔还会出现一些老人在售卖珍珠、贝壳之类的纪念品。陈青买了两个小海螺，把它放在耳边，就能听到大海的声音，让人感觉到海浪就要拍打上来了。海水不时地冲刷着礁石，她看到有一些人从桥上走了下来，虽然旁边有醒目的标志：禁止下桥。也许他们也是好奇吧。海水一会儿汹涌澎湃，一会儿却又平静如水，一会儿慢悠悠地靠近木桥，在木桥的边缘上溅起了浪花。陈青她们惊魂未定，却又开心地哈哈大笑，只怪海水太调皮。

日落黄昏，夕阳西下。晚霞映照着椰风寨，异常的美丽。远远望过去，仿佛这是一个与世隔绝的地方。游人们累了，随处找了个地方坐了下来，衣服上和裤子上全都是沙子，脚上也布满了沙子，更有甚者头发上也有一些沙子，似乎沙子无处不在。陈青斜靠在一处椰子树下，遥望着大海，若有所思。此时的大海一片宁静，似乎在休养生息。那些玩累了的小孩们也不再奔跑，而是找一处绿草地和大人们坐下来，喝着新鲜的椰子汁。

静静地望着大海，她想要的答案大海会给她吗？她告诉海浪，它可不可以替她传达对他的思念之情？她把一颗珍珠抛向了大海，想让它漂流到有他的地方，希望他能看得到。

一旁的蓓蓓见她把刚才好不容易捡到的战利品丢进了海里，颇为想不通，她眼睁睁地看着珍珠落进了大海里，然后溅起一阵小浪花。

陈青借着大海，表达了对他的眷恋，她只希望他早点和她相见，她害怕自己再也等不了了。"难道你真的要让我等十年吗？十年后，我都老了。"陈青赤着脚走在沙滩上，她找到了一枚小石子。她用小石子在沙滩上刻下他的名字。不一会儿，一阵浪花涌来，字被冲走了，只剩下了平滑的沙子。她就拼命地写，写了一遍又一遍，全都被海水给冲走了，可是字迹却被沙子记住了，被沙滩隐埋了。就像过去的那些美好时光，随着时间流逝了，但却被记忆刻在了大脑深处，挥之不去。

她一个人在沙滩上哭了，看着自己写下的名字，她重复着他的名字，但是远处没有回音，只有大海的声音。天若有情，天亦老；海若有情，海亦老。大海没有给她答案，想必是要她自己去寻找答案，既然难以忘怀，就去追寻。前世她一定欠了他债，所以今生必须要用等待来还他的债。"我会找到你的，不管多久。"面向大海，她立下誓言。大海似乎也点了点头，再一次把她写的名字冲刷得干干净净，转眼间，沙子又变为了平整的样子，好像在告诉她，它会传达她对他的思念。

天色渐暗，游人们各自散去了，附近的原住民出来散步了。大海依然不寂寞，它孕育着人们，人们也记得它，不会将它遗忘；即使将它遗忘，它也是宽容的，无私的，不会怪罪于人，这就是大海的胸怀。

陈青和蓓蓓望着暮色中的大海，恋恋不舍地说了一声再见。走在环岛路上，穿过马路，坐上了回酒店的公交车。

　　她们在美食一条街上吃了晚饭，又去逛跳蚤市场。那儿聚集了很多人，非常热闹。在人流中，陈青突然发现前面有个人的背影很像蒋明羽，她急忙追了过去，扔下了蓓蓓，可是那人拐了个弯，不见了。陈青大失所望，不过，她没有气馁。她守在一处角落里，只见那人从一家书店里出来了。陈青怕打草惊蛇，悄悄地跟了过去，她心里直打鼓，正想叫出他的名字，没想到那人正好转过身来，问她："你干吗跟踪我？"

　　"我，我……"陈青这才看清对方的脸，根本不是他。

　　"认错人了？"

　　陈青尴尬地连连点头说："不好意思哦，以为你是我认识的人。"

　　"原来如此。"

　　"不好意思，我是过来旅游的，看见你的身影很像我以前的一个朋友，所以才跟踪的。"

　　"哈哈，老掉牙的故事。"那男生哈哈大笑起来。

　　"是的，老掉牙的故事。"说完，陈青就走了，留下丈二和尚摸不着头脑的男生。

　　陈青赶回去，发现蓓蓓不见了，她不在原地方，估计是去找她了。陈青想跑去找她，想来想去还是在老地方等她。不一会儿，蓓蓓气喘吁吁地跑来了："我就知道你会回来找我的，哎，你到底干吗去了？"

　　"我刚才看见一个男生很像他，所以就追过去了。"陈青也一脸委屈的样子。

　　"然后呢？"蓓蓓急切地问。

　　"然后就没有然后了。"陈青垂头丧气地说。

　　"你别这样了，要是他知道你这样，他也会不好受的。"蓓蓓安慰她。

　　"嗯，我知道了。"

"如果他真的爱你，总有一天他会来找你的。"

"但愿如此吧！"陈青靠在墙角边，是那样的无力。刚才追了那么久，脚很痛，很酸，她们找了一家书吧坐了下来。

"先喝口热茶吧，不要再喝冰的了。"蓓蓓说。

"嗯！"

"也许，他在世界的另一个角落等着你！别灰心，亲爱的。"蓓蓓又劝慰她。

"也许他早和别人在一起了。"陈青担心地说。

"你别瞎想了，如果他是这样的人，你还会爱他吗？"蓓蓓问她。

"爱！"

"傻孩子。"

问世间情为何物，直叫人生死相许。陈青忘不了明羽，她的心里都是他，满满的都是，挤也挤不走。她知道这辈子她是忘不了他的，可他呢？他在哪儿呢？他还爱她吗？

"你知道吗，我在 Edison 家里发现了他的画像。"陈青终于决定把这件事告诉蓓蓓。

"什么？"蓓蓓惊愕地说不出话来。

"是的，在他的卧室里，而且他的卧室从不让人进去。"

"那你是怎么发现的？"蓓蓓更加表示吃惊。

"我也是无意间发现的。"陈青说。

"那他怎么说？"

"我不敢详细问他，这是他的私事。"

"你真是个笨蛋，你心里又忘不了他，然后看到他的画像你又不问明白，你到底是怎么想的啊，真搞不懂你！"蓓蓓有点生气，她竟然这么胆小。

"那我该怎么办？"

"这是唯一的线索，既然别的线索全都没有，那这条线索，必须好好把握。"蓓蓓认真地说。

"你是说，我要向 Edison 探出口风？"陈青问她。

"当然，而且你还要接近他，直到查到他的下落。"

"我又不是间谍。"陈青觉得蓓蓓的话虽然有道理，但是有点荒诞。

"那你想怎么办？你又没有别的办法。为了了解到当初他不辞而别的原因，你只能这么做。"蓓蓓似乎斩钉截铁地说。

"难道没有别的办法了吗？"陈青不想使用这样的方式。

"当然，你没有别的更好的方法，这次度假回去，赶快行动。"

"我，我有点害怕。"陈青其实还是不想面对。

"害怕？为了爱情，你不是很勇敢吗？怕什么啦，真是。"

"万一，万一他……"陈青一想到那天晚上她脸红了。

"万一发生什么事情，给我打电话。"

"哈哈，谢谢！"陈青终于开心地笑了，"只是我不知道他为什么会有这张画像？"

"这个得你自己去明察暗访了，反正你已经住到他家了。"

"不是已经，只是偶尔，好不，为了工作方便早起，我可不想待在他家。"

"不行，现在你最好能住到他家。"蓓蓓说。

"为什么？"

"这样你才会以最快的速度了解他和他的关系！"

"可是他说他是异性恋哪。"陈青说。

"傻瓜，说不定他骗你呢。你说一个大男人把这么一幅俊美的男人的画放在自己的卧室里，会是什么意思，傻瓜都知道。"蓓蓓说。

可陈青依然相信他就是异性恋。"也许蒋明羽只是他的好友。"陈青说。

"那最好了呀，不然就算找到了，你也是最伤心的那位。"蓓蓓竟然把话说到了最残忍的地步。

"那我要哭死了呀？"

"好啦，或许事情根本没有那么糟糕啦，我只是想到了最坏的地步。"蓓蓓说。

"要死也要死得明明白白的。"陈青表明心态。

"对，否则纠结一生。"蓓蓓明白陈青有时候就是一根筋，别人说什么都没有用，所以只能行动，让事情有一个结果，不管是怎样的结局。

"谢谢你蓓蓓，你总是为我操心，我那么没用。"陈青一副楚楚可怜的样子。

"不用谢啦，谁叫你是个好人呢，还是笨得可爱的一头猪。"

"什么，你竟然骂我是猪，讨厌。"陈青故作生气地说。

"哈哈。"蓓蓓差点笑得全书吧的人都听到了，她赶紧捂住了自己的嘴。

"我们走吧！"两人走出了书吧，夜色很美，海边的风直吹过来，两人打车回到了酒店。

次日，她们游玩了鼓浪屿，下午在一家咖啡馆小憩了一会儿，傍晚赶回车站，凌晨返回到家中。厦门之旅就这样结束了，陈青觉得自己收获多多，她终于明白她要努力找到他的下落，不管要经历多少的曲折。

第八章
／
迷
雾

　　返回家中的第二天，陈青又睡了一天，去除所有的疲劳后，她想有
个崭新的开始。她对自己说，为了努力找到明羽，她决定以全新的面貌
和状态面对未来。第三天，陈青起了个大早来到了Edison家。她敲了敲门，
没人应，于是打开钥匙走进去。一进屋，一股刺鼻的味道迎面扑来。陈
青打开灯，扫视了一下客厅，发现酒瓶杂乱地放在客厅的茶几上，茶几
上还堆满了各式各样的零食和垃圾食品，简直惨不忍睹。

　　她走到 Edison 房门边，确定他在房间里。她悄悄地退到了客厅里，
决定先煮点粥，然后收拾客厅。

　　忙完了所有事，她下楼把垃圾倒掉，又去附近的超市买水果。正当
她提着水果往回走的时候，电话响了，是 Edison 打来的。

　　"你在哪？"

　　"我在楼下呢！买了水果。"

　　"对我这么好干吗，怕饿着我呀！"Edison 开玩笑地说。

　　他这一说，陈青的耳根子居然红了。到家门口的时候，Edison 已经

将门打开，看到她，似乎欣喜若狂，但眼神里又有点责怪。此时的陈青却不敢正眼看他，她不知道为啥心虚。他却接过她手中的水果，并说："很重吗？"

"还好。"

其实刚才陈青在厨房里的时候，Edison 就醒了，他一直等到陈青出门才起来，发现客厅被收拾得干干净净，又看到早饭也做好了，心里的温暖油然而生。

"干吗要喝这么多酒？"陈青问。

"心烦。"

"放假了也不好好休息吗？"

"我打你电话，为什么不接？"Edison 看着她的眼睛说。

陈青避开了他的眼睛，走到了厨房里，给他盛了一碗粥。

"吃饭吧！"

"我不饿。你先回答我。"

"我和蓓蓓出去度假了，信号不好。"陈青编了个理由。

"你别骗人了，马尔代夫都有信号。你说，你是不是故意躲我？"Edison 还是不放过她，继续追问。

陈青知道瞒不过他，只好说："我心情不好，出门玩两天有错吗？"

"哦，你还在生我的气吗？"他问她。

"我一个小小的助理，哪有资格生老板的气？我本来就不该戴那么贵的项链，免得引起误会。"

"对不起哦，那天我不应该那样和你说话。我打你那么多电话就是想向你道歉的。"Edison 诚恳地说。

陈青低下了头，然后说："要道歉可以哦，不过，你得告诉我一件事。"

"行啊，不能太过分哦。"他面露喜色地说。

"你老实告诉我，那画像上的人到底是谁啊？"陈青问。

Edison 迟疑了一下，然后回答："嗯，这个，这个不能告诉你哦！"

"哼！"陈青也知道他不太可能如实告诉她，她也了解这件事情不能太急，只能慢慢来。

"一起吃吧！"Edison 说。

"我吃过了。"陈青说。

Edison 也朝她看了一眼："你这么一大早赶过来该不会就只是为我做一顿早餐，然后收拾那些破垃圾吧？"

"那你以为是什么？"

"难道你没有想我吗？

"没有啦！"陈青差点想逃，其实面对他，她还是有些羞涩，只是必须要面对。

Edison 回到房间，不一会儿换了一身出来。他穿了一件粉色小碎花衬衫，下面穿着一条卡其色中裤，戴了副咖啡色墨镜，显然是要出门的样子。

陈青心里有点别扭，自己一大早赶来烧饭、洗衣、搞卫生，他竟然一个谢字都没有，还赶着要出门，难不成又去约美女了。正在这时，蓓蓓的电话响起："青，在哪儿呢？"

"我，我现在……"陈青压低了声音，继续说，"我在 Edison 家。什么事啊？"

"你倒是行动派啊，这么积极。"

"那是，为了爱情能不积极吗？"

　　"忙完了吗？要不要去逛街？"蓓蓓问她。

　　"好啊。"陈青这时真觉得蓓蓓是江湖救急，如果要出门，也得自己先出门才显得有自尊。她可不是服侍人的角色。

　　"事情做完了，我要走了。"陈青说。

　　"哦，不打算陪我啦？"

　　"你都打扮成这样，有约了吧？"

　　"你怎么知道，好厉害啊，佩服！"

　　陈青很想抨击一下他，不过，她忍住了。但愿你别玩火，她心想。

　　"哼。"陈青轻轻地哼了一声。

　　"难道你不让我去？"

　　"才没有呢！我得走了。"陈青头也不抬地出了门。"我的中饭呢？"Edison嬉皮笑脸地说。

　　"你和美女去吃啊！"走廊里留下一串回音。

　　留下Edison一人在客厅发呆。一会儿Allen打来电话："你准备好了没？"

　　"我不想去，哥！"

　　"不去也得去，你不去，我多掉面子呀！"Allen说。

　　"那好吧，就约在蓝山咖啡馆！"Edison无奈地说。

　　Edison明明知道去了也是白去，但他不想Allen难做，只好接受了他们的安排。其实他明白，他不喜欢和这些所谓家世良好的世家小姐交往，个个都是名媛范，举手投足间找不到一丝的缺陷，就连说话都是滴水不漏，好像这些从她们嘴里蹦出的话都是事先排演好的一样，一点趣味都没有，一点个性也没有。也许这和她们从小所受的教育有关，要矜持，要自制，要淑女，可是Edison他不想要这样的，但他又说不出自己想要哪种类型的女生。有一次和表哥聊天，Allen 似乎看出了一点端倪，他说："你该不会喜欢你的小助理吧？"Edison 犹豫了一会儿，实际上，他也没认真想过他喜欢她这事儿，只是为什么 Allen 会这么问呢？

"才没有呢，简直乱说。"Edison 当时的回答是这样的。

"那就好。我看姑母不一定同意。"Allen 说。

"哥，你说什么呢，真是的。我现在还不想考虑这些事。"Edison 当即反驳了他。

"总有一天要考虑的，要不，我介绍几位名媛让你认识认识。"

"随便吧！"

咖啡厅里。

来的姑娘穿着一件白色连身裙，耳朵上戴着闪闪发亮的 Chanel 耳环，手腕处是爱马仕手环，左手挎一只黑色的 Dior 经典款包包，一看就是家底殷实。

需要这么多名牌炫酷吗？ Edison 在心里苦笑。

这样的时尚加奢侈于一身的女生并不是 Edison 喜欢的类型，可是她们却都喜欢 Edison 这样的帅哥。Edison 总是跟她们吃过一次饭后，就不回她们的电话。

一旦工作落空，他常常觉得孤独，没人能填补他心灵的空缺。他一直在寻找他心里的那个她，却又觉得无非是一个梦，梦里的女孩从何寻找呢？他也很想了解曾经的自己到底经历了什么，无奈身边的人都闭口不谈。

姑娘走后，Allen 问他对女孩印象怎么样，他不置可否，苦笑了两声。

"哥，我以前乖吗？"Edison 问 Allen，神情凝重。

"嗯，挺乖的。怎么了，追寻往事了？都过去了。"Allen 低声回应道。自从上次生日会后，他就感觉 Edison 心事重重，比以前更深沉了。

"我以前的事，可以跟我说说吗？"

"过去的事还有什么好提的？"

"哥，你们肯定有什么事瞒着我，我恳求你告诉我，好吗？"

"你以前读书成绩不错，人也很帅，很受女生的追捧哦，据你自己说，经常会收到情书哦！"

"那我交过女朋友吗？"

"有啊，你不是和她分手了吗？"

"Maggie？"

"对啊，Maggie 她最近和你联系了吗？"

"没有呢，她应该还在澳洲吧。我还交过其他女朋友吗？车祸前。"Edison 认真地问 Allen。

Allen 一听到"车祸前"几个字，愣了一下。但是他不能多说，这是多年前姑母交代过的，关于他在车祸前与另一个姑娘的那段往事必须成为一个秘密。

"到底有没有哦？"Edison 着急地问。

"应该没有吧，不过，也许你小子偷偷地交往也说不准呢！"Allen 想了一会儿才说。

"那是不可能的。按照我妈的个性，你觉得我瞒得过我妈，可以悄悄地交女朋友吗？"

Allen 明白迟早有一天他会知道所有的事情，但他不想把秘密告诉 Edison。这个秘密也许对 Edison 来讲并不重要，但是如果一旦他知道了，Edison 和姑母的关系就不会像现在这样了。为了维护他们之间的和平，Allen 只能保守这个秘密。其实姑母也是不得已的，当年完全是为了 Edison 着想，她坚决地反对一个出身平平的女孩与儿子交往，只是没想到她只提了一句"反对"就令 Edison 离家出走，更没想到遭遇车祸。如果他告诉了 Edison 曾经发生的事，他一定会怨恨母亲的，这叫姑母情何以堪。而且即使他告诉了 Edison 当年发生的事情，Edison 也不可能和她再走到一起，也许她早已嫁作他妇，这样对 Edison 来说又是一种伤害。而且即使再给姑母一次机会，她依然不会同意的，所以她选择了隐瞒。Allen 深知姑母这样做不对，但他不想打破平静，和这难得的安宁。他只好找各种借口来安慰自己不安的灵魂，否则他对表弟的隐瞒真的要让自己寝食难安了。

"我最近这段时间总会想到我过去那几年，可是每次脑袋都痛起来。"Edison 懊恼地揪着自己的头发。

"不要勉强了，过去都已经过去了，现在不是挺好的嘛。别再想了，Edison。"

"可是我觉得自己像这样没有灵魂地活着是一种煎熬。"

"你想得太多了，Edison。作为男人，还有很多事情可以做，不要为一点点小事而难过。"

Edison 嗯了一声，他知道 Allen 这会儿并不能感同身受。

吃过晚餐，Allen 打电话又约了几位朋友一起去唱歌。不一会儿，来了好几个美女。Edison 在被轮番敬酒后，到走廊透气，没想到有一个女孩跟了出来。她一出包厢门，就拽着 Edison 的手，将身体直接贴了上去。Edison 躲闪不及，悬着两只手被女生紧紧地抱住了。恰在这时，陈青与蓓蓓走过来看到了，原来她们也约了朋友来唱歌。Edison 急忙挣脱，可陈青的心一沉，她马上和蓓蓓往另一通道走去，留下一脸无辜的 Edison。

"原来他是喜欢女生的，天哪，大新闻。"蓓蓓说。

"我早就知道了。"

"你该不会吃醋吧，青。"蓓蓓说。

"我又不是他女朋友，有什么资格吃醋。"陈青拼命想撇清与Edison的关系，不想承认自己看到那一幕的不痛快。

Edison没想到会在这儿碰见陈青，他愣在那里，他想她肯定会误会他，认为自己是花花公子。可是自己为什么会在乎她的看法呢？她只是自己的小助理而已，为什么自己心慌了？Edison郁闷地回到包厢，一杯杯地灌酒，也许醉了就什么都不用想了。

包厢里，陈青也拿起一瓶酒，直接往下灌喝了下去。

"你慢点喝。这又是跟谁赌的哪门子气呢？"蓓蓓说。

她当作没听见，仍然一饮而尽，好像只有这样才能发泄出心中的不满。午夜时分，众人们各自散去。

假期过后天气开始转凉，秋天真的来了。陈青早早起来，细心选了一身衣服，配上香槟色的高跟单鞋。她站在镜子前，轻拍自己的脸，提醒自己"勿理勿视"。在一楼电梯口陈青碰见Edison。她的脸略微红了，只是本能告诉她，她还是得向她的老板道声早安。

"早！"陈青说完，提前一步跨进了电梯门。

Edison奇怪地盯着她的背影，若有所思，也跟着进了电梯。不过，他刻意站在另一边，难道昨晚的事她很介意？

陈青走进办公室，立刻泡了杯绿茶放在Edison桌上。他一看不是咖啡，皱了一下眉头："为什么不是咖啡？"陈青不紧不慢地说："你昨天喝了很多酒，现在不要喝咖啡。"

Edison看向她，露出少有的温柔："你在意我？"

陈青回答："为老板着想，这是我的分内事。"

Edison 说："昨晚，那个女孩子，其实……"Edison 想向她解释，然而陈青打断了他的话："你不用解释，助理不应该干涉老板的私事。"

Edison 的神情由温柔变为失望，他想也许她不是自己想象的那样，她不会喜欢上他的。

"你去忙吧！"Edison 只好扔下了这么一句话，他强烈的自尊是不允许他低头示弱的。

这一天陈青什么也不想，埋头理完了所有的文件。直到下班，她才发觉一整天 Edison 除了交代工作上的事情，没有对她说过一句话。

"讨厌。"陈青在心里骂道，但是她又觉得奇怪，明明自己不是他女朋友，而且自己心里的人也不是他，为什么要生气，她很想不通。

"你可以下班了。"Edison 眼皮也不抬地说了这句话。

"哦。"陈青顿觉失落，看了看他埋头的样子，拿起包准备走了。

"回来。"他又命令她。

"什么事？"

"再给我泡杯茶。"Edison 看着她，又暗暗窃喜，刚刚看见她似乎有点失望、难过，他又忍不住想要捉弄她。

陈青泡了一杯茶，递到他面前。他闻了闻，一阵香气飘来，他眯起眼一副醉人的样子。她偷偷地看了他一眼，她竟然有点舍不得下班，心跳在加速，她迫不得已地问："我可以下班了吗？"

"你走吧！"他冒出了一句话。

其实如果他说还有事儿没有做完，她是可以留下来加班的，可是他这么说似乎是不想看见她，她收起自己的失落转身走了。

在一楼大堂，有位穿着时髦的姑娘上前问走出电梯的陈青："请问

Edison 是在哪个办公室？"

陈青心里又是一惊，又一个姑娘来找他了，不是昨晚的女孩。不知怎么的，她心里的好奇心在作怪，在姑娘上了电梯之后，她又悄悄地乘着电梯上来了，她想知道这个女生到底又是谁，和他什么关系。她发现自己对他越来越好奇了。

她偷偷地掩在门口，不想被他发现。果然，女孩和 Edison 就像久别的情侣一样，一见面就是一个拥抱。女孩一口一个 Edison 哥地叫个不停，Edison 眼里也流露出难得见到的开心。这时，Edison 走出来想把门关上，他恰巧看见了躲在门口鬼鬼祟祟的陈青，于是故意带着讽刺的口吻说："陈助理，你怎么还没走啊？"陈青被说得一脸通红："我，我……"

"你还有工作没完成吗！"他的嘴角边掠过一丝得意。

"我——我忘了拿雨伞。"陈青想到了一个借口。幸好早上妈妈让她带了把伞，不然现在她肯定窘得要死。

站在办公室里的那位姑娘也笑了，陈青尴尬得想找个地缝钻进去，她赶紧拿了雨伞就跑出去了，出门又和迎面而来的 Edison 撞着了。陈青的脑袋轰隆一声响，一片空白，她马上飞也似的跑走了，只听到他们的笑声在回荡。

走在马路上，陈青什么心情也没有了，刚才的尴尬还留在心头，她也不想马上回家。明知道这个可恶的老板是个花心大萝卜，自己为什么还要跑去看个究竟，只剩下难堪，说不定他以为她喜欢上了他，她看起来就像一个笑话。明知道自己只是助理，却想闯入他的世界看一看。她觉得他如此复杂，可即使他的私生活乱七八糟，也与她无关，她还是那么难受。

另一边，办公室里。

"哥，你准备带我去哪玩呀？"Lily 一脸撒娇地说。

"随便你呀，你想去哪玩，就去哪儿玩。"Edison 很疼爱他的表妹。

"哇，太好了！刚才那位姐姐是谁呀？"Lily 问。

"她呀，是哥哥的助理。"

"我怎么觉得你们之间，有点那，那什么啦！"Lily 旁观者清。

"小孩子不要管大人的事。"Edison 打断了她的话。

"人家才不是小孩子啦，都成年了！你肯定喜欢她。"Lily 说。

"小孩子懂什么，乱说。"Edison 也不知道自己为什么，反应会这么大。

"嗯，那姐姐刚才那窘样，挺可爱的。"Lily 又忍不住多说了一句。

"小屁孩！"Edison 拿她也没办法，带着她出去玩了。

陈青回到家中，她把包一丢，倒在床上回想刚才看到的那个姑娘，想了一会儿，又摇摇头，起身从床头柜第二层抽屉里拿出一本书，书里夹着一张相片，她温柔又深情地看着照片上的人，轻轻地抚摸着，而后又把照片夹回了书里。她又打开第一层抽屉，里面有一个精致的盒子，一只银色的怀表躺在盒子里，嘀嗒嘀嗒地响，她对着怀表说："你的主人不要我了，我该怎么办？"说着，眼眶也红了。这只怀表是多年前她生日的时候，他送给她的，她一直珍藏着。

她还记得那天，他迟到了，她很不高兴。后来才得知他为了能买到这款限量版的怀表，一个人跑到上海，所以才迟到了，不过，他甘愿受罚。当她看到他气喘吁吁地出现在面前的时候，她的气马上抛到了九霄云外，她一脸娇嗔地说："我不要这个，我只要你！"他温柔地抱住了她。

"毕业了我们就结婚，好吗？"他温柔地问她。

　　"我不要。"陈青觉得还早。

　　"为什么？"他想不明白，既然两个人相爱了，为什么不能早点结婚呢？

　　"刚毕业，我觉得太早了。你要等我！"陈青说。

　　"嗯！我等你！"他凑在她耳边温柔地答应她，因为他只想和她在一起。

　　那晚的夜，星空灿烂，两颗心紧紧地拥抱在一起。

　　如今，只剩回忆，说好的他等她，现在变成了她等他，而她连他在哪里都不知道，思念一次次吞噬着她，让她陷入了无法自拔的泥沼。她知道现在也许只有通过 Edison 这条唯一的线索，但是为什么自己总是心虚得不知怎么面对，无法做到像局外人一样去探听他的消息。她时常怀疑自己太笨，怎么连个人也找不到，却又感叹他的狠心，要是再也找不到他，她还能够与另一个人开始一段新恋情吗？

　　她想也许冥冥之中老天爷自有安排，也许 Edison 就是老天爷差来帮助她的。她应该感激他，至少让她看到了希望。她不应该想太多，陈青收好怀表，关上了抽屉，躺回到床上。

第九章 ／ 破案

陈青穿着一身粉色套装短裙走进办公室。他还没来，她准备了今天的行程表，放在他的桌上。上午有一个节目、下午有两个节目要录制。

录制室在一楼，录完第一个节目后，Edison 走出来，他看到陈青站在门口等，问她："下午 2 点开始吧，中午不用为我准备盒饭了。我约了人。"

陈青看着他离去的背影，还没来得及说已经准备好中餐，就看见昨天见过的那个女孩已经早早等在大门口，见到 Edison 出来，高兴地走上去就挽住了他的手。Edison 摸了摸她的脑袋，就一路有说有笑地离开了。看此情景，陈青有一种说不出的失落，看着他们消失在人群中，好半天没回过神来。

回到办公室，桌上那份饭已经凉了，陈青默默坐下来，看着那份特意为他准备的鲍汁饭，眼泪不知不觉地滑下眼角。

录制前 15 分钟，Edison 慢悠悠地回到了办公室。他拿过资料，认真地看了 15 分钟，又走进了演播室。这回，陈青没有跟去一楼。

等到三个节目都录完，回到家里已经快深夜 12 点了，陈青累得趴在了床上，穿了十几个小时高跟鞋的脚都起泡了。她整个人昏沉沉的，这时手机响了，她一看，是 Edison 的消息："谢谢你陪我工作到这么晚，早点休息，晚安！"她想回复，可是说点什么好呢？想想还是算了，于是她把手机关掉了。

Edison 等了一会儿，居然没等到回复。

他又发了一条信息："睡了吗？"又等了一会儿，仍然没反应。他有点火，又有点恼，不回微信这已经不是第一回了。

他走到阳台上，深夜的花园四处静悄悄的。他看到陈青的衣服还挂在阳台上，想起那天一大早，她跑来为他做了一顿早餐，又把他扔得到处都是的酒瓶收拾干净，她是个多么善良的女孩。

他把她的衣服收下来，放回她的床上，她的房间有一种特殊的味道，像是一种久违的熟悉感。这让他想到了那晚他亲吻她的情景，他看着她的时候，她的眼神里似乎有一种渴望，而他竟然对她忍不住的温柔，又忍不住地想让她生气。难道他们之间发生过什么吗？也许过去他们曾经认识，他想，那么她会告诉他过去发生的一切吗？他心里一连串的疑问萦绕在心头，到底要怎样解开，他问自己。可是她知道他是谁吗？他应该要告诉她吗？她的床头柜上放着她的照片，一袭白色蓬蓬裙，扎着马尾辫，展示着美好的青春年华。为什么接近她，总觉得很熟悉呢？好像似曾相识，却又说不上来到底在哪儿见过。难道他和她是前世的恋人，历经千转百回才有缘遇见？抑或是前世他们有太多的纠葛而无法在一起，所以今生又遇见了吗？他这么想着，却又觉得自己的想法太幼稚，什么前世今生，还不是偶像剧的桥段。他打算明天去问问 Lily，也许她比自己更懂。

　　第二天到公司已快接近中午了，没什么特别的事，他交代陈青整理
下这几天录制的节目素材，就匆匆忙忙地走了，他似乎有意在避开陈青。
陈青本来想向他解释昨晚没回微信的原因，可见他似乎不愿意和她多说
话，她也就沉默了。正这样想的时候，她又收到他的微信："下午没事
你可以休息，我有事下午不回办公室了。"她回了句："知道了。"她
实在好奇，这几天他为什么这么忙？难道是为了陪那个女孩？她终究还
是没有忍住，打开了窗户，向楼下看去。透过窗户，她看见他的跑车停
在楼下，旁边一女孩坐了进去，和他同排。因为隔得太远，看不太清楚
长什么样，但是从身影上来看，就是这几天常来的那个女孩子。陈青傻
傻地看着他们，直到看不见车的踪影。

　　办公室里只有陈青一人，她处理完了工作，坐在电脑前发呆。原本
想着进一步密切与 Edison 的关系，借机了解他私人的生活和朋友圈，
或许就能得到更多的那个画像上的人的线索，可是这几天 Edison 竟然
离她越来越远了，难道她的动机被他发现了？想来想去，她决定给蓓蓓
打电话。

　　"有件事不知道怎么说。"

　　"说吧。我愿意洗耳恭听。"

　　"Edison 最近几天都没怎么理我，连续几天都有一个女孩来找他。
今天也不在办公室。"

　　"你没跟着他？"

　　"人家可能是与女朋友约会，我跟去干吗？"

　　"你可真笨，不能正大光明地跟，就悄悄地跟着啊。没准哪天他会
面的正是你想找的人呢。"

　　"哦，这倒也是。不过，这样总感觉我有点过了，没准被他发现，

工作都丢了。"陈青沮丧地说。

"所以你要在他面前表现得更好一些，更积极一些，让他相信无论是公事还是私事，你都可以帮得上忙，让他不管什么事都带着你，只要他信任你就好办了。"蓓蓓又帮她分析了一下。

"嗯，明白了。就是让他彻底地相信我！"陈青似乎有所领悟。

放下电话，陈青突然觉得被蓓蓓一点拨，又斗志昂扬起来了。

另一边，Edison 带了 Lily 到了一家咖啡馆。他慎重地问 Lily 有没有遇到过一个陌生人却感觉很熟悉。

Lily 笑了笑说："大哥，我可不是爱情顾问啊。"

"哟，小丫头片子，你也敢取笑我。"

"我只谈过一个男朋友，后来就分手了。哥，你说 20 岁的爱情能当真吗？不过好奇罢了。"她转头看向了窗外，然后又转过来看着 Edison 很认真地说："哥，你应该要找到真爱才行！"

"哥也很烦恼。"Edison 叹了一口气。

"哥，你可别叹气了，我知道你是最长情的。像哥哥这么用心对待爱情真是挺难得的。对了，你还跟以前那个姐姐有联系吗？"Lily 突然冒出一句话。

"什么？"Edison 以为自己听错了。

"就是以前的姐姐，你们大学的恋人。"Lily 说。

"我在澳洲的时候就和她分手了。"

"不是澳洲的那位姐姐。"

"那是谁呀？"Edison 觉得 Lily 说的话自己都听不懂了。

"在澳洲之前，你还在国内读大学，那时就有一个女友，听说你很爱她。"

"真的吗？可从来没有人与我提过，你见过吗？"Edison 听到这个消息非常意外。

"难道哥哥不记得她了吗？"Lily 奇怪地问。虽然兄妹关系不错，但 Edison 失忆的事的确没有告诉过她。

"我，我……"他尴尬地望着 Lily，不知如何回复。

Lily 像是突然想起了什么，她忙改口说："哥哥，对不起，我不应该胡言乱语，你就当我乱说好了。"

"不，我要你仔仔细细地说，你不许说谎！"Edison 神色凝重地望着 Lily。

"嗯，我不会骗哥哥的。"

"哥哥在澳洲之前真的谈过一个女朋友？"

"好像谈过。"

"什么叫好像谈过，我要你认真回答我。"Edison 有点激动，他大声地说。

"哥哥，你别生气，你吓到我了。其实我也没见过，那时候我只是听长辈说起，说你为了一个女孩不肯去澳洲，还和姑妈闹别扭。"Lily 无辜地说。

"真的吗？"

"我只是听长辈们议论，偷偷听到的，所以，哥，你不要生气哦，不要和姑母吵架。"Lily 又继续说道，"今天要是你不逼我，打死我也不会说的，说了这些又要勾起你痛苦的记忆。"

"谢谢你！"Edison 听到这些，他的脑子里心如乱麻，他们果然瞒着自己。怪不得那时候 Maggie 和他在一起的时候，似乎知道些什么，却又欲言又止。难道真的是因为自己曾经喜欢过另一个人，所以他没有与 Maggie 在一起？ Edison 甩了甩脑袋，感觉头又开始痛了。

"哥，对不起哦，我没想到会让你想起伤心事。" Lily 想不到哥哥脸色很如此难看。因为她不知 Edison 失忆，所以一不小心揭开了往事的序幕。

"不关你的事。我理应知道我以前的事情。" Edison 表面上平静了一些，可心里一直在呐喊：原来妈妈真的有许多事瞒着我。

"哥，你不要告诉姑母是我说的，我怕她怪我。"

"放心，哥不会那样做的。"

"你知道那女孩叫什么名字，长什么样吗？" Edison 问 Lily。

"我不知道，哥。你想找到她？"

"找到她也没用啊，我都不知道我跟她以前经历了什么。更何况人海茫茫，怎么找？" Edison 失望地说。

"那倒也是，毕竟五年了。"

"也许人家早就嫁人了。我也不记得她的样貌，怎么找？" Edison 沮丧地说。

"我听说当初你出了车祸后，姑母直接将你带到了澳洲，办了转学手续，那个女孩肯定伤心死了。因为你突然人间蒸发！" Lily 很同情那个她没有见过面的女孩。

"难怪五年来我一直觉得脑中有个影子挥之不去，但我一直记不起来。是我对不起她，是我的错，都是我的错。" Edison 非常自责。

"这不是你的错，哥，那只是个意外，谁也没法把控。" Lily 找不到更好的方法劝慰此刻的 Edison。

虽然只知晓了一点点事情，Edison 却陷入了深深的痛苦，他觉得自己是那样的无助，像是突然被黑洞吞噬了，让人无法呼吸，自己是那样的无力和恐惧。他拼命地想让自己想起点什么，脑袋却愈加疼得厉害了。Lily 吓坏了，赶紧问他："哥，你怎么了？"她赶紧叫来服务员帮忙，一起搀着把 Edison 送到门口。Lily 慌乱地挥手叫的士，又手忙脚乱地用 Edison 手机，给陈青拨了一个电话："你是 Edison 助理吗？"

"是的。"

"Edison 有点不舒服，我准备送他去第一人民医院，你能来一趟吗？

"好的，好的。"此时陈青正在回家路上，她一听 Edison 进医院了，马上调头赶去医院。

急诊室里，医生正在给 Edison 做各项检查。

"病人家属。"医生叫道。

"我是，我是。"Lily 赶紧走到医生旁边。

"病人是不是之前头部受过重物撞击？"

"是的。以前发生了车祸。"

"据脑部电波显示，可能是车祸导致了他丧失了一部分记忆，而病人在情绪波动的时候又拼命地想要回忆起这部分的记忆，所以会导致头疼。"

"医生，记忆还能恢复吗？"Lily 问医生。

"这个很不好说，目前根据临床医学经验，有部分人恢复了记忆，也有部分人永远恢复不了。所以尽量让他保持情绪稳定，不要刺激他。"

"谢谢你，医生！"

"另外，要注意不能太劳累了，别的没什么大碍，今晚就可以回去了。"医生嘱咐道。

Lily 交了费用并去药房拿了药。陈青赶到急诊室，看到他虚弱地躺在病床上，她的心像被什么东西剧烈地刺了一下。他也看见了她，用微弱的声音说："你怎么来了？"

"嗯，刚才有人打电话说你进医院了，我就赶来了。"

"我想回家了，不想在医院里。"Edison 对陈青说。

"护士，我们可以回去了吗？"陈青问。

"可以，记住不能让病人情绪波动太大。"

"好的，谢谢你，护士。"

Lily 开车，一行人回到了 Edison 住处。Edison 进了自己房间，半个小时后又出来，他觉得好些了。他叫 Lily 早点回去，说不用担心他，可 Lily 还是不放心，她对陈青说："我哥就拜托你了，陈助理。我先回去了。"陈青这才知道她是 Edison 妹妹。她点了点头。Lily 笑着看着陈青，然后就走了。

"你好些了吗？"她对他说。

"好多了。"Edison 比刚才在医院里确实好多了。

"又是头疼吗？"

"嗯，老毛病了，你也见到过，时不时会发作的。"Edison 不想在她面前掩饰，但同时也不想让她知道原因。

"会好的。"陈青安慰他。

"不会的，除非……"他停顿了一下，想想还是不说为好。

"除非什么？"陈青问。

"没什么。"

看着平时阳刚帅气的 Edison 此时虚弱的样子，她很心疼，但她不知道这种心疼算是什么，也不知道怎么安慰他。她只是觉得他应该有什么事瞒着她，只是她也不好问为什么。

"你也早点回去吧！"Edison 对陈青说。

"我，我……要不还是留下来照顾你吧，万一晚上你又不舒服。"陈青想不到他居然叫她回家，可是她不想回去，看见他这样，她非常担心。

"Lily 叫你哥？我以为她是你女朋友。"

陈青不好意思地说。

"你怎么看哪个女的在我身边，都认为是女朋友。"Edison 笑了一下。

"对不起！"陈青脸红了。

"快回去吧！我没事的。"Edison 说。

陈青没有动，他见她还站在哪里，于是走近她，抬起她的脸，嬉皮笑脸地说："你舍不得走吗？"

陈青的脸更红了，她不敢看 Edison，转身想跑，却被 Edison 拉住了，"不想走就不要走，你是不是不放心我？"陈青点了点头，他又继续说道："你是不是喜欢上我了？"陈青被问住了，说喜欢吧，好像没有，说不喜欢吧，又似乎真的是不放心他。到底有没有喜欢他？连她自己也不知道，她只知道每次一靠近他，她就觉得好像呼吸停止了，只听见自己心跳加速的声音，难道她是真的喜欢上他了吗？她犹豫片刻，说了一句："我没有。"这令 Edison 很失望，好像陈青是同情他，于是冷漠地说："你走吧！我不需要你照顾。"

陈青坚定地说："不，我不走，你妹妹叫我照顾好你，我要是走了，岂不是食言了。"

"那随便你，我去休息了。"Edison 说完就回了房间，他内心也想她留下来。

陈青想着病人应该吃清淡些，她简单地做了一个番茄蛋汤、一道清炒西兰花和一碗白灼虾。

Edison 在房间里听到厨房里传出叮叮当当忙碌的声音，饭菜的香味隐隐飘进他的鼻子，他觉得头也没有之前痛了；他起身，轻轻地打开房门，静静地站在那看着厨房里那个忙碌的身影。

终于准备好饭菜，陈青解下围裙，正想着去叫门，一转身却发现Edison站在房间门口认真地看着他。

陈青有点尴尬，她说："我也只会烧简单的菜，不过，你是病人，要清淡些。快过来吃吧！

两个人都饿了，陈青又给自己倒了一杯果汁。

"怎么不给我倒？"

"你自己去倒。"陈青义正词严地说。

"我要你给我倒嘛，人家是病人嘛！"Edison原来也会撒娇。

"你，你，我算服了你了！"陈青只好起身又去倒了一杯。

"原来你挺有贤妻良母的潜质呀。"Edison对陈青说。

"不知道将来是不是。"

"我看是！"

"哼！"陈青向Edison做了一个鬼脸，把他逗得哈哈大笑。

Edison觉得陈青虽然总是一副冷冷的样子，但有时候也挺可爱，她在家的时候，似乎没有那么闷，总是充满活力。

忙了一晚上，陈青打算早点休息。半夜，听到有人敲门。她打开门，见Edison站在门口，问他："有事吗？"

"没，没什么事。"Edison本来有一肚子话想与她说，但又见她冷冷的样子，忙了一晚也许她要休息了，所以他又不知道该说些什么。

"没事还敲门？"陈青直视他。

"呃，有事。"

"啥事？"

"呃，我，我……"Edison 支支吾吾地说不出话来。

"一点都不干脆。这好像不是你的作风啊。"陈青本想仔细听他说完，但忍不住打了个哈欠。

"本来有话想告诉你，看你累了，以后再说吧。"Edison 沮丧地回头。他本来打算告诉她，他喜欢她，却不知为何说不出口

Edison 回到自己房间，他刚刚突然想向她表白，他真想搂住她告诉她。这个女人莫名其妙地让他心安，又让他不安，难以捉摸。第二天一早 Edison 起床就发现她不在，发微信问她在哪儿，陈青回复说在家里。原来陈青一大早起来，发现离上班时间还早，而他还在呼呼大睡，她决定先回家再去办公室。她在家里吃完早饭，想了想，又拿了一个保鲜盒，装了一份粥与小菜，急匆匆地赶回办公室，放到 Edison 桌上。不一会儿，他来了，看见桌子上放着一盒粥，又看看四周，发现办公室比原来要干净整齐多了，还多了一束鲜花。Edison 嘴边露出一丝微笑。

Edison 的这场病似乎令双方都有了改变。一个原来高高在上、离自己的生活圈好远好远的人突然在自己面前露出虚弱的一面。她努力压抑自己面对 Edison 时的胡思乱想，告诫自己不要像以前那样口无遮拦，别那么横冲直撞地不顾他人感受，如此一来与同事间的关系甚至也更和谐了。而 Edison 似乎除了工作也总是很安静地待在办公室里，少了许多约会，这多少令陈青的心情更平静了。她有时候看着他静静地坐在办公桌前，感觉自己正守护着他，心里安定多了。

转眼天气变凉。陈青也加了一件粉色针织衫，搭配了一条黑色蓬蓬裙，挎着一个黑色小包走进了办公室。稍稍收拾了一下后，她站到窗口，一直到看见 Edison 的车驶进了大楼，就转身去煮咖啡。当 Edison 走进办公室的时候，办公室里充满了咖啡浓郁的香味，桌上已经摆上了一杯

热气腾腾的咖啡。他瞥了一眼陈青，觉得很奇怪，陈青怎么会知道他这个时间正好到达呢？不过他没有问。

她发现他在看她，抬头望向 Edison。他装作若无其事的样子问她："下周的录制安排你去演播室拿一下，然后做一个日程表给我。"

"好的。"陈青说。

"难道她已经知道我喜欢她，所以故意准备好咖啡示好？"Edison 心想，转而又否定了自己的想法。虽然他察觉到自从生病后，陈青态度好了许多，不再顶撞他，笑容也多了，但似乎也疏离了一些。Edison 还是想不明白，想周末请她吃饭或者一起出去走走，他是利用老板身份霸道地约她，还是委婉地邀请她呢？他有点犹豫不决。

下班的时候，Edison 问陈青晚上是否有空。陈青想也没想地拒绝了，说晚上约了人。Edison 又问周末呢，她依然说没空。Edison 没有勉强，他委婉地表示自己顺路可以送她回家，陈青也说不用。Edison 显然有点生气，可是表面上很平静，他不想有过多的表露。他刚刚得知自己还交往过一个女友，虽然他一点不记得他们之间的情意到何种程度，但显然现在他自己都未厘清上一份情，也没弄清五年来那个在脑中不肯离去的身影，不适合去开始另一段感情。陈青也同样，她内心强烈地想寻找到前男友，却又怕在与 Edison 过于密切的接触中动摇，所以她只能先避开。

第十章

/

回
忆

入秋了，满眼的落叶缤纷。陈青走在下班路上，突然想起大学校园那个落叶满地的草坪。她临时决定回校去看看。学校大道两旁的树叶还没落光，整个校园弥漫着桂花的香味和香樟树的气息。陈青走了一段，找了一处安静的地方坐在石凳上。她看着路上来来往往的学妹、学弟，看着他们脸上灿烂的笑容，想起多年前她也在这里来来回回，只是那时她的身边还有他，两个人还经常一起在考试前来到这里复习功课。校园里的树还在，教学楼还在，只是物是人非，他还会在这里出现吗？这时，有一位老先生也在她边上的石凳上坐下。陈青觉得老人的脸很熟悉，很像她上学时教学部的刘老师。

"您是刘老师？"她小声地问，怕认错了不好意思。

"哎，哎是的。"老人认不出陈青，毕竟教过的学生太多了。

"刘老师，您好。我是哲学系的学生，已经毕业五年了。"

"哦，哦，毕业了还来学校看看，不错啊。"

"刘老师，您应该退休了吧，现在还来学校啊？"

"我呀，已经退休了，不过今天约了一些老同事在礼堂聚聚，现在时间还早。"刘老师说。

陈青连连点头称是："刘老师，我们那时候最怕您了，万一挂科，就要被您找去问话啊。"

刘老师笑了笑，打开话匣子："你们那几届学生都是挺优秀的，学习也认真，我还是印象很深的，虽然不是每个学生的名字都叫得出来。"

"嗯嗯，是啊。我们那一届还有好几个同学毕业后出国深造了呢？当时学校还开表彰大会呢。"

"是啊，是啊。这些学生现在恐怕已经学成归国了。孩子们有出息，作为老师是最开心和自豪的事啊。"

"嗯嗯。"陈青低头轻声应道。比起那些海归，她觉得自己好惭愧。

刘老师看了看陈青，似乎想起了什么，问道："你刚才说你是哲学系的？你们那届有个学生快毕业了还来办退学，这挺让人奇怪的。我那时觉得好可惜啊，当时还想着要仔细去了解一下情况，不过后来听说去了国外。"

"快毕业前退学？"陈青呆了一下，她一下子想到那个突然消失的蒋明羽。难道？陈青不敢往下想，她急急地问刘老师："刘老师，您说的是我们同届的蒋明羽吗？"

"蒋明羽？"刘老师重复了一遍，他尽力在大脑里搜索着。

"是这个学生吗？"陈青又问了一遍。

"好像不太记得。年纪大了，名字还真不太有印象了。"

"刘老师，您别这样说，我也是顺便问问，在我们心中您永远年轻。"陈青虽然内心有点失望，但还是宽慰刘老师。

"不过，我记得那时是这个学生的妈妈来办的手续，说是孩子生病了，学校建议生病可以休学一年，等病好了再重修，更何况只剩一个学期了，学生本来也可以在家完成论文，答辩的时候再来学校。可是家长坚决要求退学，还说学生本人不能来学校了，躺在医院里。"

"那后来呢？"陈青迫不及待地问。

"后来学校就办理了退学手续。我只记得这个学生的妈妈当时要求对学生的情况保密。时隔多年了，也不知道那学生怎么样了？"

刘老师的一番话，让陈青陷入了沉思。刘老师说的时间点都对得上，可是他不记得学生名字了，不知道是不是正是她苦苦寻找的蒋明羽。那个学生躺在医院里了，当时到底发生了什么事？为什么当时要保密？这一连串的问题把陈青的心搅得心烦意乱。"难道他得了绝症？"这个吓人的念头在陈青的脑海里冒了出来，"不，不会的，他之前身体一直很好，没有这种可能的。"陈青马上摇摇头安慰自己。

她告别了刘老师，茫然地在林荫下走着。"难道他是生了重病才不辞而别吗？"她一遍又一遍地问自己，可是没有人给她答案，她茫然地走到一个大草坪上，躺下来。

多年前的事浮现在她眼前。那时候，他和她并不相识，虽然他们在同一幢教学楼里上课，她并没有注意到他，只听同班的其他同学讲，这栋楼里有位帅哥，每次从她教室前走过时，总会引起一群女生尖叫。她看到教室窗外闪过的一个挺拔的身影，不知道是哪个系哪个班，也不想打听名字。但没想到意外地相识了。那一次，学校里举办了一场才艺大赛，陈青被选入礼仪队，在颁奖时负责献花。巧的是，陈青的献花对象正是蒋明羽。她将花递给他的时候，不敢抬头正眼看他，脸很红，心也跳得很快，好像有什么东西要从胸口蹦出来。她一阵慌乱，把花拿给他之后就赶紧下台了。等到了台下，再朝台上看时，发现他也看向她，还举了举手中的花，冲着她笑了。陈青远远地这才敢仔细打量他，他的笑容像一道阳光一样照亮了她的人生。台下的很多女生都在尖叫着他的名字，她这才知道原来他就是大家口口相传的那位超级帅哥。

后来，陈青听说蒋明羽不仅才华出众，而且家境优越，父母常居国外。这样的男生难怪如此吸引女生，陈青想起献花那一刻内心的荡漾，然而又在内心默默地比较，蒋明羽就像带着光环的明星一样，怎么可能与她是一类人。所以，她觉得她不应该与他有交集。只是一旦有个人落入了心里，即使本是陌生人，只要入了眼，就算人群中都很容易发现他。陈青之后就经常遭遇类似的场景。她自认为自己不该关注他，却在路上远远地就看到他，在餐厅食堂长长的队伍中也会看到，甚至在篮球场上一个个跳跃的身影中，她也能一眼发现。只是，在蒋明羽不注意的时候，陈青会久久地看着他，如若即将被发现，她立刻绕路走开，或假装看向他处。室友和她关系最好，一眼就发现了陈青的异常。

"你在暗恋他？"

"没有啦。"

"别狡辩了，我都看到你在偷偷看他打篮球了，还不承认？"室友逼问她。

"看打篮球有什么奇怪，这么多男生在打，你怎么知道我在看他？"陈青又心虚又赌气地说。

"嘴巴挺硬的嘛。不过，蒋明羽与我们不是一类人，我劝你不要投入过深。"室友关心地说。

"为什么？"

"我听说他父母早就移民在外，他毕业后肯定也是出国的，所以哪是我们这些平头百姓能追求的？"

陈青听了室友的话，没有吭声。其实她早就了解了这一情况，现在听旁人说起，却好像那"无缘"两个字正在剜自己的肉。陈青决定专心读书，再也不去看他打篮球了，免得越陷越深。

一个周六的早上，陈青正在自修室做英语作业，自修室只有她一个人。突然有一个人悄悄地从教室后门进来，坐到了陈青的后排。她听到声音但没有抬头。不一会儿，她听到有人轻轻地敲着她的椅背："喂，同学。"陈青转过头去，差点叫出声音来，没想到是蒋明羽。

"你叫我？"陈青的内心怦怦地跳，她轻轻地问。

"这个教室还有其他人吗，当然是在叫你。"他低沉有磁性的声音再次响起。

"你有事吗？"

"没事，打个招呼呗！"蒋明羽说。

"哦。"陈青准备转过身去。

但是蒋明羽拽住了她的衣袖，说："你好像不太礼貌啊！明明认识，还装作不认识！"

"谁认识你啦？"陈青继续装作看书的样子。

"你不就是那给我献花的女生嘛？还偷偷看我打篮球。"蒋明羽似乎什么都知道。

"我没有偷看你打篮球，我那只是路过而已。"

"好吧，就算路过，那我们也算认识吧！"蒋明羽说。

"不认识！"陈青还是死要面子。

"好好好，不认识就不认识。那现在总该认识了吧！"蒋明羽的语气变温柔多了。

"呵呵！"陈青心里开心极了，虽然很紧张。

"给我你的电话！"蒋明羽认真地看着她。

陈青一阵沉默，他等着她的回答，陈青想不好到底是给还是不给，正在她犹豫不决的时候，他收拾好课本站起身来要走，然后说："不给，算了。"

陈青看着蒋明羽离开，她提醒自己不给他电话号码是对的。可是自他走后，她坐在自修室里，却一页书都没有翻过去。

晚上，宿舍的电话铃声响了，室友接了电话，她看着靠在床头看书的陈青说："你的电话。"

"我的电话？"陈青一脸惊讶，她想，这么晚了谁会给她打电话呢？"喂！"

"我找陈青。"

"我就是。"

"嗯，我是，我是蒋明羽。"

"我宿舍电话你怎么知道的呀。"陈青并没有告诉他宿舍的电话。

"我一个个打过来问的。"蒋明羽很得意地说。

不过，要问个电话也很容易，陈青她们班女生只有 4 个宿舍，而且电话号码都是连着的，所以这个倒不难。

"有什么事吗？"陈青问。

"我，我……"蒋明羽支支吾吾说不出来。

"什么？"陈青压低了声音，她很害怕被室友知道。

"你能做我女朋友吗？"蒋明羽认真地说。

"嗯，什么嘛，宿舍快关灯了哦。"陈青突然发现自己很害羞，不知道要说点什么。

"你愿意吗？"

"我，我要睡觉了，宿舍快关灯了。"陈青怕打扰到室友，因为快到宿舍熄灯的时间了。

"那好吧，你早点休息。"

"嗯！"

放下电话的陈青，觉得自己像失去了意识，她迷迷糊糊地摸到自己的床上，躺下来，却一夜无眠。另一边，蒋明羽的宿舍此时炸开了锅，大家听了蒋明羽的电话后，像平静的湖里投入了一粒石子。

"哲学系的陈青？明羽，你是不是看人有点问题啊？"一个室友说。

"是啊，我也觉得这个陈青很一般啊。上次颁奖，她是礼仪小姐，我见过！"另一个室友说。

"去，去，你们怎么知道她很一般！"蒋明羽急着打断室友的话。

"虽然这个陈青同学姿色并不出众，但也算得上秀外慧中吧。咱们老大是重内在不重外表的啊。"明羽的上铺兄弟故意损明羽。

"那她对你感觉如何，你知道吗？"室友又问。

"肯定喜欢，你想啊，好多次都在偷看他打篮球，不喜欢能这样吗？"另一室友说。

"你们对我有点信心，好吗？"蒋明羽信誓旦旦地说。

周日下午，陈青和同学拎着一大袋东西从超市回来，没想到在校门口看到了蒋明羽。他和一个高个子的漂亮女生有说有笑地向校外走去。陈青看着他们，又看看自己手上拿着的两个沉重的购物袋。灰头土脸的她，和蒋明羽旁边的她，简直是两个世界的人。

蒋明羽看到她，打了声招呼，匆匆走过。而她则一脸赌气地朝学校宿舍走去。

到了宿舍，陈青一屁股坐在床上，她本想看书，可是心情很糟糕。

昨天晚上才给自己打了电话说要追她，今天竟然如陌生人一样擦肩而过。难道是自己想多了吗？是自己太自作多情了吗？

陈青对室友说要去自修室学习，可她走出宿舍大楼后，还是一个人走向校园西角的公园。她找了一个角落坐下来，傻傻地哭了。陈青一直呆呆地坐在草地上，天色渐晚，落日余晖穿过树叶，草地上留下一小片一小片斑驳的影子。这时，她的电话响了。陈青接起来，没想到是蒋明羽，她一愣，奇怪他哪里问来的手机号。可她满肚子是气，一听到他的声音，就直接把电话挂了。很快蒋明羽的短信来了，问她在哪儿。她没有回复。又过一分钟，他又发了一条："在哪儿？我想见你。"可陈青还是没有回他，她正在气头上。昨天说想追她，今天就和别的漂亮女生在一起了，虽然她没有答应，但她仍然很伤心，她也不知道自己要怎么办，她一点头绪都没有。是的，她很喜欢他，可是难道要她当作什么也没看到吗？她做不到。

五分钟后，他的电话来了，她拒接了。电话铃声一直响个不停，她只好接起来，并大声地说："你到底要干什么，我不想与你说话！"

蒋明羽被她的声音给吓住了："你怎么这么不温柔。"

"温柔个屁！"陈青真是豁出去了。

"在哪儿呢，我去找你！"蒋明羽温和地说。

"找我干吗？你不是有美女陪吗！"陈青生气地说。

"我说怎么回事呢，原来是醋坛子打翻了呀！"蒋明羽在电话那头笑起来。

"你还笑，讨厌！"

"告诉我，在哪儿，我来找你！好吗？"蒋明羽温柔地说。

陈青沉思片刻，才告诉了蒋明羽她在校园的哪个角落。不一会儿，蒋明羽一路小跑着过来了，看着她红肿的眼，满是心疼，只是见到了反而说不出话来了。

"你怎么了？"他站着问坐在椅子上的她。

"没怎么。"陈青没有抬头。

"刚才哭过了？"

"跟你有关系吗？"

"当然有关系！"蒋明羽不含糊地说。

"谁跟你有关系？"陈青生气地说。

蒋明羽在陈青旁边坐了下来，两人都沉默了。片刻后，他问："你喜欢我吗？"陈青没有回答，她故意看向另一边，即使他坐在她身边。她心跳加速，却死要面子，蒋明羽又问了她一遍："你喜欢我吗？"陈青崩溃了，她边哭边大声地说："每个女生都喜欢你这个花心大萝卜，只有我讨厌你，行了吧！"说完，她哭得更厉害了，为自己这么久的郁闷纠结。蒋明羽一把抱住了她，她挣扎着，她靠在他的肩上一直哭，然后又捶打着他。

"傻瓜，别哭了，哭多了伤身子。"蒋明羽安慰她。

"都是你惹我哭的。"

"我喜欢你！"蒋明羽在她耳边轻声地说。

"什么？我听不见！"陈青故意说自己听不见。

"我喜欢你！喜欢你很久了！"蒋明羽害羞地说。

"那你还和别人在一起？"陈青问。

"我就知道你误会了，那个女生是学校一个社团的负责人，今天一起吃饭，有事商量。"

"真的吗？你没骗我！"

"真的，我对天发誓，我只喜欢你！"蒋明羽诚恳地说。

"我也喜欢你！"陈青看着他的眼神说。

"是谁刚才说讨厌我来着。"说着将明羽温柔地拭去了陈青眼角的泪水，并说，"以后不准哭鼻子哦！"

"嗯！"她靠在他怀里，他紧紧地抱住了她。

这年的元旦，蒋明羽送给陈青一条心形的水晶项链。陈青不想接受，她不想让他觉得她是个物质的女孩。蒋明羽生气了，问她："你是不是我女朋友？"

陈青回答当然是了。

"是我女朋友，就戴上它。"蒋明羽霸道地说。

陈青还是扭扭捏捏，好像她收了这条项链就觉得自己对他的感情不纯粹了似的。

"你不戴是吧？"蒋明羽问她。

"我，我……"陈青支支吾吾。

"你不戴，我送给别人了。"蒋明羽故意冷酷地说。

"嗯，别，我戴！"陈青终于答应了。

"这才是我的好青儿嘛！"蒋明羽高兴地为陈青戴上项链，并对她说："新年快乐！"

"新年快乐！"陈青一脸幸福地靠在他肩上。

后来，陈青知道了蒋明羽不但才华出众，还是学霸，尤其英语超厉害。这令她既幸运又心酸。她想起关于他父母常居海外的传闻，想到他的优秀出色与自己的平庸。他们之间也曾闹过因为陈青的不自信而引起的误会，然而，蒋明羽明确地告诉陈青：他喜欢她这个人，在他眼里她就是最好的，而且他愿意带着她一起进步。陈青觉得自己好幸运能够遇到他，她愈加珍惜与他在一起的日子。转眼间就到了大四第一个学期末，这个学期有准备毕业实习的，还有申请出国的，每个同学都很忙，这时候也有许多校园情侣分手。陈青对自己的感情很有信心，她相信她和蒋明羽会一直走下去的，而蒋明羽也深信不疑。

只剩最后一个星期就要考试了，蒋明羽的电话越来越少，短信也越来越少，因为之前两人约定考试期间以功课为先，所以陈青并没有觉得异常，她忙着复习，也没有主动去过问他。一周后，期末考试终于结束了。同学们聚在一起商量假期安排，陈青在想为什么蒋明羽还不给她打电话，自己打过去却是关机。

"青，你在想什么啦？"室友问。

"没什么啦！"

"她能有什么心事，肯定在计划要与男友假期怎么过。"另一同学说。

"不是啦！"陈青不愿承认自己烦恼是因为蒋明羽。

"哎呀，你呀，着急什么呀，听说他家境优越，毕业了你们是不是就打算结婚了！"室友说。

陈青还是呆呆地坐着，为什么他还不来找自己？难道这半个月没联系，发生了什么事情？她想了想决定明天上午再等等看。这一夜，陈青胡思乱想，第二天早上头晕晕的，她连打了好几个电话仍是关机，心里着急起来。去食堂匆匆吃了早餐后又赶紧跑回宿舍，她怕明羽打电话到宿舍。可是等了一个上午也没等到他的电话，同学们都在收拾东西准备回家，而她一点心情也没有。她一个人待在宿舍里，不知不觉昏昏沉沉地睡着了。

睡到一半，听到有人敲门，还叫着她的名字。她迷迷糊糊地打开门，问："谁呀？"

"是我，傻瓜。"蒋明羽看着她温柔地说。

"你，你终于来了？"陈青一看到明羽就清醒了，也来了怨气，"你知道我昨天等了你一晚上的电话吗？你知道我打了无数个电话却都是关机。你到底怎么回事？"

明羽上前一步，紧紧地抱住她，说："对不起。对不起。让你担心了！现在我不是来找你了吗。你看，我给你带了什么礼物？"

蒋明羽从手上的纸袋里拿出一件白色羽绒服，给她披上。

"快穿上吧。请我的白雪公主赏脸一起去吃饭吧！"蒋明羽故意嬉皮笑脸地说。

陈青穿上白色羽绒衣，毛茸茸的帽檐，雪白的颜色，整个人被裹在了衣服里，一下子暖和起来。

"谢谢你。"陈青开心地说。

"我们走吧！"

两人一起走出校园，却没有去食堂。陈青问明羽要去哪里。蒋明羽故意卖关子不说。走了大约二十分钟，他们来到了一个小区，几栋小高层错落有致地分布着。他们走到三幢301，蒋明羽把门打开。陈青纳闷地走了进去。一个客厅，一个卧室，一个小厨房和一个独立的卫生间。沙发、书桌都有，客厅还有一台大空调。

"这房子是你的？你最近都住在这里吗？"陈青在房间里转了一圈，奇怪地问。

明羽本来想答："是的。"想到陈青以前介意两个家庭条件悬殊，就改口说："不是，是我租的。不是考试为了方便复习嘛。"

"哦。挺温馨的。"陈青一点没有怀疑。"你喜欢吗？"明羽问她。

"你是说这房子吗？"陈青奇怪地望着他，两个人半个多月没见，她怎么就觉得今天的明羽怪怪的呢？"谁不喜欢啊，这比宿舍条件好太多了。"

"如果你喜欢的话，也可以住到这里来。这里离学校也不远。"

"住在这里？和你一起？"陈青跳起来，她直冲过去，用双手去捶打明羽，气呼呼地说，"蒋明羽，你把我当成什么了？我是这么随便的女生吗？"

"不，不。我不是这个意思。"明羽连连解释，"我只是觉得这是我们两个人的空间。"

陈青安静下来，她盯着蒋明羽的脸，沉重地问他："今天的你有点奇怪。你是不是有什么事瞒着我。"

明羽连连否认，他假装嬉皮笑脸地将嘴巴贴在陈青地耳朵边，说："我还不是希望我们有更多独处的时间嘛！"

陈青害羞地低下头。

"不管发生什么事情，都不要离开我，好吗？"蒋明羽对陈青说。

"当然，我要牢牢地抓住你。"陈青认真地说。

"如果有一天我出国了，你会怎么办？"他问她。

"我等你回来！"陈青想也不想地说。

"那样会很辛苦的。"蒋明羽似乎有所担忧。

"我不怕辛苦，只要和你在一起。"

"傻瓜，我就那么好吗？"

"在我心里，你是独一无二的。"说着，陈青凝望着他。

他深情地看着她："我会娶你的，毕业了我们就结婚，好吗？"

"我不要那么早结婚啦！"

"什么，你不愿意嫁给我呀！"

"不是啦，我还什么都不懂啦，总要学很多东西嘛！"

"和我结婚了再学呗！"

"让我想一想嘛！"陈青低下了头，她不是不想嫁给他，只是真的毕业了就要和他结婚吗？她还从未想过这个问题。正在她思索之时，蒋明羽温柔地吻了她，仿佛全世界只剩下了他和她。

晚上，蒋明羽送陈青回宿舍。到了女生宿舍楼下，他拿出一只银色的怀表递给陈青，并对她说："寒假里不要玩疯，要每天向我汇报行踪。还有，这只怀表要好好保管！"

"你这是送女友礼物应有的态度吗？"陈青拿着怀表喜不自胜。

"别弄丢了哦！"蒋明羽又嘱咐她。

"才不会呢，在你眼里，我是个丢三落四的人吗？"

"没有哦！"蒋明羽只是对她说明怀表的重要性，这可是他送给她的定情信物。

"看到它就像看到你！"陈青甜蜜地说。

蒋明羽内心一阵喜悦。两个人依依不舍地告别，陈青打算第二天回家，并坚持没有让明羽送。她与明羽约定每天联系，如果玩失踪就饶不了他。

蒋明羽坚定地举手保证，目送陈青上楼。

放寒假了，刚开始几天，蒋明羽每天早晚都给陈青打电话或发短信，细细碎碎。陈青还真没见过如此细碎的蒋明羽。她甚至威胁他，如果再这么烦的话就不理他了。然后，蒋明羽的电话慢慢变少了，再后来甚至两天都没有一个电话。陈青起初以为他也在耍牛脾气，还对着手机屏保上明羽的照片恶狠狠地警告："看我不收拾你。"没想到，一直到快开学了，蒋明羽还是没有联系她。陈青再打电话过去的时候，他的手机关机了。这下，陈青有点急了。

　　大四最后一个学期开学了，陈青匆匆放下行李，就去男生宿舍找蒋明羽。没想到他的室友说他没有来报到。陈青又冲到系里，系办老师竟然也不知情，还说最后一个学期很多学生在实习，所以迟报到几天也是挺常见的。

　　陈青心都凉了。她百思不得其解，不知道发生了什么事。蒋明羽就像人间蒸发了一样无影无踪，这太不可思议了。

　　突然，陈青想到放假前一起去的那个小区。她叫上蓓蓓一起冲到小区 301，按了半天门铃，没有人应门。反而对门一位老阿姨开门出来问："小姑娘，你找谁？"

　　陈青着急地问："奶奶，你知道这里住的这个小伙子吗？"

　　"哦，过年前他一直住在这的，我还在电梯里遇到过几次。很帅的一个小伙子。不过，春节后我没碰到过。也许还没回来吧？"

　　陈青失望地回到学校。她欲哭无泪，怎么说不见就不见了呢？

第十一章 ／ 恋爱

　　陈青抹去了眼泪，回想起这些过往，她想了五年都没有想通，也找了五年也没找到。她多想明羽再出现，告诉她："我在这儿呢！"可惜这只是幻想罢了。她失魂落魄地坐了很久，一直到时间已晚，才想起回家。但转念想了想，决定将从刘老师这里获得的信息告诉蓓蓓。也许刘老师说的这个学生正是蒋明羽，那就又多了一条线索。

　　蓓蓓很快开着车来找陈青。在校门口，陈青一上车就急急地告诉蓓蓓："你知道他当年为啥消失吗？"

　　"为什么？"

　　"据说是生病了，后来还办了退学手续。"

　　"你怎么知道的？"

　　"我今天去学校碰到以前教学部的刘老师，他说是有位学生快毕业了还退学，是挺奇怪的事情。"

　　"因为生病退学？难道最后……？"蓓蓓不敢想象，她刚刚想启动车子的手也停了下来。

"如果真是生病，那是不是你也觉得最后没有治好？要不干吗要办退学手续，而且从此消失了。"

陈青一边说着一边眼泪止不住地往下流。

蓓蓓只好将车停在路边，拿出纸巾，安慰她："你别瞎想嘛，也许他早就治好了！"

听蓓蓓这么一说，陈青哭得更凶了："他好了为什么不来找我。"

"哎，感情的事真的不能勉强，他不来找你就算了。咱家陈青这么美丽有气质，还怕嫁不出去呀！"蓓蓓实在找不到更好的词了。

"他说过他要娶我的！"

"哎，男人的话你也信，他是哄你玩的。"

陈青没有理会蓓蓓，继续掩着脸哭。

忽然，车后面有人大按喇叭示意蓓蓓的车往前开，但是看陈青哭成这样子，蓓蓓没打算马上出发，她只好下车，没想到后面车里下来的是Edison，双方都大叫一声。

"Edison。"

"你怎么在这儿？"Edison 问。

"哎！"蓓蓓指了指前面的车。

Edison 疑惑地走到蓓蓓的车窗边，却发现陈青正低着头抽泣。Edison 试探地问蓓蓓："失恋？"蓓蓓点了点头。

Edison 开始安慰陈青："失恋了也不至于这样吧？"

"滚！"

Edison 吓了一大跳，他可从来没见她发过这么大的脾气。

"没一个好男人！"陈青瞪了他一眼，仿佛他就是那个坏男人似的。

"好，好，你就当我是那个坏男人好了，有什么脾气朝我身上发！"

陈青果然毫不客气地挥出拳头打在 Edison 的肩膀上，一边打一边骂：
"说好娶我为什么要食言？"

"你尽管骂吧！" Edison 看着她这样，感觉自己的胸口也一阵阵疼。

"我恨你，我恨死你了！你为什么要消失，为什么？"

"原来他消失了，惹你发这么大的火。"

"不许你插嘴！"陈青霸道地说。

"你打得我好疼！" Edison 用爱怜的眼神看着她。

"我就打你，就打你！"陈青打了两下，突然停住了，理智告诉她，她不能这样对待 Edison。

"怎么了，不打了，消气了？"

"对不起，我，我刚才……"

"不，我不介意，我，我，喜欢你！" Edison 充满柔情地望着陈青。

"这，这……"陈青大吃一惊。

"你听听我的心跳，如果还不向你表达我的内心，我会瞧不起自己的。" Edison 把陈青的手放在自己的胸口。"感觉到了吗？" Edison 继续说。

"可是我……我忘不了他。"

"我不介意，我会让你知道我的好。你会忘了他的。"

"我……我……"

还未等陈青说完，Edison 的吻封住了她的唇，就像以前蒋明羽吻她的时候，霸道而又温柔，她想要挣脱，可是慢慢地一种熟悉的感觉袭上心头，仿佛他就在身边保护着她。

"以后我来保护你！" Edison 温柔地对她说。

"人家还没答应你，你就这样，你怎么可以。"陈青又害羞又生气地说。

Edison 擦去了她的泪花，并且说："我不会让你流眼泪的！"

陈青看着他，她其实还是有些害怕和担心的。Edison 看出了她眼里的担心，他说："你不相信我吗？"

陈青迟疑了一下，说："如果我忘不了他，这样对你不公平。"

Edison 认真地说："相信我，好吗？难道你要错过我吗？"

陈青被他这句话逗笑了，可是难道要将他当成替身吗？

"可是暂时不许公开哦！"

"遵命！" Edison 立刻开心地说。

一早，Edison 接到 Allen 的电话，Allen 不高兴地问他昨晚为啥不接他电话。Edison 只好如实相告。"这么说，你交女朋友了？" Allen 说，"行，行！"

"对了，这个暂时先不要跟我妈讲，免得她又要给我压力。"

"了解啦！" Allen 自然不会这么八卦。

"对了，哥，我在澳洲读书之前是不是交往了一个女朋友？"

"你怎么突然想起问这个了？你都有新的女朋友了。"

"到底有没有？" Edison 认真地问 Allen。

"好像有吧！" Allen 含糊其词。

"什么叫好像有，你要告诉我实话。不然我会认为是你们刻意隐瞒！"

"应该有吧！"

"你见过吗？"

"没有。我只是当时看到一张你和她的合照，所以并不是很确定。" Allen 小心翼翼地说。

"那张合照在哪里？"Edison 在电话里大声地问 Allen。

"这我不知道。"

"对不起，哥，我不应该这么大声跟你讲话。"

"Edison，过去的事就不要提它。再说了，都过了这么久了，你也有了新的女朋友，你们都有了新的生活，为什么还要纠结过去呢？有些事我们没有办法都按照自己的意志去做。"Allen 语重心长地说。虽然他觉得姑母当时的做法很极端，可是现在想来也许她只是为了 Edison 更好。

"为什么你们当初不告诉我？"Edison 几乎咆哮着说。

"当时你那种情况，我们怎么说？生死关头，你都虚弱成那样了，我们不想刺激你。"

Edison 拿着电话没有回答。Allen 继续劝他："Edison，别想了，过好当下吧。"

Edison 放下了电话，他以为 Lily 只是道听途说来一个八卦消息，没想到自己在去澳洲之前真的有过一位女友，这让他陷入了深深的自责。他想知道当时发生了什么事？这些年她过得好吗？想着想着，他的头痛又加剧了，只好卧床休息。

Allen 陷入了无限的矛盾中，如果不是姑母当时的一意孤行，也许车祸不会发生，Edison 也就不会变成这样，可是 Edison 会变成怎样呢，和那位女孩子结婚生子吗？如果他当年告诉了 Edison 关于那个女孩的事情，Edison 会去找她吗？可他已经失去了记忆，怎么找？更何况 Allen 确实没有见过那位女孩。Allen 本想遵照姑母的意思把那张 Edison 和那位女孩的合照处理掉，但后来把它交给了 Edison 在澳洲的女朋友 Maggie 手中，因为他当时觉得把照片放在自己手中迟早会被姑母发现的，他终究还是怕姑母的。"难道你想害了你表弟吗？都是这个女孩害了 Edison。"在姑母眼中，那位女孩似乎被她妖魔化了，她觉得自己儿子出车祸全都是这个女孩造成的，如果没有这个女孩，自己的儿子怎会不听自己的话呢。后来，他知道 Edison 在澳洲也很好，于是把照片交给了他当时的女朋友 Maggie，并对她说明了情况，希望她好好守护他，同时，也请守护好他的过去。Maggie 当时欣然答应，因为她和 Edison 从小相识，能够和 Edison 在一起就是她的梦想。然而 Maggie 是否她会留着这张照片，Allen 也不知道。他想总有一天她会告诉他的，她可是姑母相中的好媳妇，即便她不告诉他，那也是理所当然的，毕竟女人的心眼很小。可后来他们居然分手了，原因他也不知道，Edison 也并未告诉他。世间的事总是难以预料，Edison 终究还是一个人在澳洲独自生活了很久，他母亲的希望也落空了。

陈青上午给 Edison 打电话，他居然关机了。她默默地等到了中午，给蓓蓓打电话也未接，她莫名的开心马上变成了莫名的烦恼。

陈青等到晚上，Edison 也未给她回电。"原来蓓蓓说的没错，得到了就不珍惜了，这还没得到呢，就已经不珍惜了。"陈青心里又胡思乱想了一遍。她很后悔昨天竟然那么快就答应他了，可是为什么每次难过的时候，有他的安慰就不会那么痛苦？其实自己也是喜欢他的，不是吗？可是又忘不了蒋明羽，她既纠结郁闷又极其矛盾，难道现在跑过去跟他说反悔吗？她又真的舍得不要他的保护吗？除了蒋明羽，为什么自己对他有种相识熟悉的感觉呢？最后她决定还是和 Edison 相处一阵子再说，也可以顺便查找出蒋明羽的下落，即使是最坏的消息，她也要了解到当年发生的事情。

深秋了，银杏叶撒了一地，黄黄的叶子被风吹起来，鸟儿也躲起来了，未被摘下的西柚在树上变得沉甸甸的，果皮也满是皱纹，或许这也是一道风景。陈青穿着米色粗针织长毛衣出门了。在一楼大堂她碰到了Edison，两人几乎在同一时间说了早安。化了淡妆的陈青看起来十分优雅和恬静，这是他喜欢的。他按住电梯，示意她先进，陈青愣住了，在单位里她可是他的助理，这么做合适吗？在电梯里，她偷瞄了他一眼，似乎他并没有休息好，她又不好过问什么，毕竟上班时间，怕说多了惹来同事非议。

　　一天转眼就要过去了，两人都没有提到那晚的事情。陈青的心里突然有一阵失落，她在心里暗自骂道：果然男人都是这样的，你不主动，我也懒得搭理你。等到下班的时间到了，他问她："晚上一起吃饭，如何？"

　　她支支吾吾不知做何反应，他又霸气地说道："跟我一起吃饭。"似乎是命令的语气，她听了很不舒服，心想：昨天不回我电话也就算了，今天居然还听不到一句好听的话，到底是谁喜欢谁啊。她也毫不示弱地说："我回家了。"说着就拿起包准备把他当透明人。没想到他把她的包拿了过来，塞进了自己的纸袋里，然后拎着纸袋对她说："你不和我吃饭，我和别人去了。"说着做出要走的姿势，把陈青气得半死，她只得跟着他到了地下停车库，和他一起去吃饭。

　　餐厅里，Edison看着吃得津津有味、脸色红润的陈青，很想捏一下她的小脸蛋，却不敢伸出手去。

　　这时，陈青抬起头发现他正盯着自己，问："你，你干吗盯着我？"她轻声地问他，生怕刚才的吃相太难看。

　　"看你的脸嘛！"他还是看着她。

　　"看我的脸干吗哦？"她问。

"我不看你的脸难道你要我看别人的脸？"他以幽默的口吻说道。

"不许你看别人。"陈青害羞地说。

"昨天我心情不好，所以没给你打电话，你不生气吧？"Edison 似乎想要对她有所解释。

她想说她生气，可是她不想让他知道她生气，怎么说呢，她自己也陷入了矛盾。要说不生气是假的，可是她到底是因为真的喜欢他呢？还是因为看到他有种熟悉的感觉而喜欢上他？或者更赤裸裸地讲是因为寂寞才喜欢他？虽然在这个年代，速食爱情早已不足为奇，可她不想这样，她明白自己一时半会忘不了明羽，即便 Edison 不介意，自己难道真的一点也不介意吗？为什么他的眼里还是有莫名的哀愁？一连串的问题在她脑海里闪过，她只能默许了自己当下的心情，不做其他的臆断。

吃完饭，他要带她去另一个地方。

"我们要去哪里呀？"陈青问。

"一会儿就知道了。"Edison 说。

两人来到西郊一个公园，这是陈青平时很少去的地方，这儿人烟稀少，风景倒是很别致，有一个湖泊，十分安静。他们沿着湖边走，一阵风吹来，陈青禁不住打了一个寒战。他脱下了外套披在她肩上，轻轻地问："还冷吗？"她朝他笑了笑，露出了羞涩的表情，然后独自一人往前走。她的背影那么娇小玲珑，即使身披他的外套，她单薄的身子轮廓依然很明显。她在前面一处亭子里坐了下来，一袭长发垂在肩上，如湖水一样自然。Edison 觉得这个身影很像他记忆深处的某个人，是那么的熟悉，可他从来没有在梦中见过她的正面，也一直没记起来是谁。他紧随她的步伐坐在她的身旁。

"你经常来这里吗？"陈青问。

　　"一个人难过的时候就会来。" Edison 说这话的时候带着些许的自豪，似乎湖水已经印证了他此时的不落寞。

　　"你会经常不开心？"陈青又问他。

　　"也没有啦，嗯，你这么多问题呀！"他一边很开心一边又嫌她问题多。

　　"现在头好些了吗？"她问他。

　　"好多了！和你在一起就不会头痛啦！" Edison 说。

　　陈青害羞地笑了，她问他："我有这么好？"

　　他往她身边挪了挪，他离她这么近，她的心怦怦地跳个不停。"你不好，你一点也不好呢，老是惹我生气。"他说。

　　陈青稍稍坐开，离开了他一点。

　　"难道我就这么不好？"他问她。

　　"不是你不好，只是我……我……"陈青又一阵沉默。

　　"不是我不好，只是你不喜欢我，对吗？"他望着她问。

　　"我，我……"陈青一时之间不知如何表达自己的想法。

　　她站了起来，来到湖边，她明白他很好，只是自己真的能忘记他吗？就算他不介意，自己真的能当作什么事也没有，接受他的好吗？因为寂寞而喜欢上一个人，真的能长久吗？她问自己。他看着她的身影在风中显得那样柔弱，似乎被强风一吹就要倒的感觉，他心疼不已。陈青知道 Edison 是个不错的人，自己没有他那些追求者的硬件条件，只是他还是选择喜欢她，而自己看见他和别人在一起明明也是吃醋的。可是为什么面对他的提问那么不坦然、不自在，好像自己亏欠了他，又或者是担心某种可能成为现实而害怕，她到底在担心什么呢？连她自己也想不通。每次看见他头痛也会十分难过，看见他受伤，也很着急，这表示自己也喜欢上他了吗？她问自己。她转过头来，却发现 Edison 并不在亭子里。她瞧了瞧四周，没有看见他的身影。难道是自己刚才的沉默，让他不高兴吗？她有些慌乱，有些害怕，想起自己刚才不该对他如此冷漠。她焦急地等待，她想他不会丢下她的。

　　一会儿，她见他远远地跑来了，她生气地问："你刚才去哪了？"

　　"我，我想去看看有没有水买。"他笑着说。

　　"我讨厌你！"她又口是心非地说。

　　"什么，你讨厌我，那我还是走吧！"说着，他表现出要走的样子，她也没挽留他。他果真走了，只留下她一个人。她在心里气得直想骂他，骂他是个笨蛋。她一个人坐在亭子里，眼眶红了，眼泪差点要掉出来了，可是她又不好意思去追，眼看着他消失在夜色中。几分钟以后，他又出现在亭子里，看着红着眼睛的她。

　　"你回来干什么？"她冷漠地问。

　　"我回来找你！"他温和地说。

　　"你走啊，谁要你回来的。"她气呼呼地说。

　　"我走了，某人哭鼻子了，我才不走呢！"他走近了她。

　　她依然不看他，眼泪却止不住地流了下来，好像是刚才忍了太久的缘故，一发而不可收。他心疼极了，内心在隐隐作痛。他拿出纸巾给她，她也不要。他一下子也不知怎么办，只好在她身边坐下。看着她哭的样子他难受极了。"都是我不好，别哭了好吗？" Edison 安慰她。他帮她擦去了眼泪，深情地凝望着她，吻了她的额头。陈青也看着他，靠在了他的肩膀上啜泣。他紧紧地抱住她："我不走，我陪着你！"

　　她身上散发的味道让他安心，也让他难过。难过是因为他明知她心里装的是别人。

"你刚才去哪了？"她又问他。

"我不是跟你说过了嘛，去溜达了一圈。"Edison 温柔地说。

"别离开我！"陈青小声地说。

"什么？我听不见！"Edison 故意这么说，却又不相信自己的耳朵。

"别离开我！"陈青温柔地说着。这时似乎有一股世间最强大的力量流入了 Edison 的体内，他全身的血液都要沸腾了，他内心又激动又喜悦，似乎许久以来的寂寞就在等着陈青说这句话。他终于明白，他不再孤独了。他温柔万分地对她说："只要你愿意，我决不离开你！"两人紧紧地拥抱在一起。

第十二章 / 失恋

　　深秋了，陈青的工作也越来越忙。她偶尔试探性地问 Edison 有关画像的事，而他总是机敏又巧妙地躲过陈青的盘问，陈青虽然生气但也无可奈何。他依然不让她进入他生命中最脆弱的地方。因为连他自己都无法面对的过去他又怎么能坦然地讲述，那段记忆犹如尘封的历史任谁都不允许踏入，除非有一天他自己找到了答案。和陈青在一起的日子是快乐的，但是他觉得自己内心有一种恐惧，一种莫名其妙的哀伤。这不是陈青的错，这是他自己的错，如果一个人缺少了生命中某一阶段的记忆，怎么可以当作没有发生任何事情一样去面对这个世界和自己？他决定让母亲回来一趟，顺便想了解下以前的一些事。

　　周末，母亲已经回来，住进了西郊的别墅。这个地方也只有妈妈来了 Edison 才会过来，平时他都住公寓。他驾车前往西郊，来到一独栋法式院落前。"儿子！" Edison 妈正站在拱形石柱门下等他。

　　"妈！" Edison 亲昵地叫了一声。

　　"快让妈看看，精神不错！" Edison 妈妈觉得儿子状态很好，十分开心。

"妈，这么久也不回来。不是我这次叫您，是不是还是觉得待在美国好？"

"儿子工作这么忙，我过来了岂不是反而影响你的工作。"

"没有啦，欢迎你经常回来！"

"看你心情不错，怎么？有好事？交女朋友了？"Edison 妈妈似乎第一次看到 Edison 如此好心情，狐疑地问。

"妈妈的眼光果然毒啊！"

"真的有女朋友了？那改天一定要带给妈看看，可不许随便找哦！"

"妈，您放心啦！相信您儿子的眼光！"

饭后，Edison 几次想开口，可是他不知如何询问母亲以前发生的事，他只好自己一个人回到了房间，虽然不经常回来住，阿姨仍然每天都打扫，所以房间很干净。Edison 仰躺在被子上，双手交叉放在后脑勺，看着天花板。他其实明白，如果他一定要知道以前的事，他和母亲之间将少不了冲突。他不想要冲突，可这恐怕是避免不了的。为什么母亲要隐瞒呢？如果自己和那个女孩有过什么的话，是一定会有些痕迹的，为什么家里连一张她的相片，一张自己和她的合照也没有呢？

Edison 的母亲敲了敲门，给他送来了一碗参汤。"这是我叫李嫂刚刚冲泡的红参。"Edison 的母亲说。

"谢谢妈！"

Edison 几次欲言又止，他的母亲早已看出他有话要讲。"妈，我想知道在车祸之前发生的事。"

"你怎么突然想知道那些事？"虽然 Edison 母亲预料到迟早会有一天，但她还是很惊讶居然会来得这么早。也许她后悔曾经的阻拦，但她是个要强并且要面子的人，在她的人生中，她决不说后悔这两个字。她其实也不想提起那些过往，都五年了，可是她挡得住 Edison 的好奇心吗？

"我觉得自己有时候就像个傻瓜。"

在母亲眼里，Edison 始终是孩子。

"你还在为自己的面容而耿耿于怀吗？"母亲问。

"不，我早已接受了。"Edison 肯定地说。虽然他偶尔也会对着曾经的自己痛哭，难过得不能自已，但他明白自己只能接受，因为当时没有更好的办法了。

"那你是怎么了？"

"妈，您为什么不告诉我，我当时还有个女友？"Edison 盯着他的母亲问。

"你当时有个女友？没有啊，你的女友就是和你一起在澳洲的从小一起玩的 Maggie。"

"妈，您为什么还要骗我？"

"妈没有骗你，儿子！就算妈骗了你，妈也是为了你好，为了你的将来，为了你的前途，妈最爱的就是你，怎么会骗你？"Edison 的母亲颤抖着说。

"妈，您能告诉我，她长什么样吗？"Edison 几乎是痛苦地说。

"儿子，你不要这样，这样妈更难受。"

"妈，我不想被隐瞒。"他几乎是快哭了。

"妈也没有她的照片啊。"Edison 母亲看着自己的儿子万分心痛，只好这样安慰他。

没想到 Edison 却说："难道这是真的？"

"什么这是真的？"他母亲被他弄糊涂了。

"我以前有个女友这事儿是真的？我还以为是 Lily 小孩子乱说的，没想到这是真的。"Edison 快崩溃了。

"你还想着她？"

"我不是想着她，我是内疚啊，我居然都不知道，她肯定以为我抛弃了她。"

"你内疚什么，要不是她，你会变成现在这个样子？"Edison 母亲气愤地说。

"妈，您在说什么？"Edison 很疑惑地问。

"要不是她，你不会发生车祸，你也不会变成现在这个样子。"Edison 的母亲继续说道，"都是她害你变成这样，你还惦记她，我的儿子太善良了，所以会被这样的女孩骗。"

"妈，您太过分了。"

"什么过分，难道你心里还想着这个女孩？"

"我想她有什么用，我连她的样貌都记不起来了。"Edison 看向了窗外。

"你最好别再想她。"母亲严厉地说。

"妈，您能告诉我她长得什么样子吗？"Edison 恳求母亲告诉他。

"你别想了，像她那样的女孩早就嫁人了，她不会等你的。"

"妈，不管她有没有嫁人，都是我亏欠她！"Edison 小声地说。

"就算她还没嫁人，我也不许你和她在一起。五年前反对，现在更加反对。"

"妈，我不想与您吵，我只是想知道当初发生了什么事。我不想像傻瓜一样被隐瞒。我有权知道真相。"Edison 表明了自己的想法。

"真相就是这个女孩害你发生了车祸。好了，改天带女朋友来家里吃饭。"Edison 妈妈气呼呼地走出了他的房间。

妈妈的激烈反应令 Edison 更困惑，他猜想当年一定发生了什么，甚至妈妈可能对这个女孩做了什么事，导致一切都被处理得如此干净，像从没有发生过一样。如果不是 Lily 口误说出这事，Edison 永远都不会想到还有这一连串事，但是自己想知道真相到底是好事还是坏事呢？如果知道了，自己还会再去找她吗？这对陈青公平吗？Edison 越想越头痛。

第二天起来，他在房间里翻箱倒柜地把所有与从前有关的物品都搜出来，把每一本书都认真地翻开来看，甚至把衣柜、储藏柜里的东西也都翻出来，想找到与以前有关的物件，可一直找到中午也一无所获。屋内一片狼藉，李嫂大吃一惊，少爷为啥把房间弄得一塌糊涂？她收拾了两个小时才整理好。

周六晚上，蓓蓓约了陈青一起吃饭。席间，蓓蓓神秘兮兮地对陈青说自己有件高兴的事儿要告诉她。陈青以为她要结婚了，没想到蓓蓓说不是。陈青猜想是职位晋升，蓓蓓也说不是。

陈青转念一想，突然蹦出一句话："你不要告诉我，你甩了他，然后又新交了一个男朋友？"

蓓蓓笑得前俯后仰："你觉得我是那么不着调的人吗？"

陈青却说："不一定。因为你常说你男朋友不着调、不靠谱之类的，所以你甩掉他也算正常的喽。"

蓓蓓听了哈哈大笑，然后又认真地说："我打算买房了。"

陈青听了一阵惊讶，她想象不到蓓蓓已经在为结婚做打算，她的速度这么快。

说完自己的事，蓓蓓问陈青："他最近对你怎么样呀？"

"什么怎么样呀，就是这个样子哦！"

"你别应付我，我是说认真的，他到底对你怎么样？"蓓蓓关心地问。

"还行啊！不过，总觉得他像有什么心事似的，我也不好过问。"

"你可以问他，不问的话，他又不主动说，那你们怎么相处？"

"不知道啊，反正就这样呗。"

"对了，画像上的人你有问过 Edison 吗？"

"还没有，也不知道怎么开口问，最近工作也忙。"

"你是不打算继续寻找蒋明羽的下落了吗？"

"也不是不继续寻找吧，我还是希望等到合适的机会问他。"

"难道 Edison 就从来不会主动跟你聊这个人吗？"蓓蓓问她。

"没有，从来没有。似乎这个人与他的生活是毫无关系的。我甚至在想是否他们只是陌生人，他只是偶然间拿到了这幅画。"陈青不太肯定地说。

"这个我觉得基本不太可能。作为一个男生来说，除非那个人是足球、篮球体育明星，否则应该不至于会把陌生人的画像置于卧室之中，而且从来不让外人进入，这里面肯定有一些秘密。"蓓蓓分析得头头是道，好像她就是一名私家侦探。

"可是我并未发现他生活中有什么异常行为，而且跟他接触过的原先我以为是什么奇奇怪怪的关系的人，到后来也证明要不亲戚要不就是朋友，所以我觉得其实没有必要去怀疑他什么，但是那个人到底和他什么关系呢？我至今仍一无所知。"

"哎呀，我说你的心到底在想什么啊？还这么软弱，你还在为他着想，可他为你想过吗？你呀，就是太善良了。"

"好啦，别为我操心啦，你知道的，有些事不是我想放下就能彻底放下的。"陈青无奈地说。

"是啊，我干吗为你操心，你男朋友是个高富帅，就算你想着另外一个人，他也不介意。"

"你又在说赌气的话了，好像把我说得那么好命似的。"

"你是好命啦，以前的蒋明羽对你好，现在的 Edison 对你也好。哪像我，什么都要自己操心，他一点也不争气，我叫他入股一家餐厅，他还不乐意，说我是败家女，万一投资的钱打水漂了，什么也没了。我后来找我父母借了点，也算是为将来投资点吧！"

"你明知道我过得不好，还讽刺我，也许老天爷看我太可怜了，于是他就来救我了。"陈青自嘲地说。

两个人正聊得起尽，突然陈青看见窗外有个熟悉的人影走过。陈青惊讶得赶紧捂住自己的嘴巴，生怕一不小心大声地叫出来。只是蓓蓓太了解陈青的神情，她顺着陈青的目光看出去，顿时呆呆地坐在了沙发上，有气无力地靠在沙发的椅背上。窗外，蓓蓓的男朋友和一女生手挽手走过。

"你要是想出去，我不挽留你。"陈青说。

"我不想出去。"蓓蓓似乎看透了。

"你不会吧，难道就这样算了？"

"是我瞎了眼了，还张罗着买房呢，真傻。"

陈青见蓓蓓面无表情，她有些担心："你，没事吧？"

"没事，我也看透了，到时候问他吧。"

"你真看得开？"陈青不放心地问。

"其实之前我也觉得慢慢地和他很多事都不能沟通了，我以为是自己太强势了，我还想着为他改变一些，做一个小鸟依人的女人呢？谁知，哎，不说了。"

"也许你们之间有些误会没有及时沟通。"陈青提醒她。

蓓蓓回去之后，毫无悬念地和男朋友大吵了一架。也许陈青说得对，知人知面不知心。这个平时像软柿子一样的男人居然数落起了蓓蓓，说她没钱没势，也没出众的长相。还说最近有个漂亮又家境优越的女生追他，所以他要考虑下到底和谁结婚。这一番话激起了蓓蓓的愤怒，尽管她是抱着解决的态度来处理这事的。她告诫自己如果还爱这个男人的话，千万要冷静，要理智，可是他的话彻底让她失去了信心。"你以为你有什么？房子？车子？你倒是有一辆代步，能跟人家跑车比吗？工作也只是普通白领，你又不是金领，又不是白富美，还让我一心一意，还事事都管着我，我有机会选择更好的，我为什么要选择你？"蓓蓓男朋友一席赤裸裸的话像一把刀刺进她的心里。刹那间，心很疼很痛，锥心刺骨地痛，而后心渐渐失去知觉。

蓓蓓无法想象这样的话居然出自她男朋友的嘴，要是以前打死她也不会相信的。原来这个男人的嘴脸是这样的，她算看清了，她甩下一句话："你真无耻！"而后夺门而出。

一个人沿着街道开车行驶在无名的路上，然后打电话给陈青："青，你快来，我快受不了了。"

陈青焦急地问："你在哪儿呢？"

"我在，我在……"她看了看路边的牌子，把它报给陈青。

陈青匆忙地打车过来了，蓓蓓一个人在车里哭得稀里哗啦，泪水像山洪暴发止也止不住。任凭陈青怎么劝慰都没有用，她只好打电话给Edison。不一会儿，他就赶来了，Edison是个聪明人，他隐约了解大概发生了什么事。

"不要为这种男人难过啦！"陈青说。

"是啊，改天我介绍好的给你认识！"Edison 也劝她。

Edison 和陈青好不容易把蓓蓓从车中劝出来，坐到 Edison 车里，一行人来到了一处小公寓。"这是哪里，Edison？"陈青问。

"另一个小公寓，平时很少来。"Edison 说。

三人到了公寓楼上，一打开门，陈青扶蓓蓓在沙发上坐下，用热毛巾擦了擦她的脸，把外套披在她肩上，两人之前还在谈论着男人的是是非非，转眼间就演绎了一场现实版的人渣记。陈青劝她不要多想："自己才是最重要的，男人都是不靠谱的。"

"我怎么这么倒霉。"蓓蓓说。"你别这么想，现在认识到他是这样的人还不算晚，等将来结婚才发现他是这样的人那就麻烦了。"陈青说。"单身了，你也不用着急买房了，也算是解脱吧。"陈青继续说。也许是太累了，也许是哭得心力交瘁，蓓蓓靠在陈青的肩膀上睡着了。陈青把她扶进了卧室里，并盖好棉被，静静地坐在一边，一会儿也靠在沙发上睡着了。

不知道过了多久，陈青还在睡梦中，听到有人敲门，她想起身却仍迷迷糊糊的，后来她感觉有个人影在她面前晃，好像还叫了她的名字，可她还是睡过去了。等她醒来的时候，发现肚子咕咕在叫了，还闻到了一股饭的香味，她一骨碌爬起来，发现 Edison 正笑意盈盈地看着她，她很不好意思。他示意陈青去叫醒蓓蓓，让她吃点东西。陈青去卧室，发现她正睡得香甜，不忍心叫她。"让她再睡会儿吧！"她跟 Edison 说。陈青问："最近为什么一直闷闷不乐的？"他说："没有呀！"陈青生气地说："你还瞒我，明明不高兴也不告诉我。"Edison 表示很无辜，他说："我还不是不想让你担心嘛。"其实这话说出口他就觉得是违心的，他是真的不想让她担心吗，还是说事实上他根本不想让她了解自己的烦恼呢？他始终徘徊在纠结的边缘，他不想让她知道他之前还有个"她"，女生都是爱嫉妒的，到时候如果让她知道了也许越描越黑，连自己都解释不清楚的事情又怎么向她解释？所以他决定把他所有的关于过去的烦恼都藏在心中，自己一个人承受痛苦。

　　蓓蓓醒了，她来到客厅里，一双哭肿的眼睛和苍白的脸，让人不由得心疼。陈青把饭菜拿到厨房里放在微波炉里热了一下。"趁热吃吧！"陈青说。"我不想吃！"蓓蓓很饿，可是一点心情也没有，最后才勉强扒了几口。

　　Edison看了下手表，他想说话，但看看这情景，又不好意思开口。陈青看出了他的心思，说："你先回去吧！我陪蓓蓓。"Edison回到家，给陈青发了微信说他到家了，陈青叫他好好休息。他心满意足地在房间里溜达，想着陈青，其他的烦恼似乎也不重要了。晃了几圈，一下子也睡不着，他打开了电脑，点开了自己的私人邮箱，发现有好几封邮件，其中有一封是澳洲前女友Maggie写来的。"Edison哥，你最近好吗？我过段时间要回国一趟哦，到时候我们见个面哦，都好长时间没见到你了，……"Edison给她回复了邮件，并写上现在的联系方式。粗略一算，他和她确实很久都没见面了。Edison又点开了其他网页，顺便浏览新闻。这时，又收到了一封邮件，原来是Maggie刚刚回复的："Edison哥，我这次回来还有一件很重要的事情要告诉你，这件事情压在我心头多年了。原本我以为你现在会很快乐的，可是听Allen哥说，你有的时候会难过，虽然我不知道你到底在难过些什么，也不知你最近都发生了些什么事情，可是我觉得也许告诉你一些事情，会对你有所帮助。不管怎样，Edison哥，你都是我的好哥哥。"

Edison 立即回复："你能不能告诉我是什么重要的事情？"她稍候回复过来："Edison 哥，在邮件里一时半会儿说不清楚，我很快就放假了，等假期的时候我回来，再告诉你吧！"当 Edison 再次回复过去的时候，她就不再回复了。他守在电脑旁一个小时都没收到回复。Edison 一个人躺在床上，他在想她到底要告诉他的重要事情到底是什么？为什么在邮件里说不清楚？不过，离放假时间也不远了，他想她要告诉他的也许会对自己的过去有帮助，他才突然想到了原来她也是知道当时到底发生了什么事情的人，可是当时他出事的时候她不是在国外吗？那么到底发生了什么呢？他在心中默默地希望她能早点回来，解开他的疑惑。他想给 Allen 打电话，可是夜已深，想想还是算了吧！

第二天一早，蓓蓓起床，像没有发生过什么事情似的，只是眼睛有些浮肿。陈青与她一起出门，看着她走进办公室，才去上班。

"你昨晚没事吧！"Edison 问她。

"没事啦，你看我不是好好的。"陈青说。

"那蓓蓓怎么样？"

"早上看起来挺平静，不过我还是挺担心她的，她表现出来丝毫不受影响，可毕竟刚受过伤。"

"你不用替她担心，她没你想象的那么脆弱。"

"也是哦！"陈青低下了头。

"你怎么了？"Edison 关心地问她。

"没怎么。"陈青回答的声音很轻。

"你心情不好？"

"没有。"

"你别骗我啦！"

"我真的没事！"陈青说。

这一天，陈青几乎没怎么和 Edison 讲话。蓓蓓的事让她想起五年前的自己。直到早上，她脑中还一直盘旋着那个身影。可是她又告诉自己要好好地珍惜 Edison。她发现自己内心越来越矛盾，有好几次她想开口问 Edison 有关画像上的事，可是话到嘴边，她又忍住了。下班了，Edison 说一起吃饭，而她想回家，于是拒绝了，他以为她不想和他吃饭。

他生气了，问她："你是不是还想着他？"

陈青回答："谁？"

"你自己心里知道。"Edison 一脸不高兴地说。

"你在胡说些什么？"陈青也生气了。

"那你为什么不想和我吃饭？"Edison 看着她说。

"那你送我回家，好吗？"陈青说。

"不好，我要你陪我吃饭。"Edison 像个做错事的孩子在撒娇。

"哎呀，你怎么像个孩子一样。"陈青表示对 Edison 一点办法也没有。

"要不，你做饭给我吃。"

"我明天下班了做给你吃，今天我先回家，好吗？"陈青在脑海里飞快地思考了一下，然后做出了回答。

"为什么？"

"因为我要回家向我妈学做菜，明天做给你吃。"

"那我今天一个人吃，多没意思。"

两人正说着，Edison 的电话响起。他接了起来，放下电话后高兴地说："哼，我才不理你呢，有人约了我。"

"谁约了你？"陈青着急地问。

"不告诉你，我不送你回家了，你自己回去。"

"什么，你？"陈青以为是别的女生，气得咬牙切齿，看他得意的样子，她竟然忍不住上前亲吻了他。

Edison猝不及防，一股温柔的情意流入心里。等他反应过来的时候，陈青已经走了。

她一个人走在马路上，外面天很冷，陈青裹紧了衣服，戴上帽子，可依然抵不住初冬的寒气。她想赶紧回家，于是加快了步伐，没过多久，身边有一辆车停了下来，陈青用余光扫了扫，那是一辆熟悉的车。车窗摇了下来，里面的脑袋瓜探了出来，看着她一脸笑意地说："快点上来吧！"

陈青装作没听见，她还是继续往前走，旁边的车跟着她缓缓地行进，而且使劲地按喇叭。

"你不是有约了吗？跟着我干吗？"她生气地说。

"你快点上来，再不上来，我要开走了。"Edison故意这么说。

"你开啊，你开走好啦，谁叫你跟着我。"陈青一边口是心非，一边又希望他的车紧紧跟着她。

几分钟后，待她回头的时候她居然看不见车了，心里更加生气了，心想："果然是这样的，没心肝的人。"她的手机响了，她一看有好几个未接来电。"我的车在后面，我等你！"放下电话，才发现那好几个未接电话都是他打的。她想了一会儿，决定还是不要生气了。此刻，他的车开上来正好停在她的旁边，她打开车门，坐了进去。

"你吃醋了？"Edison问。

见她不作声，他只好说了实话。原来是Allen找他有事，所以哥俩约好一起去吃饭。

"傻瓜，别胡思乱想了。"Edison温柔的眼神看着她，他又继续说道，"要不，我推掉哥的约会，去你家吃饭？"

　　"才不要呢！"陈青笑了。

　　"干吗不要，难道我见不得人吗？"

　　陈青被他逗乐了，她看着 Edison，觉得他的眉宇间和蒋明羽越来越相似。Edison 看着她不生气的样子，总算不担心了。

第十三章 ／ 过 去

　　Edison 和 Allen 约在一家茶馆。Allen 问 Edison 姑母是不是回家了，Edison 如实相告。Allen 眉头一皱，似乎有很多话要讲，但是又似乎不想讲，他抿了几口茶，低头不语。

　　"哥，你是否有话要讲？"Edison 显然感觉到 Allen 有话要说。

　　"姑妈给我打电话，说以前的事不要告诉你。"Allen 一咬牙还是说了。

　　"我以前什么事？"Edison 故意装作什么也不知道。

　　"你不是很想知道那个女孩的事吗？"Allen 问。

　　"是啊。"

　　"其实我没有见过那个女生。不过，有一次我们碰面，你告诉过我，你喜欢了一个女孩，和她在一起你很快乐。只是后来被姑妈知道了，她强烈反对，或许她觉得那个女孩会影响你的前途，所以……"Allen 不忍讲下去。

　　"所以什么？"Edison 焦急地问。

"所以姑妈要求你与她分手。"Allen 说。

"后来呢？"Edison 问。

"你当时肯定不愿意这么做。从你当时的表现来看，你很爱她。"

"我很爱她？"Edison 问。

"是的，当然这只是我当时的猜测。"Allen 说。

"为什么？"

"因为姑妈要求你和她分手，你不愿意，而且还和姑妈起了争执。"

"所以，后来出了车祸？"Edison 问。

"是的。"

"车祸也让我失去了记忆，是吗？"

"是的，你失去了那段时间的记忆，当时医生说也许能恢复，也许不能恢复。"

"那个女孩呢？"Edison 问。

"我不清楚，这个我真的不清楚。"Allen 无奈地说。

"谢谢你，哥！"

"其实我很早就想告诉你了，可是我没办法说服自己。也许你失去记忆就是为了让你告别过去，或者那本来就不是你想要的生活，所以我一直没有与你讲。但上次见到你，你说你很痛苦。你说得对，没有比不知道自己曾经发生过什么更痛苦的事情了，何况那些事对你来说还是一段美好的青春的记忆，我想我不该自私地隐瞒你，即使姑妈反对将这些事告诉你。我想，纵然我不说，总有一天你也会知道的，看着你痛苦，我于心不忍。"

"哥，苦了你了！"

"原谅哥哥一直没有告诉你这些事，或许是为了保护你免受伤害，或许是自以为是的善意。现在，你也可以独自面对了。"

"谢谢你，哥哥。"

"你有什么打算呢？"Allen 问。

听了 Allen 的叙述，Edison 隐约感觉到了一丝真实，他觉得自己不再是虚幻的存在，他是真实的人。他没有震惊，因为很多个场景实际上在他脑海里已经上演过无数遍了，因此，任何版本对他来说都并无意外，他坦然接受。

"那她在哪儿呢？"Edison 问。

"如果你想找她，这个需要你自己努力！"

"我对不起她。不知她现在在哪儿？也不知她现在过得怎么样了？"Edison 一阵感叹。

"你打算去找她？"Allen 问。

"我不知道。"Edison 一阵茫然。

"你也不要怪姑妈，她也是为了你好，为了你的前途，她有她的道理。"Allen 劝他。

"我明白。"

"更何况你现在也有了女朋友，时隔这么多年，也许，她早已将你忘却，而你也有了新的生活。"Allen 说得不无道理。

"可是……"Edison 内心一片混乱，他该如何面对一切？

"我明白最受伤的是那个女孩，你莫名消失了，没给她一个交代，可是事隔多年，相信她也早已找到属于自己的幸福。所以你不必为她担心。"Allen 明白 Edison 的担忧。

"终究错在我，我要怎样面对？哥，你告诉我。"Edison 激动又无奈地说。

"还未发生的事别猜测了，你和她碰面的概率基本为零。也许你们已是两个世界的人了。"

"哥，你为什么这么说？难道说……"

"你这些年都在国外，而她在国内，更何况青春年少时的感情和现在这个年龄的感情是不一样的，你和她都在变。"Allen 指出了现实的一面。

"不，不会改变，感情不会随着年龄和环境而改变的。"Edison 坚定地说。

"也许现在的她根本不是你以前认识的她。"

"我不会看错人的。"

"那又怎样，就算她还在等你，苦苦地等你，可她认得出你吗？你又认得出她吗？"

Allen 的尖锐打碎了 Edison 的希望，他下意识地抚摸了自己的脸，已不是当初的他。"是啊，就算你站在她的面前，彼此能认出吗？"他问自己。

"她知道你改了容颜，失去记忆了吗？"

"如果心在同一个方向,就一定能够到达彼此所在的地方。"Edison 说。

"就算这样，你现在的女朋友呢？她怎么办？不在乎她的感受？"Allen 一针见血地指出了问题。

"我在乎，我当然在乎她的感受，她是个好女孩，我不能伤害她。"

"所以啊，你就不要想着去找以前的她。让她过平静的生活，就算她曾骂你千遍万遍，就算在她眼里，你是一名负心汉。"Allen 说。

"这样真的好吗？"Edison 似乎还是想找她。

"好好珍惜现在的生活吧！别想多了！"Allen 劝 Edison。

回到家里的 Edison 心里不是滋味，那个他记不起来的女孩让他陷入了痛苦，他一点也回想不起来。他终于明白他为什么会头痛，他本以为只是为失去了那段记忆而他又想要拼命地想起来，所以才会头痛，现在他想也许那个女孩藏在他的脑海深处，所以每次当他想要回忆起的时候，总是会头痛。他多么想要想起她的容颜，即使自己怎么也想不起来，他觉得自己欠她。他当年就像人间蒸发了一样，来不及向她告别，他甚至都来不及向从前的自己告别就踏上了崭新的旅程，而他自己竟然一无所知。他怪命运太无情，怪命运捉弄人，是他自己弄丢了她，而她是否在责怪自己，Edison 陷入了深深的自责与愧疚之中。

陈青发现 Edison 最近这段时间有点心不在焉，她想也许是他工作太忙吧，她也没有过多地问他。有时候她发现下班后他还不回去，叫他吃饭也不乐意去，一个人在电脑上不知道在弄些什么东西。她偶然偷瞄到几眼，发现全是女生的照片，而且个个都是清纯的女生，她忽然明白为什么现在他不常常和她待一起，而愿意待在网上。她有点不明所以，不知 Edison 所想，就默默地回家了。冬天的晚上很冷，她懒得出门，妈问她最近怎么都不出去玩，她淡淡地说太冷，不想妈看出她有什么不对劲。然而妈却对她说："男人心情不好的时候也是要哄的，他心情不好的时候，你不能也心情不好，否则两个人很难相处。"陈青似乎有所顿悟，她给 Edison 发了短讯："要早点休息哦！"他回复道："嗯！"虽然陈青仍旧不高兴，可是她想明天一切都会好的。

她打开抽屉，拿出蒋明羽的照片，对着照片上的人说："我该怎么办？我还应该继续找你吗？你在哪里？你和他到底什么关系？请你告诉我，好吗？"她的眼泪情不自禁地流了下来。一个人躺在床上，脑海里一会儿浮现出蒋明羽阳光的笑容，一会儿又浮现出 Edison 深情的目光，她默默地擦去了自己的眼泪，裹紧了被子，昏昏沉沉地睡着了。

第二天，陈青带了高丽参去办公室，却没有拿给他。她总感觉他刻意地隐瞒了什么，有点心不在焉，却什么也不与她讲。当 Edison 低头工作的时候，她偷偷地看他，不想让他发现；当他注意到她在看他的时候，她又迅速离开他的视线，假装忙别的事去了。直到下班，他问她要不要送她回家。她说不用，然后一个人走了。他以为她不在乎他。

蓓蓓给陈青发微信问她在干吗，她说自己心情不好，蓓蓓很快就来接她了。两人一起去了一家新开的火锅店。陈青居然给自己点了一瓶啤酒。

陈青好久不说话，只低头看着手机，他没给她打电话，也没给她发信息。

"说吧，到底啥事啊？说出来才有解决的方法。"蓓蓓说。

"我感觉他最近老是魂不守舍的，好像对我冷淡了许多。"陈青轻轻地说。

"根据我的分析，有情况。"蓓蓓思考片刻后才回答。

"什么情况？"陈青问。

"比如有新欢出现或者有其他烦恼的事情。"蓓蓓似乎颇有经验。

"他最近好像下了班就上网，还有好多美女的图片。"

"难道是网恋？"蓓蓓说。

"我也不知道哦。"陈青垂头丧气地说。

"那你试探他一下嘛！这么笨。"

"怎么试探，昨晚很晚才给我打电话。"

"难道他脚踏两只船？"蓓蓓说。

"不会吧，我感觉他不是这样的人，可是最近他好像心情烦躁。对我也不太在乎了。"陈青说。

"嗯，让我想一想。"

"想到了吗？"陈青问。

"不然，等一下你去他家看看有什么情况。"

"这个，这个不好吧！"陈青犹豫不决地说。

"有什么好不好的，你是他女朋友，去他家看看理所应当。"

"我不想去。"陈青说。

"那你还烦什么呀，随他去。"蓓蓓说。

可是陈青又担心，蓓蓓看出了她的犹豫。"一会儿我们去逛逛，你顺便买点东西然后去他家看看，说不定会看到意外的惊喜。"蓓蓓幽默地说。

"我可不想有意外的惊喜。"陈青说。

"那就听话，照我说的去做。好男人太难找，有了就要珍惜哦。"

"好吧！"陈青吐吐舌头说。

吃完火锅，两人来到附近的商场。蓓蓓说要给她父亲买件羊毛衫。陈青也到处看了看，她看到有一款浅灰色斜纹的羊毛衫，马上想到它穿在 Edison 身上一定会很好看，只是……她望着那件衣服发呆，蓓蓓走过来问她："怎么了你？"陈青转过头看向其他东西。"想买就买吧，你男朋友穿肯定帅气。"蓓蓓又加了一句。陈青微笑着买下了那件衣服。

蓓蓓送陈青到了他小区楼下。她抬头看向窗户，灯亮着，心里有点紧张。"上去吧，好好说话，我走了。"和蓓蓓道别后，陈青上了楼。她在楼道里徘徊了很久，不知道见了面要说什么，她不停地问自己，侧着耳朵站在门口，想悄悄地听听里面有什么动静。她挣扎了好久，给他打了一个电话，里面传来熟悉而又温柔的声音，"喂。"

"我在门口。"她小声而又紧张地说。

"真的吗？"他的声音里似乎带着一丝的喜悦。

门打开了，他穿着单薄的棉毛衫站在那里，她反而显得有些局促不安。"站在门口干吗，快进来呀！"他掩饰不住心中的喜悦，他看着她傻乎乎地站在那里，并把她拉进了门里。

"这么晚来干吗？"他看着她问。

"我，我……"她支支吾吾，不知道如何回答。

"这个，给你买的，逛商场的时候看到顺便买的。"她说着拿给了他，转身想跑掉。

可是 Edison 会让她跑掉吗？他拉住她的手问："你这么大晚上的跑过来就是为了送一件羊毛衫给我吗？"她依旧沉默不语。他故意说："我不稀罕你的羊毛衫，要是没别的事的话，你走吧！"

"你是不是有了别的女人？"她终于抬起头问他。

"什么？"他一阵惊讶。

"你是不是喜欢上了别人？"她问。

"我没有。"他的声音放低了。

"那你为什么对我冷淡了。"她的眼圈红了，头歪向了另一边。

"我就知道你会胡思乱想，别瞎想，好吗？"Edison 擦去了她的泪水。

"你是不是有什么事隐瞒我？"她问。

"嗯，有。"他幽默地回答。

"什么事，快点告诉我。"她又恢复了小孩子的天真。

"让我想一下哦，我整过容，你信吗？"他带着玩笑的口吻说。

"难道你以前是丑八怪呀？"

"哈哈，你觉得呢？"

"不像是哦。那为什么还要整容呢？"陈青好奇地问。

"逗你玩的啦！"Edison 说。

"我就知道你是开玩笑的。"陈青开心地说。

"如果我真的整过容，你还会接受我吗？"Edison 小心地试探着。

"嗯，这个嘛，得让我好好想一想。"

"你这么介意整容吗？"Edison 心里一阵紧张。

"如果你以前也是帅哥的话，就不介意。"

"哇，原来你是外貌协会的呀！"

"对呀，对呀，我是外貌协会的，你不喜欢吗？"陈青噘起嘴巴问。

"喜欢，要是不喜欢，会被你打死耶。"

"哈哈。"陈青靠在了他怀里，感受着他的温柔。这个男人越来越吸引她，她不由自主地想他。

他穿上了她买的羊毛衫，问她："好看吗？"陈青说好看，他穿起来比她想象中还要好看。她又想起了蒋明羽，如果是他穿这件羊毛衫，会怎样？也会很好看，她想。她呆呆地看着他，要是他是蒋明羽，那该多好。

他坐在沙发上，她靠在他身旁，她问起那张画像，他没有回答她。总有一天，他会将真相全部告诉她，只是现在还不是时候，他想。如果告诉了她，那张画像上的人就是他，她必定会问过去的一些事，而他自己都还未找回那些记忆。她见他不回答，她也不多问，也许有的人提起来就只有悲伤吧，不提也罢，她心想，因为也许有些悲伤和绝望连她自己也无法承受，所以她明白他不说一定有他的理由。

冬天的雨夜，陈青想回家但被 Edison 阻止了。陈青回到自己的小房间把门关上。她很想去他卧室看一下蒋明羽的那张画像，虽然她明白他隐瞒了她什么，她敏感而又脆弱的心早就捕捉到了些许的不对劲，但她想总会有一个恰当的时机让她了解到他和蒋明羽的关系，即便是出人意料的结果，她相信做好了准备的她一定会承受得了。只是现在他不想讲而她也还未做好心理准备。

她关了灯，不去想乱七八糟的事情了。躺下来没有多久，他来敲门，她不想起来。被窝刚暖和呢，她心想。可是他持续不断地敲她的门，她只得开了床头灯，又起来开了门。他一脸认真地看着她，并不说话，而她也没有叫他进来的意思，他就这么盯着她看。她说："你快回去睡觉吧！"他冒出来一句话："我冷。"她笑了，心里想真是个傻瓜，于是对他说："你回你的被窝就不冷了。"可 Edison 还是傻傻地站在房间门口没有动。陈青心想他到底要干吗，还不去睡，难道他想要和她……天哪，她简直不敢多想，再想一下脸都红到脖子上了。

"你在想什么？"Edison 靠在她房间的门上。

"哦，没有。"陈青一阵慌乱。

"没有什么？"Edison 问。

"呃，我，我……"陈青紧张地低下了头。

"你想知道我要干什么吗？"Edison 笑嘻嘻地看着她。

"我，我不知道。"陈青不敢看他的眼神。

"你真的不知道吗？"Edison 说着一只手搭在陈青的肩膀上。

"我当然不知道，我又不是你肚子里的蛔虫。"陈青抬起头说。

Edison 突然吻了她的双唇，她被他突然的吻给吓到了，往后退到床沿。Edison 却搂住了她，她只觉得全身好温暖，他的体温温热了她冰冷的身体，她也情不自禁地抱住了他。他的呼吸声，他的心跳声，他的体味，他的温柔怎么和蒋明羽那么像，刹那间有种熟悉的感觉。她睁开眼睛看着他的眼神，踮起脚尖，吻了他的眼睛，他温柔地抱紧了她。她的唇碰触着他精致而挺拔的鼻子，大胆而又热情地贴紧了他的双唇。Edison 的心里如鲜花盛开，他等了好久以为她坚硬如石头，而此刻她那么柔情蜜意地对他，他能听见她的心跳声，他此刻感到了前所未有的快乐。似乎他一直在寻找的归宿就在眼前了，两人紧紧地拥抱在一起。他温柔而霸道地吻着她，好像下一刻她就要离开了似的，她想要推开他，可是他的霸道不准许她这么做，她只好任由他肆意地温柔，只是她快喘不过气来了，他才停住了，问她："你怎么了？"

"我都快喘不过气了。"她一脸娇羞地说。

"以后要适应哦！"他一脸坏笑的样子。

"讨厌啦！"她向他撒娇。

"我会经常这样对你的。"Edison 深情地看着她说。

"那我要逃了。"

"不准你逃。"Edison 在她耳边轻声地说。

"我就要逃。"她口是心非地说。

Edison 抱紧了她，对她说："我不准，我要你只对我温柔。"她想要挣脱开来，可是被他的温柔和霸气给征服了，靠在他怀里，从未有过的安心，如同当年她靠在蒋明羽怀里，不害怕也不慌乱，好似心有了着落。她想如果没有遇到蒋明羽，那么 Edison 会是她的归宿。

"还冷吗？"她问他。

"你说呢！"他温情地说。

"嗯，我不知道哦。"

"傻瓜，有你，我就不冷。"Edison 充满柔情地说。

"甜言蜜语。"陈青故意生气地说。

"我是认真的，相信我！"Edison 怕陈青不相信自己。

"你对别的女生也会这么说吗？"陈青看着面前帅气的男人，又害怕他只是一时冲动，也害怕两人之间长久不了。

"你这么不相信自己吗？"Edison 其实也害怕，他这么问她。

"我，我……"

"你不相信我吗？"他放开了她。

陈青沉默片刻，Edison 以为她不相信自己。他在想他这样算什么，她若即若离，对他总是时好时坏。每次问她，要么沉默要么支支吾吾，在她眼里，自己到底算什么？难道她还忘不了那个初恋吗？他心痛至极，自己什么样的女人找不到，偏要喜欢她？

陈青内心的纠结和矛盾连她自己也不晓得。她到底是把他当成 Edison 还是把他当成蒋明羽，只是觉得他熟悉吗？只是觉得他像蒋明羽吗？可是为什么看到他难过她会心痛，她也想把温柔给他。为什么在他怀里，她会如此安心？

"你还忘不了他吗？"Edison 问陈青。

"我……"陈青看了他一眼，她心疼得要死，可是，难道要告诉他，他们两个很相似吗？

"你还是不相信我吗？"Edison 渴望的眼神望着她。

"不是不相信的问题。"

"那是什么？"

"我不知道该怎么说。"

"你说啊！"Edison 激动地说。

"叫我怎么说嘛！"陈青委屈地说，难道她要告诉他，她忘不了他，可是也喜欢他吗？一个人同时喜欢两个人，这样好吗？

　　Edison 失望的神情让陈青的心更加难受，她该如何表达自己的内心，这个霸道的男人会容忍她还忘不了他的事实吗？他转过身，正要离开她的房间的时候，她从背后抱住了他，脸靠在他的后背上，他的双手放在她冰冷的手上。他转过头来，凝望着她，拨开了她的长发，亲了她的脸颊，然后对她说："乖，早点休息吧！"他把她抱到床上，替她盖好被子，走出了她的房间。

　　Edison 明白他不能勉强她，如果他还走不进她心里的话，得到了她的人又能怎样？他落寞地在床上发呆，抬头望了一眼曾经的自己，那些回不来的岁月，无限感慨的岁月，他却一点儿也记不起来。他又想起了那个女孩，不知她身处何方，不知她过得怎样。如果她得知自己有了另一副面容，又会做何感想，这些他都不得而知。外面的雨停了，他想她应该睡着了。

走 出 迷 雾

（下册）

陈汐作品

浙江工商大学出版社 ZHEJIANG GONGSHANG UNIVERSITY PRESS | 杭州

图书在版编目(CIP)数据

走出迷雾 ：上、下册 ／ 陈汐著. — 杭州 ：浙江工
商大学出版社，2019.8
ISBN 978−7−5178−3339−0

Ⅰ．①走… Ⅱ．①陈… Ⅲ．①长篇小说−中国−当代
Ⅳ．①I247.5

中国版本图书馆CIP数据核字(2019)第163256号

目录

Contents

第十四章 ／ 矛盾

　　冬的气息越来越浓，Edison 请澳洲的朋友邮递了一条围巾和一副手套，他悄悄地藏起来打算给陈青一个惊喜。他的头痛渐渐地少了。在他表哥的推荐下，他去了一家医院，见了美国来的专家威廉博士。威廉博士说想要重新唤回记忆也不是不可能的，只是需要当时的人、事、物的触及才有可能唤醒失去的部分记忆，否则可能性很小。兄弟俩听了都惊喜万分。

　　Allen 问 Edison 是否真的很想找回记忆。Edison 坚定地说很想，否则他觉得人生毫无意义，不管结果怎样，他都要试一试。

　　"可是你想过没有，如果你做了这些事情，你的前女友就有可能出现，那么陈青呢？她的感受你有想过吗？"Allen 问他。

　　"我会尽量隐瞒她的。"Edison 说。

　　"可是这样好吗？"Allen 仍有疑问。

　　"难道要让她知道吗？我不想让她知道我曾失忆的事情，我希望在她面前我是完美的。而且有另一个女人的出现，她也会不习惯的。我不想让她承受这些，她会胡思乱想的。"Edison 说。

"所以，你就打算自己承受这一切痛苦吗？"Allen 问他。

"我没得选择，哥。"Edison 无奈地说。

"所以无论如何，你都要找回记忆吗？"Allen 郑重地问。

"是的。"

"如果冒着失去她的风险，你也愿意吗？"Allen 把话说得更严重。

"如果她真的喜欢我，她会理解的；如果她真的不在乎我，我又能怎样，勉强也不会幸福的。"Edison 清醒地说。

"只要你想通了就没问题。"Allen 说。

两兄弟匆匆会面后，Edison 开车去找陈青。他把车开到等在路边的陈青面前，她却没看到。他探出头来："走啦！"她坐进了副驾驶座，看到座位上有一条围巾。"这是什么？"

"哦，没什么。"Edison 居然羞涩地脸红了。

陈青捂着嘴巴笑，又看着他。

"不许你笑话我，这是送给你的礼物。"Edison 故作生气地说。

Edison 的这个样子让陈青想起了蒋明羽，他的神情，他害羞的样子，她觉得他们越来越像了，是巧合，还是上天安排让她遇到了一个和他相似的人？她看着正在认真开车的他，心想如果现在就是蒋明羽在她的身边，那该多好啊。忽然，Edison 把车停了下来，他拿出围巾，将它围在了陈青脖子上。"好暖和呀！好漂亮的围巾。"陈青说。"喜欢吗？"陈青点了点头。两人沿着空旷的街边散步，来到一处公园，在公园的长椅上坐下来，她斜靠在他的肩上，安静地坐着。她再次问他那张卧室里的画像是谁？他没有直接回答，犹豫了一阵子，他依然说是一个朋友，她哦了一声，又继续问他那位朋友现在在何方，他沉默不语。于是她说如果不想说的话就不要勉强。他问她有关她的初恋的问题，她说已经很久很久都不联系了。他也哦了一声。

"周末，我带你去见我妈吧！"他说。

"我还没准备好呢！"陈青说。不知为何，Edison 这么说的时候，她的内心一片慌乱，显得有些不知所措。

"又不用准备的，迟早要见的。"Edison 说。

"可是，我不想这么早见面哦，我们交往还没多久呢！"陈青说。

"你是不想吗？"他问她。

"我，我害怕嘛！"陈青温柔地说。

Edison 被她的声音和温柔俘虏了，他决定听她的，暂时先不见。他想想也是，母亲是个严厉的人，万一陈青哪里表现得不好被她看出来，要是不同意他俩交往那也挺麻烦的，不如等时机成熟一些再见面也不迟。

"我只想和你时刻待在一起！"Edison 说。

"我也是。"陈青小鸟依人般地靠在他怀里。

"你还想他吗？"他问。

"我，我……"她抬起头，望着他的眼神，说，"你介意？"

"我希望你的心里只有我一个人，哪怕他是过去式我也介意。"他看着她说。

"你就真的这么介意吗？"她从他怀里挣脱了。可他还是拥住了她。

"别想他了，好吗？"他凝望着她。

她答应了他。只是她能做到绝对不去想明羽吗，这一点陈青自己也毫无把握，可她不想欺骗Edison，哪怕他不高兴。她无法彻底忘记蒋明羽，这是不可否认的事实，她又怎么能欺骗 Edison，所以她还不想那么早见到Edison的母亲。可是，她又越来越依赖Edison，享受着他的关怀和爱护，夜深人静的时候会想他，也会为他担心。她发现自己心里有两个人的存在，刚开始她莫名的恐慌，难道自己如此花心吗？她问自己。不过，后来她也拿自己没办法，她总是想起蒋明羽，又想起 Edison，而且莫名地觉得他们很像，难道这是一种错觉吗？她想。还是说自己喜欢的人是类似的风格和性格，这一点连她自己也搞不清楚。

Edison 明白她需要时间，他会慢慢地等，直到她的心完全属于他一个人。他相信自己会做到的。"我们回去吧！"Edison 说。他把陈青送回了家，又开车回到了自己家。到家的时候，陈青给他发了信息："早点休息哦。"他会心地一笑，给她回了一个笑脸，然后觉得又不够，又发了一条："想你，晚安。"陈青收到后很快就睡着了。

Edison 看着自己曾经的画像，自言自语地说："总有一天，我会找到自己的。我相信这一天很快就会来了。"画像上的人似乎意会了他的话，开心地"露"出了笑容。Edison 想着陈青的模样，枕着枕头香甜地入睡了。他梦见陈青飞到他怀里，哭得很凶很凶，眼泪都快流干了，还大声地骂他无情。睡梦中，他却傻乎乎地笑了，醒来发现枕头湿漉漉的。

陈青一早醒来的时候，想起 Edison，她突然发现自己对他不仅仅只是一种依赖，她希望他就在她身旁，这是从未有过的念头。她想给他打电话，想给他发微信，可是编辑好了也没有发出去。他送的围巾就在眼前，她看着它笑了，脸上泛起了红晕。她决定好好打扮一番，于是翻开抽屉找头饰，却发现蒋明羽的照片躺在抽屉里，就那样看着她，似乎她所有的想法他都知道。这一刹那间打破了她之前的所有甜蜜，她又忧伤满满，她想她始终是放不下他的，可是自己要怎么办？她蹲在地板上，心如乱麻，不知所措。他曾送她的怀表，嘀嗒嘀嗒地响，她怎么会忘掉他，那是她心灵深处不可触摸的痛，胸口疼痛了，眼前头昏脑胀，她靠在了床沿边。

过了好久，妈妈来敲门："不早了，赶紧起来，今天有冷空气了，多穿件衣服。"这时，陈青才清醒过来，应了一声："知道了，妈。"

陈青无精打采地去了公司，Edison 送的围巾也没有围。Edison 见她心事重重的样子没有多言，心里想等下班再问她。没想到，下班后陈青匆忙地拎着包就要离开，Edison 叫住她，说送她回家。她看了他一眼，不忍心地说不用了。

看着她远去的背影，Edison 想问她为什么，却又没办法直接问她。他原本就明白她有个难以忘怀的初恋，她并没有刻意隐瞒他什么。他也曾经以为自己不会在乎这些，可是爱情是自私的，他怎能不在乎，他当然希望她的心里只有他一个人，可他不是先到的那个人。有时候他想要是他是先来的那个人该多好，可是命运如此安排，他无法逆转，Edison 长叹一声，走出了大楼。他开着车漫无目的地在街上晃荡。

电话响了很多次，Edison 一看是陈青打来的，就按掉了。他不明白现在的自己为何如此纠结。虽然他是对陈青有所隐瞒，可是为什么这个女生的一举一动如此牵动他的神经，令人心烦意乱。

深夜，Edison 开车回到家中，打开房门发现屋内的灯都亮着，但客厅里没人，卫生间里也没人，卧室里也没人。他正在疑惑中，陈青从她的房间里走了出来。

"你怎么在这？"Edison 问。

"我给你打了好多电话，你都关机了，还以为你发生了什么事情，所以，所以就赶来了。谁知你不在家，只好等你回来。"陈青说话的时候脸红了。

Edison 原本疲惫的心情在见到陈青后烟消云散了。望着她微微卷翘的睫毛，他动情地吻了她的眼睛，一股欲望的火升腾了，他霸道地吻了她，可她却拼命地躲闪。他原本今天晚上心情就不大好，加上陈青的拒绝，彻底惹怒了他，他终于爆发了。

他问她："你不爱我，是吧？"

陈青没有回答。

"你来这儿干什么？"他问她。

"我，我担心你！"陈青轻声地说。

"担心我？我不用你担心，你别自作多情了，我不需要你担心，不需要你虚情假意的担心。"

"你怎么可以这样说？"陈青想不到 Edison 竟然会这么说。

"行，那我不说你，我说我自己行了吧！是我自作多情，这样你满意了吧！"他看着陈青大声地说。随之，他又靠近了她，望着她的眼睛，他多希望她能温柔地安慰他，可是她却后退了。"你不乐意是吗？你还想着他？那你管我干什么，你走啊！"Edison 一说出口就后悔了，可是说出去的话难以收回。

陈青听了后，愣了一会儿，然后朝门口走去。

这时候，Edison 从背后环抱住她，不让她走。

"你让我走！"陈青挣扎着说。

"不，我不让你走。"他死死地抱住她，闻着她的长发散发的味道。

"你一会儿让我走，一会儿又不让我走，你到底想干吗？"她想发火，可是她发现说出来的话却是温柔的。

"我错了，还不行吗？不该对你发火，我怎么忍心对你生气呢！"Edison 贴在她背后温柔地说。

他的头靠着她，像个受伤的小孩一样依偎着她。他的眼眶红了，陈青转过头来凝望着他，他是那么的无助，像个小孩般的无助和无力。她多心疼他，他想佯装强势却始终不敢抗拒自己的内心，她深深地吻了他，然后看着他，抚摸着他的脸庞，他最近憔悴了好多。他把她的手放在自己的胸口听他的心跳声，她羞涩地笑了，靠在了他肩上，好像她靠在了蒋明羽肩上一样，那样安心和温暖。

他轻轻地对她说："对不起，青。"

他的愧疚他的歉意，她想她是懂他的。谁叫自己还未完全放下蒋明羽，她不怪他，他并没有做错什么，却有点责怪自己。

"你是在担心我吗？"他问她。她嗯了一声。

"我不会再让你担心我了，偶尔给我一点私人空间，可以吗？"他说。

陈青答应了，她明白每个人都有自己的事情要做，更何况是 Edison。

"今晚陪我，好吗？"他深情地凝望着她。

她一脸害羞，心像要跳出来似的。"我，我……"

"你不愿意吗？"他温柔地问。

"我还没做好准备呢！"她羞涩地说。

他松开了紧抱着的她，她不舍，抱紧了他，靠在他胸前。她也说不清楚，她希望他能一直陪着她，可是她始终还是没有放下蒋明羽，所以她不愿意，或者说她对他还是有芥蒂的。她没办法现在完全把自己的心交出来，她明白这谈何容易，他亦明白。所以之前他怒火中烧，可是看着她离去，他又百般不愿意，他明白自己在乎她，他也明白他没那么容易完全走进她的心，他需要等待。可是作为一个男人，他多想霸道地拥有她，不管她愿意不愿意。只是看着陈青那双眼睛，他不敢，他害怕，他怕有一天她对他不温柔了，他怕万一惹恼了她，她会离开，那是他不能原谅自己的。冥冥之中，有一种伟大的力量牵引着他们，那是上天注定的缘分。

"那你什么时候才会准备好呢？"他问她。

"我在努力。"她实话实说。

"给我一点希望嘛，这么诚实，我好受伤的。"他坏笑着说。

看着他的脸，他的气息萦绕在身旁，她给他来了一个热情的吻，他闭上了眼睛，就在他意犹未尽的时候，她嘻嘻地笑着说："晚安哦，Edison 君！"说完跑回了自己房间。待他反应过来的时候，她早已不见人影了。

第二天，Edison 跟陈青说想带她回家见他的父母，陈青没有答应。他问她到底是怎么想的，她说他和她之间的关系还没有到见父母的程度，况且她也未做好准备。他想不通为什么，也很疑惑，他说见他父母不用准备什么的，陈青依然不愿意，他和她差点吵了起来。最后 Edison 很生气地先出门了。

直到下班，Edison 也没来办公室，陈青收拾了一下办公室后离开。蓓蓓已在楼下等她了。她见陈青一个人下楼，问道："他呢？"

陈青说："不知道。"

"你男朋友下班后去了哪，你都不管吗？"

"他有他的自由吧！我总不能一天二十四小时都绑着他吧！"陈青说。

"难道你们吵架了？听你说话的语气火药味十足。"蓓蓓挺担心陈青。

"他说要带我见他的父母，我不乐意。"陈青说。

"这是好事，说明他认可你了，你为啥不乐意呢，我也觉得奇怪。"

蓓蓓一脸狐疑地看着坐在对面的陈青。

"你问我，我自己也不知道。反正我总觉得太早了，我还没做好思想准备。"

"什么思想准备啊，化个妆，打扮得体一点，送点礼物给长辈就可以了呀。我说你呀就是想得太多了。"蓓蓓又要教育陈青了。

"也不全是这个原因吧，我总觉得他好像有事瞒着我，可是我又说不上来到底是什么事。比如说那张蒋明羽的画像，我问他是谁，他只是说了一句朋友，然后我再问他细节，他就不想提及，我也不好多问。所以，我觉得我们之间距离见父母还有很长的一段路要走。"陈青一一道出。

"也许他也不愿提起他吧！另外，我觉得见父母其实你也不要想得太纠结，你就答应他吧，顺便也可以了解一下他的家庭背景，你怎么这么傻。"蓓蓓说。

"哎呀，我可没想这么多，反正他的家庭背景对我来说无所谓啦。"

"莫非……"蓓蓓停顿了一下，看看四周没人，才继续说，"难道你还放不下他？"

"你觉得我会完全放下他吗？感情的事不是说忘就能忘的。"陈青悲哀地说。

"我觉得 Edison 对你真的挺好的，你不要对他这么残忍哦！"

"我明白的，他是女生心中的男神。我也喜欢他，只是，只是……"陈青自己也无法形容她对他的感情。

"只是什么？"蓓蓓问她。

"我在 Edison 身上看到了蒋明羽的影子。"陈青认真地说。

"什么？天哪，青，你可不要吓我，我的心脏承受能力有限。"蓓蓓说着摸了摸自己的心脏。

"刚开始也不是这样的，可后来越来越觉得他们很多方面都很像，就是那种神似你明白吗？"陈青娓娓道来。

"也许是因为你对蒋明羽的感情太深了，才造成了这种幻觉吧！"

"我也说不清楚，其实这样对 Edison 不公平，我很明白。"

"你是把他当成蒋明羽的替身了？"蓓蓓问她。

"好像不是的，哎，我也说不清了。"陈青很烦恼，"看不见他的时候，我会担心，就像昨晚，看见他生气的时候，我也会心疼，甚至还会心痛，可我无法交出我自己。你能明白吗？"

"你们之间火候还未到，看来还得加把柴火。"蓓蓓开玩笑似的说，她想缓和一下气氛。

"你有没有在听我说话，还讲冷笑话。"

"我当然在听，一直在听。"

"你说我该怎么办？"陈青两眼望着蓓蓓，想从她那里找到答案。

"你应该给自己一段时间好好想想，你只能这样。"蓓蓓说。

"可我觉得我怎么想都是理不出头绪的，如果有一天Edison离开我，我肯定会受不了的，可是我的心里还装着蒋明羽，我没法假装自己很在乎 Edison 的样子，即使明白他的为难，我真是既矛盾又纠结。我讨厌自己是这样一个犹犹豫豫的人。假如我是个干脆利落的人该多好，我要向你学习。"

"不是我有多么的干脆，是你太过于重情义，你这样继续下去的话，不会快乐的。"

"我明白，可是我拿自己也没有办法。"陈青陷入了彷徨的状态。

"而且更为可怕的是，如果你一直对过往耿耿于怀而放不下的话，迟早有一天，你们俩总会有一个人要爆发的。俗语说爱情里容不得沙子。

确实如此，爱情是自私的，具有独占性。终有一天，人会累，会疲惫，然后美好的感情也随之葬送了。"蓓蓓感慨万千地说。

"你啥时候成为情感专家了？"陈青颇为惊讶，其实她说的也正是自己思索的。

"你别打岔，好好想想我说的话吧！像你这样傻乎乎地等着一个人，现在这年代，几乎已经绝迹了。"

"你别把我说得这么伟大，我再痴情又怎样，我又不是超人，我也不是神仙，我终归找不到他的下落。"陈青不无感伤地说。

"你别责怪自己了，世界这么大，你怎么可能找得到他。你总是把所有的过错都推到自己身上。"蓓蓓她甚至有些讨厌陈青的软弱。令她不解的是，为何她可以这么痴情，可是她又很心疼她。她觉得陈青应该好好地和 Edison 在一起，其他什么都不要想，他想和她一起去见父母，那么她就应该去见，非要钻牛角尖，为一个不知道在哪的人伤神。

"好烦，好烦！我该怎么办？"陈青仰起头望着刺眼的灯光和灰黑的天花板。

"别想了，还是先去玩吧。"蓓蓓提议。

两个人坐上车一路向湖滨路驶去。

第
十
五
章

／

调
查

　　Edison 收起了房间里的画像，他和 Allen 联系了几次，那边也没有什么进展，Allen 一边劝他不要急慢慢来，一边也是焦头烂额。那些过去的记忆由于时间相隔太远，甚至连 Allen 也不太想得起来曾经的 Edison 的一些事情，所以犹如大海捞针一样没有头绪。

　　一天下午，Allen 的助理很高兴地告诉 Allen 终于找到了一点线索，并送来了一张照片。Allen 一阵兴奋，问助理这张照片是怎么回事，助理说侦探社找到了当年和要查找的女孩非常要好的朋友，就在本市。Allen 看着照片，感觉十分熟悉，好像在哪见过却想不起来。他吩咐助理去其单位附近守着，合适的时候直接问问。Allen 怎么也没有想到照片里的女孩就是那一天在餐厅遇到的陈青的朋友。

　　第二天，Allen 的助理来到了蓓蓓单位楼下。到下班的时候，人群从办公大楼中涌了出来，天这么冷，大家都赶着回家。蓓蓓裹紧了大衣，走了出来，却被一黑衣男子拦住了，这位男子不是别人，而是蓓蓓目前为止最讨厌的人，她的前男友。而 Allen 的助理正躲在暗处观察着他们，看见他们拉拉扯扯的，他在想他们是什么关系？此时，Edison 也正好走出大门，Allen 的助理赶紧戴起了墨镜，并把外套的帽子戴了起来，他怕 Edison 认出他。

Edison 看到这个男人又来纠缠蓓蓓，他一把拉开了他们，直接将蓓蓓拉到了停车场。

Allen 的助理赶紧向 Allen 汇报 Edison 与蓓蓓认识的事。Allen 虽然十分奇怪，但又一阵惊喜，如果真是这样的话，那么事情就有了很大的进展，没有想象中的那么艰难了。既然这个朋友与 Edison 相识，想必接下来的事情会顺利许多。晚饭后，他给 Edison 打电话，约了两个人尽快见面。

Edison 一头雾水，觉得莫名其妙，他心想也许事情紧急，否则 Allen 不会如此着急。他到了和 Allen 约定的地点，Allen 已等候多时。

"哥，到底什么事急着把我叫出来。"

"当然是大事了。"

"怎么不在电话里讲？"Edison 问。

"你肯定想不到吧，我们找到一条线索了。"Allen 开心地说。

"真的吗？"Edison 一阵喜悦。

"当然，而且和你有关系。"Allen 神秘地说。

"和我有关系？哦，也对，这事本来就和我有关系。"Edison 笑着说。

"你别开玩笑，跟你说认真的。我们找到了一位当年和你大学恋人关系很要好的人，而且这个人你也认识。"

"我也认识，这么巧？"Edison 喜悦的同时也表示怀疑。

Allen 从包里拿出一张照片，递给 Edison："你认识这个人吧？"

Edison 点了点头："你怎么知道我认识她？"

　　"这个，这个嘛，你就不要问了，总之，哥帮你查到了。你是要自己问她，还是交给哥去处理。"

　　"那还是我自己去问吧！"Edison 怎么也想不通，蓓蓓会认识他当年的女友，这个突然的消息让他有点坐立不安，他该怎么去处理这件与自身关系重大的事情。他陷入了迷茫。

　　Allen 看出了此时的 Edison 处于迷惑中，他还以为她和他有扯不清的关系，于是试探性地问 Edison："如果为难的话，哥帮你处理此事吧，你还是不要出面了。"

　　"不用，还是我自己解决吧！"Edison 说。他不知道自己是该开心还是不开心。如果这件事让陈青知道了，会怎么样？可是这事能瞒得过去吗？他在想，他要以怎样的方式才能进一步获得线索呢？他想他绝对不能直接问蓓蓓和这件事有关的女生，万一陈青吃醋大发雷霆，那可就麻烦了，他可不想失去她，即便偶尔对她有小小的意见，他仍然无法想象失去她的痛苦。所以他给蓓蓓发了一条微信，约好晚上一起碰个面，只是他请求她别让陈青知道。

　　"希望这件事不要影响到你和你女朋友的感情。"Edison 离开的时候，Allen 好心提醒 Edison。

　　"哥，我明白的，我会好好处理的。"

　　蓓蓓匆匆赶到约定的地方，她觉得很奇怪，为什么 Edison 要约她，而且要求她不要告诉陈青，难道他们之间发生了什么事吗？没想到令她吃惊的是，Edison 一句话也没谈陈青，反而问她毕业于哪所学校、哪个专业。正当蓓蓓云里雾里的时候，Edison 忽然问道："你们学校以前是不是有个突然退学的男生呀？"

　　"呃，呃，这个，这个我不太清楚。"蓓蓓支支吾吾地说。

"你真的不知道吗？"Edison 似乎不相信蓓蓓会不知道。蓓蓓也怕露馅，只好又说了句："我真的不知道哦。"

"真的是这样吗？"Edison 继续追问。

"你怎么突然问这个？"蓓蓓反问他。

"哦，我随便问问，之前听朋友说起，依稀觉得就是你毕业学校的事，所以问问。"Edison 故意这么说，他想看看蓓蓓的反应。

"你认识他吗？"Edison 问。

"我，我怎么会认识他呢？"蓓蓓一边回答一边紧张得手心直冒汗。她告诉自己，千万别出卖了陈青，这是一段多么不堪回首的往事，如果她告诉了 Edison，陈青将会受到多大的伤害，也许陈青和 Edison 的恋情就此画上休止符。所以无论如何，她都要替她保守好这个秘密。有句话说："来者不善。"Edison 突然这么贸然地问出一堆莫名其妙的事情，也许他是真的发现了什么吗？她的心里不由得紧张起来，她不想陈青失去幸福，如果要她隐瞒这一切，她宁愿自己做一个坏人。

"你真的不知道这些事情？"Edison 再一次认真地问她。

"当初在学校里听说过这件事，只是我和他没有太多的交往，所以不好意思，我真的不知道。"蓓蓓只能这样说，哪怕编瞎话也得编得像样。

"呵呵，没事，我也只是问问而已。"Edison 故作轻松地说。

蓓蓓借口有事先走了。留下 Edison 一人，傻傻地在座位上发呆，没想到这条线索又断了，这是表哥好不容易才找到的线索，又被自己搞砸了。蓓蓓回到了家，她坐在沙发上想这件事是否应该告诉陈青，如果告诉了她，她会怎样，如果不告诉她，她会被蒙在鼓里，她想不好该怎样，她不想影响到她和他的感情。可是明明 Edison 已经怀疑陈青了，如果她当作什么都不知情，也许她和他还是像往常一样，可是这样她能做得到吗？她们还是好闺密吗？她不想陈青失去幸福，可她也不希望陈青像个傻瓜一样什么都不知道，她犹豫万分。正在此时，陈青打来了电话，平常蓓蓓话很多，可今天她却不知道要说什么，生怕陈青突然说起什么。她很紧张，而今天陈青也很奇怪，吞吞吐吐地想说点什么，却始终没开口。

最后还是蓓蓓急了，问她："你大晚上的打电话来到底有啥事啊？"

陈青在电话的那头一阵沉默，然后才说："他问我是不是有什么事瞒着他？"

蓓蓓哦了一声，问她怎么回答的，陈青说自己没说什么。

然后陈青又沉默了一会，才说："你说，他是不是很介意我以前的事？"

蓓蓓不知如何安慰陈青，她曾经以为 Edison 也是毫无条件地爱陈青，可是现在她持保留态度，也许男人都是这样的吧。爱情总是自私的，更何况陈青确实也没有完全放下蒋明羽，这一切也许 Edison 也有察觉吧，也不能全怪他，感情总是排他性的。她忽然觉得 Edison 也并不十分大气，为什么一个人从开始的态度到后来的态度会不一样呢？而身处其中的陈青又该如何面对，她在电话的这头想了一会儿，还是觉得应该告诉陈青，她有权知道。

"青，我跟你说件事，只是你要答应我，你要和他好好的，不许伤心、难过。"

陈青在电话的另一头轻声地嗯了一声。

"晚上 Edison 来找我，问起学校里以前是不是有个突然退学的男生，我没有告诉他细节。"蓓蓓说。

"其实我明白的，他没有完全信任我。"陈青停顿了一会儿又继续说，"为什么他不来直接问我？"

蓓蓓接过她的话："也许他怕直接问你，你会不高兴吧！"

"你不用安慰我了，他根本就不在乎我。"陈青说。

"你别这样，也许他是因为太在乎你，他想了解你的过去，青。"蓓蓓劝慰她。

"他明知道我的过去是一部伤心史，他为何还要再提。"

"所以他才问我，没有去问你呀，傻瓜。"蓓蓓善解人意地说。

"如果他相信我，他就不会去问你！"陈青似乎很生气。

"好好的，你别和他生气，亲爱的，他也只是在意你！"

"他明明是自私。为什么他不顾我的感受。"

"他顾你的感受了，只是你不认可他的方式而已。"蓓蓓不想陈青和 Edison 之间大闹一场。可很多事不是她能控制得了的。

"可他还是介意我的过去。"

"哎，感情的事，真是说不清。"蓓蓓挂了电话。

另一边，Edison 因为未能从蓓蓓那里打听到什么，既失望又无奈。他告诉 Allen 线索断了。

"我看这件事还是交给我来办吧！"Allen 对 Edison 没有信心。

"哥，容我考虑一下，你如果太直接，我怕事情会搞砸。"

"有什么好考虑的，你思前顾后，可事情还是没有进展，你一边想找回记忆，一边又顾忌其他事，这样很难有进展。"Allen 不无理性地分析。

"还是我自己解决吧！"

两人谈到即将到来的元旦，Allen 正在筹备元旦晚会，而 Edison 的情绪并不高涨，Allen 以为他只是烦恼有关记忆的事情。实际上，他正在烦恼和陈青的关系，他总觉得她隐瞒了什么事似的，他们之间有点渐行渐远。和 Allen 告别后，Edison 给陈青打了一个电话，想约她一起去吃火锅。其实他在茶馆已经用过晚餐，只是他有话想和她说。可是陈青居然拒绝了。Edison 怅然若失，他将车停靠在路边，两眼望向前方，眼神一片迷茫，好像找不到家的孩子。他多么希望此时陈青在他的身旁，可她为什么对他越来越冷淡？ Edison 想了想，决定还是再问问蓓蓓关于她的好友的事。于是，他给蓓蓓打了电话，约她一起吃火锅。蓓蓓有些为难，不过，Edison 说有事找她，她又不好意思推辞，只好前往。

Edison 提前到达，随后蓓蓓也来了。她一看就明白了，陈青并不在，他是单独找她有事。

坐下很久，Edison 也未说一句话。

等到菜上了一半，蓓蓓终于忍不住开口问他："Edison，有什么事你说吧！"

Edison 一怔，眉毛顿时舒展开来，转向蓓蓓说："没事，就是吃个饭，先吃，先吃。"

见 Edison 如此一说，蓓蓓放松下来。其实她想偷偷发个微信给陈青，只是这正常的举动在此时看来倒显得有些偷偷摸摸，于是她只好收起手机，放进包里，打算专心地吃完这顿饭再说。

"你不如给我讲点好玩的事哦。" Edison 带着笑意说。

"什么好玩的事啊？"蓓蓓装不懂，其实她心知肚明，可是她又确实不太明白 Edison 讲的到底是什么意思。她有些矛盾，一方面她认定 Edison 肯定是聊有关陈青的事情，这个她确信不疑；另一方面她又没有把握 Edison 到底葫芦里卖的是什么药，他到底要从她这里了解到什么信息。

"给我讲讲你们学校以前发生的事啊？"

"你对这些感兴趣？"

"对啊，我也总该要多了解你们以前的生活环境吧！"Edison 讲出这话的时候已经明显感觉到了自己讲得不恰当，但意思是说清楚了，只是这样的表达方式多少让人有些怀疑。你要想了解，可以直接找陈青去问，这样肯定更快捷，更方便，何必去请陈青的闺密吃饭又半天套不出一句话来呢？ Edison 在心里默默地思考着蓓蓓的心里话。

"哎，我们那个破学校有什么好稀奇的，都毕业 5 年了，很多记忆早已踏出了脑海，如果没人提醒还真就忘掉了呢！"

"别吊胃口啦，说来听听嘛！"Edison 突然变得有些孩子气。

"我们学校以前有个男生为了追女生，故意说自己英语很烂，然后向女生示好。"

"这个有啥好奇怪的。"

"男生大部分英语成绩都比女生差好不好。"蓓蓓说起当时大学校园里的普遍现象。

"为什么？"Edison 问。

"因为男生偷懒啊，他们不肯背英语单词，也不做英语作业。中英文翻译，他们更是懒得思考，等老师要看的时候就去抄女生的。"

"噢，原来如此。可是你觉得我的英文比你差吗？"

"这是两码事！"

"你们学校以前据说传出一失踪男生的事情，是真的吗？"Edison 借机问蓓蓓。

此事蓓蓓不好否认，她也不想当坏人，当另一个人信任你的时候，你很难拒绝对方。可是她也不想过多泄露有关陈青的事，于是她只好沉默。

"是真的吗？"Edison 目不转睛地盯着她，"你们学校发生这么大的事情，难道你不知道？"

"我，我……"蓓蓓支支吾吾。

"难道你两耳不闻窗外事，一心只读圣贤书？"他故意调侃道。

Edison 确定蓓蓓是知道并且了解这件事的，而且 Allen 早已告诉他蓓蓓和事件的女主是朋友，可是她为什么有意隐瞒呢？这让他百思不得其解，他只不过是想找到一个可以帮助他恢复记忆的人。怎么会这么难？难道他得告诉蓓蓓事情的真相：他失忆了。他连陈青都不曾告知，又怎会告诉蓓蓓？这是他自己到现在都无法面对的现实，也许等到他恢复记忆之后，他才会将这些告诉她们。他害怕失去她，所以隐瞒，难道真的是为了她吗？也许只是为了那可怜的自尊吧！不想让她看到如此狼狈的面目，更不想让她知道原来自己是缺失一段记忆的人。他想解开所有的谜团，可是现实告诉他，这真的不是一件容易的事情。他明白不能再拖下去了，甚至，会发生怎样可怕的事情他真的无法预料，所以他心急如焚，他真的希望事情早点水落石出。

他终究没能从蓓蓓口中探出什么消息，蓓蓓的沉默让他的希望再次幻灭。他不想强迫别人说不愿意说的事情。

"服务员！"

"先生，有什么需要？"

"给我来一打啤酒！"

"好的，先生。请稍候。"

蓓蓓的脸上浮现出无能为力的表情，她想说但还是没说。说与不说的后果在心里纠结了很久，她终于明白什么叫为难，什么叫无力。

Edison 再一次问蓓蓓："那个女孩在哪里？"

"哪个女孩？"蓓蓓依然装傻，即使 Edison 早已看穿，但她仍然还是装作不知道的样子。

"你懂得的！"

在出卖陈青和对 Edison 撒谎之间她将会做怎样的选择？她也想喝醉，醉到不省人事，就不用为难了。服务生送上一打冰啤。Edison 连着灌了两瓶，之后伏在桌子上，他很想哭，可是不能丢人现眼，他强忍住不让泪水湿了眼眶，借口去了洗手间。

蓓蓓喝了一口热茶，好让自己的大脑保持清醒，虽然是大冬天，可是火锅店里的温度不亚于夏季。那水蒸气升腾起的温度加上空调的温度足以让人感觉昏昏沉沉，她抬头望了望大堂，她的内心有一种不祥的预感。突然，一个熟悉的人影出现了。"神哪，千万别让她看见我，否则就什么也说不清了。"她在心里默默地祈祷。

一位围着 Burberry 围巾、穿着绿色羊毛大衣的女士挽着陈青的手出现在大厅里。"阿姨，你在看什么？"陈青说道。

陈青的阿姨四处打量了一下餐厅，可真不凑巧，她认识蓓蓓，她对陈青说："那不是你好朋友吗？不去打个招呼？"

"是我朋友，没错。不过我们还是不要打扰了吧。"

"去吧，去吧！"陈青的阿姨说。

其实陈青不想去，可她阿姨硬拖着她去了。因为陈青也不想破坏蓓蓓的雅兴，也许人家和别人相亲呢。

蓓蓓的心沉重起来了，她希望 Edison 待在洗手间里不要出来，否则一场误会在所难免。

"你这跟谁吃饭呢，点这么多菜，还喝这么多瓶啤酒？"

"没呢，就……就随便吃个饭呗。"蓓蓓吞吞吐吐地说。

"跟谁约会吧！"陈青的阿姨说。

"没有！"

"还害羞呢！"

"真没有。"

桌上有两双筷子，这任谁也不信不是约会，而且蓓蓓的脸通红通红的。哎，这都说不清了，蓓蓓心想。

蓓蓓也没叫她们一起吃，这根本不像是她的风格。看来，他俩十有八九是在约会了，陈青想。

"你到底跟谁一起吃火锅呢？"陈青问。

"我，我……"蓓蓓尴尬得说不出话来。

此时，Edison 站在陈青的后面，他呆住了，这是他意想不到的，而蓓蓓的眼睛很显然看向了 Edison。陈青沿着蓓蓓的视线转向了后面，锅里冒出的水蒸气和尴尬的气氛形成了鲜明的对比。她看到了 Edison，顿时脑袋一片空白，脚站不稳了："你们，你们……"

"我们，我们没什么。就是吃个饭。"蓓蓓小声地说。

"你听我解释。"Edison 抓住正要走的陈青的手臂。

意外的事还是发生了，陈青误会了他们。

"阿姨，我们走，别影响他们用餐。"

"青，你听我解释，不是你想的那样。"蓓蓓紧跟了上来想向陈青解释刚才的一幕。然而气愤的陈青冲出了餐厅。

Edison 急忙结账，然后飞似的跑出了餐厅。他看见陈青穿过马路，可是等他要穿过马路的时候，前面的一辆大货车停在了马路中央，而此时正好是红灯。Edison 焦急万分，他给陈青打了电话，她没有接。好不容易等到红灯变绿灯，可当 Edison 走到马路对面的时候，陈青早已不知踪影。此时，蓓蓓也已经赶到。"还没找到她吗？"她问 Edison。

"唉！" Edison 叹了一口气，"现在她在气头上，她准是误会我们了。"

"都是我不好，我不该约你。" Edison 垂头丧气地说。

"这不是你的错。"

两人相视一笑，为各自的坦然和洒脱而庆幸。

"你打算怎么办？"蓓蓓问 Edison。

"等她气消了向她解释。" Edison 说。其实连他自己也不知道该如何向陈青解释，难道告诉她自己在找曾经的女朋友，然后还找蓓蓓了解情况，她能相信吗？此地无银三百两，如果要恢复记忆又有什么好隐瞒的呢？这话说给谁听都不会相信的，更何况最近她和他似乎总有种貌合神离的感觉。她的心里会怎么想？他只觉得眼前一黑，好像快要昏倒的样子。

"你怎么了？"蓓蓓问他。

"没事。"

"都这样了，你赶紧回家吧！其他的事明天再说。"蓓蓓劝他。

Edison 呆呆地立在马路旁边的一棵树下，看着斑马线上的人来回穿梭，他想找到她的身影，只是事与愿违。他觉得自己太没用了，好好的一件事又被自己搞砸了，不仅没有向蓓蓓问到他想问的问题的答案，又让陈青误会了，自己怎么就这么傻呢？心里好累啊，Edison 感到一阵胸闷，仿佛不小心就要倒下去似的。

他神情恍惚，目光呆滞，一点也不像平时的他，跟刚才吃饭的时候判若两人。他是多么在乎陈青，因为太在乎，才有那么多的不得已，如果他不在乎她，事情反而就很容易了，其实他大可以将事情的真相告诉陈青，那样子的话，他们就不会有那么多的痛苦和纠结，就不用爱得那么辛苦。其实 Edison 可以坦率地告诉陈青，可是他做不到，他觉得自己倒有点像犹豫不决的小男人了，他讨厌这样，可因为爱情，他竟然变成了让自己讨厌的人。

此时的陈青在阿姨的车里哭得一塌糊涂，阿姨劝都劝不住。

"我讨厌他，我讨厌他。"她一边哭，一边叫喊着。

"别哭了，也许事情不是你想象中的那样子呢？也许就是像普通朋友那样吃个饭，聊点事情呢？"

"那怎么会那么巧哦？"陈青红着眼眶说。

"你总得给人家解释的机会吧！既然那么在乎他。"

在阿姨的劝说下，陈青平静下来，她回到家，关了手机。想起刚才那一幕，她觉得自己也许是过于敏感了。

Edison 在沙发上蜷缩了一夜，第二天早上醒来时，只感觉全身发冷，他一看闹钟，匆匆穿上衣服，昏昏沉沉地去上班了。

办公室里冷冷清清的，椅子整齐地摆放在那，没有热气腾腾的茶水。他拿起桌上的电话，拨了几个号码，又放了下来，眼神迷离，又看了看手机，叹了一口气，望着门口。推开窗，一股冷风吹了进来，他禁不住打了个寒战，只觉得身体一阵发冷，望着窗外街上的行人，他期待着能够看到她走来。此时，桌上的电话响了，他一阵惊喜，赶忙接了起来。

"Edison，你还好吧！"原来是蓓蓓打来的，她又继续说，"陈青来上班了吗？"

"没有。"Edison 低声说。刚才的兴奋不见了，他以为是陈青打来的。

"需要我向她解释吗？"

"不用了。"Edison 沮丧地说。

"哎，你们这，我真搞不懂你们。"

"谢谢你，蓓蓓。"

"我也不好说什么，让她缓缓吧！"

"嗯，我知道的。"

"好，那我先挂了。"

蓓蓓放下电话，也是一大早没心情工作。陈青的电话还是关机。她很想跑到她家去找她，想解开误会，可是这一切又该怎么解释，解释清楚了又违背了 Edison 的信任，不解释，就会失去一个多年的好姐妹，而且不管怎样，她总得将事情的来龙去脉说清楚。一天都没有见到陈青，Edison 失魂落魄，中饭也只吃了几口，他脸色苍白，呆呆地望着窗外，一整天都没有好心情。他不记得给她打了几次电话了，但都是关机。快下班的时候，Allen 打电话过来，听出他的声音明显不对，问他怎么了，他支支吾吾不愿说，聪明的 Allen 猜出了几分："事情搞砸了？"

"岂止是搞砸，她都不理我了。"Edison 懊悔地说。

"这事都怪我，要是我帮你搞定，你和她也就不会这样了。"

"怪不了你，都是我自个儿的事，是我活该。"

"哎，该怎么说你。"

"哥，我觉得自己好失败。"

"这不是你一个人的错，我们都有责任。"

在 Allen 的安慰下，Edison 心情稍微好些了。

两兄弟相约到了酒吧。一落座，Edison 就叫了一打啤酒，似乎就为了买醉，他拼命往嘴里灌酒。

眼看着桌子上的酒瓶越变越多，酒吧里人潮涌动，这些来寻找刺激的人儿啊，这些寂寞的孤男寡女们，欲望不停地蔓延开来，每个人似乎都在等待着另一个人的救赎，却发现那些所谓的另一个人也是拯救不了自己的，又或者那另一个人也是前来被拯救的。这个世界，到处弥漫着孤独，只不过，这一部分人明显暴露出了自己的孤独，他们意识到了孤独，于是前来解脱。而那些在大马路上飞驰而过的汽车，匆匆忙忙的人群，难道就不孤独吗？他们只不过是隐藏起了孤独的心抑或是有部分人没有意识到而已。那些无意识的人反而是快乐的，没有理会到痛苦难道不是一种幸运吗？Allen羡慕这样的人群，他也在等待另一个人的出现，只是他从未表现出来，因为了解了一个人的寂寞，所以一直为Edison有个像陈青这样的女朋友而感到开心，可是一个男人难道只为爱情而活着吗？Allen也想拿起一瓶威士忌豪饮，只是这样子的Edison，他又怎能放心得下。Allen坐在高脚凳上发呆，想起过往诸多追求过他的女生，她们可爱、美丽的容颜一一浮现在面前，可是那又怎样，时过境迁，也没有哪一个发起猛烈攻势的女生坚持到最后，他想如果有人坚持很久，或许他也会答应的。

此时来了一位清纯的女学生模样的女孩，她的位置就在邻座。她目光呆滞，满脸愁容，似乎有千万种怨恨纠结在心中，但仍遮不住她清秀的面庞。没多久，Edison端起一杯酒，向服务生要了一个空杯，踉踉跄跄地走到女生身旁："这位美女，可否赏脸喝一杯？"

"你谁啊，我不认识你！"女孩没好气地说。

"美女心情不好呀，哥哥来陪陪你，不介意我坐在这儿吧！"

女孩沉默不语，她的目光在远方，似乎像是在寻找着什么，显得迷茫而孤独。

"来，哥哥敬你一杯。"Edison说着一饮而尽。然后Edison把酒杯倒了过来，没滴下一滴酒，在女孩面前晃了晃。

女孩这才认真地看了一眼Edison，她马上就意识到刚才自己的鲁莽。

这面前的男人简直就是一个大帅哥，高高的鼻梁，眉清目秀，身材挺拔。只不过，略微有些颓废，眼神有些迷离。可能是酒喝多了，女孩心想。

Edison 见女孩不肯喝酒，便叫了一杯橙汁给女孩，且由服务员端上来，女孩这才大着胆子喝了。

"你第一次来？" Edison 问女孩。

"嗯。" 女孩不好意思地答道。

"你怎么一个人来呢？"

"我，我不想说。" 女孩羞涩地说。

"没事，有什么哥哥可以帮到你的。"

"我，我是来找我朋友的。" 女孩脸红了，低下头说。

"男朋友？" Edison 问。

"嗯。"

"吵架了？"

"嗯。"

"我也和我女朋友吵架了。" Edison 不无忧伤地说。

"哥哥你已经有女朋友了吗？" 女孩抬起头，盯着 Edison 看。

"对啊。" 说完，Edison 又倒了杯酒，然后晃了晃酒杯，点起了一根烟。

"哥哥你好酷啊，你女朋友怎么舍得和你分手啊。" 女孩问。

"不是分手，是闹别扭，OK？" Edison 温柔地吐了一口烟，貌似在引起女孩的同情。

"哥哥这么帅，你女朋友一定不忍心和你分手的。" 女孩说。

听了女孩的话，Edison 突然自信心爆棚，自我感觉良好。他想陈青是不会和他分手的。

"谢谢你，小妹妹。哥哥听了你的话好开心。"

女孩双手托着腮，认真地看着他。"你不去找你男朋友了吗？"Edison
问。

"我刚进门的时候看了看，应该没有，可我还不死心，于是就进来
想再看看，还是没有，这家伙也不知道跑哪去了，真气人。"

"你真好，你男朋友不见了，你会去找他，可我的她呢，唉……"
Edison 叹了一口气。

"哥哥，要是姐姐不要你了，我介绍我们班的班花给你认识哦。"
女孩说完，还朝 Edison 做了一个鬼脸。

"谢谢啦，我才不要什么班花呢！我只要她。"

"哥哥好专一呀，真好。"女孩露出了笑容。

"你赶紧回去吧，这大冬天的，酒吧也不安全，说不定你男朋友去
学校找你了。"

"嗯，我再坐会儿就走。"女孩开心地说。

"那就好。"

"哥哥，你是个好人，所以你酒也不要喝太多，要不然，姐姐肯定
会伤心的。"

"你真善解人意。"Edison 说。他心想要是陈青对他也这么善解人
意就好了。

"哥哥，谢谢你哦！我走了。"女孩背起双肩包，朝大门口走去。

"又挽救了一个姑娘。"Edison 自言自语道。

Allen 走过来，若无其事地说："你没事吧！"刚才他为 Edison 捏
了一把汗，这次可是 Edison 主动搭讪，他最怕 Edison 一不小心坏了大事，
那到时候真是无法收拾了。

　　不知到了什么时候，酒吧里喧闹的气氛渐渐地散去了，剩下的有喝得大醉的，有趴在桌上的，还有的和友人们意犹未尽的，更有异类低调地躲在角落里搂抱着的，仿佛片刻的欢愉能赶走所有的悲伤。

　　人世间的悲欢离合总有落幕的时候。Edison的手还握在杯子的边缘，脑袋却已重重地放在了桌子上，酒精的摄入已使他的内心一片麻木，他似乎有种想要穿越云天的感觉，只是头没有立起来，嘴巴里还在呢喃着陈青的名字。Edison只感到自己的心在一点点地沉沦，而大脑完全不能思考。之后，他就什么也不知道了。

　　醒来的时候，Edison躺在自家的床上，他抬头看了看天花板，只觉得脑袋一阵眩晕，可明明眼睛是睁开的，被子完好地盖在身上，窗帘紧闭着，只是有阳光不时地穿过玻璃窗透射进来。他看了一眼床头柜上的闹钟，时间不早了。他从床上坐了起来，感觉全身的肌肉神经都是紧绷的，身子也不灵活了。Edison在床上发了一会儿呆，他在想也不能在床上就这么待着吧。他起来喝了点水，头还是昏昏沉沉的，于是去浴室冲了个冷水澡，然后穿上大衣，没来得及吃早饭就去了单位。

　　来到办公室门口，他很是吃惊，门是半开着的。此时，令他惊喜的一幕出现了：陈青居然在办公室里，而且还在收拾办公室里的文件。他一怔，站在那儿，还没反应过来，兴许是昨晚的酒精让他迟钝了，兴许是此刻他不知道该怎么办才好。陈青也看到了他，瞥了他一眼，然后就没理他，只管自己整理东西。

　　Edison走近她的身旁，轻声地说："你来了。"陈青装作没有听见，避开他的眼睛。可是陈青没有想到的是，他趁她不注意从背后抱住了她的腰，她似乎有所触动，只是仍然本能地抵触："你放开我。"

　　"我不放。"

"我讨厌你！"

"我想你！"

"你放不放？！"陈青大声地说。

"难道你不想我吗？"

"我才不想你呢！"陈青傲娇地说。

"你居然不想我！"Edison 仍然不放，而且将她抱得更紧了。

陈青没有力气挣脱他，只好任由他抱着。他温柔地吻了她的长发，靠在她的后背，并轻轻地靠在她的耳边说："我没有背叛你，傻瓜。我爱你，我怎么会忍心欺骗你呢！"

"真的吗？"陈青故作生气地问。

"难道你还不相信我吗？"

"那你为什么单独找她？"

"我找她真的有点事情嘛，青。"

"什么事情就不能告诉我吗？"

"嗯，等以后再告诉你！"

"你骗人！"陈青挣脱开了他。

Edison 看着陈青又生气又撒娇的样子，他很是心疼，可他没办法将事情原原本本地告诉她。想着这两天来对她的思念，竟然让他霸道地搂着她的肩膀，亲吻了她的嘴唇。而陈青也无法隐瞒自己的内心，她也很想念他。她的眼里滑出了一滴泪，他用手心温柔地擦去了她的眼泪，深情地看着她："我的心里只有你，没有任何人可以取代，相信我，好吗？"

陈青低下了头，他把她搂在怀里，她紧紧地依偎着他。一股暖流进入了彼此的心田，两颗跳动着的心只为对方而存在。

"以后别再喝那么多酒了。"陈青说。

"什么？"Edison 还想装作不知道的样子。

"喝酒对胃不好，对大脑也不好！"

"听你的，亲爱的！"

"油嘴滑舌。"

"我是认真的呢！"

两人和好如初。晚上，Edison 请陈青去附近的一家西餐厅吃饭。Edison 心情大好。

"今晚去我家。"Edison 凑近陈青的耳边对她说了这句话。

"去你家干吗？"

陈青脸红了，她的内心在怦怦地跳，随即没有了刚才的活泼和戏谑。她像一个温婉的女子般安静地坐在那儿，想吃点什么却没吃，想说点什么却没有说。

Edison 见她不说话了，也安静了下来："你不愿意吗？"她并没有回答，两人好久没说话，陈青喝着热茶，没有看 Edison 的眼神，他也没敢看她的眼睛，他终究是怕她的。而她的内心也着实不安，说愿意，她怕他以为她是个轻浮的女生，哪怕他很爱她；说不愿意，她怕伤害他，因此只好沉默着。

过了好一会儿，他才说："时间不早了，我送你回家吧！"她这才抬头看了看他，说："好。"他送她到她家楼下。她从车里出来，他说："等一下。"她听到了又重新钻到车里问他："什么？"他笑了笑，说："没什么，早点休息。"他本来是想亲她一下的，只是，他也搞不懂自己怎么了。她只好说拜拜，然后从车里走了下来。他望着她的背影，直到她消失在小区的拐角处。

蓓蓓给陈青发的微信陈青一条都没回，也许是气自己，也许是气

Edison，也许也是气蓓蓓。她生气的原因是蓓蓓为什么不告诉她原委，难道说她自己在蓓蓓的心目中有那么不可理喻吗？有那么不讲情理吗？如果她知道她和 Edison 有事要谈，她绝不会误会的，她不明白的是蓓蓓为什么要隐瞒她，好像真是蓓蓓做了什么亏心事一样。人有时候很奇怪，在爱情中很容易就原谅了对方，而在友情中，却未必会如此。可她依然在等，她在等蓓蓓给她打电话。难道多年的友情竟然这么不堪一击吗？她靠在床背上发呆，难道说蓓蓓喜欢 Edison？陈青又陷入了胡思乱想的境地，转而她又否定了自己的猜想，她明知道这是不可能的，明明是她把自己介绍给 Edison 的，他和她认识的时间应该比她长才对，所以几乎排除了这个可能。可是今晚陈青还是很纠结，他们到底有什么事瞒着她呢？难道是工作上的事情？既然是工作上的事情，陈青更有资格参与才对，她还是想不通。最近她总觉得 Edison 似乎也有意瞒着她什么，只是她仔细观察过了，他似乎也没去见什么神秘的人。按照陈青的个性，她很擅长推理，所以她基本没发现什么奇怪的事，她想也许是自己想多了，于是躲到了被窝里，决定不去想了。突然，手机振动的声音响了，她打开一看，是 Edison 发的微信："我睡了，你呢？"

陈青也马上回了过去："我也要睡了，晚安！"几秒后微信就又回了过来："想你！晚安！"她安心地闭上了眼睛。

蓓蓓几乎过得很不好，她徘徊在说与不说之间。Edison 找她问失踪男孩的事情，她一直耿耿于怀，本想不说，为了不让陈青受伤害，结果不巧，这一幕被陈青看到了，很难说陈青没有受伤害，而且她们俩的友谊也受到了考验，她真的很想打自己。她突然觉得其实 Edison 也挺自私的，有什么事难道他们不能商量好了再来问她吗？凭什么让她一个人背黑锅，当然，说背黑锅也是有些言重，只是 Edison 为什么要瞒着陈青来找她，想来他也是有私心的，可是仔细一回味，倒觉得 Edison 也没做错什么，他也怕陈青多想。想到这儿，蓓蓓不禁感慨："唉，也不知道为他人着想是好呢还是不好呢？"多年的姐妹情难道就因为这么一件事而结束吗？蓓蓓的内心纠结不已，她打定主意无论如何也要约陈青谈一谈，只是该怎么谈，该说些什么，她是一点把握也没有，也许船到桥头自然直吧，她心想。

冬天的风呼呼地响，虽然还没冷到刺骨，但是偶尔也会感受到寒冷。中午，蓓蓓给陈青打了一个电话，陈青犹豫了一下，她接了。"我们一起吃晚饭吧！"

"好。"陈青迟疑了一下才回答。

"下班了我来接你！"

"嗯！"

Edison 问她，谁的电话。陈青不想说话，一种说不出的感觉，好像蓓蓓背叛了陈青似的。陈青觉得一阵窒息，她拿起自己的包，往外走。

Edison 拦住了她："去哪？"

陈青头也不回地走了出来，Edison 跟了出来。

"你到底怎么了？"他问。

"没怎么。"陈青冷冷地说。

"我都跟你说了，我和她是清白的，就是吃个饭，聊点事。"

"我不想听。"

"你到底想要我怎样？"Edison 怒了。

"我没想你怎样，你别管我！"陈青心情烦躁地说。

"我真搞不懂你们女生，到底是要怎样，难道我不累吗？整天要想着讨好你，生怕得罪了你似的。我欠你了吗？"Edison 马上意识到自己的话说得不恰当，但是开弓无回头箭。

这时的陈青也恼火了："你管我干吗，你走啊！"说完就向前走去，其实心里在默默地流眼泪："难道在你心中，我是这么难搞的人吗？你就这么怕我吗？"天空突然暗了下来，可陈青一点也没察觉，她一直往前走，行人越来越少，刚刚还看见路上很多行人，一阵惊讶后，雨落了下来，陈青来不及躲闪，被淋了。她往后看了看，Edison 不见了身影，看见前面不远处，一男生打着伞与一女生同行，她的眼睛湿润了，心更冷。"为什么你不跟着我？"她自言自语地说。她只得躲在了一处公车站牌下，眼前一片恍惚，隐约听到有人在喊她，只是太多的雨伞在她四周，她看不见喊她的人。此时有一双手在拉她，这是她熟悉的手，白白净净的。握着他的手，感觉好温暖。她笑了。

"我还以为你走了呢！"她一边撒娇一边生气地说。

"我去拿雨伞了。让你淋雨了，都是我不好，要是我叫住你，你就不会被雨淋了。"Edison 说。

"才不是呢，是我自己不好哦。"陈青难为情地说。

"只要你开心就好。"

"你的衣服湿了。"陈青望着他的肩膀说。

"不要紧，一会儿换下来就好。"Edison 温情地说。

她挽住他的手臂，他撑着雨伞，两人走回了单位。她从柜子里找出一件衣服，帮他换了下来，然后又放回了自己的包里。她打算晚上带回家洗。

这时，Edison 放在办公桌上的手机响了。他接了起来。"Edison 哥，你怎么不接我电话呀？"

"哦，我刚才出去了一会儿。"

"怪不得呢，我还以为你不乐意接我电话呢。"

"才不会呢。"Edison 温和地笑了起来。

"我要回国了，顺便来看看你和 Allen 哥哦。"

"好啊，好啊，我也好久没见你了。"Edison 开心地说。

"那你把地址发给我，免得我到时候找不到你。"

"OK 啦，我传微信给你！"

"好，拜拜！"

"拜拜！"

陈青走近他的身边，温柔地问："谁呀？"

"小时候的朋友！要从国外回来。"Edison 说，他没敢说是前女友，否则，陈青又要吃醋了，他可不想惹麻烦。再说了，这又是一件让他心酸的往事，他可不想别人再提起。"到时候，我介绍你们认识。"Edison 又补充了一句。

"哦，好呀！"

窗外，夜幕降临，其实还只是傍晚呢，冬天的白天总是一片朦胧，叫人看不清具体的时间。

晚上 Edison 有录影。"要我陪你吗？"陈青问他。

"不用了，你今天都淋雨了，早点回家吧！我工作结束了，给你打电话！"

"嗯！"

Edison 抱了一下她，很舍不得她。其实他希望她陪他，可是他又希望她能早点回家休息，他依依不舍地看她走出了办公室。

蓓蓓在楼下等她，见她出来了，她下了车，一时之间竟然有些不知所措，却又在心里暗暗骂自己，又没做什么亏心事，不要害怕。倒是陈青看出了她的生硬，忙说："干吗啦，几天不见就不认得我了吗，哈哈！"然后她钻到了车里，对蓓蓓说："我们走吧！"

"去哪儿吃饭呀？"

"你说呀！"

"哈哈！"两人相视一笑，总算是回到了过去。"你们和好了？"蓓蓓问陈青。

"嗯！"

"怎么和好的呀？"

"呀，这个就别说啦！"

"好吧，给你们一点隐私。"蓓蓓又停顿了下说，"其实，我和Edison那天吃饭是……"

还未等蓓蓓说出口，陈青就接了上去："我知道，你们是有点事想聊，对吗？"

"嗯，对的。"

"那就不用说啦，我都知道啦。我相信你们。"陈青说。

既然她都知道了，我还说什么呢！蓓蓓心想。只是你都知道了，还这么淡定，难道你就一点也不在乎他对你的怀疑吗？这一点令蓓蓓捉摸不透，她也想不通。原先她还担心陈青会因此而受伤，可是按照现在的事态根本看不出来，难道这其中有什么隐私吗？蓓蓓更想不通了。

"你干吗呢，一副心事重重的样子。"陈青问坐在对面的蓓蓓。

"没呢。"她看见陈青开心的样子，她想Edison肯定是找了一个借口，而且是找了一个非常恰当的借口。既然她开心，自己为啥还要说出真相呢？她把还未说出口的话咽回了肚子里。她想Edison那么做，也是为了陈青好，不希望她受到伤害，而自己的目的也是不想她受伤害，既然如此，不说为好。就当这一切都过去了，蓓蓓心想。

　　回到家的蓓蓓睡不着，明明陈青和她回到了从前，可为什么她还是不开心呢？因为她替陈青担心，很显然，Edison 并没有说实话，他肯定是打了马虎眼，然后这事儿就这么过去了，可蓓蓓总觉得事情没有这么简单。Edison 到底有什么瞒着她们呢？难道他仅仅就是为了打探陈青过去的情史？她越来越觉得这事儿蹊跷，难道说他是一个阴险的人？可这不太可能，毕竟蓓蓓和 Edison 认识时间也不算短，大家只是反映他以前比较高冷，对追求他的女生也不太热络而已，大家还暗地里以为他曾是男同，没有想到他的性取向是正常的，再说 Edison 家里也不差钱，没有必要把自己弄得声名狼藉，所以蓓蓓就越加觉得不可思议了。她本想把心中疑惑告诉自己的好友，想想还是作罢，她相信一切的疑虑总有解开的一天，于是她不再逼迫自己了。

第十六章 ／ 跟 踪

第二天傍晚蓓蓓有事出门，她发现后面有辆车在跟踪她。她故意放慢了车速，没想到后面的车也慢下来了。她打电话给陈青，陈青给她支招：利用反侦查手段，先把这车甩了，然后反过来跟踪对方的车。蓓蓓照做了，结果却发现小车停在了一别墅区附近。蓓蓓觉得莫名其妙，自己难道得罪了住在这儿的人吗？鉴于此地不熟悉，蓓蓓赶紧驾车驶了出去。回到住处，她松了一口气，她还不时地回望后视镜，怕又被跟踪。

晚上陈青打来电话，问她白天到底怎么回事。蓓蓓说自己也不知道，难不成是她的前男友来骚扰她，可她前男友怎么可能会把车停在高档住宅区呢？她想想还是有些后怕。

次日，陈青提早下了班，坐蓓蓓的车一起回家。果然，蓓蓓一出发，后面就有一辆车跟着。蓓蓓告诉陈青正是昨天跟踪她的车。很明显，那辆车已守候多时。蓓蓓一脚踩开油门，很快来到了一处商场的停车位上，只见那辆车也停了下来。蓓蓓坐在车里，注视着那辆车的动静，可惜没有任何事情发生。"奇怪了，他到底想干吗？"陈青说。

"我就停在这儿不动，看他还能咋办？"蓓蓓说。

黑色越野车里，"老大，她把车停在 YT 商场停车场快半小时了，也没进去逛商场，怎么办？"

"你继续等，再过半小时没反应，你就先回来，明天继续。"

"好，我知道了。"

半小时后，黑色越野车里的人已经坐不住了，他想不通车里的人为啥不下车。小伙子一脸的无奈，看着时间一分一秒地过去，蓓蓓的车里毫无动静。他气急败坏地将车驶了出来，这正中了陈青她们的计。

蓓蓓顺势跟上了越野车。黑色越野车停在了昨天蓓蓓来过的别墅区门口，一个帅气的年轻人正等在那，一见车到，就坐上了车。

"你认识吗？"蓓蓓问瞪大眼睛的陈青。

"我？"陈青大脑一片混乱，她似乎在脑海中搜索着什么。

"你难道真的认识？"蓓蓓将车停了下来。那辆黑色越野车开远了。

"我不太确定，好像是……认识的人。"陈青说。

"这么说，他们是想跟踪你，而不是我。"蓓蓓望着陈青说。

"不可能啊，昨天他们可是在跟踪你的车！"

"这，我就奇怪了，你的熟人跟踪我的车？"

"说不定刚才上车的人跟黑色越野车里的人不是一起的呢？"

"就算不是一伙，也肯定认识吧。不然坐同一辆车？"蓓蓓说。

"这个，哎，我也不知道了。"陈青也是一头雾水，她不敢告诉蓓蓓，刚才那个年轻人有可能是 Edison 的表哥，她不敢确定，因为隔得比较远。更何况，她和 Edison 的表哥只见过一次，所以她想回去确认一下再告诉蓓蓓。

晚饭过后，陈青给 Edison 打了电话。她编好了台词："你哥他找对象了吗？""还没吧，你怎么突然想起问这个。"Edison 有点不解地问。

"哦，最近有个朋友说要找个帅一点的男朋友，叫我给她介绍呢，照片能不能先来一张，哈！"

"你朋友靠谱吗？"Edison 心想 Allen 也不能老是一个人吧！

"靠谱，必须靠谱啊，否则也不能介绍给高品位的 Allen 哥呀！"

"好吧，我稍候传给你！"

放下电话，陈青不免有些不好意思，要张照片居然要这样，她也觉得自己是豁出去了。Edison 马上给她传了几张 Allen 的照片，陈青点击放大，发现刚才看到的那个年轻人正是 Edison 的表哥。她久久不能平静，也无法相信这个事实。Edison 的表哥叫人跟踪蓓蓓？难道 Edison 的表哥喜欢蓓蓓？

喜欢一个人就要去跟踪？这好像不是 Allen 的做事风格吧。所以陈青排除了这个可能性。难道 Allen 和蓓蓓之间有纠葛？如果有，刚才蓓蓓应该早就认出他来了。难道 Allen 和蓓蓓之间有什么她不知道的隐情吗？一系列的疑问让陈青陷入了恐慌。如此说来，Edison 一定知道些什么才对。她又想起了前几天 Edison 和蓓蓓一起吃饭，却瞒着她，是因为 Allen？难道说这当中有什么不可告人的秘密？此刻的陈青在自家的卧室里，然而她却感受到了从未有过的孤独，一连串的事情相互串联起来，让她感到这其中一定有什么事情他们是瞒着她的。仿佛所有人都牵涉到了其中，而唯有她一个人却毫不知情。冬天的夜晚很冷，陈青一个人坐在床上，想了半天，也没理出个头绪。直到感觉困了，就迷迷糊糊地睡着了。

第二天一早，窗外烟雾蒙蒙，陈青的心情也如天气一样阴沉。昨天想了一个晚上也没想明白的事还继续遗留在她的脑海中。她预感这一天将会发生令人意外的事，而且将会和她有很大的关系，所以一早开始，她的神经就绷得紧紧的。

好不容易到了办公室，半小时后，Edison 也来了。"你今天怎么这么晚？"陈青问。

"被堵在路上了，唉，这大雾天。"Edison 回答得很郁闷。

"今天好堵，整个城市都一样。"陈青的回答让 Edison 心里好过许多。

"对了，昨天的照片你发给你朋友了吗？"Edison 记性真好，差点令陈青措手不及，幸好，她已经想好了台词。

"发了，希望做成美事。"她说。

"十分期待。"Edison 很高兴陈青难得有如此好心情，他转身说了句，"我约了人。你管自己忙吧。"说完就出门了。这正合陈青的意，她马上打电话给蓓蓓。

半小时后，Edison 的车驶进了一地下车库，蓓蓓也跟着进去了。她发现 Edison 站在车边好像在等人，但是似乎他要等的人并没有出现，于是他上了电梯。蓓蓓看 Edison 上了电梯，正准备回去，却发现昨晚跟踪她的黑色越野车这时也驶进了地下车库。

"怎么会这么巧？难道说黑色越野车跟踪她跟 Edison 有关？是 Edison 在幕后操纵？"不过，她马上否定了自己的想法，也许黑色越野车是跟踪她的车来的呢！

黑色越野车里下来两个人，其中一个很明显就是昨天站在别墅门口上车的小伙子。他们很快就上了电梯，压根儿就没注意到蓓蓓的车。

"看来，他们今天的目标不是我。"蓓蓓心想，"难道今天他们约了 Edison？"蓓蓓也上了电梯。这座楼里有高档酒店、茶楼、商场，还有娱乐会所，她根本不知道他们到底在哪，要找到他们犹如大海捞针。可是找到他们做什么呢？此时的蓓蓓觉得自己十分可笑，她给陈青打电话，说了刚才见到的情况。"你是说 Edison，还有昨晚上了黑色越野车的 Edison 的表哥同时出现在车库里？"

"哦，不是同时，是先后。"蓓蓓明确了一点。

"你现在人在哪里？"陈青急切地问蓓蓓。

蓓蓓把地址告诉了陈青，陈青马上叫了一辆出租车往这赶来。

房间里，Edison 正生气地质问 Allen："你为什么要跟踪那个女生？"

"我这不是替你着想吗？"

"你知不知道，她们说不定以为这事儿是我叫你们干的。你说我怎么向陈青解释！"

"就是怕你难做人，所以我想帮你找到蓓蓓接触的人，也许就能找到你想找的人了。"

Edison 沉默不语，半晌才说道："可是你们这方式不妥，要是陈青知道了，只怕误会越来越深。"

"二公子，我们没有做出格的事，我们只不过是跟着那女孩子的车，想看看她都跟哪些人接触，好找出你要找的人。所以你不要怪老大，这些馊主意都是我想出来的，与他无关。你要怪就怪我吧！"

"我的事我自己能解决。"Edison 说。

"你能解决？你什么时候能搞定啊？我看你是陷在爱情的泥潭里拔不出来了，她不理你，你就要死要活的。你像个男人吗？什么话都不敢说，什么事都要担心。你就告诉她怎么了？你告诉她你曾经失忆过，她会介意吗？她如果介意，就不是真心爱你。假如她真心爱你，她根本就不会介意你的过去，而且她还会帮你找回记忆，这才是好女孩，值得你爱的女孩。"Allen 大声地说道。

"你听听我说的有没有道理。难道你不应该向她坦白吗？你怕这怕那，你怎么这么胆小，这还是你吗？要是陈青她知道你背负了所有，她会快乐吗？她会开心吗？她一定会痛恨她自己的。你好好想想吧！"Allen 补充道。

Edison 坐在沙发上低头不语，他点起一根烟。

Allen 灭掉了他的烟，给他倒了一杯红茶："试着放过自己吧，如果那些记忆真的那么重要，就不妨告诉她，她终究也会知道的。"

"可我不知道该怎么说。会不会吓到她，如果她发现我之前还有这样一段经历。"Edison 仍然在担心，他依然没有办法面对自己。

"对了，Maggie 不是要从澳洲回来了吗，或许她也能帮上什么忙。"Allen 建议道。

"嗯，她给我打过电话。"

"如果那个女孩始终不出现，你打算怎么办？"

"我不知道。"

"别灰心，你也要相信哥哥，哥哥不会做什么伤天害理的事情，我会尽量帮你找到她的。"Allen 劝慰 Edison。

蓓蓓正靠在商场的某处扶栏上，她给陈青打电话："你怎么还不来啊，再不来人都走了。"

"你别急，我这不是在出租车上嘛，被堵在路上了呀，总不能叫我下车跑过来吧！"

看着路上密密麻麻的车辆，陈青心烦气躁，但是也没有更好的办法了，她把头靠在座位上，闭目养神，心里却在思考。她明白有些事是怎么也躲不过的，该捅破的还是要面对，这是她与 Edison 交往之初所没有想到的。她曾经以为她不会再陷入困境，至少不会像五年前这样，只是和 Edison 交往总觉得哪里不对劲，是自己的初衷错了吗？ Edison 的家庭到底是怎样的？为什么越来越让自己害怕，害怕到似乎一不小心就会被卷入什么旋涡似的。他们跟踪蓓蓓的目的到底何在？陈青简直不敢再想象下去了，这一系列疑问像一张无形的网笼罩在她的心头，她觉得自己无力应对。她没办法解决这一切的问题，她给 Edison 发了一条信息："你在哪呢？"

"我和表哥有事商量。"

"果然他们是在一起的。"陈青自言自语道。

"你们在什么地方呀？"陈青又发了一条消息问 Edison。

"等我回来再告诉你吧！"

Edison 果然是个聪明之人，这样一来陈青无法再问他其他消息了。不过，她总算清楚了他们俩在一起，这一点毋庸置疑。如此说来 Edison 知道她们的事了？陈青心想。

出租车终于到了，蓓蓓有点不耐烦地说："你总算到了。"

"唉。"陈青长叹一声。

"先喝点茶，外面冷吧！"

"蓓，和你说吧，你认真听着。"陈青认真而又严肃地看着蓓蓓。

"什么呀，这么严肃！"

"你别打岔，我告诉你，我觉得这件事也许和 Edison 也有关系。"

"青，你说什么？"蓓蓓瞪大了双眼。

"我说你被跟踪这件事，可能 Edison 也知道。你听明白了吗？"陈青加重了语气，然后一字一字地说。

"什么？"蓓蓓大声叫了出来。

"因为那个小伙，如果我没弄错的话就是 Edison 的表哥。"

"什么，你说他表哥是黑社会？"蓓蓓更加表示惊讶。

"他表哥不是黑社会，但对他家里的情况我也不是很了解。"

"你们交往了这么久，你对他家的家庭背景什么的都不了解吗？"蓓蓓问。

"Edison 和他母亲的关系不是很好，但他表哥应该也是家境很好的，所以我也觉得奇怪，为什么他表哥要跟踪你。"

"你的意思是说 Edison 完全知道这件事吗？你怎么断定？"蓓蓓理智地问陈青。

"我刚才发信息给 Edison，他说和他表哥在商量什么事。而且没有告诉我地址。"

"天哪，可是他们为什么要跟踪我呢？"蓓蓓问陈青。

"这个我还要问你呢？难道你自己不知道吗？"

"我，我知道什么呀，我觉得我完全是一局外人呀，怎么扯到我头上了呢？"

"你和他表哥认识吗？"陈青问蓓蓓。

"不认识啊！"蓓蓓轻描淡写地说。

"真不认识！"

"骗你干吗，真不认识。"蓓蓓又重复了一遍。

"我还以为你和他有过什么纠葛呢。"陈青不好意思地说。

"我和 Edison 的表哥有纠葛？你开什么玩笑呢，我都根本不认识他。"

陈青的分析此时在蓓蓓的心里慢慢地清晰起来，她想也许醉翁之意不在酒，也就是说 Edison 的表哥跟踪的对象根本就不是自己，而很有可能是陈青，至于为什么 Edison 的表哥不直接找陈青，那就只能问老天爷了。她想事已至此，她必须要把所有的事实真相全部告诉陈青，以免陈青受到更大的伤害。蓓蓓借故去了厕所，她必须自己先镇定一下，才能安抚陈青的心。她也终于明白，这个世界上，伤害真是无处不在，越害怕，越会找上门来，越躲避，越会毫无征兆地出现，她想现在也是要告诉她的时候了。

她重新坐到了餐桌的面前："青，有件事我得告诉你，我犹豫了很久，觉得必须要告诉你，也许你会难过，但请你必须挺住。"

陈青也意识到事情已经发展到不可收拾的状态，她想蓓蓓既然这么说，一定有她未曾了解到的事情。于是平静地说："你说吧，说得越详细越好。"

"好，那我说了，说了以后请你不要怪我。"

"嗯。"

"Edison 曾找过我，向我了解那位失踪男生的事情。当然他不是用直接的方式，而是用侧面打听的方式。我顾及你，所以一直没有告诉他。再后来，他又约我，就是你看到的那一次。我很明白他找我也肯定是为了问出那个失踪男生的消息。"

"那他还具体问什么了吗？"陈青问。

"那倒没有。"

"哦。"

"我没有告诉你，是不想你知道 Edison 在背后调查这些事，我以为他随便问问，事情就过去了，可现在看来，并没有如此简单。"

"那你告诉他了吗？那位男生是我前男友。"陈青问。

"我当然不会告诉他，我这么傻吗？"

"他居然在背地里偷偷地调查我，我有这么不堪吗？"陈青十分生气。

　　"你先别急，他也许是有别的事情，并不是针对你。"蓓蓓劝她。

　　"他找他能有什么事情，为什么不能直接问我，而去问你，他根本就不相信我。"陈青情绪激动，然后她又继续说道，"我看他根本就是个伪君子，居然还想出跟踪的低级招式，有什么事情不能直接说吗？"

　　"青，别激动，如果你这样，我会自责的，早知道你会如此难过，我就不该把事情都告诉你。"

　　"什么不该啊，你应该早点告诉我，好让我看清他的真面目，原来他不相信我，还口口声声说爱我。"

　　"也许他就是怕你激动，所以没有告诉你。"蓓蓓说。

　　"那跟踪这件事怎么解释啊！"陈青带着哭腔说。

　　"青，你别这样，你这样，我可怎么办？"

　　陈青赶紧给他打电话，可是电话那头没人应答。

　　"你看，他都不接我电话，真是气死人了，他心里根本就没有我。"

　　"你打算怎么办？"蓓蓓问她。

　　"我不知道，我不知道。"

　　令陈青意想不到的事情终究还是发生了，原来不是她不想放过前任，而是 Edison 始终介怀。她曾经以为 Edison 对她的过去一无所知，原来他早就暗地里做了调查，原来她在他心里是如此不堪，如此不值得他信任，甚至连她的闺密也被跟踪。陈青觉得世上最悲哀的事莫过于此了，她曾经以为放下一段感情，迎接新一段感情，过去的一切就会一笔勾销，原来真的没有那么容易，总有人在不经意间强迫你想起过去的种种。此时蒋明羽清晰、阳光的脸浮现在了她的面前，他面带微笑，被寒风带到了她的面前，而她却满含泪滴，像一个没有目的地行走在荒野中的无助的人，在等待他的救赎。然而他瞬间消失了，只留下孤独的她。原来这只是个幻觉，一个奇妙而又伤感的幻觉。

"和他好好沟通，别吵架啊！"蓓蓓叮嘱她。

"我发现爱情是最让人沉沦的东西，如果有来生，我一定再也不碰爱情，我只为我自己而活。我要去环游世界，我要去雅典看女神，我要去非洲看狮子王，我要去热带丛林，我才不要为爱情伤神呢。"

"天哪，你这脑子直接穿越到了下个世纪呀！我真是服了你了！"

"难道我有错吗，如果有来生，我都不想和蒋明羽认识，我的五年时光就不会白白浪费，我现在就不至于变成这样。"

"你是在埋怨他吗？他早就消失了，不是吗？为什么你还耿耿于怀，你不是早就该放下了吗？为什么还不放过自己？"

"我不是不放过自己，我是恨自己，将那些美好的时光和青春全浪费了。如果没有他，也许我早就去了欧洲求学，我以为留在原地，他就会来找我，原来是我太傻了。呵呵，我真傻。"陈青说完这段话的时候，哭了。

蓓蓓才明白，曾经的陈青是个多么有理想、有抱负的青年。也许以为爱情会将她带到更美好的境地，然而事与愿违，为爱情一沉沦就好多年。好不容易又以为遇上的是真命天子，没想到他还在暗地里调查她。换作是蓓蓓，也一定难以接受，她终于明白了陈青，也终于了解了她有多郁闷。人相信爱情，是因为爱情是美好的希望给人带来憧憬和无限的美好，如果只有无尽的彷徨，那么要爱情有何用？为什么女人总要沉浸在爱情里难以自拔？为什么男人就可以活得潇洒？为什么？蓓蓓突然也这么质疑起来。

忧郁的情歌传来，依然无法安慰陈青的心，她想起看到 Edison 的第一眼就觉得怪怪的，可是又找不到奇怪的理由。她想也许就是自己太自作自受了，她突然讨厌他了，他背地里究竟还对她做了些什么，她不得而知。只是除了他，她亦没有隐瞒他的任何事情，即使他去调查她。她不怕，只是她心寒。难道他的温柔都是骗她的？一想到这，她浑身发冷。"你把空调开大点。"她缩在沙发上，不停地喝着热水。她的内心禁不住地想骂他，一阵咬牙切齿般地痛恨，任凭眼泪往下流。以为他给的关怀是一辈子的，没想到半路却迷失了，不知道是谁的错。他或她。是他给的伤害令她无法想象还是她想得太多。为何他不将这些事告诉她？为何她不将自己的迷惑告诉他？

第十七章 ／ 相爱

　　夜深了，蓓蓓拖着一身酒气的陈青回到了自己刚租的小公寓。不知是酒喝得太多的缘故，还是心情不佳导致的免疫力下降，陈青第二天就发烧了，躺在床上起不来。蓓蓓熬了粥，她勉强喝了点，脸色苍白，额头发烫。

　　"你在家待着，我去买点药和菜回来。"

　　"你不去上班了吗？"陈青虚弱得没有一点力气。

　　"你忘啦，今天周末啦！"

　　"哦，看我这脑袋。"

　　蓓蓓走到楼下，她在小区的亭子里坐了一会儿，想了想还是决定给 Edison 打个电话。当她告诉 Edison 陈青生病的消息时，他一骨碌从床上爬起来，穿好衣服，没来得及吃早饭，只喝了几口水就往蓓蓓的小区里赶。他心里只想着她怎么就生病了呢？昨天不是还好好的吗？这到底是怎么了？他来到小区楼下时给陈青打了一个电话。陈青躺在床上，迷迷糊糊听到手机响了。她一看是 Edison 打来的，她没接。她不想接，也没有力气说话。她把手机调成振动，然后放在床头柜上。

Edison 见她没接听电话，更加急了，直接小跑着上楼了，在大门口使劲地敲门。陈青还以为是蓓蓓忘带了钥匙，使劲地从床上爬起来，拿了件睡衣披在身上，无精打采地去开门。当她看到是 Edison 的时候，她惊呆了，使劲地想把门关上，可是 Edison 已经推门而入。他看到一脸憔悴、披头散发的陈青时，心里不停地在问自己，到底发生了什么。陈青看到他，转身就跑回了房间，并且把房门关上。她躺到床上，用被子蒙住脸，原本不想看到他，可是刚刚为什么又害怕见到他，自己到底在想些什么。他怎么会出现在这里呢？难道是蓓蓓通风报信？肯定是她。Edison 轻轻地敲了敲门，陈青装作没听到。Edison 悄悄地把门打开了，陈青听到门打开的声音，很是生气地说："谁让你进来的？"

"我，我来看看你，蓓蓓说你生病了。"Edison 小声而又温和地说。

"你给我出去！"

Edison 走过来，摸了摸陈青的额头："怎么这么烫，你是怎么搞的，发烧了吗？"他看着陈青，目光里满是怜爱。

陈青不理他。

"你怎么生气啦，我昨晚给你打电话你又不接。"Edison 委屈地说。

"你出去吧，我不想看见你！"陈青冷冷地说。

"我带你去看医生吧！"Edison 说。

"不需要，谢谢！"陈青拉上被子，连眼睛都不露出来。

Edison 觉得很无趣，他想不通她突然来个 180 度大转弯，也不知道是怎么了。他一个人坐在了沙发上，捧着头，昨天明明还好好的，今天怎么就突然这样了呢？女人真是不知道在想什么。他还一直觉得她挺温顺的，没想到脾气这么大，让他感到莫名其妙，自己又没做错什么事，女人心海底针，搞不懂。

他一个人在客厅里待了很久，坐也不是，站也不是，一会儿走到房间门口，想听听里面有什么动静。他很想推门进去，但还是忍住了，万一她再爆发，连在这里待着的机会也没了，可他不放心，听到里面一点声音也没有了，这才轻轻地把门推开。里面静悄悄的，他想她一定是睡着了，这才放心地把门关上。

终于等到蓓蓓回来了，只见蓓蓓大包小包地拎着很多东西回来了，见 Edison 用惊讶的眼神看着她，她只好说："刚去超市买些蔬菜之类的，她这个样子又不能外出，自己烧还干净卫生。"

"我去给她买点药吧！"Edison 说。

"不用了，我买了。她呢？"蓓蓓问。

"她睡着了。"

"哦，等她醒来，先给她吃点退烧药吧！"蓓蓓说着就把药拿给了Edison。

"嗯，让她喝点粥，然后再吃药。"Edison 说。

"她没有为难你吧！"蓓蓓放下东西关切地问。

"没有啦，她心情不好我可以理解。"Edison 勉强地笑了笑。

蓓蓓看着 Edison 疑惑的表情，原本想将事情一五一十地说给Edison 听，但她最终还是缄默了。如果她什么都和 Edison 说了，自己到底成了什么，传声筒吗？蓓蓓没有这样做，反正她都已经将事情差不多告诉陈青了，至于他们如何处理她不便插手，而且如果 Edison 真的在乎陈青，难道不应该直接去问她吗？她都被他折磨成什么样子了。"她昨晚去喝酒了，早上还吐了，然后发烧了。我想她一定是心情糟糕到极点才会这样的吧！"

"什么？她去喝酒了？怪不得我昨晚打电话给她，她没接。"这一点出乎 Edison 的意料。

"是的，所以我想你应该很清楚吧，你们之间到底发生了什么？"蓓蓓只能把话说到这份儿上了。

"我们昨天还好好的。"Edison 还是不明白。

"你好好想想你的所作所为吧，我不好多讲什么，毕竟发生了什么你们自己最清楚。"蓓蓓说完去了厨房，留下 Edison 一人发呆。他完全没有料到其实陈青已经知道了有些事。

蓓蓓在厨房忙活了一阵出来后，去了房间看陈青，一摸她的额头更烫了。此时陈青也醒了："我头好痛啊，全身一点力气都没有。"

"我给你端点粥过来。"

这时，Edison 手里端着一碗粥过来了。

"我不要喝他的粥。"

"放心，这不是他熬的粥。"蓓蓓说着给陈青端了过来。

她恶狠狠地看了他一眼，看得他好心碎，却又使不上劲，心里干着急。此时，Edison 面对这样憔悴、苍白无力的陈青，却一点办法也没有。走也不是，不走也不是。他强忍住自己，劝自己不要发脾气，要是此时发脾气，他明白他们之间更没有未来，其实他心里知道的，肯定有什么隔阂在作祟。

他去厨房倒了两杯热开水，端到房间里放在茶几上，又把药拿了出来。陈青瞥了他一眼，没和他说话，更没有让他靠近。

"你们都出去吧，药等会儿我自己喝。"陈青冷淡地说，没有一丝温度，她这话其实是针对 Edison 说的。

Edison 随着蓓蓓出去，他无所事事，后来看蓓蓓在厨房忙，就去帮忙。只是他一个公子哥，更像是添乱。蓓蓓看着认真洗菜的 Edison，既为陈青开心，又觉得无奈。她想不明白一段简单的过往，两个人非要藏着掖着，生生制造了许多误会。正这样想的时候，电饭煲"叮"的一声响了。Edison 高兴地跳了起来，叫道："饭好了。我去叫她吃饭。"

Edison 走进房间，发现陈青正在翻杂志，她的脸色比之前好了一些。

"吃饭了。"Edison 面带微笑地说。

陈青哦了一声，然后又看着 Edison，她的脸上没有笑容，她的心里掠过一丝心酸，只是欲言又止。她讨厌在背后搞小动作的男人，尤其讨厌这样的人还装作什么都不知道的样子，即使刚才他表现得异常热情、真诚，但依然抹不掉对他的怀疑，她发现他的脸竟是那样的陌生，好像她从来不认识似的。噢，不，也许上辈子她是认识他的吧！只是后来他又消失在茫茫人海中了。她突然有点不自在，想问为什么他会喜欢她。是啊，他喜欢她什么，她有什么值得他喜欢的，她想也许他喜欢她只是他的一种错觉吧。而自己呢，原来自己是不曾了解他的，或许根本就不了解他。为什么他总是藏着许多事？一想到这，陈青再看向他的那张脸，她竟有些迷惑，她为什么会喜欢他呢？是因为他的眉宇间的神情让她找到了某种熟悉的感觉吗？

"你们这是在干吗呢？怎么还不出来吃饭啊？"蓓蓓大声喊着，然后看见他们互相对望着，Edison 一动不动。陈青这才走了出来。Edison 去了厨房盛了饭给她。

"谢谢！"陈青客气地说，言语间仿佛他们不再是恋人。

Edison 的表情也很僵硬，他在心里对自己说："她生病了，心情不好是应该的，体谅体谅她。"他又小心翼翼地夹了一些菜到她的碗里，随之而来的不是感谢，而是她又把菜夹回去了。

　　然后她又说："对了，我生病了，有细菌，会传染，你那碗饭倒掉吧！"这话一说出去，饭桌上的氛围就不太对了，蓓蓓看出 Edison 明显是不高兴了，也看得出她是故意惹他生气的，目的就是赶他走。其实蓓蓓很怕 Edison 放下筷子，立马就走，因为这意味着他们之间的关系将会更僵。作为陈青的好朋友，她不想他们弄成这样，到时候陈青不知道会变成什么样子，她真的很为她担心。好不容易从过去的情伤中走出来了，她不想陈青再次受伤，不想她再一次失魂落魄。Edison 看着低头在吃饭的陈青，什么也没说。

　　"我吃好了，先回房间了。"陈青放下碗筷对他们说。

　　"嗯，好，一会儿我拿药过来。"蓓蓓说。

　　"还是我拿过来吧！"Edison 说。

　　等陈青进了房间，Edison 端了两杯水，还有药，走进了房间，他坐在床沿边问她："好些了吗？"

　　她点了点头，他摸了一下她的额头，她并未拒绝。"来，先喝点水！"他把水递了过去，她怕水烫。他说："已经凉过了，是温的。"她放心地喝了下去。他又把药取出，拿在手心里，给她递过去，看着她吃下去，又给她另一杯水。Edison 把空杯子拿到了厨房。陈青以为他会马上回来的，没想到过了好几分钟了，他还没来，又觉得自己刚才是不是太过了。特别是在餐桌上吃饭的时候，其实他那么细心，那么体贴，为什么还要怪他呢？她又想起了他的好。

　　"你去哪了？"她问他。

　　"切水果，然后把水果在开水里稍微泡了一下，这样你吃起来就不会觉得冰了。才一会儿，你就挂念我了？不生气了吗？"他温柔地看着她。

　　她低下了头，害怕他看穿她的心，为什么心在跳，不是说不想看见他吗？为啥还是希望他对自己好。

Edison 温柔地靠近她，他拨弄着她的长发，然后趁她没有防备，霸道地吻了她。他的吻落在她的唇上，那么热情如火，却又那么柔软，好像他要把所有的秘密都告诉她，可是却又不足以表达他的所有情感。他看着她的脸庞，这张让他的心不再焦灼不安的面孔，他多想再停留一会儿，却又怕弄疼她，而不敢肆意妄为。"为什么你不理我，我做错什么了？"

望着他炙热的目光，她无言以对，为什么当他靠得那么近的时候，她总是很安心，很有安全感，这到底是为什么？她自己也想不明白。

她沉默不语，他又说他知道了她昨晚去喝酒："以后别这样了，好吗？我会心疼的。"她点了点头，她架不住他的柔情，好像怎么都逃脱不了他的手掌心。

"我下午有事先走了，你好好休息，好吗？"他对她说。

"什么？你不陪我了？"她抬起头问他。

"下午你好好睡觉。"他在她脸颊上亲了一下，就离开了房间。

她想生气，可是发现自己生气不起来，也许一个上午他都陪着她，她有点过意不去。她又陷入了纠结，头又开始痛了。也许是吃下的药起了作用，她躺下去就昏昏沉沉地睡着了。在梦里，曾经的蒋明羽出现了，微笑地看着他，却又突然消失了，她站在街角的一边怅然若失，等她转过头来的时候，却发现他一直在身后，他流着眼泪，默默地看着她。她醒了，眼角的泪滑落耳际，难道他还爱着我吗？那为什么不来找我呢？她轻轻拭去泪水，从暖和的被窝里爬了出来，觉得口渴了，想去倒点水，走过客厅，却发现蓓蓓睡在沙发上，睡得很沉，她去拿了毛毯给她盖上。陈青觉得自己头没有那么晕了，决定下楼去走一圈。

　　她在小区逛了一下，给Edison打了电话，没人接，但这次她没有生气。她顺道去附近超市买了一打酸奶和几个橙子，超市里空调温度打得很高，周末人也多，陈青就回去了。

　　"你不生气了？"蓓蓓问刚回来的陈青。

　　"嗯，不生气了，要再生气，发烧就好不了了。"

　　"我觉得他对你真的挺好的，可以考虑下结婚了。"蓓蓓说。

　　"什么？结婚？我可没想过呢！"陈青说。

　　"你年纪也不小了吧！难道你还想着他？"蓓蓓问。

　　"我，我，没有啦。"陈青支支吾吾地说。

　　"那你为啥不考虑呢？虽然Edison是在某些方面极端了些，那是因为男人比较霸道吧，所以才在背后调查你。我之前也觉得挺不可思议的，觉得怎么会有这样的男人，可是后来我发现也许每个人爱别人的方式不一样吧！有些人就是喜欢刨根问底，连对方的过往也不放过，好像只有那样才会找到安全感。你说呢？"

　　"我之前也一直觉得他是霸道了点，可是没想到他连我的过往也会计较。"

　　"你和蒋明羽那么多年的感情，是人都会在乎，都会介意的，更何况Edison是如此优秀的人。"

　　"他优秀所以我就该妥协吗？难道他不该亲自来问我？为什么要在背地里这样做？"

　　"你觉得如果他问你，你会说吗？"蓓蓓问。

　　"这，这……"陈青一时答不上来，其实她没有想过如果Edison真的问她的话，她该怎么说。

　　"所以他肯定知道你是不会告诉他的，更何况假如他问你，他把自己置于何地？男人都是要面子的。"

"我不知道，我真的不知道。也许我该认真思考一下这个问题了。"
陈青说。

"也许是你自己一直无法面对吧！"蓓蓓说。

"是呀，是我自己一直不敢提起，所以以为别人也不会介意的，原
来我还是不够了解他。想想也是啊，我到底了解他多少。"陈青陷入了
沉思。

"你们还是要好好谈一谈。"蓓蓓说。

"我明白有些事始终不能逃避，只是我需要时间。我不知道当我想
通了的时候，我面对的是什么，而我又会做出什么样的决定。"陈青迷
茫地望向前方，感觉结局并不乐观。她明白现在的自己，还是无法面对
自己的过往，她不希望有人冒犯，更不希望有人肆意进入她曾经的领地，
仿佛那是一片禁地。

陈青突然感到 Edison 对自己不好反而是一种另类解脱，可是现在
突然觉得是负重，因为不能给他什么，甚至没有将过去的事情一一向他
坦白而感到内疚。

"别想了，我们先吃晚饭吧，天都黑了。"蓓蓓说。

没有 Edison 陪伴的晚饭，陈青感到有一丝的不适。她望了望中午
Edison 坐过的位置，如今椅子整齐地摆放在那，其实她是希望他在的，
希望他给她夹菜，希望他哄她。等会儿他会来看她吗？为什么他走了，
她又希望他来，明明自己依恋着他，却为何还要佯装。她好想他能懂她，
懂她的所有，哪怕她什么都不讲，也只希望他能真正懂她，她希望他能
和她心有灵犀，也希望他能给自己空间，不要逼自己。

"怎么啦？"蓓蓓看着一旁发呆的陈青。

"这吃饭都还想谁呢？"

"没呢！"陈青说着夹了菜往嘴里送。

"还说没，口是心非的家伙，中午那样对人家，晚上吧，又是另外一幅景象，也不知道你这心里到底在想啥！"蓓蓓说。

"好啦，别批评人家啦，这不是在生病嘛！"陈青不好意思地看着蓓蓓。

"了解了解，你是病人，多吃点！"

吃完饭，两个人盘腿靠在沙发上。外面静悄悄的，她推开窗户，城市很繁华，只是繁华落尽以后会是什么样子的呢？因为陈青的事，蓓蓓也有点消沉。她觉得这座城市忽然变得陌生而又遥远，想起陈楚生的一首歌《有没有人告诉你》，"有没有人曾告诉你我很爱你。有没有人曾在你日记里哭泣。"原来每个人都是孤单的，人来到世上，无非就是要找到一个对她好的人，可是对我好的人，他在哪呢？蓓蓓陷入了沉思，她多想回到从前幼稚懵懂的时候，那时候无忧无虑的多好。原来人还是需要爱情的，即使在这过程中，有忧伤，有烦恼，但也会有爱的温暖，如阳光雨露般滋润着人的心田。原来自己也是脆弱的，脆弱到有时候只能假装坚强，假装嬉皮笑脸，以此忘掉所有的烦恼，原来自己也是需要被呵护的。

"你在想什么呢？明明开着电视机，眼神却发呆？"陈青在背后一拍蓓蓓的肩膀，她吓了一大跳。

"突然一下子觉得挺悲观的，也不知道怎么回事，也许是自己想太多了，总觉得很多事都不尽如人意。我原先还觉得吧，这个年纪肯定成家立业了，谁知道还是孤家寡人，房子也买不起，也没人追，不过，就算有人追也是怕了。"

　　"那个时候我们还小，谁也预料不到今后的事。读大学的时候，我还以为我和蒋明羽一毕业就会结婚呢。谁知道还没毕业，他就不见了。世上很多事都难以预料，我们只有不停地往前走，才可能有未来。如果自己对自己都没有信心，那么谁又会相信我们呢，你说对吗？"

　　"道理都懂，只是……"

　　"你猜我下午梦见谁了？"陈青低声地说。

　　"Who？"

　　"蒋明羽。"

　　"梦见什么？"蓓蓓似乎很有兴趣。

　　"我梦见他在流眼泪！而且在默默地看着我。"

　　"怎么会无缘无故地做这个梦，难道是老天在暗示你什么？"蓓蓓说。

　　"我也觉得很奇怪，已经很久没有梦到他了。"

　　"难道当年他离开是有不得已的苦衷吗？"

　　"有什么苦衷不能说呢，他有我的邮箱，可以给我写信啊。只要在地球上，怎么会联系不到呢？"陈青说。

　　"可是为什么在你的梦里，他会流泪？"

　　"是啊，我也觉得奇怪，而且感觉他一直在我身边，只是我没注意到而已。也太神奇了，他怎么会在我身边呢？不可能呀，我之前一直在找他呀，如果他在我身边，我怎么会不知道呢！这真令人迷惑。"陈青说完皱了皱眉头。

　　"老天说你的真命天子就在你身边，叫你别胡思乱想了，好好珍惜。"

　　"可梦中的那个人明明就是蒋明羽。"

"你别多想了，这只是一个梦而已。"

"哦！"陈青靠在沙发上，一动不动，蒋明羽这个名字她已经很久都不想提起了。他为什么要流眼泪？她可是等了他足足五年的时间，五年，她得有多累才能够坚持下来，都不知道心碎过多少次。他为什么不来找她？为什么？只是这一切还重要吗？

两个人絮絮叨叨地聊了好久，一直到晚上十一点，陈青才回了房间。

她躺在床上，久久无法入睡，她想起梦里的蒋明羽，也不知道他现在怎么样了。他现在在哪呢？他还好吗？如果出现了，为什么他不联系自己？为什么他要流眼泪？难道说他还爱着自己吗？想着想着她哭了，想着大学的美好时光，她简直不能自已，是爱还是恨，已经说不清了，难道自己心里还有他？如果说他出现了，她该怎么办？一想到这些问题，她的头痛得厉害，完全无法清醒。后半夜，陈青终于睡着了。她看见前面发生了车祸，她想过去看看，却怎么也过不去，一个很像 Edison 的男人满脸是血，从车里走了出来，陈青顿时吓晕了，倒在了地上，没有了知觉。

"青，青，快醒醒！"她好像听到有人在呼喊她，于是她慢慢地睁开了眼，看着面前模糊的脸。"我还活着吗？"她问。

"当然，当然还活着。"眼前竟然是 Edison。"你怎么了？怎么叫都叫不醒。"Edison 一脸担心地说。

"我，我……"陈青一下子扑进了 Edison 的怀中，紧紧地抱着他。

"你怎么了，傻瓜，我在，别担心。"他温柔地说。

她紧紧地抱着他的背部，把头靠在他的胸前，然后可怜巴巴地说："我做了一个噩梦，好吓人。"

"傻瓜，那只是一个梦，别怕，有我在。"Edison 抚摸着她的头发，目光柔和，深情地凝望着她。这个他爱的女人，一会儿让他生气，一会儿又让他心疼，此时此刻，却是如此脆弱，如此需要他的保护。"别胡思乱想了，好吗？"他说。

"嗯！"她不知道为什么连续两晚都做了奇怪的梦，而且刚刚还梦到 Edison 出了车祸。她很慌乱，却不能与 Edison 说，于是又缩回被子里遮住了眼睛。

Edison 静静地坐在一边。她发现外面没有动静了，以为他又走了，于是悄悄地探出头来，正好和他的目光对视，她又飞快地缩回了被窝里。而陈青总觉得有人盯着她看，于是睁开了眼，就看见有一张脸正认真地看着她。一股暖流涌进了心田。她略微张开双唇："你怎么这么盯着人家看。"

"我打扰到你了吗？"他温柔的声音再次响起。

"没！"

"不生我气了吧！"他的手在她的脸上轻抚着。

"我，我害怕。"陈青把头转向另一边，不看他。

"怕什么？"他轻声地问她。

陈青呆呆地看着他的下巴，他挺拔的鼻子，情不自禁地起身吻了他，刹那间，仿佛觉得他就是她要找的人。

"怎么了，突然这么看着我？"Edison 的眼神温柔地望着她。

"让我好好看看你！"

陈青发现她面前的这个男人有着和蒋明羽一样的眼神，可是为什么多了一丝忧伤，好像经历过什么却又不想留下痕迹，又好似隐藏了什么秘密似的。为什么这么久了，自己却从来没有发现，为什么他什么都不说。他的忧伤到底是为了谁？是为她吗？是却又不是。她在他的额头上轻轻地一吻，然后把头埋入了他怀中。

"我爱你！"Edison 说。她的心里快乐不由得荡漾开来。他热烈地吻了她，吻得她忘了世界，忘了蒋明羽，好像他就是蒋明羽。她被他的吻吸引着，温柔地回应着，两人缠绵在一起。

"你爱我吗？"他轻声细语地问。

"嗯！"她温柔地回应，紧紧地搂着他的脖颈，然后伏在他的肩上。

此时正值中午，外面阳光无限好！光线从玻璃窗里透射进来，好像这不是冬季，而是繁花盛开的春天。

早饭后，陈青坐进了 Edison 的车里，他拿出一条精致的玫红色羊毛围巾，给她围上了。"外面冷！"他又望着她的眼睛说，"喜欢吗？"

"喜欢！"她羞涩地微笑着，现在脖子一点也不怕冷风吹进来了。

两人来到公园，他牵着她的手，温暖而有力地握住了她，她能感受到来自他内心的温度，他的指尖柔软得像是女生的手，和蒋明羽很像，可此时此刻在她身边的明明是 Edison。她明白他就是她现在的幸福，她以为自己会一直孤独地走下去，等不到他的消息，仿佛她就会丧失了美丽，失去了对所有事物的兴趣。然而，上天终究是眷顾了她，可他不是蒋明羽，她明白，但是她真的也喜欢他，可是蒋明羽在她的心中，难道从此就磨灭了吗？

前面有四五个年轻又帅气的男孩们走过，其中有一人的背影与蒋明羽极其相似。她犹豫了，很想上前去看看，可是 Edison 牵着她的手，而且是紧紧地攥着，似乎一不小心她就会像鸟儿一样飞了似的。她想挣脱他的手，可是又怕他难过，又不忍失去机会。她目不转睛地盯着前面，眼看着前面的男孩走远了，要是再不上去看一看，恐怕会错过。于是她温柔地想甩掉他的手，可是不行，她的力气太小，前面的人越来越模糊了，陈青用力一甩他的手，拼命地往前跑，好像不这样的话，就会隔海相望似的。显然，Edison 完全没有反应过来，等他反应过来的时候，陈青已经在前面追赶了，他根本不知道这是啥情况，只得迈开步伐往前走。等他走近的时候，陈青坐在一处木凳子上，一脸的沮丧，围巾也被风吹得不成型了，她的额头上微微冒了汗，正望着前面发呆。这一幕让 Edison 很迷茫。

"你刚才跑什么呀？"他问她，并且在她旁边坐下来，帮她整理好围巾。

"没什么。"

"没什么？你不想说吗？"Edison 温柔的眼神让她不敢直视他，她逃开了他的眼睛。

"真的没什么。"她把头埋进了围巾里，手冻得通红。

他伸手想抱住她，可是她回避了。

"你到底怎么了？"他又一次温柔地问她。

"我没事。"

"我不信。"Edison 的声音不再温柔。

她抬起头，看见他的眼睛里有一股怒气，而他还在强忍着。

"你让我静一静！"陈青平静地说，和刚才温柔的她判若两人。

Edison 的心跟这天气一样骤冷，很冰，如同湖里的水。假如有个枕头，他真想把枕头直接摔在湖里。为什么她不说？为什么？他在心里几乎呐喊着：你到底把我当成什么？

陈青坐了很久也不愿离去，仿佛 Edison 是空气。

难道她能告诉他说她在追赶一个跟前男友长得很相像的人吗？她只好沉默，尤其面对他的温柔，她觉得沉默是最好的。可是这样，却让他痛苦，让他不自信。如果刚才的那个男孩是蒋明羽，她该怎么办？她该怎么面对他和蒋明羽。一个无限深情，一个残忍无情地离开，可为什么她的心里还是不能完全忘记蒋明羽。是 Edison 给的不够吗？假如有一天蒋明羽真的出现了，她会当作没有看到过吗？还是会狠狠地质问？或者会纠缠不休？她不知道，这一切她都无力承担，也无法承受，原本脆弱的自己大概会任由命运的摆布吧！她看着眼前的 Edison，却没办法说出自己的心里话，她当然是舍不得离开 Edison 的，可是如果他知道了她现在的心思，他还会容忍吗？他是那么霸道的一个人，她相信男人的占有欲很强，他怎么会容忍自己的心里还不能彻底放下蒋明羽。那样 Edison 会以为她只是把他当作心灵的寄托，那么他情何以堪，他的自尊何在？

　　爱情的游戏她不想玩，可是在别人看来，她似乎是在玩。也许当 Edison 了解到这一切的时候，他会离开她。难道说还要她求着他吗？这是她不可能做到的事，无论如何，她没法面对他。看着面前的这个男人，皱着眉头，即使自己再铁石心肠，仍知道他对她的心，可为什么自己无法诉说。难道说之前的事要尘封吗？他明明在意的，否则不可能暗地里调查，可为什么他不直说，是怕她为难吗？还是说他也许觉得即便他问了，她也未必会告诉他，到时候，两人的关系更不和谐，而他又不愿失去她。自私与无私之间到底哪个更可取？她又一次陷入了迷茫。

　　他小心翼翼地跟着她，生怕说错了话，因此一直没开口。她说：“我饿了。”

　　“什么？”他开心地问。

　　“我饿了。”她重复地说。

　　“太好了，我们去吃饭吧！”他眉开眼笑。

　　来到一家餐厅，他点了她爱吃的菜，然而气氛并不好，她不说话，而他只看着她。窗外一个人影走过，压低了帽檐，瞥了一眼陈青，然后快速离开。陈青回过神来，从座位上迅速离开，走出餐厅，跑到了窗外，可惜那人已经走远了。她并没有回到餐厅里，一个人在街上逛着，她想可能会碰到刚才那个人的，这儿这么繁华，她一定能碰到的。她只顾自己，却忘了在餐厅中守候的 Edison。一个小时后，他也离开了餐厅。

　　她一个人在街上游荡着，没人知道她此时的心情。如果 Edison 没有出现，那么现在的她会是什么样。她在一个台阶上坐了下来，望着来来往往的人，她觉得她是孤独的，没有人可以像蒋明羽那样包容她，再也没有人会心疼她，即使她知道 Edison 对她很好，她仍然找不到归宿感。如果连他也要离开自己，那么她还会活得下去吗？她想哭，可是没人出现，Edison 也没有出现。她想他一定走了。

　　"你在哪儿呢？"

　　"我在发呆呢！"陈青对着电话说。

　　"你不是和 Edison 在一起吗？发什么呆呀？"蓓蓓问。

　　"没有，我一个人。"陈青略带忧伤地说。

　　"他呢？"蓓蓓问。

　　"我不知道。"她说。

　　"你们又怎么了？刚出门的时候还好好的，现在怎么又这样了。"

　　"是我的问题，跟他没有关系。"陈青说。

　　"怎么会是你的问题，你又没有做错什么。"蓓蓓一脸的不解。

　　"我刚才在湖边看见有个人长得很像蒋明羽。"陈青说。

　　"然后呢？"蓓蓓还以为陈青见到蒋明羽了。

　　"然后我就去追赶，结果发现不是。"说这话时候的陈青眼里散发出一丝光芒。

"你们就为这事吵架？"

"不是的，他不知道。"陈青又继续说道，"后来我们一起去吃饭，在等菜的时候，我就跑出去了，因为窗外有个戴帽子的男人很像他。

"像蒋明羽？"

"嗯。"

"他知道了？"

"我不清楚。"

"他给你打电话了吗？"蓓蓓问。

"没有。"

"然后你就在这一直坐着？你怎么不回餐厅和他一起吃饭呢？"蓓蓓觉得陈青太不可思议了。

"我也不知道，我就莫名其妙地在路上走着。"

"哎呀，你们这是干吗？你们这样相互折磨有意思吗？"

"你不懂的。"

"我怎么不懂，我是看着你们这样过来的，你说我懂不懂？"

"那么我该怎么办？"陈青问她。

"你给他打电话呀。"

"我不打。"

"你这样，他肯定感觉到了，你说他会开心吗？他会觉得你无法理解，他肯定很难过。"

"可是我又想起了蒋明羽，怎么办？"陈青问这话的时候，希望蓓蓓能让她走出迷茫，不要让她难以抉择。

"那都是过去的事了，难道你不该忘记过去吗？你老是沉浸在过去的旋涡里，你会快乐吗？你看这些年你是怎么过的。Edison 对你这么好，你难道不应该把心思全放在他身上吗？"

"可是我感觉蒋明羽他要出现了！"

"就算他出现了，你们能怎样？他还会记得你吗？你们都 5 年没见了，也许他早就有心上人了吧！"

"哦！"

"就算他出现了，能补偿得了这几年你的悲伤吗？你还会再相信他吗？也许他只有愧疚和歉意而已。"

陈青又哦了一声，她静静地听着蓓蓓的话。

"难道你还想给他再一次伤害你的机会吗？"蓓蓓毫不留情地问。

"不，我不想再受伤害了。"陈青明白自己的心已经很累了，很疲倦了，她当然不希望再一次受到伤害。

"珍惜 Edison 吧！"

"可是我总觉得我和他之间好像有一条河，怎么也迈不过去，我不知道到底是什么，可是冥冥之中，这样的感觉越来越强烈，有时候，让我无法呼吸，但是我又说不出这是怎样的一种感觉。"

"哎，感情的事真是说不清楚。"蓓蓓思考了一会儿才说。

"是不是我想得太多了？"陈青问。

"你呀，一会儿这样，一会儿又那样，真搞不懂他为什么会喜欢你？"

"什么呀，你还说我，我都烦死了。"

"你和他吃饭，无缘无故跑出去找别人，这换作谁，都会受不了的。"

"他又没追出去。"陈青不满地说。

"你呀，要求太高，总是这样，挺累的。"

"不说这些了。"

"哎，真服了你了！"蓓蓓表示很无奈，对于陈青的想法她也只能听之任之。

Edison 开着车四处兜风，不料遇见了曾追求他的一个女孩，也是 Allen 的朋友。高挑的个子，一头棕黄色长发，长相挺标致，然而却太标致，让 Edison 感到不太真实，这或许也是他之前拒绝她的理由吧！

"哟，Edison，你怎么一个人呀！"女孩问。

"噢，呵呵，好久不见！"

"听说你有一个很不错的女友啊，怎么大冬天的一个人在晃呀？"女孩的话有点尖酸的意味，也许是报仇来了。

"谈恋爱也要自由嘛！"

"也对，我还以为你挺花心的呢，谁知你还挺专一哈！"

"谢谢，谢谢！"Edison 双手合十表示感谢。

"怎么，和女友闹矛盾了？"

"算是吧！"

"搞定女生还不容易嘛，一枚戒指就能搞定。你别告诉我，你对她没办法。"

"是呀，真让你笑话了。"

"要不，直接来个求婚呗，你思想这么先进的人，不会这么没有行动力吧，Edison，你真让我大跌眼镜呀。"女孩叹了一口气。

"就是不知道女生到底在想啥，一会儿这样，一会儿那样，情绪变得很快。"Edison 道出了自己的迷惑。

"简单呀，缺乏安全感呗，变着法儿让你难受，看看你是否在乎她。"

"你们女生都这样吗？"

"可不是嘛，就是严重缺乏安全感，所以你就要给她安全感，让她觉得踏实。你要是认定她了，何不直接来个求婚，给她一颗定心丸。"

"原来你们女生要的是这个。"Edison 琢磨了一会儿。

"要不，你请我喝杯咖啡。"女孩微笑着看他。

"没问题呀。"Edison 大方地说。

"哈哈，和你开玩笑呢，我约了人，Bye-bye！"

女孩走后，Edison 陷入了沉思，难道自己真的要向她求婚吗？他是她的唯一吗？为什么自己总感觉她没有完全把心交出来，今天下午逛街和晚上吃饭的时候，不就证明了她有心事吗？为什么不告诉他？如果她的心里还有别人，他能忍受得了吗？她是真心爱自己的吗？如果自己不是她的唯一，该怎么办？他不想强人所难。难道过去，她对他的温柔都是假的？他不信，可是她到底想要什么？她是不是想结婚了呢？他的头又开始疼了，只觉得一阵心烦。此时 Allen 来电说美国的威廉博士年底可能会来中国，问他到时候是否能见上一面。Edison 欣喜若狂，这表明自己恢复记忆有了希望，只是那位女孩却还没找到。现在自己和陈青这个情况，如果再去麻烦蓓蓓，也不是上策，可是他该如何找到这位女孩呢？放下电话后不久，他就陷入了抓狂的状态。他想去喝酒，可是他知道不能，喝酒误事，他是明白的。他去街边小店买了一包烟，放在座位上，把车开到了郊外。点起一根烟，车载音乐传来摇滚的声音，原来无言就是寂寞。他想起了她的温柔，她的小嘴唇，她的可爱，她唇边的吻，这些足以让他深陷其中。然而他知道她是不满足的，这个外表柔弱、内心也脆弱的女孩，真的是他以为的那个样子吗？他开始怀疑了，为什么真正了解一个人这么难，难道就不能简单点吗？

烟抽了一根又一根，望着遥远的月亮，他对着天空发呆。月亮，你可知我心？直到深夜，他才回到了家。衣服没脱，也不整理自己，就这样倒头就睡了。

第二天一早，他来到办公室，工作人员都吃了一惊。

"Edison 哥这是怎么了？"

"不知道呀，咋成这样了？"

"我看他有心事。"

办公室的人七嘴八舌地议论开来，令他们想不到的是那么爱干净的 Edison 今天会是这样衣衫不整。

陈青一到办公室，也是吃了一惊，但她不动声色，照例给他泡了一杯茶，她看了看他疲倦的容颜，而他躲开了她的眼神。他这是怎么了？她心想。昨晚发生什么了吗？难道他这样子是为了她吗？她的心突然被什么东西刺了一下。

"你愣着干什么，赶快把这些资料整理一下，送到十楼。"

她回过神来，听到他命令自己做事情，这语气跟她刚进来的那段时间一样，很官方，明显是上司催促下属办事的节奏。她认真地看了他一眼，他也回望了她一眼，但马上就把视线转移开了。"哦，我知道了。"她进入了工作状态。

等到稍微空闲的时候，她问他："你这是怎么了？"他不语。

"昨晚没睡好吗？"她又问。

"这是工作时间。"他认真而又严肃地说。

一整个上午，除了工作上的交流之外，他们没再说话。午餐时间，两人坐在沙发上用餐，他吃他的，她吃她的，他连眼皮都没抬一下。她终于忍无可忍，他居然这样对她，她受不了。她终于按捺不住内心的怒火，轻声地问他："你怎么了？"他装作没听见，继续吃他的饭。她忍受不了他的冷淡，凭什么就突然对她冷淡了。在他看来，她是不懂他的，曾经他以为她会懂他的。他这样难道不就是因为她吗？她为什么还装作什么事都没发生过一样。他想要什么难道她不知道吗？他的憔悴不就是因为她吗？她还要把自己逼到什么分上，一定要他说出来才行吗？

"你到底怎么了？"她突然放下筷子，大声地问。

"我怎么了跟你有关系吗？"Edison 站了起来，俯视着她说。

"我，我……"陈青听到他这样对自己说，差点要掉眼泪了，他这是怎么了，他难道不在乎我了吗？昨天上午还说爱自己的，怎么今天就变成这样了。

他看了她一眼，眼里不再温柔。他从抽屉里拿出一包烟，点起了一根烟，然后又坐到了沙发上，故意吐得烟雾缭绕的。

"吸烟有害健康。"她说。

"你管得着我的健康吗？"他盯着她问。

"你别这样。"她的语气柔软了很多。

"用不着你管。"说出这话的时候，他的心明明很痛，他怎么忍心伤害她，怎么忍心伤害自己爱的人。

"办公室不准吸烟。"她温和地劝他。

"这是我的办公室。我想怎样就怎样。"

陈青忙完了一天的工作，她打算收拾一下就下班了。一整个下午她都没和 Edison 说话，她明白说了只会让他更生气，她不想惹恼他。其实她想和他近距离说话，她看他的时候，他明显在躲着她。她不知道他的内心有多压抑，他多希望她在乎他，靠近他，让他不要胡思乱想。可是她保持着距离，因为她害怕他发火，有好几次她想开口，可是看见他躲闪着自己的眼神，她又止住了心里的话。难道说她真的爱上了他，同时她也忘不了蒋明羽吗？她一个人在办公室里走来走去，工作上的事情都差不多完成了，他一句话也没有。如果今天他请她吃饭，她无论如何一定会陪他好好吃饭的，可是他没有开口。她在等他开口，看着外面的同事们都陆陆续续地下班了，都走了，她心里更加不是滋味。这时，Edison终于开口了："下班了，你可以走了。"等来的竟是这句话。"可恶。"她在心里说。这分明是不在乎的先兆，她很生气，从抽屉里拿起包，拔腿就走。实在是太没面子了，他一定知道了她在等他说话，看穿了她，才这样说的。走就走呗，谁稀罕，陈青真是怒火中烧。

　　来到楼下，一个人，她突然感到难以适从，心里空落落的，他不再哄着自己了，他都懒得和自己说话，更别提他为何如此对待自己。心里的失落感油然而生，当她把这样的心情显示在脸上的时候，可想而知有多么难看了。然而没等她走出多远，就被面前的一位俊朗少年拦住了去处。陈青在想着心事，所以根本没发现面前的人朝她做鬼脸。她傻傻地站立在那儿，好像没有人拦住她。

　　"姐，你怎么了，不认识我了？"俊朗少年说。

　　这时陈青才清醒过来，看着眼前的少年。那么此人是谁呢？陈青看到他，脸上露出了笑容。"啥时候回来的？"

　　"刚回来几天呢，学校里刚好放假，我太想念你们了。"

　　"瞧你这嘴甜的。"

　　"姐，你刚怎么了，有心事？"少年看姐姐的神情不太对劲，一眼就看穿了陈青的心事。

　　"没。"

　　"我送你回家吧！"

　　陈青坐在了少年的车里，原来他是她的表弟，刚从国外回来，少年的意气风发让陈青不再那么郁闷，她又想起了她的大学时代。

少年给陈青讲了好多学校里好玩的事情和国外的见闻，惹得陈青哈哈大笑。年轻真好，可以肆无忌惮，陈青心想。

然而，这一幕被楼上的 Edison 全看在眼里，他生气、纠结、气愤。"想不到你背着我又找了个小屁孩，是嫌我老了吗？怪不得昨天就不对劲，我还以为你有什么心事呢，原来都是伪装的，你根本就是花心，还在我面前装得那么温柔可人的样子。"他把办公桌上的文件拿起来砸在了地上，"反正明天也是你收拾。"他嫉妒极了，可是刚才不是自己叫她走的吗？一想到这，他懊恼极了，强烈的占有欲让他无比的难受，他怎么会容忍自己心爱的女人坐进别人的车里，还和对方有说有笑的，而且对方还是个比他年轻很多的小孩，他实在气不过。可是难道叫他现在就给她打电话吗？他才不呢，凭什么，明明是她搞不清楚在先，为什么要他妥协。他心急如焚，但是根本起不了作用。"这个女人到底想要干什么？"他知道自己必须冷静，去喝了一口她泡的茶，心情稍微好了些。

他在想必须得想个办法抓住她的心，顺便和她解释下自己为什么会不理她。他想要告诉她他是多么在乎她，所以才不理会她的，希望她不要生气。这样想之后，他的心情平复了些，去附近的餐厅吃了饭，看看手机，没有她的电话，一阵寂寞。在星巴克喝咖啡的时候，他想到了一个办法，虽然看上去有些蠢，但实属无奈之举，在平时他压根儿就不屑采用这样的方法。想想自己一个富家公子，却因为她而变得如此狼狈，他的心情实在是糟透了。他打算不再绅士了，他不想逼她，可是已经到了这份儿上了，他必须要下点猛药才行。据说很多女孩子会吃这一套，他决定试一试，他要加快步伐，他不想坐以待毙。

他回到家以后，冲了澡，洗了头，但是仍然没有刮胡子。他洒上了古龙水，他想让她醉倒在他怀里，不想让她挣脱，他要紧紧地抓住她，不让她逃跑。房间里弥漫着一种温馨而又浪漫的气息,他将灯光调成了微暗模式。他给她发了一条微信:"我头痛,你快点来!"然后又给她打了电话,只是还未等陈青接通,他就挂了。

此时的陈青在家里,刚好打算睡觉了,听到电话声响起,可还未接通为啥就挂掉了呢?她正在疑惑,手机屏幕上显示一条未读信息。她傻眼了。"他生病了?"一个念头在她的脑海中闪过,他不会晕倒吧!她马上将电话拨了过去,无人接听。她着急了,他一个人在家要是晕倒了可怎么办呀?她拿起包,穿上外套。

"这么晚了,你去哪呀?"

"妈,我出去一下。"陈青和妈妈打了招呼后,就穿上平底鞋,飞奔而去,她担心,怕万一他有什么不测,她在门口拦了一辆出租车。"师傅,麻烦你开快点。"

她以飞一样的速度跑到 Edison 的家里,打开他家的房门,屋里静悄悄的,安静得可怕。她走到他的卧室,摸了摸 Edison 的额头,看他呼吸正常,她凑近他的脸,感受他的气息,本想摇一摇他,没想到这时 Edison 搂住了她的脖子,脸贴在了她被寒风冻得红通通的脸上。

"你,你不是说你头痛吗?"她又生气又开心,生气的是他肯定骗她了,开心的是他没事,一切都好。

"我之前真的头痛,你来了,就不痛了。"他温柔地说。

"你,你骗人。"她想生气,可是竟然有种说不出的喜悦。

"你是在乎我的,对吗?"他从床上坐了起来,凝望着她。

"你,你就会欺负我。"而此时他握着她冰冷的手。

"别离开我,陪我好吗?"他无限深情地对她说。

她靠在了他怀中,又在他的耳边说:"你好坏,这样对我。我都快吓死了，我以为，我以为你……"

他捧起她的脸，满眼都是泪珠的脸，心疼地说："以为我怎么了？"

"我，我不说。"她害羞地低下了头，不敢看他。

"明明在乎，你为什么要假装不在乎呢？"他问。

"我没有。"想了一下她又说，"你今天白天为什么不理我哦？"

"傻瓜，我想气气你。"他温和地说。

"你好坏，又吓我又气我。你到底想要怎样嘛！"她又撒娇又生气地看着他，而他的眼里全是她。

"下班了，谁接你回去的？"他温柔地问她。

"我表弟。"

"噢，我还以为是别人呢！"

"你就会胡思乱想！我该怎么惩罚你！"陈青又埋怨又撒娇地说。

"我爱你！"

当他说出这三个字的时候，她的内心无比的喜悦和温暖。这一刻，她有了想嫁给他的念头，觉得找到了人生的归宿。明明自己也是在乎他的，为什么却偏偏要装出不在乎的样子。

"我要你好好的。"说完，她吻了他，深深的一个吻，是他一直渴望的。他搂住了她的细腰，温柔而有力。

两人深情地拥吻在一起。Edison感受到了从未有过的快乐和幸福。

第十八章 ／ 快 乐

蓓蓓几天不见陈青，甚是想念，于是约她一起吃晚饭。陈青推脱说自己有事。蓓蓓很生气："怎么啦，你重色轻友啊，有了心爱的人，就忘了闺密，是吗？"

"怎么会。"陈青道。

"那我在一茶一坐等你，你不来，我就再也不想理你了。"

"这么绝？"

"姐们这几天闷得慌呢，好寂寞！"蓓蓓故意撒娇道。

"好吧！"

当蓓蓓见到陈青的时候，她大吃一惊："姐们，你是吃了什么灵丹妙药了吗？"

"什么？"

"你别装蒜了，难道说你去打了胶原蛋白针，还是去韩国了？"

"瞎说，我才不要打什么美白针、瘦脸针呢，更别说去韩国了。"

"这？"

"你知道我不喜欢那些玩意儿，我要的是自然美，素颜美，懂不？"

"懂，懂，懂，当然懂。可你的脸，这气色着实和之前的大相径庭。我很好奇，你有啥秘诀吗？"

陈青脸红了，微笑得很不自然，好像偷偷摸摸地背着蓓蓓做了什么不该做的事似的。其实她只是享受到了爱情的甜蜜，有谁能抗拒得了被一个人爱的感觉，对方如此炽热和热情，她安心了，于是睡眠也好了，心情也好了，不再胡思乱想了。她是沉浸在爱情的海洋中了，如此幸福，如此快乐，仿佛卸下了重担，找到了前进的航向。

一会儿，Edison 来电了，陈青看了一下手机，嘴巴微微一笑，然后用很轻柔的声音说："我在吃饭呢。嗯，和蓓蓓。"

他俩说话的时候，陈青当蓓蓓不在，说话的声音细得惹人嫉妒，柔得只有和情人说话才会那样。看起来，陈青心情很愉悦，蓓蓓想。

"你们这是……"蓓蓓虽然猜到了十有八九，他们的感情又前进了一步，"讨厌，你们只顾自己，忘了我！"

"好啦，亲爱的蓓蓓，这顿我请呗。"

"得了，别对我也这么肉麻，我会吐的哦。"

"哈哈！"

"我就知道你重色轻友，为啥这几天都不见人影，去哪了？"

"没去哪呀。"陈青无辜地说。

"坦白从宽，如实招来！"

"哟，你又不是包拯。"

"快点啦，不说我生气了哦。"

"好吧，我说，我说。"陈青举起双手，"我在家睡觉呢。我发现他是个好男人，而且对我也不错，突然之间心就不空虚了，感觉安心了，感到了从未有过的轻松，不再像以前那样整天想东想西了，所以下班了就回家，每天都早早地睡了，也没有那么多烦恼了。以前睡眠总是很糟糕，心情总是郁闷着，现在无比的轻松快乐，觉得未来的一切都是美好的，有无限的憧憬和向往。"

"天哪，我突然看到了一幅幸福的蓝图，它正在向我们招手。"

陈青开心地笑了："我一直以为我和他总是若即若离、忽远忽近的，现在我终于明白了彼此的心意。我在乎他，我担心他，在他的怀里我很安静，就像回到了从前，可我明白他是 Edison。"

"哇，这是要闪瞎我的眼吗？你们这么幸福。我羡慕死啦！"

"哈哈，别羡慕，你的白马王子也马上就会来的。"

"青，你的好运气终于来了，他那么爱你。你以前总说自己运气不好，现在，你终于可以骄傲地说，我有好运气啦！"

"是啊，上天总会垂青于不放弃的我们。其实，早在最初见到他的时候，我就有种特别奇怪的感觉，似曾相识，但是又说不出来的感觉。原来，这就是预兆。"

"那我算你们的月老吗？"蓓蓓调皮地说。

"你说呢？哈哈！"

"我该准备红包了。"

"什么红包呀，还没到结婚这一步呢！"

"我看快了，我等着呢！我还是先赚钱把你们的红包准备好。"蓓蓓说。

"你瞎说什么呀，离那还早呢！"陈青害羞地说。

"你听我说的没错，你们肯定快了。"

"我才不要那么快呢！"

"幸福要牢牢抓住哦！"蓓蓓认真地说。

开心地吃过这顿饭后，陈青回了家。"你去哪了呀？这几天都早早地回来了，怎么今天这么晚，大冬天的早点回家。好不容易这几天气色好一些了。"

"我知道了，妈。我和蓓蓓去吃饭了，聊了一会儿。"

"哦，妈没有要怪你的意思，年轻人出去玩是应该的。这不，也不知道是谁，送来了一束花呢！"

"啊？什么？"

母亲指着客厅茶几上的一大束鲜花，陈青顿时傻眼了。她走过去，大红的玫瑰花，上面点满了满天星，一股芬芳布满了整个屋子，让冬天不再寒冷。

"哪个男孩子送的？"

"妈。"陈青不好意思，可是心里却充满了幸福的味道。她打开卡片："亲爱的，喜欢吗？我想你！"落款处是 Edison。

"好了，妈不管你了，有人喜欢你，妈就开心，也放心了。"母亲显然是开心的。她去了厨房里，从蒸锅里端出一碗荔枝汤。

她给他发了微信："花收到了，谢谢。"

没过十秒钟，他回了："我不要你说谢谢，我会不高兴的。"然后又发了一条信息："想我了吗？"

陈青发了一个害羞的表情过去。Edison 随即又发了一条："晚安，宝贝，要早点睡哦！"

"嗯。"陈青按了确定键。

"快，趁热吃吧！"母亲催她。

"知道了，妈妈！"

　　喝完荔枝汤后，陈青把玫瑰花插在了花瓶里。她想起了以前蒋明羽也给她送过花，那时候的自己也是幸福开心的样子。然而记忆马上被拉回到了现在。夜深了，四处静悄悄的，母亲睡下了。陈青回到房里，进入了梦乡。

　　幸福的日子总是过得很快，Edison 看陈青的目光深情而又柔情，仿佛上一辈子他已经对她深情过一样，这一世他仍忘怀不了她，所以他们又相遇了。

　　陈青下班回到家中，母亲已烧好一桌子的菜，而她明显瞥见了客厅的茶几上摆放着很多包装精美的礼品。

　　"妈，怎么这么多东西，这是要送给谁？"

　　"你也不知道？"母亲惊讶之余看着陈青，她还以为陈青知道呢。

　　"这不是你买来送人的？"陈青问。

　　"当然不是，下午有人送来，上面的名字是你。"

　　"送给我？"陈青仔细地看了一下，有阿胶补血冲剂、阿胶核桃膏、东阿阿胶，还有一些也不知道是什么，总之都是些补品类。

　　陈青的手机振动了一下。"收到了吗，亲爱的？"

　　"妈，我知道了是谁送的。"

　　"你男朋友？"

　　陈青点了点头："我又没生病，他送这些东西干什么呀，真是的。"

　　"你男朋友挺有心，改天带来让妈瞧瞧。"母亲说。

　　陈青哦了一声。

　　晚饭后，她回到了房间。"你送这么多东西，吓死我了。"陈青按了确认键，一条微信发过去了。

　　"吓什么吓，你要好好补一补。"

"你讨厌！"

"难道你没感受到我的关心吗？我可从来不会对别的女人这样。"

"这么说，我非常荣幸了。"

"嘿嘿，我在乎你才这样。对了，那个阿胶膏可以当零食吃，每天吃两片。你手这么冰冷，吃了会有效果的。"

"那好吧，要是我不吃呢？"

"你要是不吃，我就，我就……"

"你就什么？"陈青生气了。

"我就继续送呀，直到你吃为止。"

"你强迫我吃吗？"

"难道要我喂你吃吗？"

"去，哼。"

"乖啦，听话，不听话不喜欢哦！"

"哼，哼。"她发了一个傲慢的表情。

"想我哦！我和表哥有事，亲爱的，多吃点哦！"

这一夜，陈青心满意足地睡着了。

她梦见她的房间里堆满了各种各样的东西，刚开始她是兴奋的，可后来她看着房间里越来越多的东西，她恐惧了，直到天亮醒来。"哎，我这又是做的什么乱七八糟的梦啊。"想起昨晚他对她说的话，她感到既甜蜜又忧伤。

"早安，我想你了！"他发来了问候语。她笑了，阳光正灿烂地斜射进房间，映衬在她的脸上。她伸了个懒腰，内心充满了温暖。

一整天的工作时间，她都认真而专注，这令 Edison 更加刮目相看。他本以为她只是柔弱的女生，是需要保护的女生，可是当他看到她认真工作的样子，他越发喜欢她，是他内心一直以来想要的女生，这算是意外的发现吗？ Edison 禁不住一阵窃喜，原来她如此优秀。他想和她寸步不离。"晚上去我那！"他说。

"晚上我有事呢！"陈青用柔和的语气说。

"可是我，我……"Edison 很明显是在向陈青撒娇。

她看到他这样忍不住笑出了声。

"你笑我干吗？"

"乖啦。"

"我不要，我要你陪我嘛！"Edison 此刻的表情就像孩童般天真可爱。

"我送你回家后，我再回家，好吗？"

两人一起吃过晚饭后，回到了 Edison 的家里。

陈青吻了他，Edison 闭上了眼睛，陷入了陶醉的状态。他搂住了她，不让她走。他凝视着她的眼睛，温柔地说："我想和你时时刻刻都在一起。"

"傻瓜，我也是！"

他从抽屉里拿出一串项链，上面镶满了大大小小的钻石，在灯光的映射下，璀璨而又夺目。他给她戴上。

"喜欢吗？"

"嗯，喜欢！"她低下了头。

在他眼里，此时的她如此的迷人。他的心怦怦地在跳，好像他来到世上等的就是她，没有她，他不知道怎样活下去，没有她，他就是一个花花公子，是找不到心灵归宿的男人。有了她，他觉得一切都是那么自然，那么安定，但是却又像是被什么牵绊住了一样，他说不出是什么，但他明白，她在他心里的重量。有时候，他甚至想将她捆绑起来，不让她离开自己的视线，可当理智回归的时候，他又了解自己这样的想法是多么的可怕。可有时候，他又压抑不了自己的这种想法，想强烈地把她占为己有，却又明白面对她时，他一切不好的想法都会烟消云散，这就是她的魅力。他明白，自己不管用多么自以为是的方式也不足以表达他对她的感情，他炽热的心犹如火山爆发一般地涌现在她面前，但他又极力地克制，怕灼伤了她，怕伤害到她。他明白，物极必反。

他的呼吸声急促而又有节奏，她怎能感受不到他内心的狂热，可她也害怕，怕他只是一时的热情，她怕他离开她，怕他不够专一。然而，他的双唇紧紧地，而又温存地贴在了她的唇瓣上，她能感受到来自他灵魂深处的情意，但在此刻，他却放开了她，他怕他给的太多，她承受不了。可她意犹未尽，她搂住了他的脖颈，让他感受到她内心的柔情，她不想他放开自己，她希望他就这样一直爱着她。她对他产生了依恋，或者说她也想黏着他。此刻，他的内心是快乐的，她温柔得像只小猫，满足了他作为男人的征服欲。他的鼻子紧贴着她，传达着彼此的情意。她靠在了他的肩膀上，闭上了双眼。此时，他的肩膀那么宽厚、有力，让她觉得很有安全感。感情慢慢地升华，他们越来越依赖彼此，仿佛就是彼此的空气，没有了一方，另一方会无法呼吸。

两人持续升温的感情处在了稳定中，本来是很令人开心的事情，只是 Edison 的烦恼也一天比一天多。他在想，他曾经遭遇的车祸以及自己失忆的事是不是该坦然地告诉陈青。如果说之前他还害怕的话，那是因为情感还没有发展到稳定阶段，可是现在这个时候，难道说还是要捂着吗？他明白她的心里面有了他的位置，而且她也舍不得离开自己，是时候该告诉她了吗？他犹豫不决。她会同意自己去找那位女孩吗？

一天傍晚，Edison 送陈青回家，快下车的时候，他拿了一条羊毛毯给陈青："你手脚冰冷，冬天一定要保暖些，我托人去澳洲买了羊毛毯。"

"不用，你老是浪费钱。"陈青说。

"你的身体最重要。"Edison 笑意盈盈地说。

"不要老买东西了，你该存点钱。"陈青望着他说。

"怎么，管起我的钱来了？"Edison 哈哈大笑起来。

"讨厌！"陈青撒娇而又温柔地说。

"做我的太太，我的钱就归你管。"Edison 似笑非笑而又认真地说。

"你坏，我走了。"陈青满脸通红地从车里跳了出来。

Edison 看着她走进了小区里，觉得她真是太可爱了，而她竟然没有回头，可这羊毛毯还在他车里呢。"这粗心的孩子。"Edison 嘀咕了一句。

冬日暖阳照耀着这座城市，大街上的人群熙熙攘攘，仿佛马上就要过节了一样。蓓蓓正在必胜客门口等候着陈青，她远远地看见陈青朝这方向走来，于是走了上去："怎么这么慢呀，不是说好了你等我吗？咋成了我等你了呢？"

"这不办公室里的事耽搁了一会儿。"陈青微笑着又不好意思地说。

"我知道了，现在这办公室也成了自家的了，所以才这么拼命。"

陈青一听她这话，扑哧一声就笑了："什么呀，我以前也没偷懒过呀，我怕出来吃饭排个队什么的，等会儿回去晚了也不好，所以让你久等了哦！"

"好了啦，你跟我还来这一套。"

"喏，送给你。"陈青把手中拎着的手提袋给了蓓蓓。

"这是什么呀？"蓓蓓张大了嘴巴问。

"别这么惊讶，又不是什么贵重的东西，干吗这么惊讶？"陈青说。

"阿胶膏？"

"对啊。"

"给我？"

"这么啰唆。"

"我又不是七老八十，又不是体弱病者。"

"别这么多废话啦，你就当零食吃，又不用炖啊，煮啊之类的，拿起来就可以直接吃了。"

"好吧，谢谢。应该是补血的吧！"

"对啦，你要是不想吃，给你妈也行。"

"知道了，你还想得这么周到。今天，我请你！"

"不用啦，我来就好啦。你不是要存钱买房吗？要节约，知道不。"

"遵命！"

两人走进了餐厅，等餐的间隙，无话不谈。蓓蓓问陈青元旦马上就要来了，问她有什么打算。陈青反问她，能有什么打算啊，不就这样呗。

"难道你们俩那个……"蓓蓓神秘地说。

"哪个呀？"陈青被蓓蓓问得有些晕头转向。

"就是你们是不是要度个假啊什么的，或者至少也得在城中最高档的地方预订个情侣套餐之类的吧，或者他带你去巴黎老佛爷购个物，看个埃菲尔铁塔什么的，要不也得去个意大利米兰什么的吧，这可是个难得的假日呀，好好把握哦。要是嫌欧洲太远，怎么着也得去趟马尔代夫吧，或者巴厘岛之类的。"

"什么呀，我都没想过呢！"陈青说。

"那你现在开始想，像我这样没男朋友的人，那是没办法，只好孤家寡人逛个街、吃个饭啥的，要不是为了买房，我也飞去马尔代夫，好好享受下人生，看看大海，看看蓝天，穿着比基尼在沙滩上走来走去。"

"我真的不想去想啦！"陈青无奈地说，在她心里，她确实也没想过这个假期要怎么过。

"你可以暗示下他，让他给你们的假期做个安排。"蓓蓓给她支招。

"这样不好吧，再说我也不想出远门，来回旅途挺累人的。"

"那你们就去东南亚的岛屿上度个假，享受下私密生活，就几个小时的飞机。说不定你们……哈哈。"蓓蓓忍不住掩嘴而笑。

"你笑什么呀，我们能怎样呀。"陈青矜持地说。

"反正你懂的啦！"

陈青若有所思，她望向前方，望着窗外，不知道孤独地度过了多少个元旦，每次她总以为上帝会给她一个惊喜，以为蒋明羽会从天而降，然而没有，当她一次次徘徊在无人的街头时，她才明白元旦是属于那些幸福的人的，而忧伤的她又怎么适合过这么美好的节日呢。她靠在墙边，看着蒋明羽的照片任凭眼泪不停地流淌，直到眼睛肿得跟个包子似的，直到憔悴的容颜爬上岁月的光景，直到彻底的心痛，而她还在祈求老天爷让他出现一次。"我多想和你见一面，在街角的咖啡店。"即使有可能他已不再爱她，她仍想再见他一面，然后不管他是消失还是停留，她都不想勉强他。想到这些，她眼角有泪溢了出来，虽然她强忍着，但还是不争气地掉落。

"你怎么了？"蓓蓓看到陈青这样，着急地问。

"哦，没，没什么，只是眼里进沙子了，揉一揉就会好的。"陈青一面掩饰一面拭去了眼角的泪水。

难道蓓蓓就一点也看不出陈青到底怎么了吗？她怎能不知，她们多年的友情不是随便说说的。她完全知道陈青在蒋明羽生日的那些晚上，每次都喝得大醉，一边骂一边掉眼泪，一边拼命地喝酒，似乎只有那样，她才会减轻痛苦，才会忘了他。每次蓓蓓都心如刀绞，只是作为好朋友，除了陪着她，还能做什么，她明白那些大学时光是再也回不去了，而陈青却执迷不悟，妄想着有一天他会突然出现，要是他想出现，他早就出现了。蓓蓓劝她也没用，只好作罢。

"你别这样，Edison 会难过的。"蓓蓓劝慰她。

"嗯，我知道的。"

"那些不开心的全都随风去吧，好吗？"蓓蓓说。

"嗯！"

走出餐厅，午后的阳光很温暖，她们在公园里散步。前面的情侣手拉着手，就像当年的陈青与蒋明羽。陈青呆呆地看着他们的背影，连 Edison 打来的电话也没有接。她想起那个时候，他也曾牵着她的手，漫步在校园的林荫小道上。他温暖的手握着她冰冷的手。蓓蓓在后面跟了上去，看到这一幕："你不要告诉我，你还是忘不了蒋明羽。"

陈青默不作声，她不知道，她真的不想知道自己的心。她傻傻地坐在公园的长椅上，默默地望着天空，好像思念从不曾离开过。

"别想了，听话。"蓓蓓说。

"你是不是觉得很讽刺？"突然陈青冒出了一句话。

"什么讽刺，没有啊！"蓓蓓不知陈青讲的是啥意思。她的思维跟不上陈青的。

陈青哦了一声，转而又沉默不吭声了。

"我们起来走走吧，光坐着有点冷。"蓓蓓说，然后拉着陈青一起走。

"你有没有发现 Edison 跟蒋明羽有点像。"陈青说出这句话的时候，蓓蓓顿时愣住了。

"啥？"她又重复问了一句，而陈青又回答了一遍。

"你不要告诉我，你喜欢上他，是因为他跟蒋明羽长得像？"

"噢，不是的。"

"就是说喽，我觉得一点也不像。"蓓蓓说，她确实觉得他俩不像。

"我不是说外貌。"陈青说。

"不是说外貌，那是什么？"蓓蓓又一次感到惊讶了，她想不通陈青的脑袋瓜里想的是什么。

"我说的是神似。"陈青肯定地说。

"神似？这个词你不觉得很虚吗？我怎么听着越来越糊涂了呢！"

"就是动作、神态，还有我和他在一起的感觉。"

"我知道了，这么分析吧，一般人总是喜欢拿现任和前任比较，我觉得你这是一种幻想，你总幻想着 Edison 能和蒋明羽一样，所以不自觉地带入了自己的感受中，觉得他这方面和他像什么之类的，你觉得我分析得怎么样？"蓓蓓以为自己分析得很到位。

没想到陈青却说："哎，我说的不是这个意思。"然后她叹了一口气，大概她觉得假如连蓓蓓也不能明白她讲的意思，那么大概没人能明白她要表达的是什么了。

"那你说的是啥意思啊，说了我就懂了呗。"蓓蓓说。

"我，我不说了。"陈青想让自己静一静。她不知道自己是否应该把心里的想法告诉 Edison，而 Edison 是否会以为他只是蒋明羽的替身而已。她陷入了困惑，可这个困惑谁也帮不了她，她只能自己解决。她不知道自己会如何面对这个困惑，也不知道该如何面对未来。

公园的时钟敲响了。

"啊，到上班的时间了。"

两人离开了公园。

"怎么现在才回来？" Edison 问陈青，"又去哪儿了？"

"你不是知道的嘛！"陈青说。

"你和蓓蓓聊天了？"

"嗯。"

"都聊了些什么？"

陈青听到 Edison 如此问她，略微迟疑了一下，然后说："就随便聊了下，真的没什么。"

然而细心的 Edison 却发现她似乎有点不对劲："真的没什么吗？"

"哎，你别瞎想。"当陈青说出这话的时候，其实心里却不是滋味，她在内心里问自己，"该坦诚吗？你会离开我吗？"

她似乎心事重重地坐在那里，Edison 的内心也不平静。他眼前的这个女人总是让他难以克制，难道爱真的会让人冲昏头脑吗？为什么她才出去一会儿，就会让他胡思乱想，她明明又不是和别的男人在一块，她只是和闺密出去待了一会儿，吃了顿饭，顺便聊了会，为什么他会心急如焚，他这是怎么了，明明她已经是他的女朋友了，她是他的，为什么他还是会坐立不安，他到底想要怎样？他明白是自己骨子里的大男子主义在作祟。他强忍住自己内心的冲动，怕她了解到自己是个有大男子主义男人的时候，她会逃离，可是在她面前，他真的不想再做绅士了，他只想让她了解到自己真实的一面。为什么他突然想早点下班呢，难道说他根本不想工作？当然不是的，只是他突然很想和她拥有两个人的世界，自己这是怎么了，难道说他想成家了？他不停地朝她看去，可她竟然没理他，只顾自己工作，还很严肃的样子，这让他有点恼火，到底是他太幼稚了呢，还是说她工作太认真呢。反正，她不理他，这一点让他很不爽。

下班的时间到了，外面的同事们陆陆续续地走了，冬天的傍晚天黑得真早。Edison 朝外面看了一眼，然后整理了手中的文件，走到陈青的面前，快速地拉起她的手。"干什么啊，手好疼。"可他才不管呢。"哎呀，我的包包还没拿呢。"

走到地下车库，他拉开车门把她塞到了车内，然后从另一边打开车门坐了进去。他拿起她垂在座位上的手，轻轻地放到嘴唇边，他吻了吻她的手背。她又害羞地脸红了。他把她的手心放在他的胸口，感受他跳动的心。他迫不及待地想要拥有她，拥有她的一切，强烈的占有欲让他全身燃烧着："亲爱的，你爱我吗？"他的眼神充满渴望地望着她。她收回了手，把头转向车窗外。"你今天怎么了？"她冷静地问。

他不说话，刚才的热情被她一句话给浇灭了："我怎么了难道你不明白吗？难道要我说出口吗？"他拿出一支烟点着，看了看她，脸上一阵愁云却又无法明说。

他为什么在我面前抽烟，他不是位绅士吗？真是太让人讨厌了，难道他不明白我不喜欢抽烟的男人吗？

"送我回家。"她小声说了一句。

"什么？"他故意装作听不懂。

"请你送我回家，我不想和一个烟鬼坐在同一辆车里。"

他灭了烟，踩了油门，车速比平时要快很多。

"你疯了吗？"

"系好安全带。"他大声地说。

她只好系起了安全带，她从他的眼里看到了疯狂。"慢点，我快吓死了。"他没有听她的话，继续加大了油门，很快就出了城区。前面的道路越来越宽阔，然而人烟越来越少，陈青明显感觉到了这不是她回家的路。"你要带我去哪儿？"她大声嚷嚷着。他狡黠地看了她一眼，然后嘴角微笑着。在近郊一处公园边，车才停了下来，而此时的陈青早已被吓得不轻，她差点要哭出声来了，而他居然露出得意的笑容："怎么样，刺激吗？"

陈青白了他一眼，气愤地说："刺激你个鬼。"她都快要晕过去了，原来男人都这么自私，不顾别人的感受。陈青感到一阵失望。她打算拿起自己的包一个人回去。

Edison问她："你去哪儿？"

"我要回去了，你自己慢慢欣赏风景吧！"她有气无力地说，明显还带着刚才的紧张，她不想回去的路上也遭遇这样的惊险。

他夺下了她的包，把它放在座位上，然后打开后排车门，坐了进去。陈青一个人冷得直打哆嗦，没有办法，她也只好拉开车门，坐在了他旁边。两个人紧挨着，但并不说话，陈青的鼻涕直流。他给她递了纸巾，她没接，他又给她递了围巾，她也没拿。

"你是在怪我吗？"他问她。

"我没理由怪你。"陈青淡然地说。

"为什么？"他转过来问她。

"没有为什么。"她的眼泪流了出来。

他揽住了她的腰，她挪开了，坐在了靠车门的位置，然而他也移了过来，靠近了她，把她揽得更紧了。她没办法继续移动了，只好让他这样。然后他抱紧了她，温柔的眼神紧逼着她："我没有做错什么，你刚才为什么要走？"他的胡子轻轻地碰触着她的脸庞。

"嗯，你不为我着想，刚才我吓死了，好害怕。"她的眼里淌出了泪水。

他看着好心疼，他轻轻地吻去了她的泪水："傻瓜，你那么不相信我吗？"他温柔而又深情地看着她。

"你大坏蛋，哼。"她握起小拳头打他的肩膀。

"打吧，打吧，只要你乐意。"他顺势搂住了她的背部，她小小的身段被环抱在他的双臂中。

"我得过赛车比赛冠军。"

"什么？"

"我在澳洲读书的时候得过赛车比赛的奖，所以你干吗要害怕呢？傻瓜，难道我会让你处于危险之中吗？"

"你又没有告诉我。"她娇嗔着。

"看你那害怕的样子，好像被我拐骗了一样。"

"哼。"她靠在他的肩膀上小声地哭泣。

"好啦，好啦，乖啦！"

他紧紧地拥着她。她在他的肩上沉沉地睡去，或许是因为之前真的被吓着了。半小时后，他拍了拍她，可她还在睡，Edison 的手臂动都不敢动，他只好又轻轻拍了拍她的背部："亲爱的，快醒过来啦。"Edison 想放点音乐，可是他现在坐在后排，又不想把陈青放在座位上，只好干等着。一会儿，陈青醒了，Edison 指着窗外湛蓝的天空说："你看，那是什么？"

"哇，好漂亮呀，好美的流星雨。"她打开了车门。Edison 随即拿起他的大衣，披在她的身上。

"你是带我来看流星雨的？"

Edison 点了点头。

"亲爱的，你好棒呀！"她亲了 Edison 的脸颊。

"现在不怪我了吧？"Edison 微笑着问她。

"嗯！"

两人依偎在一起，看着流星雨从天际划过，留下绚烂的影子。他们默默地在心底许下了愿望。这个愿望只有他们自己知道。据说当流星雨划过天际的时候，许下的美好愿望在若干年后都可以实现，这是真的吗？这完全在于你自己，相信了也许就会成真，不相信了那么上帝也帮不了你。有时候相信与不相信仅在于你的一念之间，信念在浮躁的社会中真的可以产生巨大的能量，它能将不可能变为可能。

"别离开我，永远别离开我。"她说。不知怎么的，她竟然也害怕他的离去，难道是贪恋他温暖的怀抱，还是留恋他坚实的肩膀，抑或是他温柔的双唇，还是他与蒋明羽的神似？她明白，此刻，她只想要他紧紧地拥着自己，不放开。

"傻瓜，我怎么会离开你呢？我那么喜欢你！"他温柔的眼神深情地凝望着她，似乎在说，"难道你还不懂我的心吗？"

"真的吗？"她歪着头问他，像个天真的孩子。

"难道你不相信我吗？"Edison 问，如果有可能他真的想把心剖开给她看。

"我，我……"

"我的心是你的！"他低沉而有力地说。

"嗯，什么？"

"我只属于你！"他害羞地低下了头。好像说出这句话以后，他的内心就赤裸裸地摆在了她面前，好像他从未说过这样的话。在他爱的女人面前，他竟然羞涩了，好像这句话说出了他所有的心事，好像从此他的心被禁锢了，不再属于自己了，可即使如此，他还是心甘情愿。

"为什么这么爱我？"她问出这句话的时候，自以为是懂爱情的，然而这么问，他该如何回答。

他沉默了，好像他所有的心事在她面前完全暴露了。一个人爱另一个人难道需要理由吗？

男人的尊严顿时爆发了，他霸道地搂住她的腰，热烈而又疯狂地吻了她。难道什么都要说出来吗？难道你还不懂我的心吗？我的心为谁跳动你还不明白吗？他内心的声音在呐喊。

"你弄疼我了。"她一边嘀咕一边埋怨，却又享受着他的热情。这一刻，她又欣喜于他的霸道，可是为什么从他的眼神里看到了蒋明羽的影子。

"你爱我吗？"他问。

"我，我……"她始终说不出这句话。不知是天意还是仍放不下。

"你说呀！"他望着她。

他在等她的这三个字，然而她在犹豫，她内心是如此纠结，她要求他别离开她，自己却什么也不愿意说。她看见了他失望的眼神，她内心在挣扎，她想等到自己内心完全确定的时候再告诉他，他会愿意等吗？他了解她内心的痛苦吗？可是她却看不得他难过的样子。眼角的一滴泪滑落了，他转过身去，原来你这么在乎自尊。她怎么忍心他流泪呢？好像他的泪就是从她心里流出来的一样，那样让人疼，让人心酸。她顾不得此时的自己在想什么，她走上前去，吻了他的眼睛。为什么你流泪的时候，我那么心痛，好像痛苦得无处安放，好像心被针扎了一样难受。难道说前世你爱我爱得深沉吗？

她温柔地抚摸着他的脸庞，像是为刚才的沉默致歉，又像是希望他明白她的心意。她的内心是多么的纯粹而又干净，她不希望自己明明还忘不了蒋明羽却对他说那三个字，如果她是那样的人，那么自己就不配得到他所有的爱，可是这样她却活得如此辛苦。

　　她靠在他的胸前，听他的心跳，也让他听到她内心的声音。她拥抱着他，她明白，她是依恋着他的，如果他发生了什么，她一定会痛苦不堪的。难道这就说明她已经完全忘记蒋明羽了吗？她明白，她没有。所以她小心翼翼，只愿他能彻底明白。她默默地哭了。

　　"你怎么了，傻瓜？"他问。

　　"没，没事。"

　　"冷了吗？"

　　"不，不冷。"

　　他把她抱得更有力了。天上的星星们仿佛在议论纷纷。

　　"多么有爱的一对呀！"

　　"才不是呢，我看是男主更有爱一些吧！"

　　"什么呀，女主更可怜呢！"

　　"女主啥也不说，她根本就不爱他。"

　　"谁说呢，女主才更辛苦一些呢！"

　　"我也赞成，你看她忍受了所有的一切，而这一切男主根本就不知道。"

　　"那她为什么不说呢，不说的话，谁知道呀！"

　　"哎，感情的事，说不清哪！"其中的一颗星星说。

　　"希望月老能让他们早点了解真相。"

　　"苦命的一对呀！"

　　"这是他们应该经历的一切，命里逃不掉的。"

　　"要是他的记忆早点恢复就好了。"

　　"我们祝福他们吧！"

此时的夜空好美，然而留给他们的谜团何时才能解开？两颗真心难道就非得经历苦痛才能终获幸福吗？月老对着叽叽喳喳的星星们说："他们很快就能相认了，但是他们还要经历一番痛苦。对爱的渴望会让他们最终走到一起的。"

"噢，但愿他们能经受得住考验！"众星星们说。

"所以，别为他们担心。真心相爱的人一定会走到一起的。让我们深深地祝福他们吧！"

"好吧，期待他们的团圆。"

"你看，他们的心早就在一起了，只是他们自己并不知道。探索爱情的道路本来就是曲折的，但最后一定是光明的。"

"月老不要给他们太难的考验哦！"众星星们说。

"我也被感动了。只是我也是奉命行天意。不要太为他们担心。"

陈青回到家，母亲又是一阵唠叨："去哪儿了，这么晚回来？"

"妈，我都这么大了，我知道的。"

"哎呀，你呀，就是太单纯了，别被男孩子给骗了。现在的男人哪，甜言蜜语一箩筐，你自己掂量着点。"

"你女儿又不是天仙，谁会骗我呀。"陈青说着笑着走进了卧室。

"这孩子，真是翅膀硬了，大人的话都不爱听了。"

母亲去厨房热了一碗红豆粥。她敲开陈青的卧室："快趁热喝吧！"

"妈，我不饿。"

"不饿也得吃，你不吃妈睡不着。"

"好好好，我吃就是了。"

母亲走进房间，悄悄地说："怎么，今晚又去谈恋爱了？到什么程度啦？"

"哎呀，妈！"

"妈这不是关心你嘛！那个男孩子对你怎么样？你可给我记着，没良心的千万不要找，就像你大学里的男朋友，你找了妈也不会同意的。"

陈青的母亲说出这话的时候，忽然发现这最后一句是多余的，她怕陈青多想，又补充了一句："别怪妈多嘴，妈也是为你好，不希望你受到伤害，知道嘛！"

"嗯，我的好妈妈，我知道了。"

"快出来趁热喝。"母亲催促道。

"知道了。"

夜深人静了，陈青躺在床上没有睡着。这个有流星雨的夜晚是如此的不同,晚上的惊喜,让她明白了她的内心,却又陷入了更加迷茫的状态。蒋明羽，他还会出现吗？她想起了多年前他也曾带她看过流星雨，那时他告诉她，他会永远陪伴着她，今生今世永不分离。然而结果呢，还不是消失了，连见最后一面都没来得及。那时她许下的愿望就是和蒋明羽永远在一起。她了解那时蒋明羽的愿望应该也是和她一样的。她明白他也是爱她的，至少在那个时候，然而为何最终还是曲终人散，连句告别的话都没有，她到底做错了什么，她至今仍无法释怀。她了解内心深处的自己依然在寻找着答案，否则她不会如此痛苦，面对 Edison 的深情，她无可奈何，却又无法解脱，她见不得他难过，她可以抛下所有的一切去云游四方吗？她能做到彻底放下所有的苦恼吗？蒋明羽和她看流星雨的那个夜晚却又历历在目，浮现在她的脑海中，好像和今晚的景象重叠着却又交织着不同的情仇，这明明是不同的两个人。可为什么他的眼里噙着泪水，那样的软弱，如此的温柔，让她舍不得，让她心疼，又好像让她回到了从前。是自己的幻想吗？怎么会如此相似？

"睡了吗，亲爱的？"他发来了微信。

"还没呢。"

"早点休息哦，想你！"

"嗯！"

陈青躺在床上翻来覆去睡不着。她给蓓蓓打了一个电话。

"这么晚了，就知道是你！"蓓蓓在电话里调皮地说。

"什么呀！"

"今天你们去浪漫了吧！"

"浪漫？你咋知道的？"陈青好奇地问。

"早就听说了，今晚有流星雨，据说名花有主的都去许愿了，你们肯定也是吧！"

"好啦，瞒不过你，确实如此，可那又怎样呢！"陈青苦恼地说。

"哇，这么浪漫的夜晚，你和他都干啥去了？"

"没，啥也没干。"

"不可能吧，那他总对你说了些什么吧！"蓓蓓说。

"应该有吧。"

"瞧你，好像不高兴。"蓓蓓问。

"是啊，内心好纠结、好矛盾，又好乱。"

"出什么事了吗？"

"我老是在想，他和蒋明羽要是同一个人就好了。你说我这样是不是太变态，一边占据着他的心，一边又希望他和另外一个人是同一个人。我自己都觉得好荒唐，我好害怕。"

"你怕什么？"

"我怕我只把他当作蒋明羽的影子。"

"这是我最害怕听到的话，青儿。"蓓蓓说完这句话的时候，沉默了。

"看见他的眼神，他眉宇间的气质，和他在一起的感觉，都让我想起了和蒋明羽在一起时的点点滴滴。看见他难过，我忍不住想要安慰他，不想让他难过，我情不自禁想要吻他，想要拥有他。可是我明明忘不了蒋明羽，但我又怕 Edison 会离开我。你说我该怎么办？"

"我大概了解了。"

"什么？"陈青问。

"我知道你们是怎么回事了。"蓓蓓神秘地说。

"可我的心眼很小呀！"陈青又补充了一句。

"看来，你自己也意识到了。"

"啥？"陈青自己也还是一头雾水。

"你爱上了 Edison，但你从没忘记蒋明羽。"

"啊？"

"我这么说，你能理解吗，笨女人？"蓓蓓认真而又诙谐地说。

"什么啊？"陈青还是不解。

"恭喜你啦，Edison 不用受苦啦，让那个王八蛋见鬼去吧！"

"你在胡说些什么呀，乱七八糟的，我都听糊涂了呢。"陈青说。

"哎，我说的难道你还听不懂吗？难道你是被今晚的浪漫给吓傻了吗？"蓓蓓说完就哈哈大笑起来。

"你倒是给我说明白点呀，知道我一头雾水，还在卖关子。"

"感情的事呢，当局者迷，旁观者清。"

"什么当局者迷，你才迷呢！"

"说你迷，你还不相信，明明很享受 Edison 给你带来的快乐，还硬要说什么他像蒋明羽，什么忘不了之类的狗屁话。明明很依恋他的怀抱，明明看见他难过，你会心疼，这不是爱，这是什么？你别告诉我，你们在一起只是他的一厢情愿；你别告诉我，你们在一起只是他霸王硬上弓，你对他一点情意都没有。假如现在要你把他让给别的女人，你同意吗？说不定到时要死要活的，别人可就幸灾乐祸了，谁叫你对他不好。我告诉你，他可是我们的男神，不知有多少美女羡慕你呢！可你呢，还整天整些烦恼出来，好像是他逼你的一样，真让人抱不平。"

"原来在你们心里，我是那么不知足的一个人。"

"哎，我不是这个意思，我这是叫你不要多想。"

蓓蓓又说了些安慰她的话，陈青脑子依然很混乱，她知道自己不应该多想，可是，心好累。

"傻瓜，别多想了，好吗？"半夜他发来信息。原来他也睡不着。"嗯。"她按下了确认键，然后去睡了。

早晨昏昏沉沉地醒来，却发现自己想起了昨晚他霸道地吻她的场景，为什么心里是那么的甜蜜，那么的喜悦。她起来穿上了最漂亮的衣服，还有鞋子。

在电梯里，她碰见了 Edison。很多女同事向他抛媚眼，他礼貌性地点头、微笑。她的心一沉，显然不高兴，她瞥见了他一脸得意的样子。"哼，等会儿收拾你！"他看见她不高兴的神情，心里当然是欢喜的，"你看，我有这么多崇拜者，你还不对我好点？"

陈青一回到办公室就打开空调，将窗户稍微打开一点点，她不喜欢太沉闷、太封闭的空间，因为窗外的清新空气她总是需要的。她照例拿起水壶烧水、泡茶，做着助理该做的事情，即使刚才心情不悦，她也不想将不愉快的心情带回办公室，不理他就可以了。

"你昨晚睡得好吗？"他端起茶杯站在正在整理文件的陈青背后。

　　她没有转过身来，只是哼了一声。他意识到她准是吃醋了。"生气了？"他在她耳后轻轻地说。然而她没有理他。

　　"你知道的，我对她们没有兴趣，我只不过，只不过……"他不好意思地低下了头。

　　她看见他像个孩子一样，心里忍俊不禁："只不过什么？"

　　"只不过……"他又抬起头看着她。

　　"你也是很开心的吧，享受这种众星捧月的感觉吧！"

　　"不是的。"他轻声地说。

　　"不是？难道你不喜欢她们追捧你？"

　　"嗯！"Edison 点了点头。

　　"虚伪！"陈青差点想骂他。

　　"我是说真的，我只对你感兴趣，对她们只是出于礼貌。"

　　"出于礼貌呀，贵公子？"

　　"我，我……"他结结巴巴说不出来。

　　"你，你什么？"

　　"我昨晚睡不着呢，因为……因为想你。"

　　"哦。"此时的陈青心里跟喝了蜜一样甜。

　　"想和你每时每刻都在一起，看不见你，我睡不着。你别生气了，好吗？"

　　"那好吧，我不生气了。不许你和别人眉来眼去的。"她像是下了命令。

　　"遵命，老婆！"

　　"谁是你老婆？"

　　"哼，你就是。"

"肉麻。"

"总有一天你是的,你就是我的。"

"讨厌!工作啦!"

"亲一下嘛!"Edison 撒娇起来的样子还真是可爱极了。陈青只好在他的脸颊上嘬了一下。

"哎呀,妈呀,我发现他真的是个超可爱、超萌的男生耶,完全颠覆了从前对他的看法。原来他真的很童心,天哪,快吓倒我了,大晚上的带我去看什么流星雨,还来个电梯传情,还来个办公室调情。"

"我说你这是在秀恩爱,还什么忘不了蒋明羽,什么忘得了忘不了,我看你早就沉浸在和他的爱情中了。你看你神采飞扬的样子,你看你吃醋的样子。我看你是故意虐你自己吧!"

"什么呀,向你倾诉,你倒觉得我矫情了,是不是?"

蓓蓓和陈青在一家咖啡馆里正聊着。

"其实我也发现他真的很好,关键是偶尔我还可以欺负一下他。哈哈!"

"瞧你那一副得意的样子,可别把他给欺负没了。"蓓蓓说。

"现在我一点也不怕他了。"

"怎么,你抓到他的软肋了?"

"不是的,我才不会这样呢!"

"那是什么?"

"因为我发现有很多女生崇拜他,今天他还收到了一束花,然后当我想看看是谁送来的时候,他就叫我处理掉了。我猜肯定是电梯里碰到的某位女生,反正没有署名,又是一名暗恋者。"

"哎,还好,你捷足先登了,哈哈!"蓓蓓打趣道。

"什么呀，他要是个随便的人，我才不理他呢！"

"所以你打算忘掉蒋明羽了？"

"你怎么又提他。"陈青不高兴地说。

"难道说你又懒得提起他了吗？"

"唉！"陈青长叹一声。

"如果说现在蒋明羽出现在你的面前，你怎么选择？"蓓蓓问。

"我不知道。我舍不得 Edison，但是……"

"但是也忘不了蒋明羽吗？"

"其实我有点恨他的，恨他的无情，又恨他当初对我太好，让我无法忘记他，我想找到一个纪念他的方式，却发现没有，除了他还在我的内心深处。我拿自己没办法，有时候我也不能原谅我自己，为什么还要想着他，他有什么好，他抛弃了我，音讯全无，让我一个人失落了那么多年。有时候我挺讨厌自己的。你是不是也这么认为？"她问蓓蓓。

"感情的事哪，真是说也说不清楚，千古难题。不过，我觉得 Edison 真的挺适合你的，我觉得你好像回到了过去开心的样子。"

"如果他知道了会怎样？"陈青问。

"那你不妨将心里想说的话告诉他。"

"我该怎么说，难道我告诉他，我忘不了另一个人，而我还在享受着他对我的爱吗？这样残忍的事该怎么说出口。"

"那你打算隐瞒一辈子？"

"我不知道。"

"那就享受当下美好的一切吧，珍惜眼前人。"蓓蓓故意加重了后半句话的语气。

第十九章 ／ 回校

　　日子过得飞快，距离春节越来越近了。一天早上，Edison 给蓓蓓打电话，而她还在蒙眬的睡意中。

　　"这么早，Edison。"

　　"Morning！不好意思，打扰了。"

　　"没事。"

　　"怕等下有事没时间，所以……"

　　"你有什么事，说吧！"

　　"我想请你帮个忙，去问下陈青，不知道她明天有什么安排，我打算明天给她一个惊喜，所以这事只能请你帮忙。"

　　Edison 对蓓蓓说了下明天的计划。

　　蓓蓓心领神会，她明白 Edison 这是打算求婚的节奏了。虽然他没有明说，但是蓓蓓可以感觉得出来。看见陈青明媚的眼神，她就知道这一天不远了，刚好是假日来临，Edison 果然有心，她由衷地替陈青开心，终于幸福降临到了她头上。不管陈青多么的不确定，但是眼前的幸福才最重要，不是吗？她迫切地想把好消息告诉陈青，可是 Edison 说要给陈青一个惊喜，她只好按捺住内心的激动，似乎她比陈青还要欢喜。"在哪呀？"

"还在家呢，可能要迟到了，今天估计打不到车了。"陈青匆匆忙忙地整理着包。

"你明天有没有安排，要不，明天我们一起去爬山？"

"爬山？大冬天的太冷了。不去。"

"那你明天打算干什么呢？"

"在家休息，哪儿也不想去了。"

"那好吧，那我明天再约你吧，千万记得在家等我，不能出去乱跑哦。"

"我说过了，明天在家。"

午休的时候，Edison 给蓓蓓发消息问情况。蓓蓓回了一条："明天她在家，没什么别的安排。"

"好，我知道了，谢谢你！"

Edison 看着陈青认真工作的样子，想着明天的计划，心里美滋滋的。终于熬到下班了。"晚上吃什么？"他问她。

"我想回家吃。"她说。

陈青看着他热烈的眼神，说道："陪你吃完饭，送我回家，好吗？"

他只好答应了她，他不想违背她。

吃完饭，从餐厅里出来，陈青挽着他的手，可他还嫌她挽得太轻。"挽紧一点。"他若无其事地说。

"什么？"她也故意装作听不见。

"挽紧一点。"他提高了音量。

"你这么凶干吗，讨厌。"

"你刚才不是没听见嘛，还没老，就耳背了。"

"什么？你说什么？居然敢嫌弃我。"她甩开了挽着 Edison 的手。

"就算你耳背了，我也不会抛弃你的。"他开心地说。

可是敏感而又脆弱的陈青，此时听到抛弃这两个字，就像触动了她内心的那根弦，突然就怔在了那儿，然后泪流满面。她是多么讨厌这个词，他为什么要提起。

"你，你怎么了？"看着她满眼都是泪，他慌了。"我又做错了什么？"他自言自语道。

"怎么了哦？别哭了。"他一把抱住了她，而她拼命地捶打着他的肩膀。"都是我不好，我不该乱说话，我活该，别生气了，好嘛！"他温暖而有力的手臂环抱住了她。她的情绪慢慢地稳定了下来，靠在了他的肩上小声地啜泣着。

"我会一直陪着你的，别伤心了。"他用手心擦去了她的眼泪，他内疚极了，他又怎么忍心惹她伤心难过，看着她哭泣的样子，他的心碎得一塌糊涂。

"我累了。"她说。

"我送你回家，好吗？"

"嗯！"

他一边开车一边看着坐在副驾驶座上的陈青，想说话又怕说错了惹她难过，只好一路沉默着。他依依不舍地看着她走进了小区的大门。在外面兜了一圈，他才回到了家。"亲爱的，早点休息哦，别胡思乱想哦。"他本想告诉她，明天是他的生日，但是他没有说出口，不是说好了是惊喜吗？为什么还想要迫不及待地告诉她呢？他自己也很矛盾。也许，他对自己也不是很有信心吧！回到家里，他喝了点威士忌才慢慢地睡着。明天就会是完全崭新的一天了，他不会让她再哭泣了。他心想。

周末的阳光异常好，陈青一早吃过饭后，开了窗，让冬日温暖的阳光照射进来，她懒懒地躺在床上，抱着洋娃娃。没过一会儿，竟然又睡着了。睡梦中，她看见一个熟悉的身影缓缓地向她走来，手捧一大束玫瑰花，她站在不远处，她想看清那个人的模样，然而突然有一束光射过来，挡住了她的视线，她猛地被惊醒了，她听到窗外有放鞭炮的声音。她揉了揉眼睛，原来自己躺在床上，她极力地挣扎着站起来，想去洗手间洗把脸。

"你刚才在干什么呢，妈都叫你老半天了，也不见你应一下。"

"哦，刚才不知怎么就昏昏沉沉地睡着了。"

睡了一小会儿，陈青觉得精神大好，在阳台上看着蔚蓝的天空，心情不错。她决定把自己房间的抽屉、书桌整理一遍，是该好好理一理了，她想。她回到自己房间，把所有的该整理的东西都拿了出来，蒋明羽送给她的怀表还依然安静地躺在床头柜抽屉的一角，发出轻微的嘀嗒声。他的照片也还在，照片上的他正笑意盈盈地望着她。"明羽哥，你在哪？你还好吗？"她对着照片上的他说。她的手温柔地放在照片中他的脸上，指尖轻轻地触摸着他。"明羽哥，你想我吗？"她坐在抱枕上，背靠着床沿，凝视着他，嘴里念叨着，"你怎么可以狠心抛下我，怎么可以？"眼角湿润的她，沉浸在对他的思念之中。"你到底在世界的哪个角落？为什么一点儿消息也不捎给我？"她握着他曾送她的怀表，怀表上的日历指向了他的生日。"今天我哪也不去，我陪你过生日，我静静地陪你，好吗？明羽哥。不管你在哪，你都不会孤单的，我一直在。"即使 Edison 对她再好，她依然忘不了最初的他。"明羽哥，明羽哥。"

她轻声地呼唤着他。

此时 Edison 的心像被什么东西扯了一下，胸口疼得厉害，他只好用手捂住自己的胸口慢慢地在沙发上坐了下来。"要是你在就好了，亲爱的。"可他说过要给她一个惊喜，所以电话始终没拨出去。

Edison 很紧张，他想让陈青陪他过一个不一样的生日 Party。Allen 的助手今天成了他的助手，他在一家高级餐厅包下一个大包厢庆祝生日，然而助手显然知道 Edison 并不仅仅只是过生日而已。因为 Edison 要求他把现场布置得浪漫一些、温馨一些、高雅一些，显然这是一次重要的生日会，而并不像平常那样。

Edison 躺在沙发上，很难受，很想给她打电话，想要她的安慰，想听到她温柔的声音，想触摸到她的脸庞，只是想想还是算了，反正晚上就可以见到她了，让她好好在家休息，她也忙工作累了一周了。Edison 这么想着竟然靠在沙发上睡着了。旁边的电话都不知道响了多久，他也没听见。睡梦中，他恍恍惚惚来到一片林中，看见了一位身穿粉红裙子的女生，在阳光下，她如此的青春和美丽。他走上前去，想仔细看看，因为他的直觉告诉他，这是位他曾经非常熟悉的女孩。女孩一直往前走，而他一直在后面追赶，也不知走了多远，跑了多久，脚好酸好痛。他来到了一处校园的林荫小道上，然而女孩却不见了，他一个人孤独地站立在树下，来来往往的女生很多，然而他却再也找不到那位穿粉色裙子的女生了。他在校园里伫立了很久，觉得再无可能见到那位女孩了，他灰心了，于是决定返回林中。突然背后有人在喊他的名字，他一转身，正是他想见到的女生，他惊喜若狂，女孩也向他走来。然而此时刚好有人骑着自行车横冲直撞过来，女孩摔倒了，膝盖被蹭破了皮，他向她狂奔而来，看见了她眼角的泪水，那是她呼唤他的证明。他终于看清了她的脸，却发现他旁边围了很多她的同学，貌似要围攻他，他被吓傻了，想要逃跑。这时家里的电话铃声不停地响着，他被惊醒了，摸了摸自己的额头，全是汗。他心里嘀咕着："为什么这个穿粉色裙子的女孩长得像陈青呢？为什么会梦见大学校园？"一连串的疑问在他的心里面，他接起了电话："喂！"

"你怎么不接电话，失踪了？"

"哥，我刚不小心睡着了，做了个噩梦，发现在校园里，被一群同学围攻，哎呀，吓死了。"

"好啦，别瞎想。祝你生日快乐！"

"谢谢哥！"

"今天不和我们一起过了吗？"

"不是啦，你们当然要来哦，等会儿有好事向你们宣布呢。"

"好事？该不会是求婚吧？就知道你小子准有什么主意。她知道吗？"

"她还不知道呢，我想给她一个惊喜。"

"随你吧，你开心就好。"

"嗯！"

"你真的决定了？"

"我决定了。"

"和姑母见面了？"

"还没。"

"那什么时候见呢？"

"我打算过了今天以后再和母亲见面。"

"也行，姑母现在应该不会再反对你的事情了。"

"哥，你啥意思？"

"没，哥的意思是姑母以前总喜欢把你和 Maggie 安排在一起。"

"哦，她早就有别人了，况且我只把她当妹妹看。"

"那就好，过去的就让它过去吧！人应该向前看。"

与表哥结束通话后，Edison 拨出了蓓蓓的电话。"这件事就拜托你了。"

"没事，她今天都在家待着呢，等会儿我带她来。"

"好的，谢谢！"

蓓蓓拨出了陈青的号码："在哪呢？"

"在家呢！"

"在家等着我，我过来找你啊。"

"知道了。"

午饭后，陈青下楼去散步。她一个人逛啊逛，来到了湖边。"今天你是和谁一起过的生日？你还会想起我吗？"她双手托着腮，似乎这样，她的明羽哥就会从天而降似的。"明羽哥，我现在有了喜欢我的人，你呢，你在遥远的地方过得好吗？你还会想起我吗？"天空一片寂静，她明知自己苦苦追寻不到答案，却依然深陷其中，仿佛只有那样才能证明她对他的矢志不渝，然而他没有听到。

"陈青，在哪呢？"蓓蓓打来电话。

"我在湖边呢。"

"哎呀，你怎么跑到湖边去了，不是说在家待着吗？"

"出来透透气。"

"我现在过来接你。就在那别乱跑啊。"

"啪"的一声，陈青的手机不小心掉在了地上。她捡起来，发现一片黑屏。"准又自动关机了。"她自言自语道，于是她重新打开了手机，可是手机仍处于黑屏状态，任凭她怎么把 SIM 卡拿出来，又重新装上，又开机，还是不行。"算了，蓓蓓应该会明白的。"陈青把手机放进了包里。

此时的蓓蓓预感到不妙。"怎么说着说着就断了呢？没电了？"蓓蓓一想："坏了，麻烦大了。联系不上，可咋办？"她马上拨通了陈青家的座机："阿姨，我是蓓蓓，陈青她在吗？"

"蓓蓓呀，她出门了。"

"哦，阿姨，她回来叫她马上给我回电话。"

"好的。"

蓓蓓料想晚上陈青肯定是会回家的。

陈青一个人绕着湖边走了一圈又一圈，好像在用脚步来丈量自己的失落和寂寞，明知道这样很不好，但是她管不住自己的内心。她对自己说这将是最后一次，真的是最后一次了，以后的日子她要珍惜 Edison。

想着这是最后一次怀念蒋明羽，陈青决定最后去一趟母校。她坐上了去往母校的公交车。到学校后，陈青用围巾将脖子又绕了一圈，她慢悠悠地走过长长的校园小径，然后坐在校园图书馆后方的一处草坪上，写下了一首诗。

如果你忘了我，我仍记得你！

别问我现在过得怎么样，

再差，再好，我依然没有忘记你！

只怪你当初对我太好，

让我舍不得你。

如果有来世，

我还是想遇见你，

愿意不顾一切地爱你！

如果你问我在哪里？

我还在原地！

　　　　　　　　　　　　　——致明羽哥

　　风吹起了飘落在地上的枯叶，发出沙沙的响声，也吹起了她刚刚写在粉红信笺上的诗。陈青眼看着信纸从她面前飞过，她喃喃自语："这样也好，去该去的地方吧，到达该到达的地方吧，诗也应该有它向往的地方。"

　　"明羽哥，我给你写的诗飞向了天空，我不知道它将飘向何方，但愿它能直抵你的心，这是我对你的生日祝福！不管你身处何方，见信如晤！"

　　陈青一直看着信笺消失在了天际，她才缓缓地回过神来。也许这就是天意。

　　这张纸飘向了空中，随着风越刮越大，也飞得越来越高，然后又渐渐地飘落，正好落到了刚刚跨出商务车的 Bill 的脚前。

　　Bill 捡起来看了一下。"原来是封寄不出去的诗，唉。"他叹了一口气，当他看到落款的时候，却大吃一惊。"明羽？"他的脑海里闪过一些画面，然后他把纸条整整齐齐地折好，放在了口袋里。

　　Bill 正是来母校参加活动的主唱。他与蒋明羽同届。

　　晚上的演出活动开始前，舞台前已经挤满了人，校保卫处的人员都出动了，还拉起了警戒线。聚光灯打开，灯光闪耀着，主唱开始登场了，正是刚才看到字条的 Bill，他全身上下金光闪闪，戴着黑色墨镜，一边唱着歌，一边扭动着舞姿，好像整个舞台就是他的。

台下热烈的掌声响起。

Bill 满足而又深情地演绎了一首首经典而又广为流传的歌曲，为同学们献上了青春期的怀念歌曲。

陈青在台下默默地流着眼泪，仿佛那些歌曲全是唱给她听的，仿佛那些歌词就是她心灵的映照。

"莫名我就喜欢你，深深地爱上你，从见到你的那一天起。"台上抒情而满怀情意的歌词，再一次让陈青泪崩，她想起她和蒋明羽第一次见面时的情景。

"你知道我在等你吗？你如果真的在乎我……"

此时的陈青泪如泉涌，她多么想时间倒回到从前，倒回到她的大学时光，那时候她可以天天看到蒋明羽。

尖叫声、呼喊声、呐喊声充斥在耳边，陈青从人群中悄悄地退了出来，她去学校小卖部买了两罐啤酒，坐在当年他们经常一起待的地方，树木光秃秃的，圆形的石桌冷冰冰的，上面偶尔飘了些散落的树叶，还有一些灰尘。她拉开拉环，把啤酒咕咚咕咚地灌到肚子里，好像填满了肠胃，心就不会空。她靠在树下，遥望着天空。"我的诗你收到了吗？收到了吗？"她不停地问，回答她的是一片寂寞的天空和远处传来的动人的歌声。

她半躺着靠在树下，冰冷的草地丝毫没有让她感受到寒冷，据说人在极度绝望的时候会忘了外部的环境。她迷迷糊糊地睡着了，她发现自己钻进了树洞中，在那里没有悲伤，没有残酷的爱情，她一个人坐在那儿，也不知道心中所想的是什么。过了好久，她睁开了眼睛，四周一片漆黑，一阵风刮过来，她不禁打了个寒战，头很晕，身体很冷。她想试着站起来，可是腿脚似乎有点麻了，她拼命地用手拍打着自己的腿部，好不容易才找到支撑点，勉强地站了起来，可还是摇摇晃晃的，她的一只手扶在了树干上，这才站稳了。此时，校园里一片安静，什么声音都没有。草坪里偶尔冒出一只小花猫，吓了她一大跳，她才意识到很晚了，她打开手机想看看时间，才想起手机坏掉了。她一个人踉踉跄跄地走出了校门，站在路边等出租车，只觉得全身一阵发冷，好像所有的寒风都向她袭来。此时她想要是 Edison 来接她就好了，她想念他温暖的怀抱，喜欢他宽厚的肩膀和他的柔情。

陈青坐上了出租车，头还是晕得厉害，加上在寒风中站立了很久，头开始疼了，她甚至觉得要是在寒风中再多等一会儿，她就会晕过去了。

到家了。

"哎呀，你这是去哪了呀，怎么喝成这样。"陈青的母亲扶她在沙发上坐下，给她端来一杯热开水，又给她拿了毛巾帮她擦脸。"哎呀，你干什么去了呀，这么大冷天的，打你电话也不通的，真的吓死妈妈了。"

"妈，我头好痛，好晕。"陈青有气无力地说着。

她的母亲脱下她的外套，扶她进了房间，她一下子倒在了床上。陈青的母亲一边唠叨一边帮她盖好了被子，又拿了一块厚毛毯帮她盖上。她叹了一口气，走出了房间。

陈青的母亲坐在沙发上发呆，自言自语道："唉，这孩子！"

家里的电话铃声响了。"阿姨，陈青回来了吗？"

"她回来了。"

"那太好了，我马上过来找她。"电话那端的 Edison 面露喜色。

"你不用过来了。"陈青的母亲无奈地说。

"为什么？我有重要的事情向她说。"Edison 急切地说。

"她喝醉了，刚刚睡下。"

Edison 听到这个消息，只觉得脑袋轰的一声，像被什么击中了要害似的，电话掉落在了地上。

Edison 叫服务员打开了香槟，他看着香槟的气泡涌出了瓶口，涌向了桌子。他把桌子上所有的鲜花都扔在了地上，而他的手心里却还紧紧攥着打算向陈青求婚的戒指，他很想把它也扔了，可是，可是他不相信陈青今天竟会跑去买醉。"你到底和谁在一起？为什么电话打不通？在你眼里，我到底算什么？"一想到这儿，他全身的怒火爆发了，他掀掉了桌子上所有的摆设。蓓蓓不停地祈祷："但愿今晚别发生什么意外，但愿一切都平安。"

"你为什么要去买醉？为什么？难道是嫌我不够好吗？我不好，你可以说啊，为什么你什么都不说。"他在心底呐喊着。

"二公子，您别生气，您女朋友她准是有事来不了了，您少安毋躁。"

"对呀，Edison，她肯定是有什么事耽搁了，明天我叫她跟你解释一下。"蓓蓓说这话的时候，明知道很心虚，只是这样的场合换作谁都会怒火冲天的。

助手指着在一旁候着的其他工作人员说："都散了，散了。费用照付。"

一旁的蓓蓓尴尬万分，她对 Edison 说："对不起，我原以为她今天在家的，我也想不到她后来会联系不上，真的抱歉，搞砸了。你要怪就怪我吧！"

"不关你的事，这都是命！她要是在乎我，怎么可能一整天都不联系我。我有那么差劲吗？我哪一点配不上她，你说，我哪一点配不上她？"Edison 眼里闪过泪花。

蓓蓓此时也不知该如何劝慰 Edison，她是怎么也想不到今天会搞成这样的，她明白就是陈青自己也不会了解今天对 Edison 来说到底有多重要。

"也许她只是想静一静，你别多心了。"

"我等了她一个晚上，你知道我今天抱着多大的希望吗？原来在她心里我是太好了，我想我肯定就是太在乎她了，她才会那样对我。"

"Edison，你别这样，她如果知道了，也会难过的。"

"她才不会难过，她要是难过，就不会这样子对我。"

"可你事先也没跟她说呀，要是提早说了，也许事情就不会变成这样。"

"这么说，错的人倒是我了？"

"我不是这个意思，唉。"

"我早就知道，不管我对她多好，她都不会一心一意对我。是我太自信了，我早该了解的。她只是寂寞的时候想找个人陪罢了，她根本不爱我。"Edison 无奈又失望地说。

"不，你别这么看待她，她会伤心的。她爱你！"蓓蓓说。

"你说什么？"Edison 以为自己的耳朵听错了。

"她爱你！只是……"蓓蓓决定还是说了吧！只是该以怎样的方式去说，她还没想好。否则她怕明天变数太多，这一切都不在人的把控范围之内了。

"只是什么？"Edison 迫不及待地想知道。

"只是她貌似忘不了蒋明羽。"

"我就说嘛，她怎么会一心一意地爱我？我早该看出她的犹豫，原来她心里还装了另一个人。看来，我只是她一时的寄托罢了，而我还天真地以为那就是一生一世。

"你别那样子说她。她会伤心的。"

"她伤心什么，反正她也忘不了另一个男人，我算个屁啊！"

"她会跟你解释清楚的。"

"不需要她的解释。"

"哎呀，你们昨天还好好的。"蓓蓓无奈地叹了一口气。

这时，助手走过来："二公子，我们走吧！"

"你早点回去休息吧，今天的事儿辛苦你了。"Edison 对蓓蓓说。

"没有帮到你们，真的不好意思。"蓓蓓略带歉意地说。

"感情的事没办法勉强。"Edison 故作潇洒地说。

蓓蓓一个人走出大厅，看着 Edison 上了车，她的脑袋一片空白，她想从脑袋中挤出一些词来形容今天发生的事。她了解 Edison 今天的落寞，更能体会陈青的心情，原来爱情真的这么难。她多想陈青得到幸福，然而事与愿违，她不知道自己还能做什么，为什么明明是别人的事情，而她自己却那么难受，她为陈青和 Edison 操碎了心，看不到喜悦，自然也是悲伤的。她一个人开着车回到了家，心情无比的低落。她想不通今天为什么会变成这样。

这一夜蓓蓓是半睡半醒，迷迷糊糊终于熬到了天亮，她是再也睡不着了，随便啃了几片面包，披上外套，拿着围巾就一路匆匆地赶到了陈青家。好像这一天 Edison 就从此消失在了地球上一样，她得趁着 Edison 还在地球的最后一刹那，唤醒陈青沉睡的灵魂。

"咚咚咚！"

"谁啊？"陈青的母亲正在厨房里忙碌。

陈青的母亲开了门，见是蓓蓓，吃了一惊："你这孩子，怎么一大早来了，外面这么冷，快进屋。"

"阿姨，真不好意思，这么早来打扰您，我来看看陈青。"

"她还在睡。"陈青的母亲小声地说，"昨晚，唉……"

"她怎么了？"

"昨晚醉得一塌糊涂，也不知道上哪儿了。我真拿她没办法。"

"没事，等会儿我劝劝她，阿姨。"

蓓蓓静静地走进了陈青的卧室。她不敢开灯，怕吵醒她，只拉开了窗帘，留一点点的小缝隙，然后坐在陈青经常坐的抱枕上，呆呆地看着她。

陈青醒来看到有一双眼睛盯着她看。"吓死我了，你干吗这么看着我？"

"昨天你去哪里了，一直没联系上你。"

"哎呀，手机坏掉了，我也没办法。"

"咋会这样，你呀，关键时候掉链子。我跟你说认真的，Edison 今天要走了。"蓓蓓严肃地说。

"要走？去哪儿呀？"陈青觉得很奇怪，她从来没听他提起过。

"据说要去澳洲。"

"啥时候回来？"陈青问。

"不知道，也许再也不回来了。"蓓蓓说。

"为什么？"

"因为你。"

"因为我？"

"昨天是他的生日，你知道吗？"

"我不知道，他没说过。"

"他想给你一个惊喜。"

"什么惊喜？"她问。

"昨天他原本打算向你求婚的，可是却找不到你，后来他只好打电话到你家里，你母亲说你喝醉了，他失望极了。"

听完蓓蓓的话，她靠在了床背上，默不作声，她想她一定是伤害到了 Edison。为什么他也是昨天生日，怎会这么巧？

"你昨天去哪了？"蓓蓓问。

"昨天是蒋明羽的生日，所以我喝了点酒，醉了。我想不到 Edison 也是昨天过生日。"

"如果你知道了，你会怎样？"蓓蓓尖锐地问她。

"原来他打算向我求婚，我一直都不知道。"

"是因为你的心不完全在他身上，所以你才会感觉不到。昨晚我看见他心碎的样子，我都觉得难受。"

"哦，可这太令人意外了。"陈青若有所思。

"现在选择权在你，你是要把他追回来呢，还是……？"蓓蓓没有把后半句话说完。

"也许他走了，你再也见不到他了。"蓓蓓又补充了一句。

"我，我……"陈青愣住了。

第二十章 ／ 车祸

陈青认真地想了一会儿，起身对蓓蓓说："你陪我去吧！"

蓓蓓看了陈青一眼："怎么，你想通了？"陈青没有回答，她回到房间，打开衣橱，拿出一件漂亮的外套，站在镜子前照了照，感觉满意了，对蓓蓓说："我们走吧！"

一路驱车前往 Edison 的家，陈青用蓓蓓的手机拨打 Edison 的电话。电话打通了，但是没人接。

"难道说他已经走了吗？"陈青着急起来，车一停下，她就直奔 Edison 的房子，蓓蓓在后面追着她。

"哎，你就不能慢一点吗？"

"要是他走了怎么办？"

陈青快速地打开房门，房间内灯火通明，而且散发着一种奇怪的味道，似乎有些许的香水味夹杂了些酒味，闻起来很不舒服。陈青走进客厅，她傻了眼，整个客厅一片狼藉，茶几上放满了各式各样的酒瓶和杯子。更令她气恼的是沙发上躺着几个陌生的女郎，她们竟然完全没有发现有人来了，还在沉睡中。

蓓蓓一进来也看到了："天哪，这是……"然后她捂住了自己的嘴巴，心想"大事不妙啊"！

陈青气得脸上没有任何表情，但是她仍然镇定地在客厅转了一圈，然后才敲了Edison的房门，然而没人应答。她推开了房门，床上躺着两个人，床头柜上摆放着一瓶只喝到一半的红酒和两只高脚杯。

陈青气愤地顺手拿起枕头，向Edison的身上砸过去，他没醒过来。陈青这一砸倒是把他旁边的姑娘给弄醒了。

她睁开眼，突然大叫："啊？我怎么会在这里？"她惊恐地望着面前的两个陌生人。

"你为何在这里，得问你自己啊。"蓓蓓打算替陈青出头。

"我明明和她们在客厅喝酒来着。"姑娘抓起外套就走。

蓓蓓抓住了她的手，姑娘一阵害怕："这不关我的事，我什么都没做过，我和Edison哥没有发生什么，我也不知道这到底是怎么一回事。"

蓓蓓还是不放开她，姑娘急了，她连忙去弄醒Edison。Edison这才醒来，光着膀子，一看到陈青，他大吃一惊。

"我恨你！"陈青扔下一句话。

没想到这时的Edison却搂住了他旁边的这位姑娘，可这位姑娘却拼命地想要挣脱。

Edison马上明白了发生的事，可他不紧不慢地说："你又不爱我，有什么可恨的，反正我也不是你的唯一。反正你也不在乎我。反正我本来就是个花花公子。"Edison说这些话的时候眼神却一直看着陈青，他想等陈青说爱他。

可是自尊心受到严重打击的陈青却说："既然你觉得我不在乎你，

那么我们分手吧！"陈青转过身泪如雨下，走了几步，她好像突然想起了什么，呆呆地怔在那儿，从包里拿出钥匙："这是你家的钥匙，还给你！"然后头也不回地跑了出去。

Edison 在陈青掏钥匙的时候，看见了她脸颊上流淌下来的泪水。他松开了那位姑娘，仿佛不相信刚才发生的那一幕。

"Edison，还不快去追。"蓓蓓在一旁着急地催促，同时她放心不下陈青，只好先去追陈青了。

"Edison 哥，你快去追你的女朋友，要不然我的罪就大了。"姑娘可怜地对 Edison 说。

"这不关你的事，你们都走吧！"

"对不起哦，我怎么醉成那样子，还跑到你的床上去了。"姑娘自责地说。

Edison 拿起陈青放下的钥匙追了出去。

他眼看着蓓蓓开车载着陈青疾驰而去，他也连忙开车追了上去。他揉了揉眼睛，昨夜酒喝得太多，他还处于半睡半醒状态。他紧紧跟随，但毕竟脑子还有点糊涂，一下子跟不上，他只能看着陈青她们的车在前面，很快消失在他的视野中。不过，他肯定蓓蓓的车不是往市区的方向开。他后悔刚才自己为什么要说伤害她的话，他在心里不停地骂自己，明明那么在乎怎么就说了让她难受的话，她一大早赶过来不就是为了安慰自己吗！为什么前天还好好的，今天就变成了这样，难道就不能容忍她，多给她一点时间吗？为什么要逼她？

他越想越内疚，正在恍惚之间，突然前面的马路上窜出一个小孩，后面的大人大叫着："当心车。"Edison 来不及刹车，他只好把车拐向旁边的林间小道，没想到林间的道路并没有那么宽，车撞向了一棵大树，

Edison 的头部重重地撞在方向盘上，他用尽了全身的力气熄了火，紧接着失去了知觉，晕了过去。

路边有人看到，立即打了 120 急救电话。

15 分钟后，救护车来了。

Allen 接到医院的电话，从家里赶了过去。"这好好的，怎么就出车祸了。"Allen 到达医院的时候，Edison 正在急诊抢救室抢救。Allen 心急地等在抢救室门口，好不容易等到医生出来了，连忙问道："医生，我弟弟怎么样了？"

医生摘下口罩，说："病人处于昏迷状态，头部受到硬物的撞击，脑部神经会受到一定的影响，这是我们初步的诊断，具体的要等我们和其他医生会诊以后再说。"

Allen 又问："我弟弟的生命不会有危险吧？"

医生又说："这个很难说，如果他长时间处于昏迷状态，加上他本人对生命的意志力不强的话，就……"

"你是说他本人的生命的意愿不强？"

"是的，刚送来的时候，心脏跳得很慢。可能在车祸发生之前经历了让他难以接受的事情，所以对生活对生命没有太大的希望。"

难道又受了什么刺激？ Allen 想不明白。

几分钟以后，他来到病房里，看着 Edison 戴着氧气罩，全身冰冷。他给他的助手打了个电话，询问昨晚的事，助手支支吾吾地说不出来，在他的逼问下他才知道 Edison 果然求婚失败，事实上别说求婚，主角压根儿就没有出现。"你怎么这么想不开，求婚不成也没有关系啊！"他多么心疼 Edison。

此前，蓓蓓载着陈青来到远郊的一处森林公园里。陈青突然觉得不舒服，全身上下都很紧张，心脏像被什么刺痛了一般，胸口也疼得难受。

"你怎么了？"蓓蓓问。

"不知道，我感觉刚才似乎发生了什么，觉得难受。你说，他会不会发生什么意外了？"陈青担心极了。

"你放心啦，他开车技术那么好，不会有事的。"

"可是后来他的车就不见了，不是吗？"

"也许他觉得你该冷静冷静，他就掉头回家了。"

"不，我总感觉不对劲，你还是拨打一下他的电话吧！"

"你刚不是说和他分手吗？那还担心什么。"

"求求你了，你打过去问问他吧，快点！"

蓓蓓掏出手机。"您拨打的电话暂时无法接通。"

"也许他关机了，也许他回家补觉去了。"蓓蓓说。

"你再打到他家里问问。"

"好吧。"蓓蓓觉得陈青又好气又好笑。

蓓蓓拨通了 Edison 家里的电话，还是没人接听。"别想那么多了，你还是好好冷静一下吧！对了，等会儿回家先把手机拿去修一下，万一 Edison 想找你，联系不上可就麻烦了。"

这一天陈青都在纠结中度过。

第二天上班，她一大早就去了，为了想早点见到他。可是左等右等不见他来，时钟敲了 10 下，他还是没有出现。"难道说他真的回澳洲了吗？"陈青觉得不可能，至少他也得给她一个解释再走，难道他真的觉得昨天上午那样的场景是理所当然的吗？是女人都会生气的，陈青心想。

陈青趁着给同事送文件，故作漫不经心地问了一下："哎，今天老板也不知道怎么搞的，都快中午了还没来。"

同事小张听了她的话，颇为惊讶："陈助，老板出车祸了，你不知道吗？"

"什么？他出车祸了？"陈青抱着的一堆文件全都散落在了地上。

"什么时候发生的事？"

"据说是昨天上午。我们以为你都知道呢！"同事小张说。

"哦，我手机这两天坏掉了。"

陈青向小张询问了Edison所在的医院，她到了办公室后就给蓓蓓打电话。她几乎是带着哭腔说："他出车祸了。"

"什么？谁？"蓓蓓也颇为惊讶。

"Edison昨天上午出车祸了，我还傻乎乎地现在才知道。"

"好好，别急，我把事情交代一下，马上过来。"蓓蓓说，"这下坏了，怎么这么巧，也不知道具体情况怎么样。"

碰到蓓蓓后，陈青不停地自责："都是我的错，都是我的错。他怎么那么不小心，也不知道他会不会怨我。"

"傻瓜，他不会怨你的，他都打算向你求婚了，你知道你在他心中的位置吗？别哭了，快擦一擦眼泪，要是他知道你这样也会不开心的。"

"嗯！"

"等会儿记住别哭哦！"

两人来到医院，询问了护士。透过玻璃门，她看见Edison头部缠着纱带，氧气罩覆盖着他的脸。陈青看到这一幕忍不住捂着脸无声地哭了。他躺在病床上，是那样的无力，仿佛他和她此时相隔的是生与死的距离。蓓蓓走到护士台前打听Edison的情况，然后回来对陈青说："他昏迷了，昨天到现在还没醒过来。你别太难过。"

"都是我的错，都是我的错。"

"你别这样。这只是一个意外。"蓓蓓安慰她。

这时，Allen 正好走来，他看见陈青，愣了一下，不过还是很有礼貌地向她打招呼。他不知道是不是应该责怪她，因为他无法得知当时发生的情况，只是她肯定是伤害到了他，这一点毋庸置疑。

"Allen 哥，对……对不起。"陈青内疚地低下了头。

"这是他的命，也许他命里注定会这样，和你没有关系。"Allen 冷静地说。

"昨天上午可能是他在追赶我的途中出的车祸，所以我，我有责任。"

"这是他心甘情愿的。我不知道他是下了多大的决心才决定跟你求婚，也许命运捉弄人吧，怪不了你。"Allen 无可奈何地说。其实他是想怨陈青的，可是面对她的态度，面对这个柔弱的女孩，他竟然无法说出狠话。他不想在 Edison 昏迷的时候对陈青说些伤害她的话，如果那样的话，Edison 也许会更加难过。

"我能进来看看他吗？"

"可以。"

陈青走了进去，她强忍着泪水，她好想摸一下他的额头，感受他的温度，可他什么也不知道，只管自己安静地沉睡着。她凝望着他的脸庞。Allen 在旁边看着，他看得出来，她对他是有感情的，只是感情的事外人是很难插嘴的。她紧握着他的手，在心里默默地说："你快点醒过来，我还等着你给我一个解释呢，亲爱的。"

因为 Allen 在，所以陈青与蓓蓓待了一会儿就离开了。之后陈青在医院楼下转了半天，始终没有离去。她劝蓓蓓去上班，假装自己也去办公室了，然后转了一圈又回到医院大楼。医院走廊静悄悄的，她就站在窗外看着他，然后又闭上眼睛向老天爷祈求。

如果没有她，他就不会躺在病床上，她内心充满愧疚，她宁愿现在躺在病床上的人是她，她反而更加心安理得一些。如果他一直昏迷着，她将不能原谅自己，这一刻，她恨死自己了，恨自己的无能，恨自己的自私，也恨自己的残忍。如果不是自己心里装着蒋明羽，她就不会去学校，也不会喝醉酒，那样的话，他也不会误会，不会故意气她。她相信他不是个随便的人，只要他醒来，她决定原谅他，和他重归于好，她不想他再受伤害了，他是多么好的一个人，他把她视为唯一，而她呢？此刻的陈青看见插满针孔的 Edison，她更加无法原谅她自己，可是她能做些什么呢？

夜晚医生和护士来查房，刚好陈青在，他们问起 Edison 以往的病史，并问她 Edison 脑部是否曾遭受过重击导致失忆，并且导致他现在的脑部神经出现与以往案例不同的情况。陈青称自己并不知道 Edison 的病史。"难道他曾经失忆过？他怎么从未提起过呢？不过这也只是医生的推测而已，并没有得到他家人的认同。"陈青带着疑问离开了医院，嘴里还在自言自语着，"他怎么从来没说起过呢？到底是不是真的？"

第二天一早陈青发现蓓蓓已经出现在她家的小区门口："你怎么来了？"

"专门来接你！你昨晚很晚睡吧？"蓓蓓问她。

"你怎么知道的。"陈青表示惊讶。

"因为你不是个没有良心的人哪，他都这样了，你肯定放心不下，晚上必定会去看他的。"

"你知道吗，Edison 以前脑部受过撞击，可能还失忆过。"

蓓蓓非常震惊，原来 Edison 保密工作做得这么好。

"医生问我的，她以为我知道 Edison 的过往病史。"

"怪不得这次 Edison 脑部一受撞击就昏迷不醒了，按理说没有这么严重。"

"不知道这次他会不会失忆，一醒来就不认得我了。"

"不会的，也许他有免疫力了呢！"

"嗯，但愿如此。"

"现在，是去医院还是上班？"蓓蓓问陈青。

"先去医院看看他，再去上班。"

两人赶去医院，但是在原来的病床上找不到他了，一问护士才知道，Edison 已转到贵宾看护室。于是她们来到贵宾楼层，陈青远远地看见了 Allen，然而在 Allen 旁边站着的是一位打扮贵气、优雅得体的妇人。陈青看不清她的脸，只是这背影她好像在哪儿见过，她正在与医生交谈。她想这位优雅的女士一定就是 Edison 的母亲吧！Edison 曾多次跟陈青提及要见家长，只是陈青每一次都推脱，现在想想幸好没有见面，否则陈青会被吓跑的。她潜意识里有一种感觉，Edison 的母亲看不上她。此时，她站在那儿，不敢往前走。

"进去啊，傻站在门口做什么？"蓓蓓催她。

陈青指了指病房里的人，可是蓓蓓已经闯进去了，陈青也只好硬着头皮跟了进去。

"你们是？"Edison 的母亲有礼貌但却冷冰冰地问。

"我们是同事。"蓓蓓本想说是朋友的，但是一看到 Edison 母亲严肃的眼神，只好乖乖地说是同事。

"谢谢你们来看他，告诉其他同事最好别来医院打扰他。"

"这是什么话，我们是关心他。"蓓蓓很不高兴，但是这句话没有说出口。

"我们还是走吧！"陈青拉着蓓蓓说。

"这位姑娘是谁？"Edison 的母亲显然注意到了陈青。

"是弟弟的助理，她很关心 Edison，昨天也来过了。"Allen 不敢说陈青是 Edison 的女朋友，如果姑母知道了她真实的身份，又让她知道了 Edison 是因为追赶她才遭遇车祸的，按照姑母的个性，她一准儿不会允许陈青来医院探视他，而 Edison 肯定不希望看到她们俩闹矛盾。所以机智的 Allen 只好告知姑母陈青是 Edison 的助理，这样，她才会放下戒心，只当她是关心上司而已，事实上她也确实是他的助理。

Edison 的母亲盯了陈青一会儿，没再吭声，又专心地看着 Edison。

蓓蓓因为 Edison 的母亲的态度，很快就拉着陈青出了病房。

医院里，Allen、Edison 的母亲和医生正在商量着如何应对。Allen 告知姑母美国的威廉博士最近正好在北京协和医院开研讨会，如果能请他过来，那是最好不过，他是这方面的专家。医院里的医生们也都表示同意，他们早就听过威廉博士的大名。当天 Allen 就通过电话联系到了博士本人，他表示明天就可以飞过来，因为会议今晚就会结束。Edison 的母亲欣喜万分，这代表着自己的儿子有救了，无论如何，她将尽全力救治自己的儿子。她想起五年前，又看看现在在病床上的 Edison，她感慨万千："孩子，你怎么就这么不小心呢？难道这一次你也是怨妈妈吗？你都这么大了，有什么事我一定会成全你的，不会反对了，只要你喜欢就好。"

Edison 前段时间和母亲视频的时候偶尔透露过他有喜欢的人了。他对母亲说可不许反对哦。她本打算趁着春节安排见一见他喜欢的女孩，没想到看到的却是他躺在那儿昏迷不醒。这个在商场里身经百战的女强人，她没有过多地显示悲伤，她明白她要找到最好的医生来唤醒 Edison，她没有难过的时间。

威廉博士第二天下午就到了医院，他听取了医院里主治医生的介绍，并且亲自来到病房里为 Edison 做详细的检查。透过脑部 CT 的扫描可以大概看出 Edison 的脑部神经确实在发生车祸时受到一定的撞击力，从而导致脑部神经元部分受损，现在最主要的就是要使 Edison 的脑部保持充分的血液循环。当然医生已经每天在给他注射药物。

"如果他的意志力足够坚定，并且他对生命保持热情的话，用不了多久，他就会苏醒的，只是具体时间要看他自己的身体素质和心理反应。很多失忆的病人在脑部受重创以后，根本就不愿意想起那些令自己害怕和恐惧的场景，所以很多人都没有恢复过来。"

"博士，您的意思是我们需要创造条件，让他有苏醒过来的理由吗？"

"可以这么说！"

"如果他有什么事情放不下呢？" Allen 问。

"对，这也是一种方式，让他知道还有人等着他，还有美好的愿望在等着他，这样才会激发他的脑部神经，从而加速他的脑部血液循环，一旦脑部神经通畅后，他会渐渐恢复知觉，过去的记忆会在他的大脑形成图像，像一张张图片一样冲击着他，在某个特定的时间节点，他就会醒过来。"

"博士，我明白了。如果是他心里面惦记着的人在呼唤着他，他是不是会早点醒过来？" Allen 问。

"有这个可能性。从心理学角度上说，喜欢的人会给自己力量，坚定自己的意志力，即使他昏迷了，他仍然可以在内心感受到。当他的内心感受到的时候，他全身的器官会帮助他加快复原的步伐，从而可以更早康复。"

"希望他一切顺利，早点康复。"威廉博士对 Edison 的母亲说。

Allen 安排威廉博士入住酒店，待一切都处理好后，他给陈青打了电话："你下了班以后有空吗？能来医院一趟吗？"

"我……我是很想来看 Edison，可是……"陈青不好意思说自己怕见到 Edison 的母亲。

"你是担心碰见 Edison 的母亲吗？"

"关于 Edison 的事，想和你商量下。"

"要不约在单位附近的咖啡馆吧！"陈青说。

Allen 想 Edison 一定是需要陈青的，此时此刻，只有她能给他力量，给他支撑。

约定的时间到了，陈青准时出现在咖啡馆。Allen 向她简单说明了威廉博士的话，陈青听出 Allen 话中的意思。"你大可不必担心姑母的想法，因为我们都想 Edison 赶快好起来。"

"我明白的，其实不用你说，我也会经常去看他的，只是有时候在想到底以什么样的名义去合适，这点我自己也觉得尴尬。"陈青如实说。

"就以朋友的名义，反正你们交往也有一段时间了。就算你们要分手，至少也得等他醒来，让他给你一个解释吧！就算已经分手了，他现在变成这样，难道你能放得下吗？毕竟他是喜欢你的，他对你是认真的。尽管将来不知道会怎样，但我真心地希望你能帮他，我作为他的哥哥请求你帮助他，可以吗？"Allen 诚恳地说。

陈青毫不犹豫地就答应了，因为她也想让 Edison 快点好起来，这样，她才会减轻一些负罪感。Edison 发生这场车祸，她也责无旁贷，如果说 Edison 再也醒不过来，那她这辈子将寝食难安，她又该怎么活下去？

吃过晚饭，陈青和蓓蓓来到医院，她们悄悄地在病房门口站了很久，确定里面没人，才走了进去。他还处于昏迷中，她给他讲他们相识之初，她对他的印象，她对他讲她偷偷地在外面看他和他表弟亲昵的行为，讲他们一起看流星雨的场景。然而 Edison 仍然只顾自己安静地沉睡着，仿佛陈青讲的这些都与他无关，仿佛这些事情已经离他很遥远了。他远离了尘世的喧嚣和繁华，独自寂寞地在他的世界里沉睡着。

陈青说着说着，靠在床沿边睡着了，她梦见他醒了，只是却认不出她来了，她正在难过之时，却被蓓蓓的叫声惊醒了，一睁眼发现 Edison 还在昏迷着。"原来只是一场梦。"她揉了揉眼睛，清醒了许多。

"我们走吧，让他好好休息。"蓓蓓说。

"我不走，我要陪着他。"陈青说。

"你明天还要上班，不能熬夜，你看你都瘦了，他要是知道了也会不高兴的。"蓓蓓说。

陈青和蓓蓓刚走出医院的大厅，Edison 的母亲从另一个方向走进了大厅。

第
二
十
一
章
／
真
相

　　回到家里，母亲已经睡下了，陈青脱下外套，在房间里向老天爷祈祷，希望 Edison 能早点醒过来。她在心里默默地说："你一定要快点好起来哦。"没有他的问候，陈青的心里空落落的，感觉心也不安定了，她想如果 Edison 没有遇见她或许他可以活得更好一些，至少他可以避免这场车祸，只是一切都不能假设。她安慰自己好好地去面对这一切，她这样责怪自己明知道没有什么实际的意义，或许只有这样她才会更坦然一些。这一夜她辗转反侧，难以入眠。

　　清晨她就醒了，寒冬的季节夹杂着冷与冰，她一早就赶到了单位，打算早点做完事情就去看 Edison。

　　中午时分，一位女孩来到办公室，陈青以为是哪家杂志社约的模特。

　　"请问你是？"

　　"我来找 Edison，他在吗？"

　　女孩走近了陈青，直到看清她的样貌，突然后退了几步，这一点让陈青感觉诧异，只见女孩面容略略失色，但又很快镇定下来。

"你是他的朋友吗？你先坐一会儿吧。"陈青说完给女孩倒了一杯茶。

"我是他的朋友，刚从国外回来，请问他在吗？"女孩问。

"他，他在医院里。"陈青露出难过的神情。

"Edison 哥怎么了，他还好吗？"她着急地问。

"他，他……"陈青快要控制不住自己了，她强忍着不想让外人知道。

"快说呀，他到底怎么了？"

"他出了车祸，昏迷了。"

"怪不得我联系不上他，我还以为他太忙碌了，所以来办公室找他。"

"我也很难过，希望他早点醒来。"

"Edison 哥是个很小心的人，他怎么会出车祸呢？"她越看陈青越觉得她像极了一个人，此时，她疯狂地抓住陈青的手臂，"是不是你？是不是你把 Edison 哥害成这样的？"

陈青一惊，她心虚，所以任由女孩抓住她的手臂，就算她打她，骂她，她也决不还手。这一刻她很痛快，她想她就该被人这样教训。只是，眼角的泪水还是不经意间流了下来。女孩看了一会儿陈青，然后从包里拿出一张照片，指着照片上的一个女孩问陈青："这个人是你吗？"陈青定睛一看，是多年前的她，可是旁边那个人明明是蒋明羽。

她大吃一惊："你认识明羽哥？"女孩嗯了一声。

陈青抓狂地问："他在哪儿？"

女孩看了她一眼，她知道他们或许没有相认，只是时隔多年，她还会在意他吗？

"我一直在找他，你快告诉我他在哪里？"陈青几乎是哭着说的。

"他在医院里，他出了车祸。不过，那是五年前的事了。"

"那他现在呢？明羽哥现在在哪儿？"陈青急切地想知道他的下落。

"你还爱他吗？"女孩问。

"我忘不了他。"

"可他不记得你了。"女孩说。

"我一直都忘不了他，所以 Edison 才出了车祸。"

"什么？你是说你是因为蒋明羽，所以让 Edison 哥难过？"

"是的，既然你是他们的朋友，我就都说了，我不想内疚，可是 Edison 确实是因为我才发生的车祸，我也很纠结，所以，请你告诉我明羽哥在哪儿，我想见他。"

"兜兜转转，造化弄人啊。"女孩突然冒出了一句话。

"如果你为难的话，请你转告他，说我想见他，可以吗？"陈青不想强人所难。

"照片我会给 Edison 哥的。"女孩笑着说。

"不，不，不要给他，我不想给他造成刺激，即便他醒来后，他也需要康复。"陈青小心地说。

"照片我是肯定要给 Edison 哥的，否则他怎么知道你就是他曾经深爱着的人呢！"女孩的眼里闪烁着泪花，因为她被陈青给感动了。其实此番前来，她也是想告诉 Edison 所有的真相，即使他失忆了，他也有权利知道曾经发生的一切，她不想自己这辈子都过得不安心。

"你的意思是……"陈青脑子还是一片糊涂，她不敢相信。

陈青脑海里闪过很多画面，包括在 Edison 家最初发现的那张画。

可是，可是这当中到底发生了什么？陈青还是不太敢相信，难道又是自己的幻想在作怪？难道又是自己在天马行空？她坐在沙发上，情绪稍微稳定了些，但是她的手仍然在抖，不知道是因为天太冷，还是因为紧张。她害怕自己会受不了，也害怕自己多年的希望会变成失望，或者更有可能是绝望。眼前的这位女孩，看来只有她才了解事情的真相，所以陈青恐慌，要是她说一点点的谎言，陈青想自己也会相信的，她从来没有如此害怕过，她在心里祈祷，但愿事情的真相不会让她的心灵崩溃，否则这一生她都过不好了。女孩明显看出陈青的紧张状态："你这么爱他，难道怕他会变心吗？"

陈青只得苦笑着，她想灿烂地笑出声来，可她明白，在这样的状态下她无论如何是很难笑出来的。

"其实我是明羽哥的前女友。"女孩淡定地说。原来她就是 Edison 的青梅竹马，和他一起长大的 Maggie。

果然来者不善。陈青直冒冷汗，她想象到肯定没有什么好事，还好，是前女友，要是现女友，她非泪崩了不可。

"你别那么紧张，我不是来抢你的明羽哥的。"Maggie 看了陈青一眼。

"五年前明羽哥发生了一场车祸，脸部大面积烧伤，脑部神经受损，在当时是非常可怕的一件事。他的母亲从国外请了专家来帮他做脸部恢复治疗，但是仍然很难恢复到从前的模样。令人可喜的是他的脸部做过修整后，依然还是那么帅气，我们还是非常喜欢他。然而最为可怕的是他失去了部分记忆，他在见到我的时候，以为我还在读高中，其实我已经在澳洲读大学了。他的母亲本来就希望他出国念书，无奈他放不下大学的恋人，当他失去部分记忆之后，他去澳洲念书就成了顺理成章的事，他的母亲甚至都没有让他和同学们告别。此后的几年，他一直在澳洲读书，而我也成了他的女友。我和他青梅竹马，从小一块儿长大，可后来我才发现，其实我一直当他是哥哥。人有时候是因为得不到所以才嫉妒，才发誓一定要得到。当我发现自己的内心的时候，我果断地离开了他，其实他的内心里也一直有你，而不是我。可这一切，他全然不知，因为他失去了对你的记忆。我想，他那时候一定是恨我的，可我却始终没有告诉他真相，因为我怕自己在他心里的位置会降低，那样至少还保留着对我的美好印象。女人，有时候真的挺可笑，也很自私。所以，请原谅我年轻时候的自私吧！"

"所以，明羽哥就是 Edison？"

"是的。"

"原来他那么痛苦，是因为找不到自己的过去，我还以为他有什么事隐瞒我。原来他头痛，是因为车祸的后遗症。怪不得他和我在一起说很安心。"

"因为他爱你！如果我没有猜错的话，他的内心深处只有你的存在。"

"可我却害他出了车祸。"陈青不安地说。

"他会原谅你的。也许这就是命。你们还是遇见了。"

"可我却一直苦恼着，原来他早就在我身边了，我怎么这么笨，怎么没感觉到。"陈青在深深地责怪自己。

"你能告诉我五年前他为什么会出车祸吗？"

"据说那天他和他的母亲吵了一架，我想是因为他不想出国吧，而他母亲认为他出国会有更好的发展。"

陈青想起他曾对她说的话，他说等他们毕业了就结婚。她想他违背母亲的意愿也是因为她。她的愧疚与自责此时无法形容，她觉得自己是世界上最自私的人。

　　Maggie 此刻的想法就是快点见到 Edison，她仍然视他为兄长一般，她庆幸自己没有过于自私，她还保留着那一张照片，这算是她对他的补偿吧，这样她的心里也会舒服许多。因为毕竟她帮他找到了他曾经的爱人，她想，他是不会怪罪她的自私的。

　　陈青不知道此时的自己是该喜极而泣，还是该悲伤？喜的是她终于找到了她的明羽哥，悲的是她的明羽哥拜她所赐而陷入昏迷状态。假如明羽哥无法醒过来，她这一生都无法饶恕自己的罪过。难道她就不能早点感知他对她的好吗？他对她的感觉，他看她的眼神，难道就不能早些发现吗？如果那样的话，她的明羽哥就不会再次受到重创，可陈青明白再自责也无济于事，她想让他赶快好起来。

　　到了医院，Maggie 一头扑在 Edison 的床上："Edison 哥，对不起，我早该告诉你事情的真相，不然你也不会惨遭车祸的。"

　　"不要难过，他会感谢你的。"陈青反倒安慰起了她。

　　陈青站在病房里充满温情地看着她的明羽哥。他什么都没变，原来他一直在她的身边，她没有爱错人，她相信他很快就会苏醒的。这一次，她再也不会放开了，她在内心里发誓。"哪怕前有刀山，后有火海。"她坚定地对自己说。她日思夜想的人儿，她天天牵挂的人，让她肝肠寸断的人，此刻就在她的面前。她想起他对她的温柔，想起他对她说的情话，想起他的在乎，她的心里满满的温暖。"我亲爱的人，我一定会唤醒你的，一定会，等你醒来的时候，一定会有惊喜的。你好好地恢复体力吧！"

　　Allen 正好从外面走进来："你怎么在这儿？"他见到 Maggie 很是惊讶。

　　"Allen 哥，我刚回国，没想到 Edison 哥住院了。"

"是啊！这家伙令人担心啊！"

"没关系！Edison 哥一定会好起来的。"

Allen 和 Maggie 走到了走廊边的家属休息区，而陈青坐在靠床沿边的椅子上。她的手抓着 Edison 的手，此刻，所有的言语都是苍白的："明羽哥，我来了。对不起，我来晚了，你会怪我吗？"

突然，病房里的警报器响了，陈青慌忙中按了紧急按钮，护士马上赶来了，紧接着医生也赶了过来。陈青在一旁吓得嘴唇发紫。

Allen 从走廊跑到了病房里："医生，怎么回事？"

医生微微一笑，说："这是好事，病人的心跳已经慢慢地向正常水平靠近了，病人的潜意识中有想要复苏的意愿。你们不用担心。"

"谢谢你，医生。"Allen 说。

陈青这才放心，Allen 和 Maggie 都看向了陈青，他们一致觉得是陈青让 Edison 有了力量，有了活下去的勇气。

"明羽哥，加油哦！"陈青在内心里说。

不一会儿，Edison 的母亲出现了，陈青悄悄地退了出去。当 Edison 的母亲见到 Maggie 的时候又惊又喜，陈青回头看了病房里的 Edison 一眼，依依不舍地走了。

她一个人漫无目的地走在街上，回想今天的一切，这一切来得太突然，让她没有丝毫的准备。她原本应该开心和快乐，可是她一点也高兴不起来，为什么之前她没有察觉到，为什么她没有勇气去问 Edison 那张画的由来，如果她多一点勇气，那么现在 Edison 就不会受那么多的苦，而她自己也不用纠结这么久到底是爱他还是爱蒋明羽。她想找个地方大声地哭，可是她发现哭不出来了，真是命运的捉弄。原来他承受了那么多，而自己却还在不停地埋怨他，怨他的残忍，怨他的无情，怨他的音讯全无，原来这一切他也无法把控，当他找不到自己的过去时，他该是多么的痛苦，多么的无能为力。原来那个寒假他出了车祸。当陈青想到这些的时候，在无人的角落，她情不自禁地流下了眼泪。

手机铃声响了。"喂。"

"喂，你在哪儿呢？"

"我，我……"陈青哽咽着说不出话来。

"你怎么了，怎么哭了？"蓓蓓问。

"我没事。"陈青低声地说。

"肯定有事。到底怎么了？"蓓蓓关心地问。

陈青在电话的这一边沉默了，她似乎有很多话想说，但是却一下子不知从何说起。

"你现在在哪儿？我去找你吧！"

"那好吧！"

陈青曾经无数次走在大街上，寻找着蒋明羽的下落，她彷徨，她不安，她只想在人群中不经意地找到他。然而蒋明羽就是 Edison，她真的在内心里能够接受吗？她觉得自己是有多可笑，原来近在眼前的恋人就是她一直想找寻的初恋，老天真会捉弄人。而且他又一次因为她而进了医院，如果她没有猜错的话，五年前他也是因为她而和母亲起了争执，驾驶着摩托车，匆忙中忘记了戴头盔，她明白他一定是想发泄一下心中的苦闷。而那时候为什么她什么都不知道，为什么她不明白他的处境？她问自己。如果没有她，他一定会好好的，有个和他相称的女友，他也不用遭受这么多的苦难。她愧疚无比，她该怎么办？她一个人坐在公园的长椅上发呆，双手抱着头，不顾冷风的吹袭。

"我就知道你在这儿，发什么呆呢？"蓓蓓出现在了陈青面前。

"世界都乱套了。"陈青一阵苦笑，悲情地说。

"Edison 醒了吗？"

"不，他还没醒，不过，医生说已经朝好的方向发展了。"

"那是什么事？"蓓蓓着急地想知道陈青要告诉她的究竟是何事。

"你知道 Edison 是谁吗？"陈青一字一句地说。

"他是谁？富二代？官二代？这有什么可稀奇的，他家境优越大家早就知道了。"蓓蓓说。

"不是说这个。"

"你快说，不说我怎么知道。"

"Edison 就是蒋明羽！"陈青认真地说着这句话。

"啥？ Edison 是蒋，蒋……"蓓蓓瞪大了双眼，简直不敢相信。

"对，他就是蒋明羽。"陈青几乎是重复着自己说的话。

"青，你可别吓我。"

"你知道今天谁来找我了吗？"

"谁？"

"Edison 的前女友。"

"她来找你干吗？"

"确切地说她是来找 Edison 的，她联系不上他，就来到单位，后来跟我讲述了过去发生的事情。"

"这到底是怎么一回事呀？我都被搞糊涂了，Edison 咋就是蒋明羽呢？"

"明羽哥五年前出了车祸，还导致了部分记忆力丧失。"陈青给蓓蓓大致讲了当时的情况。

蓓蓓唏嘘不已

"所以他不记得你了？"

陈青点了点头，一脸忧伤的样子："原来他经历了那么多，而我什么都不知道，还一直在责怪他，埋怨他。"

"你别自责了，你也不知道当时发生了什么。"

"那后来呢？"

"后来他就去了国外。"

"难怪你不管怎么样都找不到他，原来是去了国外。"

"怪不得他家里挂着一幅画，却从不让任何人进去他的卧室。要是那时候我打破砂锅问到底就好了。"

"也不一定哦。或许那是他的痛处吧！"蓓蓓又紧接着说，"怪不得你们第一次见面,他就答应你做他的助理。原来你们还真是心有灵犀。"

"都怪我太笨，他经常头痛，我就该了解其中的原委。没想到如今又让他受到伤害。"

"冥冥之中，你们再相遇。哇，好美的爱情桥段呀！"蓓蓓抬头仰望着天空，虽很冷，但天很蓝。

"你别挖苦我了，他都还没醒呢。"陈青担心地说。

"不要着急，这是老天给你们的考验。"蓓蓓笑着给她打气。

"你还开玩笑，我都不安极了。"

"你怕他醒不过来？"

"也不是。"

"他为了你变成这样，你得加油哦，别再让他难过了。"

"我明白，可我反而觉得很有负担，又害怕，也不知道该怎么办。"

"不用担心，至少你不用左右为难了，你爱着他，他也爱你！这就够了！"蓓蓓安慰着陈青。

　　"我怕他醒过来，不记得我了。"

　　"傻丫头，你乱担心什么。不是有那位前女友嘛，她肯定会告诉他真相的吧！"

　　"我还是担心！"

　　"你这是杞人忧天，他为了你能承受这么多，你也不该畏畏缩缩的吧！我看你挺勇敢的，怎么找到他了反而变懦弱了呢？"蓓蓓一边跟陈青讲道理，一边给她打气。

　　"我也不知道自己这是怎么了。本来应该开开心心的，可是为啥却又忧虑了呢？我也搞不懂我自己了。"陈青说。

　　晚上，陈青回到家里，她从抽屉里拿出他和她以前的照片，看着他过去的照片，心里生出无限的深情："我终于找到你了。"然后她拿出他曾送给她的银色怀表，把它握在手心里，又放在胸口，只听到怀表发出嘀嗒嘀嗒的声音，那是他们曾经共同聆听过的声音，她相信在他的记忆深处，他仍记得这只怀表的声音。她想或许它真的能唤醒他，让他早点康复，她已经不想再等待了，她要她的明羽哥快点醒过来，她有好多好多的话想向他诉说。陈青披了件深色羽绒服，将怀表小心翼翼地放入包中的内袋里，边走边对母亲说："妈，我去医院了，估计很晚才回来，你别等我了。"

　　陈青走在寒冷的夜里，匆匆的步伐与路上依稀可见的人影形成巨大的反差，而她却丝毫不觉孤单。她要拼尽全力让他从寂寞的世界里醒过来，然后告诉他，她一直在等他，她一直在寻找他，他是她今生的港湾，她从未忘记过他的容颜，她要给他讲好多好多的故事，也要给他讲自己多年来的期盼与纠结。在她的内心深处，她已经积攒了太多的言语，而那些言语她只想向他倾诉。她想他也一定有好多的话想向她诉说。思念的苦一定让他难以开怀，而他却只能沉默，他得多么绝望和失落。想到这些，陈青的泪悄然落下，她轻轻擦拭了自己眼角的泪滴，告诉自己要坚强些，他一定不希望看到她流泪，他怎么会舍得让她流泪？

"姑娘，到医院了。"司机说。

"谢谢你，师傅。"

陈青跳下出租车，直奔贵宾房。此时，住院部静悄悄的，不当班的护士正打算休息了，值班的护士才刚刚上岗，随时准备着病人各项指标的检测。陈青轻轻地推开门，这个时间点她知道不会碰上 Edison 的母亲，不知为何，当她看到 Edison 的母亲时，心里总是不免有些怕怕的感觉，所以她想尽量避免和她见面，尽管将来难免还是要碰面的，她想能避则避吧！熬过这段艰难的岁月再说，她不想在这段时间里和别人起冲突，也不想让别人破坏了自己的心情。

Edison 仍然在沉睡中，只是他的呼吸声很正常。陈青伏在他的胸口听他的心跳声，她这才放心了，一种熟悉的感觉又萦绕在心里。白天她不敢太放肆，这个时候没人，她大着胆子在他耳边轻轻地呼唤着："明羽哥！"他的氧气罩已经拿下来了，嘴唇略干。陈青去护士台向护士要了一些棉花棒，取出自带的矿泉水，在他的嘴唇边涂抹。又去拿了热毛巾，擦了擦他的额头，还有脸颊。时间一分一秒地过去，只听得到怀表走动的声音，她感到前所未有的安心，即使她的明羽哥何时醒来还是个问题。她相信他很快就会恢复到从前有活力的样子，这一点，她深信不疑。她感觉到他们好像回到了从前的样子，即使他什么都不说，她也了解，他一定深深地思念着她，他一定在用最快的速度来恢复，等着和她相见的那一刻。想到这些，她的眼眶湿润了，红红的，她用纸巾轻轻地擦了擦。她关掉了病房里最亮的灯，只剩下一盏微弱的米黄色的灯。她想这样他会睡得更好一些。她把他裸露在外的手放进了被子里。怀表在他的耳边嘀嗒嘀嗒地响，她想他会听得到的，那是她对他期盼的声音、等候的声音，她对他多年的守望的声音。他一定能听得到的，她确信。

在陈青困意十足、将要睡着的时候，Edison 的手指动了一下，她没有发现。然而她却看到他的嘴唇在蠕动着，想说些什么却一下子张不开嘴，陈青感到一阵欢喜，她揉了揉眼睛，急忙按了铃声。一会儿护士来了，值班医生也来了。医生检查了下 Edison 的身体，说："一切都好，不必过于担心，会好起来的。"

陈青的内心一阵窃喜，她想象着自己多年的等待，Edison 马上就要以不同的身份与她相见了，她是多么期待，多么开心，想象着见面的时候该说些什么呢？得好好想想，她在心里对自己说。想起过去那些美好的岁月；想起那些校园里怦然心动而又胆小的场景；想起她第一次看到他时的情景；想起在 Allen 家参加 Party，她不小心闯进来，而他却莫名其妙地吻了她。想起这些她的内心无比的喜悦，原来他和自己早就遇见了，原来不管经历过多少，他们总会再次相遇的。想起自己那天晚上喝得大醉，她在心里笑话自己好傻，为什么连眼前的人都会不认得，为什么自己没有勇气向他坦白一切，如果早点说明，也许早就相认了，他也不会遭受这一难。想到这些，她又恨自己，多希望他平安无事，早点苏醒过来。她发誓再也不会让他孤独了，她会一辈子都跟着他，陪在他的左右，她会给他生孩子，生好多的孩子，只要他愿意。她会陪他说话，陪他一起疯，一起 high，不会让他空虚。如果他真的想去国外，她也愿意陪他去，并且她打算有时间要好好练习英语口语。就算他的母亲反对，陈青也会努力得到她的认可，她绝对不会再逃避了。

想想这些，她竟然不知不觉地睡着了。醒来，才发现自己头靠在床沿边差点压住了 Edison 的手，她差点大叫了出来，要是他的手被她压得麻痹了，那她绝对不可能原谅自己的。

走到窗边，天灰蒙蒙的，还未亮，路上行人稀少。她一看怀表，才五点钟，原来她也已经睡了两个小时了。门轻轻地打开了，护士轻轻地走了进来，给 Edison 测量血压和体温，并对陈青说："血压正常，体温 37 摄氏度。"

陈青又拿出热毛巾给 Edison 敷了一会儿。她收起怀表，估算着他的母亲等会儿肯定要来了，于是打算先走了。走前在他耳边小声地说着："我走了，明羽哥。"又偷偷地亲了下他的脸颊，然后小心地关上门。

陈青去了办公室。一上午，她打起精神把一天的工作做完了，虽然很累，但是也感到很满足。一空下来，正打算为吃什么而发愁时，前台的电话接了进来："青姐，有一位阿姨找您！"

"好的，我知道了。"

接了电话，陈青坐在椅子上足足发呆了三十秒，她回不过神来，Edison 的母亲居然这么快就来了，她越想越心慌。突然，她站了起来，整理了自己的着装，把桌子上、茶几上乱七八糟的东西叠放好，然后给自己倒了一杯冷水，打算缓和一下自己紧张的心情。算了下时间，觉得差不多了，她打开门，正在她忐忑不安的时候，一个熟悉的身影来到了她的面前，陈青差点笑自己刚才太小题大做。"妈，您怎么来了？"

"给你送饭啊，你看你早餐也只吃了一点，天又冷，不补充点能量怎么行？"

陈青打开饭盒，有萝卜炖排骨、西兰花、西红柿炒蛋，还有小黄鱼。"哇，好丰盛啊。"陈青高兴地说。

"比你在这吃得好吧！"母亲笑着说。

　　"嗯，那是当然。"

　　"赶紧吃吧！"

　　陈青终于不用担心吃什么了，她也真是饿了，顿时狼吞虎咽起来。手机里简讯传来，是 Allen 发来的："Edison 状态好些了，谢谢你。"陈青内心感到欣慰，她知道他会好的，他就是懒着不肯醒过来，他就是想让他们担心，不过，那样也好，等他休息好了，觉得无趣了，他自然就会醒的，她想。

　　"你在发什么呆呢，端着个手机。赶紧把剩下的都吃完呀。"母亲在一旁又唠叨着。

　　"哎呀，妈，你别催我，让我缓一缓不行吗？"

　　"不是妈催你，这饭都凉了。"

第
二
十
二
章

／

苏
醒

　　医院里，医生正在给 Edison 做检查，从脑部扫描图上显示，Edison
脑部瘀血块正在逐步地减少，对神经元造成的伤害也正在逐步地降低，
血液流通的速度也正在加快。

　　"瘀血会完全消失吗？" Allen 问。

　　"有这个可能。如果完全清除掉的话，他甚至会恢复所有的记忆。"

　　"什么？你是说他会想起所有的事情？" Allen 再次确认自己是否
听错。

　　"是的。不过，还有一点是病人是否自愿想起某些记忆。也就是说
有些病人他是不愿意让自己回忆起某些事的，因此大脑也就自动屏蔽了
某些记忆。比如说他经历的一些伤痛、一些挫折，一些他自己并不愿意
想起的不开心的事。这完全取决于病人自身。"

　　"好的，谢谢你医生。"

　　医生走后，Allen 陷入了极大的迷茫，不知这是好事还是坏事，如
果说是好事的话，那么 Edison 慢慢好起来，神经元也慢慢地恢复了正

常，他应该感到开心才行。可是如果他醒来，想起了所有的人、事，却偏偏不记得陈青，他会快乐吗？他脑海里闪过一些画面，虽然 Allen 明白自己想得太多了，可是有些事不得不让人纠结。只是陈青对他那么重要，他怎么会忍心屏蔽她呢？ Allen 马上又觉得自己刚才的想法真是多虑了，难道 Edison 就真的那么经受不起打击吗？五年前的那场严重的车祸他都熬过来了，难道说这次会熬不过来？ Allen 在走廊上来回走了几圈，他想肯定是自己这段时间神经衰弱了，所以才这么神经紧绷，他相信 Edison 一定会好起来的，一定会彻底好起来的。

Edison 感觉到自己仿佛进入了外太空中，他一个人在漆黑的黑洞中找寻着自己的身影。他慌乱中打翻了角落里的一面镜子，他本以为碎片会伤害到自己，然而事实却完全相反。在他的面前出现了明媚的阳光，校园里绿意盎然，一对青年学生正在图书馆里写作业、看书，他认真地看了她一眼，然后又继续埋头用功。这女生不就是自己的初恋吗？为什么她会和这个男生在一起呢？于是他想啊想，想啊想，他越想越气愤，这女生不是背叛自己吗？他无力地挣扎着，他只觉得头好痛好痛。他又看到了一场车祸，这场车祸的主人竟然也是刚刚看到的男生。又一个画面闪了过来，他和她手牵手走在校园的绿荫小道上，旁边引来羡慕的眼光。为什么总是会出现他，他到底是谁啊？他只觉得一阵头疼，他开始站不住了，他受不了他的面前全是他的画面，这位男生跟自己到底有什么关系呢？他心想。好累呀，他想歇会儿，就靠在角落里迷迷糊糊地睡着了。脑海里有一个声音传来："我就是你，我就是你呀！难道你忘了你自己了吗？我是以前的你啊。就算你忘了我，你也不能忘了她呀，她是你最心爱的女人。"他在恐惧中醒来，四周仍是一片漆黑，他茫然地想走到有光的地方，可是没有。"我不想待在这个地方，我不想，好害怕。"他的内心在呼喊着，可是没人能听到他说的话。一阵风吹来，他不禁打了个冷战，他裹紧了自己的衣服，然而不知怎么回事，他竟又昏昏睡去了。"难道说天上一年，人间一百年？"睡梦中，他竟听到有人在轻轻地呼唤他："明羽哥，明羽哥！"声音此起彼伏，从远处传来。"难道是她在想我了吗？"他想，"她在呼唤我吗？"他回忆起了那位女孩，是他的初恋，还有那个令他讨厌的男生其实就是他自己，从前的自己，他终于什么都想起来了。他想她一定是等急了，他得赶快回去，赶快去见她。可是他走了好长时间，也没发现出口，他又继续走啊走，他又绕了一圈发现周围还是一片漆黑，他四处又找了找，也不知走了多久，躺了下来，然后他又睡着了。

　　这一次，他又梦见了自己的妈妈，他发现母亲苍老了，还有他的表哥也憔悴了，还有他看见了自己在澳洲生活的样子，看起来很阳光、很快乐其实却很忧郁的自己，他也看到了一个哭得像泪人似的女孩，她拿着他的照片在哭，伤心欲绝的样子。他哭着醒了过来，想了想刚才梦到的人，揉了揉眼睛对自己说："我一定要离开这个黑暗的地方。"可是他努力了几次都没有找到出口，他靠在一处墙壁上，一边流着眼泪，一边喃喃自语："我该怎么办？"

　　头上有一束小的光线从墙上斜射进来，只是一束很微弱的光线。

　　他决定用尽全力去冲破那面墙上的洞，此时已是他最后的机会了。他看到了光线，但一用力似乎脑部又受到了剧烈的撞击，他又一次昏倒了，他失去了知觉。只是他的心却在说："我回来了，我回来了。"

　　三天后，Edison 苏醒了，然而气息却还是微弱，身体也处于极度的虚弱状态。他微微地睁开双眼，感觉到自己全身上下插满了各种管子。原来他做了很长很长的梦，他差点就留在外太空了，独自一个人孤零零的。

　　早上的阳光透过玻璃照射了进来，虽然很刺眼，但是他的内心却是开心的。他还不能起来，只能睁着眼，陈青给他喂了一小碗粥。他看着陈青，却不知要如何表达，他知道她是谁，只是现在却还不能喊出来。因为他的母亲在旁边，陈青明白她待得太久会不合适，于是悄悄地离开了。此时，Allen 在走廊上看见了陈青的背影，他的目光望向陈青，却在心里又叹了口气。他明白她一定是委屈的，为避免节外生枝，他也还是不能将陈青是 Edison 女友的身份揭穿，他想姑母知道后一定会大发雷霆的，这样反而不利于保护陈青，他想 Edison 一定会希望他这么做的。

　　夜晚 10 点，陈青来到病房，Edison 的气色略微好了一些，他睡着了，房间里只点着过道的灯，其他的灯全被护士关掉了。她把凳子搬到床边，温柔地陪伴着他。没过多久，他醒了，眨了眨眼皮，看着天花板上的灯。陈青将灯点亮了一盏，让房间稍微亮些。她用调羹喂了几口水给他，把毛巾浸入温热的水中，轻轻地擦拭着他的脸。她看着他，发现他想笑着对她说什么，然而怎么也张不了口，他还是很虚弱，只能吃些流食，陈青给他喂了几口刚刚带过来的鸡汤。起初他拒绝了，他不想吃，嘴巴微微地闭合着，陈青也紧张到不知怎么办才好。其实她想用一种激烈的方式，只是看着他这么虚弱的样子，她不禁为自己的想法而感到脸红，可是她还是尝试着做了，她在他的小嘴唇上轻轻地、温柔地一碰。她太想感受到他的温度了，她思念他整整五年了，她好想他能像以前那样抱住她，只是他现在这样，她却在想这些，感觉自己实在是太自私了。她笑着望向他，他慢慢地将汤喝了下去。

　　这一幕被想推门而入的 Allen 看到了。原来这个女孩对 Edison 是认真的。她擦去他嘴边的油渍，又喂了开水给他喝下去，可他居然又张开了嘴，盯着陈青看。陈青关掉了灯，他还是不闭上眼睛，盯着陈青看。

她害羞地亲了一下他的唇,他闭上了眼睛,然后又睁开,朝陈青眨了眨眼。

一刻钟以后，他入睡了。陈青靠在椅子上，想休息一会儿，此时 Allen 走了过来，陈青尴尬地笑了笑，然后很不好意思地起身了。"没事，你坐着吧！我坐在沙发上就行。"

"他睡着了。"陈青小声地说，并把帘子拉上，好让 Edison 安心地睡觉。

"谢谢你！"

"这是我应该做的。"

"这几个通宵难为你了！"Allen 略表歉意而又真诚地说。

"谢谢你能这么讲。难道你不怨我吗？"陈青问。

"怨你什么？"

"因为我，他才发生了车祸，我是罪魁祸首，如果那晚我出现了就不会这样。"

"那是意外，你不要自责，更何况，他醒来了。如果他知道你这样自责，他会不好受的。"Allen 说。

"可毕竟是因为我，他才受了这么多苦。而且我都提了分手了。"陈青内心的愧疚在此刻爆发了出来。

"不，在他的内心，他怎会舍得和你分手。所以，你不要有负担。"Allen 说完看了陈青一眼，"你也一定舍不得离开他吧！"

"我当然不会离开明羽哥。"陈青不由自主地说出了这句话，随即而来的是 Allen 吃惊的眼神。

"你怎么知道他叫明羽？"Allen 顿时呆住了，难道说 Edison 开口说话了吗？这不可能呀，如果是的话，医生早就告诉他了。

"其实我，我是……"陈青不确定是否要告诉 Allen。

"你到底是谁？"Allen 犀利的眼神让陈青有些害怕。

"你快说你到底是谁？"Allen 担心而又着急地问，然而他的语气听上去却并不友好。

这一问差点把陈青给吓到了。"难道他们家的人都那么凶吗？"她心想。她到底要不要把自己的身份告诉 Allen 呢？她在脑海里矛盾着。可是事已至此，就算陈青不明说，Allen 也会察觉到的，她想还是告诉他吧，但愿他和 Edison 是同一战线的，就算不是，她还是应该要告诉他的，毕竟他是明羽的亲人。

"我是明羽哥的大学女朋友。"陈青这一次果断而又干脆地说，她不想遮遮掩掩了，这么多年过去了，她不想做个胆小鬼了。

"你就是他的初恋？"Allen 认真而又谨慎地打量着陈青，他这才想起来第一次 Edison 带她来见面的时候，他总觉得这位女孩好像在哪见过却又想不起来。他现在仔细地看了看陈青，才终于恍然大悟，原来冥冥之中自有安排，Edison 和她早就相遇了。

"嗯！"陈青又像是丑媳妇要见公婆似的害羞了，她低下了头，然后才说，"其实我也是不久前才知道的。"

Allen 听着陈青给他讲那张照片的事时，他无限地感慨："原来兜兜转转你们又在一起了，真是拆不散的一对。"其实他内心无比的愧疚，如果他多留一份心思，他和她也早就相认了，何必等到现在。他叹了一口气。

"也不知道他是否还记得我。"陈青不免有些担心。

"他肯定记得你的。"

"我曾经以为他丢下我走了，可是又不甘心，在我的内心深处我总觉得他不会这样对我，他一定有苦衷的，我就这样在彷徨和孤独中支撑着自己走下去，因为我相信他一定会来找我的。"

"你一定也会责怪他这么多年不来找你。"Allen 说。

"是的，我甚至觉得他无情、残忍，可是我还是想念着他，我怎么会忘掉那些美好的岁月，忘掉他的好呢！"陈青动情地说。

"不要怪他，他曾经也挣扎在生死边缘，被车祸无情地夺去了部分记忆，后来莫名其妙地被送到了国外，开始了陌生的生活。他从来没有开心过，他的眉宇间总是一副淡淡的哀愁，谁也不知道他的内心在想些什么，尽管如此，他也没有荒废学业。后来，他回国了，遇见了你，我才又从他的眼神里看见了光芒，对生命的渴望和热情。即使你对他并不热情。"

"原来那些年，他过得不好。都是我，他才变成这样子。"陈青不无内疚地说。

"他怎么会怪你，当初他为了你，和他的母亲吵架，所以……"Allen 没有讲下去。

"所以什么？"陈青察觉到了什么。

"那天他很难受，因为姑母要求他毕业后出国继续深造，而他不愿意，他说国内挺好的，他不愿意去国外陌生的地方。"

"那后来呢？"陈青继续追问。

"后来据说他和姑母吵架了，当晚他开着摩托车就出去了。"

Allen 点了点头，泣不成声，他不想再回忆过去的事了，他不清楚 Edison 是否愿意他讲这些事。陈青能承受得了这些吗？

"他曾对我说过他有喜欢的人了。所以我想他不想出国的原因也是因为你。他割舍不下。可是他又不能反抗，他又不能对你讲，我了解他当时的痛苦和挣扎。"

　　此时的陈青早已泪流满面："他为什么不和我商量，他怎么可以这么自私，他就那样消失了，他怎么可以这样。"她不停地怨他又不停地为他流泪，她明白，她今生的泪只为他而流。

　　"你别难过，你们不是又遇见了吗？你们注定是要在一起的，所以，不要哭，Edison 会难受的。"

　　陈青止住了哭泣："怪不得我第一次见他，就觉得似曾相识。怪不得他经常头痛，原来是因为……"她不忍说下去。

　　"可也是因为你，他不头痛了。"Allen 说着看向了陈青。

　　"为什么呢？"陈青问。

　　"因为他的脑海里是你。"Allen 坚定地说，"所以不管何时，他的脑海里、心里都是你，不管他失忆与否。"

　　"听说有很多人向他献殷勤。"陈青想起那天早上看到的情形。

　　"可他从没越雷池一步。"

　　"可是那天我看见……"陈青不好意思说出口。

　　"你是说他生日那晚？"

　　"是的，有好多女孩。"陈青委屈地说。

　　"所以，你要和他闹分手是因为这个？"

　　陈青点了点头，她心里很紧张，她怕那天他真的和那个女孩发生了什么。她也在担忧，她害怕如果他真的那晚喝醉了，她该怎么办？

　　"放心，那晚除了喝酒，他们什么也没有发生。那个女孩是个模特，她当时喝多了，就倒在他的床上了，他们什么也没做。"

　　"真的吗？"

　　"难道你还不相信他吗？"

　　"不，我相信他。"其实，陈青明白，即使那晚发生了什么，她也会原谅他的，她不忍心怪他。现在，她知道了那晚他们什么也没有发生，她的内心别提有多高兴了，Edison 还是她的明羽哥，他什么都没变，一切还是原来的样子。

"你介意我问个问题吗？" Allen 说。

"那晚你没有去生日会，你到底去了哪？"

"我，我……" 陈青的脸红到了耳根子上，她一脸尴尬，不知道怎么说。

"我去学校里了。"

"去学校里干吗？"

"其实我是想最后去一次学校，还喝醉了。" 陈青羞涩地说。

"所以你去学校是去怀念过去的美好岁月？"

"是啦，那时我又不知道他就是明羽，还傻乎乎地去校园里哭了一个晚上呢！你不会笑话我吧！" 陈青真切地说。

"所以你是一直在等他吗？"

"是的，当时我很矛盾，发现忘不了蒋明羽，又喜欢上了 Edison，很纠结呢！不过，现在不纠结了。" 陈青笑着望向病床上的他。

"这是老天爷给你们的考验。"

"我知道。"

"可是你还会遇到很多困难。" Allen 说。

"我知道。" 陈青说。

"青儿，青儿！" 病床上传来微弱的声音。

陈青和 Allen 马上来到病床边，只见 Edison 嘴角在动，陈青贴近了他的耳朵："明羽哥，你是在叫我吗？" 陈青能明显感到他的气息和他的温度，她安心了许多。"你好好休息吧，明羽哥。" 她想抚摸他的脸庞，可她的手是冰冷的，她怕冰到 Edison。她知道他在好转，她知道他一定会努力地想起他们的过去，她知道他一定不舍她，她也知道他一定会尽快地恢复原来的样子，她能感受到他的所有心思，她再也不想离开他了，即便他何时康复还是个未知数。

陈青守在他的床边，她接连打了好几个喷嚏。Allen 建议她先回去休息，她不答应。

Allen 用责备的语气说："你这样下去是不行的，你要听话，你整夜不睡觉，白天还要去上班，怎么能吃得消呢？快回去吧！"

"我，我怕他醒来看不见我会着急呢！"陈青支支吾吾地说。

"那你也不能 24 小时都在他旁边呀！你垮了，等他醒来康复的时候，谁来照顾他呢？"

"哦，那也是！"陈青思考了一会儿，她觉得 Allen 表哥说得对，因此她决定先回家休息，补个觉，白天忙完工作的事再来看他。

陈青走后，Allen 坐在陈青刚才坐过的位子上，对着 Edison 说："你瞧你以前跟我说过的心爱的她，现在，你就放心吧，她还在，她一直都在，从未离开。你这小子，福气可真好，她一直在等你，也一直在找你。"剧烈的疼痛感吞噬着 Edison 的脑部，他时而感到眼前模糊一片，时而画面又清晰地呈现在眼前。一幕幕像电影中的剪辑片段似的飞过来。他和陈青的五年后的第一次见面，他没有认出她，却发现当时的自己莫名其妙地就认了这个助理，还把家里的钥匙给了她；他朝她发火，她看着那张他曾经的照片泪流满面，而他却什么也不知道；他头痛，她抱着他；他第一次失态后亲吻她：这些情景一一浮现在眼前。他只觉着脑海中的他在无声地哭泣，他竟然没有认出她来。他在人群中张望着别人的时候，她却在想念着他，其实那时候，他也不知道自己在张望着谁，

　　如今他明白了，他张望的是她，一直是她。他看到每次自己生气的时候，她总在身边，她的一颦一笑，她的忧愁，她的不经意的惆怅，他全都看见了，在那面神奇的魔镜里。那天清晨，她生气地对着他说分手的情景，他仔细地看着她的脸庞，那分明是对爱情的失望，他怎么可以因为她不来就买醉，他怎么可以这样。他也看到了她伏在他肩上哭泣的神情，那是一种怎样的无助和彷徨，一种渴望找到归宿的落寞和期望。他为什么不早点发现她就是初恋？为什么？为什么？他脑海里的图像像决堤的洪水呼啸而来，他呐喊着，终于挣脱了黑暗，血液完全流通了，瘀血消除了，经脉顺着脑海的轨迹回归了正常。可是他实在太累太累了，他想拼命地大声喊出来，可是一点力气都没有了，她的音容笑貌留在了他的脑中。他又沉睡了过去。他的背部、额头上全是大滴像水珠一样的汗。他像往常一样呼吸着。

　　Allen 靠在边上刚刚睡着了，醒来发现 Edison 额头上的汗珠，他去拿了热毛巾，帮他擦去。此时护士也来查房，她看了一眼脑电波显示图，给 Edison 测了体温和血压。

　　"血压正常，体温稍偏高。"

　　"要紧吗？"Allen 问。

　　"不要紧，还是在合理范围内的。"护士答。

　　"护士，刚刚我发现他出了汗。"

　　"出汗？出汗是好的，说明他体内开始慢慢恢复到正常了。"

　　"我弟弟啥时候才能和正常人一样？"Allen 着急地问。

　　"应该快了。比前几天好多了。"护士耐心地说。

　　"谢谢你，护士。"

　　Allen 看着呼呼大睡的 Edison，明显他的呼吸声比前几天更急促了，

而不是缓慢、微弱的气息。Allen 一摸他的额头："哇，好烫。"Allen
吓了一跳，又想起刚才护士说的不要紧，他才放松了下来。这时，
Allen 感觉到自己有一点累，他躺在了沙发上，盖上毛毯，他也终于可
以好好地睡上几个小时了，离天亮还早。

　　上午的太阳分外得美好，阳光照进房中，躺在沙发上的 Allen 也醒了。
这时，Edison 的母亲送了汤过来，她亲自喂给 Edison，可是他似乎吃进
去的不多。他的眼睛东眨眨西眨眨，好像在寻找着什么似的。他还是不
能大声地说话，也还不能起来，脑袋上还有绷带。Allen 走了过来，凑
近他的耳边轻声地问他："你在找她吗？"他使劲地点了点头。Allen
又在他耳边告诉他："她回去休息了，过一会儿就过来看你，好吗？"
他盯着天花板看了一会儿，然后又斜看着 Allen，眼皮眨了一下。

　　"你们在说谁呀？"Edison 的母亲问。

　　"他心里的人。"Allen 似乎暗含玄机地说。

　　上午医生来到病房例行检查，待医生检查完毕，写好病历卡后，医
生露出久违的笑容："可以了，差不多了。"

　　"医生，您的意思是……"Allen 问。

　　"可以把绷带拆下来了，应该没什么大问题了，等会儿再做个 CT
扫描，待我和其他医生会诊后，假如没什么问题的话，相信他的记忆力
已经恢复得差不多了。"

　　"针也可以不用打了吗？"Allen 问道。

　　"是的。静心调养就好。喝些流食，比如粥、汤，吃点蔬菜也可以。"

　　"谢谢您，医生！"Allen 开心地说。

　　Edison 的 CT 扫描没有问题。当 Allen 把这个消息告诉陈青的时候，
她喜极而泣，她早就知道她的明羽哥很快就会好的。

吃过中饭以后，护士就拔掉了插满 Edison 全身的针孔。Edison 手臂上包括手指上简直惨不忍睹，都是孔。

Allen 和其姑母终于可以好好地吃上一顿饭了，他们来到医院附近的茶餐厅。Allen 的姑母最近这段时间苍老了许多，头上的白发也长了出来。

"姑妈，假如弟弟康复出院的话，他以后的事您还反对吗？"Allen 试探性地问 Edison 的母亲。

"不了，以后的事他想怎样就怎样吧，只要他好好的。他想要在国内就在国内吧，我再也不强迫他了，以前都是我太独断，也不知道上天为什么会惩罚他，我宁愿上天惩罚我，你说你弟弟怎么承受得了这些，我真是心疼哪。还好，他熬过来了。"

"姑妈，您也别难过，这是个意外。我听说弟弟有喜欢的人了，那个女孩昨晚还来看他，半夜了都还在，恰巧被我看见了。"

"你说什么？"Edison 的母亲惊讶地问。

"那个女孩她也喜欢弟弟。"Allen 认真地说。

"你说的是真的吗？"

"是真的，弟弟好像很喜欢她。"Allen 又补充了一句。

"如果他们是真心相爱的，我再也不逼他了。只要他平平安安就好。"

"他们很相爱。"

"这么说，你早就知道了。你们在瞒我？"Edison 的母亲显然很不高兴别人在瞒她。

"不，姑妈，我也是刚刚才知道的，而且，我也是凭感觉猜测的。我想弟弟一定很爱这个女孩，而这个女孩也值得弟弟去真心对待。"

"哦，这样啊，那我倒要好好考虑考虑了。"

"姑妈，难道你又要他们一定要门当户对吗？"Allen 倒吸了一口气，他真担心他的劝告姑母听不进去。

"你说呢？"

"您是长辈，我有什么办法。"Allen 故作委屈状。

"姑妈难道是那么食古不化的人吗？我有这么封建吗？"

"我的姑妈当然不是一个封建的人啦，她是位很开明、有气质、有智慧的美丽女人耶。"

"你少来了，姑妈早就想通了，如果你弟弟真的爱上一个女孩，那就随他吧，他已经不是小孩子了。"

"这位女孩真的很好呢，很善良，很可爱，也很爱弟弟。姑妈你一定会喜欢的。"

"那我就放心了！"Allen 的姑母长叹一口气，又或许是松了一口气。其实她何尝不希望自己的儿子有个人照顾呢？过去的自己也是执念太深了，要是他的儿子不健康，她还要那么多东西干吗用呢？这些天她也终于好好地反省了一下自己，也许当年本就不该逼儿子出国，她悔不当初，看着自己的儿子再次受伤，她差点承受不了。她决定一切都按照明羽自己的想法去做，他喜欢谁，只要那个女孩看着不让人讨厌，她就不会讨厌，她想自己儿子的眼光总不会差到哪里去的。这样想着，她突然发现一切都豁然开朗了，是自己的执念让自己的儿子背负着重重的压力，甚至让他失去了部分记忆。要是自己能早点醒悟就好了，她深深地自责，她老了，真的老了，她还以为自己真的能驰骋商场一辈子吗？她承认了有些事的无可奈何，她不想儿子因为自己再受到什么伤害。她想等他醒了，叫他搬回家住，如果他想带他喜欢的女孩回家，那她也是不反对的，她想家里热闹些，她真的不年轻了，她已经意识到了这一点。想通了以后，她的心情看上去好多了，眉头舒展开了。

等 Edison 醒来以后，Allen 想马上告诉他，他曾经心爱的女孩就在他的身旁，她从未离去，从未走远，从未看过别人一眼，她一直都在，他想这一定是 Edison 最想要的，也一定是他最强的安慰剂。到时候，Edison 会欣喜若狂成什么样子呢？ Allen 想到这些竟然不由自主地露出了灿烂的微笑，这被一个经过的精致的女人看到了，她停了一下，看了他一眼，然后像一阵风一样走开了。

陈青下班的时候，蓓蓓正在楼下等她，说她也想去看看 Edison，她以开玩笑似的口吻说，她倒要看看蒋明羽变成什么样子，其实蓓蓓只是想陪着她，不想她强撑着、孤单着。

"难道在你眼里，我真的那么脆弱吗？"陈青问蓓蓓。

"呃，这个嘛，呵呵，真不好说。"蓓蓓笑着回答。

"说认真的，我真的那么脆弱、不堪一击吗？"她斜着脸问她。

"我觉得吧！"蓓蓓停顿了一下，然后又看了一眼陈青，"过去的岁月里吧，你真的挺脆弱的，哎呀，我是心疼死了。"。

"你还记得前段时间 Edison 的表哥跟踪我的事情吗？"

"当然记得。"陈青想也没想地说。

"难道说他早就知道你是那个她了？"蓓蓓略表疑问。

"怎么可能。他要是知道我是她，还用得着跟踪你吗？"

"也对，他要是知道你是她，早就和你相认了，至于弄成现在这个样子吗？"

"不过，经你这么一提醒，我还是觉得有些蹊跷。"

"哎呀，别想了，都怪我提起这事。反正你们现在都知道对方是谁了，还瞎想些什么呀！"

"不是你提的嘛，真是的。"

到达医院，Edison 的母亲刚好也在，陈青内心还是有些小障碍，她终归还是怕她的，只是这次却发现他的母亲和颜悦色了许多，人看上去还憔悴了些。陈青怯弱而有礼貌地向她问候了声，她想 Edison 的母亲肯定不是很了解她，所以她还是小心翼翼的，就像丑媳妇见了公婆一样。她也想熟络地和 Edison 的母亲说话，但她发现自己怎么也做不到。"好吧，我不勉强自己了。"她在内心里对自己说。

"太太，粥我送过来了，我特意加了些板栗，营养丰富些。"一位阿姨模样的人步伐轻盈地走了进来。

"好的。"

Edison 的母亲接过了粥，放在桌上，她在等他醒来。半小时后，他睁开了眼。陈青忙去拿热毛巾，给他擦了擦脸，轻轻地点了点他的额头。她又再次换了毛巾，轻轻地擦拭着他的眼睛、他的睫毛，他乖乖地闭上眼睛，他能感受到她的温柔，然后他又睁开双眼，目不转睛地看着她，他想使劲地拿起自己的手，可是他发现自己好虚弱，他的意识告诉他，他还不能乱动。当他的视线看向她的眼睛的时候，她走开了。紧接着，映入他眼帘的是他的母亲，他想起来了，这是他的母亲。母亲喂他粥，可是他的嘴巴紧紧闭着，他不张开嘴，他的母亲对他是一点办法也没有，她顿时觉得尴尬。儿子不听她的话，要是在以前，她早就生气了，可是现在她的心境不一样了，她耐心地说："儿子，乖，吃下去才会有力气，知道嘛！"可是他还是不吃，陈青看着这一幕，她用商量的口吻平静地对 Edison 的母亲说："阿姨，让我来试一试吧！"Edison 的母亲别无他法，她想或许眼前的这位姑娘有办法让她心爱的儿子吃点东西。

陈青在 Edison 的耳边悄悄地说了一句话,然后他真的微微张开小嘴,陈青一勺一勺地喂他喝下去,她又给他喂了一小碗鸡汤。她喂他吃的时候动作那样娴熟、那样周到,让 Edison 的母亲不禁对眼前的这位姑娘刮目相看。陈青给他擦完嘴,又喂他喝了两汤勺的温开水。当陈青看向他的时候,他的眼睛忽闪忽闪地朝她眨眼。在外人看来,俨然他与她就是天生的一对,作为 Edison 的母亲,她又怎能感受不到呢?她知道了,原来这位姑娘就是儿子心中的人,要不然他怎会连母亲都不听而甘愿听从一个姑娘,尤其是在这样脆弱的情况下。既然儿子愿意让她照顾,而这位姑娘又愿意照顾他,她作为母亲,又有什么好不高兴的呢!她想也许儿子的眼光是正确的,在这样的情况下,这位姑娘她还愿意对他不离不弃,她想自己应该感到欣慰才对,而不应该让自己的儿子为难,让别人难受。

"谢谢你,姑娘!"

"阿姨,这是我应该做的,只要他愿意,我没什么怨言。"陈青如是说。

"可是我儿子的未来还是个未知数,你就心甘情愿?"

"阿姨,不管他将来如何,我都愿意照顾他,而且我以后不会再让他受苦了,以后我会照顾他的。"说完,陈青红着脸低下了头。连她自己也奇怪,她居然在 Edison 母亲面前说了这一番话,是的,因为她等得太久了,所以很多话在她心里都扎根了,脱口而出就能感动到别人。更重要的是,她知道她的明羽哥一定会像以前一样活泼开朗又阳光地站在她的面前的。所以她一点也不担心。

"你能这么说,我很开心,可是有的事情会经不起时间的考验的。"Edison 的母亲似乎有所顾虑。

"不，阿姨，只有时间才能证明一切。以后，他想去哪里，我都愿意陪他去，我不会去阻挠他。"

"姑娘，你能这么想很不错。所以你是愿意陪他到天涯海角吗？"

"只要他愿意，我当然愿意！"陈青羞红了脸。

"姑娘，你可不要意气用事，爱情有时是不可以拿来当饭吃的。"

"爱情是人生最重要的，对于我，对于他，都一样。"

"看来，我儿子没有看错人。"Edison 的母亲满意地露出了笑容。

房间内只剩下陈青和 Edison，她对他说："你对我的回答满意吗？我再也不离开你了，我要天天守护着你。不让你受伤，不让你分心，不让你难过。"他眼角的一滴眼泪流了下来，滑到了耳边。她心疼地用纸巾擦去了。"傻瓜，你怎么流泪了，男儿有泪不轻弹。你怎么这么不争气哦。"说完她笑着看向他，对未来充满了无限的向往。她想他和她一定会像童话故事中的王子和公主一样走向幸福的人生，这一刻，她的内心一阵电流般的暖意袭来，充满了整个身体。"我能想到最浪漫的事，就是和你一起慢慢变老。"她想到了这一句歌词。

明天就要拆线了，她既紧张又害怕，当然也很害羞，好像多年不见一样，不晓得如何面对他，可是却又像多年不曾离开过一样，好像他一直在身边。她既矛盾又充满了渴望，内心既纠结又担心，似乎要把这多年埋藏在心里的秘密爆发出来，却又不知爆发后的威力和后果如何，叫人既无奈感伤，又充满了未知的喜悦。她忽然显得兴奋，又坐立不安，仿佛在迎接自己人生中最重要的事，又害怕自己搞砸了，担心得不知该如何是好。蓓蓓见她焦灼不安的样子，提议她下楼去散下步，不要闷在病房里，此时他已经睡着了。陈青想不出更好的方法来缓解自己的心情，只好接受了蓓蓓的建议。蓓蓓和她一同下了楼，走到医院附近的一块绿地公园。

"你在担心什么？"蓓蓓看出了陈青的心思。

"我没有哦。"陈青显得有些无精打采，刚才的兴奋感一点点在消失。

"别瞒我了，我看出来了。"

"没有啦。"陈青似乎想掩饰自己的不安。

"我知道你在担心什么。"蓓蓓说。

"担心什么？你说说看呗！"

"你不是说不担心什么吗？我就知道你心里担心得要死。"

"没有啦！"陈青似乎想躲避自己的害怕。

"你怕他明天会不认得你，是吗？"蓓蓓看着陈青紧张的眼神说。

"哎，也不是啦，我也不知道自己在担心什么，反正总觉得自己既害怕又开心。害怕的是就像你所说的，开心的是他可以和大家一起说话，一起玩了。也许是我太自私吧，我总想他一醒来就马上叫我的名字，我也矛盾，反正现在心里一团乱麻，也理不出头绪。"说完陈青沉默了片刻。

"你不是说他在睡着的时候还轻声呼唤你的名字吗？"

"那也许是他潜意识在作怪呢。"陈青不无难过地说。

"我觉得你多想了，其实你明知他心里只有你，又为什么要害怕呢？他醒来后，你得让他知道你一直在等他，你要告诉他，一直忘不了他。"

"可是……"陈青似乎有很多话想说，但此时大脑却反应不过来。

"可是什么？"蓓蓓问她。

"可是也许他早就不爱我了呢！"

"你这人真奇怪，Edison是你的男朋友吧。就算过去的他忘了你，现在的他总是你的男朋友吧！你这脑子都在胡思乱想些什么呀！"蓓蓓带着责备的口气对她说。

"我也不知道我在想些什么。而且我之前对他说了分手，所以我……"

"哎呀，我要被你气死了，他爱你，怎么会计较你那些伤害他的话。如果他计较了，他也太不是东西了，枉费你喜欢他那么多年。"

"哦！"陈青慢吞吞地反应过来，觉得蓓蓓讲得也是很有道理的。

"如果他忘记你了，你就离开他。"蓓蓓想刺激一下陈青的神经。

"我才舍不得呢！"陈青终于反应过来了。

"那就得了，你还担心什么。你看他妈妈对你的态度都变得友善了。再说了，你也舍不得放下他。"

"嘿嘿。"陈青终于笑出了声。

"你呀，真是的，瞎担心，你看你最近都瘦了一圈啦。我得告诉他去。"

"知道啦，我不胡思乱想啦！"陈青对着天空终于喊出了想对他说的话。

陈青想起了校园的时光，那时候，他对她真好，所以才值得她等候多年。她想命运真会捉弄人，然而最终他还是来到了她的身旁。可是都怪自己，没有发现 Edison 就是她日思夜想的明羽哥。她怪自己又让他受了一次磨难，难道自己是他的倒霉星吗？她还想多爱他一些，过去的岁月他一个人承受了太多的孤独，今后，她更加不想和他分开了。

事实上，陈青更害怕的是蒋明羽的失忆是否能痊愈。如果不能痊愈，她不知道等待他的是什么。尽管她明白当他看着她时，他和她有一种默契，他是了解她的，他温柔的眼神告诉她，他在期待，他在渴望她的关怀。她怎能不懂他的心意，也许这世上有时无须言语，只有深爱的两个人才能读懂彼此的内心。她想他和她的心灵是相通的，即使身体沉睡着也依然能感觉到彼此的情深似海。她不会离开他，无论他如何；而他亦不会放下她，那是他来到世上的理由。即使经历世事沧桑，只要他的记忆还在，他总会寻着她上一世遗留的气息找到她，只因他知道她是他的唯一，无论前世，还是今生。

陈青默默地向上苍祈祷，护佑她的明羽哥明天一切顺利。她虔诚得像个小女孩，那么纯洁善良，犹如人间的天使来到他的面前，让他记住了一生。她不知道的是此时的他睡着了，但他脑海里闪现的人是她。她美丽而灿烂的青春时光，她的身影、她的音容笑貌全部在他的脑海里储存着，如同他自己的血液一般粘连着他的身体。

第二十三章 / 为难

上午九点，医生一行来到 Edison 的病房。陈青注视着医生的一举一动，仿佛她会错过这重要的时刻。她的内心紧张得要死，心怦怦地跳个不停，尽管她告诉自己这将是兴奋的一刻，然而她似乎还没有做好准备。病房中充满了冷静而又肃穆的气氛，每个人都不敢轻举妄动或多说一句话，生怕说错话会给医生造成不必要的困扰。

医生正小心翼翼地戴上手套，几名医学院学生也正在观摩学习。Edison 的后脑勺终于露了出来，头发掉了一大块。他头上的线都拆了下来，他下意识地摸了摸自己的头，终于如释重负。他的眼神由模糊变清晰，明朗的眼睛正渐渐地看清，他的亲人、他的爱人，都在他的身旁。让他难过的心仪女孩正在他的前方，她什么都没有改变，只是眼袋略微下垂，当他与她的眼神短暂地交汇之后，他收回了视线，转而看向了他的亲人，他的母亲、他的哥哥。他又偷偷地装作不经意的样子瞄了她一眼，发现她正低着头，她以为他没认出她，心里不是滋味，也以为他还未康复，以为他还不能大声开口说话。而他心想：原来就是你，我好生气，居然拒绝我的求婚。他强烈的自尊心在作怪。此时 Edison 的母亲欣喜若狂地上前拉住他的手臂："儿子，认得妈妈吗？你受苦了，都怪妈，都怪妈，你以后别惹妈妈生气了，好不好，儿子？"

Edison 母亲的举动让他吃了一惊，没想到多日不见，母亲竟成了他一直向往的样子，这是他从小到大一直希望的。他希望他的母亲可以对他嘘寒问暖，可以在他难过的时候安慰他，在他受伤的时候鼓励他，让他振作起来。可是事实上，从小到大，他的母亲忙于事业，像个空中飞人一样飞来飞去，在他需要的时候，她总是忙于开不完的会！然而在今天，他终于盼到了母亲对他的言辞关爱。母亲的眼里流露出一丝的欣慰，她的眼角好像湿润了。

"妈！"Edison 叫了一声，尽管还是很虚弱，可他毕竟清醒了。

Edison 的母亲紧紧地拥抱着自己的儿子，他靠在母亲的肩膀上，他的内心终于也释怀了。

"儿子，妈妈好想你！"

Edison 嗯了一声。

"以后妈妈什么都听你的，你想要什么妈妈全都同意，好吗？"Edison 的母亲动情地说。

"妈妈，谢谢你！"说这话的时候，他悄悄地偷看了陈青一眼，然后一脸坏笑地看着她，陈青不知所措地站在那里，而蓓蓓则拉了拉她的衣角。

"你看看这个人是谁？"Edison 的母亲指着 Allen 对 Edison 说。

"哥！"他朝 Allen 喊了一声。

"弟，你终于好了，哥哥太高兴了。"

"哥，你怎么老了呀？"

"坏孩子，咋这么跟哥说话呢，没大没小的。你小子我以为你失忆了呢。"

"你看看这个人是谁呢？你还记得她吗？"Allen 又指着陈青问。

当 Edison 的视线落在陈青的身上时，门突然被打开了，一个人影快速地闪了进来："Edison 哥今天拆线，为什么我不知道啊？"

"你怎么来了，Maggie？"Allen 问。

"我怎么就不能来呢，Edison 哥，你说对吗？"Maggie 略带撒娇的语气说。

Edison 看了 Maggie 一眼，又看了陈青一眼，他多么想大声地喊她，想拥她入怀，然而他却抓起了 Maggie 的小手："我的 Maggie 妹妹，你不是在澳洲吗？怎么回来了呢？"

"Edison 哥，我想你了呢！"她娇嗔的声音惹得众人大笑。

"真不巧，我在医院里躺着，不能陪你出去玩了。"Edison 显然是开心地向陈青示威，他想看看她的反应。

很显然，陈青的脸色很难看。"我算什么呢？"她心想。"再等等吧！"她安慰自己。

Allen 看出了陈青的尴尬，他想解围，可是 Maggie 在 Edison 边上，别人没法插上话。

这时的蓓蓓特别不开心，你这前女友算怎么回事，是来捣乱的吗？太不像话了，Edison，你是想干什么？蓓蓓的心里直冒火，但她还是憋住了，今天这样的场合自己还是少说话为妙，免得说错了连累陈青，毕竟她才是主角。可是主角迟迟不上场，她着急呀，又能怎么样呢？

"Edison，你认得她们吗？"Allen 插上一句话，他不得不说，他不想看见陈青为难，也不想坏了他与她的好事。

"哦，蓓蓓，你也来了，真高兴能看到你！"

蓓蓓听了很开心。

陈青看着 Edison 的眼神，她的内心在颤抖着。"亲爱的，你还记得我吗？"陈青在问这句话的时候，心脏在急速地跳动着，她在等他的答案。

他迟疑了一下，然后望着她："你是谁啊，还叫我亲爱的？好肉麻呀！"说完，他装作毫不在乎地靠在床背上。

他的话让所有人都呆住了。尤其是 Edison 的母亲，她本以为他们的关系匪浅，没想到自己的儿子不认得她，难道说自己的儿子不记得她，记忆力没有完全恢复吗？

她忙问医生："这是怎么回事？"

医生向她解释了原因，说病人在初步康复阶段，记忆力还没有完全康复，因此不记得某些人、某些事是很正常的。在后期不断康复的过程中，会逐渐地好转，看到某些事物也会渐渐地联想起来。

"哦，原来是这样，那我放心了！"

而此刻的陈青却哭着跑开了。Edison 的眼神追随着她而去。

"你真的不记得她了吗？"Allen 小心地试问他。

"她是谁啊？"Edison 边说边想拿起旁边的水杯，而 Maggie 在此时为他递上了水杯。

"她是你女朋友哦，你看她伤心地跑开了。"

"哦，还以为是谁呢！"Edison 故作潇洒地说。

"你把人家弄哭了呢，你昏迷的时候，她常来看你，照顾你。"Allen 如是说，他想提醒 Edison 的大脑让他想起她。

"我不要你的愧疚，我不要，你懂吗？"他对着内心里的她说。

"儿子，你想吃点什么？妈妈让阿姨做了送过来。"

Edison 却怅然若失，眼神朝窗外看去，不知她现在是否在难过，在流泪。

Edison 的母亲见自己的儿子好久都没反应过来，她又问了一句："妈问你，你想吃什么？"

"随便吧！"

"不能随便，你刚康复，得补补。"

"那就喝粥，加点鱼松，我好久没吃了。"

"妈给你加点鱼子酱。"

"好吧！"说完，他躺了下去，把头蒙上。

Allen 以为他累了，其实他是在难过，他恨自己的绝情，可是却又害怕再次受到伤害，他多么在乎她，可是她会像以前那样爱他吗？是不是时间会改变一切？他多么想要呼喊出她的名字。

他在被窝里偷偷地哭了，Maggie 在病房里，Allen 去药房拿药了，他的母亲去了医生办公室向医生们表示感谢去了。

Maggie 听到 Edison 抽泣的声音，她轻轻地掀开 Edison 的被子一角，把纸巾递了过去："Edison 哥，你别难过哦，不要为自己的遭遇而难过，好吗？有些事暂时想不起来也没有关系，不要急，慢慢来，好吗？"

"谢谢你，你让我静一静吧！"Edison 重新将被子蒙上。

Maggie 坐在沙发上，Edison 心情不好，她也好不到哪里去，她原本以为他恢复了记忆，他就会开心，她原本以为她出现，他就会开心。虽然她明知道他早已心有所属，但她仍然想黏着他，她仍看不得他不开心。

陈青一路小跑着，好像要跑到路的尽头，可是尽头在哪里？她茫然无措地向前冲着，她想大声地哭，可是为什么却哭不出来，那种比死还难受的心情正在她身上上演。原来她对于他什么都不是，她一直在努力地等着，为的就是有一天相见的时候能彼此面带微笑，她彻底失望了，他居然问她"你是谁？"，这么让人绝望到无处可逃的话。陈青的心沉到了谷底，然而事实已经是这样，为什么他偏偏不记得她，却记得所有的人，这多么让人崩溃，让人无助。跑不动了，她慢慢地停了下来，大口大口地喘着气，凛冽的寒风肆虐地吹过来，喉咙很不舒服、干燥、胸闷，她觉得自己快承受不住了，她靠在了墙角边。

蓓蓓找到了陈青，一见她就数落。

"你刚才跑出来的样子吓死我了，我觉得你太冲动了，也许他只是一时想不起来而已。你看，他都认得我，肯定也会认得你的，你要有耐心嘛，你这样，不是把他往外推嘛！"

"所以我才生气嘛！他什么都不记得，叫我怎么办吗？"

"你继续关心他、照顾他，他总会想起来的。"

"可他不认得我了。"陈青想起刚才 Edison 说的话，她的胸口疼了。

"你怎么了？要紧吗？"蓓蓓问。

"我觉得好累啊！"陈青似乎一点力气也没有了，心里好像被掏空了，她看不到希望，她在绝望的边缘挣扎着。

"也许这一切都是命。他认得他的亲人，认得他的朋友们，也许这就够了。我带给他那么多不幸，他不想记起我，那也是理所当然的，如果他快乐，我为什么不能做到释怀，就当从来没有遇见过他。"陈青感慨地说。

"可是你怎么知道他不想记起你。也许他很想记起你，只是因为他的大脑暂时卡住而已，难道你就不能再等等吗？"

"我都等了他那么多年了，难道还不够吗？"

"你真的舍得吗？"蓓蓓认真地问。

"我能怎样呢？和我在一起，他总是发生意外，我也不想他受到任何伤害，你知道我的心有多疼吗？既然老天爷安排他不认得我，我还有什么可计较的。这一切都是天意。"

"你别这么悲观，好吗？或许他愿意为你赴汤蹈火，所有的一切都是他心甘情愿的，他愿意为你这么做。难道你希望他因为你变成这样，然后你又一走了之吗？你不觉得你很残忍吗？"

"是他残忍！"

"哎，跟你说不通。他现在是病人，他需要你的关心、你的照顾。我想你主动些，他不至于把你推出病房外吧！"蓓蓓用缓和的语气说道。

"我怎么知道？"

"按照我对 Edison 的了解，他不应该是这个样子吧！"

"我害怕。你刚才不也听到了，他用那样的语气跟我说话，好像我比陌生人还陌生。"

"哎，我都不知道要怎么说你们了。"

"你别提他了，我想静一静！"陈青说完就靠在了墙角边，闭上了双眼，好像外界所有的纷纷扰扰都与她无关。

病房中，Maggie 一个人正呆坐在沙发上，Edison 此刻也睡着了。她不知道 Edison 是否都记起了以前的事，Maggie 陷入了沉思。其实此番前来，她也是来向他道歉的。

Allen 走进病房，他看了看正在睡觉的 Edison，然后走到 Maggie 的边上："你先回去休息吧！"

"我不呢，我要在这陪 Edison 哥。"

“有我在呢，你不要担心。”

“我要多陪陪他。Edison 哥刚才在哭。”Maggie 对 Allen 说。

“你说什么？”Allen 又问了一遍。

“Edison 哥刚才在被窝里哭。”

“哦，我知道了。”Allen 怔了一下，随即就反应了过来，他肯定是觉得失落，无比的失落，即使他不认得陈青了。可是陈青生气地走了，这又令他感到意外，他本以为陈青会死皮赖脸地留下来，逗他发笑，没想到这是位自尊心极强的女孩。

Allen 提议 Maggie 先去吃个饭。待她走后，他给陈青打了电话，然而陈青并未接。一刻钟后，也没有回电，Allen 只好给她发了短消息：“刚才他哭了，我不知道为什么，希望你有空能来看他。也请你不要生气，你了解的，他心里只有你！”

Allen 如此的暖心，他不想让陈青难过，他明白她也很在乎他，当 Edison 说出不认识她时，他亦明白她心中的痛，可是很多事都没有办法按照人既定的意志去走，或许这就是天意。他也想让她明白，至少作为哥哥，他是站在他俩的角度去考虑事情的，他不会不考虑陈青的心情。

陈青回到了家。她打开房门，差点吓到了在沙发上整理衣服的母亲，“咦，你这么早回来了？”

陈青面色苍白，她抬起头看了她母亲一眼，然后嗯了一声，就转身回到了自己的卧房。

陈青的眼眶红了，她蜷缩在床上的一角，见母亲一直关心地问，她忍不住钻进了母亲的怀里：“妈，他醒了，他苏醒了。”她几乎是哽咽着说。

“他醒过来了！”陈青的母亲高兴地说，“那你还哭什么呀？”

"可是，可是他……"陈青哭得更加厉害了。

"他怎么了？"陈青的母亲意识到问题的严重性，她着急地问。

"他不记得我了。"陈青抹了抹眼泪对她母亲说。

陈青的母亲拿了纸巾给她，又一边安慰着自己的女儿："他醒了你不该高兴吗，傻瓜？说明他恢复了健康，这是好事呀，你哭啥。"

"可是他居然问我是谁，真是太气人了。我没法接受。"

"他刚脱离危险，你不要急呀。他躺在那你担心，现在他苏醒了你也着急，你这是胡思乱想，自寻烦恼，你知道吗，你得给他时间，他会想起你的。"

"他认得他的家人，也认得蓓蓓，可是却不认得我，我能不难受吗？"

"那说明他恢复得还不错啊，我的女儿。假以时日，他定能认出你，你得有耐心才对嘛，千万不要发脾气，尤其是在他虚弱的时候，你懂吗？就算他现在不认得你，你也要去陪伴他，知道吗？"

"妈，你怎么不叫我放弃呢？"

"傻孩子，妈知道你在乎他，这么多年你等的不就是他吗？我怎么舍得让你难过，不支持你呢？所以你要努力争取哦！"

"妈妈，谢谢你！"陈青靠在了母亲的肩膀上，温情地对她说。

"去冲个热水澡，好好地睡上一觉，明天就会没事了。"母亲心疼地说。

"嗯！"陈青听了母亲的话后显然心情轻松了许多，她觉得母亲说得很有道理，自己为什么不换个角度去想呢？要是他醒不过来呢？想到这，她和自己和解了。

陈青终于轻轻松松地睡了一觉，好像所有的等待都有了结局，好像一切都拨云见日，至少他很好地活着，而且她日思夜想的人就在眼前了，她也不必穿过非洲，穿过美洲，穿过欧洲去找寻他的踪迹，他一个大活人已经安然无恙地站在了她完全可以触摸到的地方。单从这一点上来看，她已经很欣慰了，不是吗？睡梦中，她隐约对自己讲，他一定记得我的。

"明羽哥，明羽哥！"她恍惚中呼唤着他的名字，如同她青春年少时那样，一点也未曾改变。那个对她温柔体贴的好男人，今早他苏醒了。她想他总会想起她的。

医院里，Edison 睡着了，Allen 在病房里陪着他。也不知过了多久，Edison 突然抓住 Allen 的手，轻轻地呼唤着："青儿，青儿。"Allen 吓了一跳，然而他很快就明白过来了，也紧紧地握住了他的手，Edison 才又安心地睡去了。"你小子倒是厉害啊，一边叫着她的名字，一边却不认得她，可真会装。"Allen 在心里这样说。凌晨 4 点多，Allen 隐约地听见有声音在响，他以最快的速度从沙发上站了起来，来到 Edison 身旁，只见他满头大汗，嘴里却在喃喃自语："青儿，青儿，你在哪？"过了一会儿，只见 Edison 睁开了双眼，看见 Allen 就在旁边，"哥！"他喊了一声。Allen 扶他起来，去了洗手间，帮他擦了擦满是汗水的脸，他的衣服似乎也被汗水湿透了。

"还没天亮呢，你躺回去继续睡吧！"

"哦。"Edison 小心地拉开窗帘看了看，外面一片漆黑，安静得可怕，偶尔听到护士在走廊上走动的声音。

见 Edison 躺下去后，Allen 放心了。不过，他不敢回到沙发上去睡，他只得在床旁边的椅子上靠了一会儿，他可不想 Edison 发生什么意外。然而此时的 Edison 却怎么也睡不着："哥，你陪我聊会儿呗。"

"聊什么呀，这大半夜的。"

"可我睡不着呀，随便聊呗。"

"好，那我问你，你刚才叫谁的名字啊？"Allen 想试一试他是否真的不记得陈青了。

"没有啊，我一直在睡觉呢，我能喊谁的名字呀！"Edison 说。

"真的没有吗？"Allen 逼问他。

这时，Edison 的脸羞涩地红了，他低下了头，很不想面对，却也不好意思说出口。

"我都听到了。"Allen 说。

Edison 沉默了片刻，半晌才说："哥，我的事你不要管了，你就当作不知道吧！"

"你其实是认得她的，对吗？"

Edison 并没有回答，现在的他理智上并不想触碰有些敏感的话题，他也无法理清自己的头绪。他并不知晓 Allen 已经知道陈青是他的初恋女友。他觉得自己就像是患了人格分裂症一样难以去面对自己，他要怎样去面对她。而她又是怎样看待他和她的过去的。他很怕自己失望，也不晓得该以哪一种身份去面对比较合适，毕竟他的容颜已完全不同于当初。更何况她已提分手，他觉得自己的脑袋目前还不适合去考虑这些问题，否则，他真的会分裂的。

"哥，你们别逼我，我能处理好自己的事情。"Edison 说完，把被子蒙上了。

Allen 猜测 Edison 十有八九是记得陈青的，但即使如此，他也不便多说些什么，毕竟感情是两个当事人之间的事情。

Allen 在心里默默地祝愿：但愿一切都像想象中那般美好，但愿有情人终成眷属。他想：时间会证明一切。

　　阳光灿烂的日子，Edison 的身体渐渐地康复了，他很想去看看久违的阳光，晒晒太阳，他躺在病床上太久了。Allen 陪他下去在医院的草坪上走一走。Edison 终于感觉到阳光照在脸上的舒适，他也想起了校园的草坪，那时的她，那时他与她的青春。可那天，他却伤了她的心，他看着她哭着跑了出去，也不知道她现在在做什么，Edison 陷入了沉思。

　　"你在想什么呢？" Allen 问。

　　"没有啦，突然想到了过去的一些事。时光可真快啊！"

　　Edison 的眼神却多了明媚，因为他的记忆恢复了，他觉得自己找到了自己的影子。现在，他真的可以踩着自己真实的影子往前走了。

　　"原来你们在这儿啊！" Edison 的母亲笑嘻嘻地走了过来。

　　"妈，你来了，我下来晒晒太阳，在里面快被闷坏了呢！" Edison 像小时候那样对他母亲撒娇。

　　"好，等你好一些了，咱们马上回家。到时候，妈给你一个惊喜哦！"

　　"妈，你该不会给我一个洋娃娃吧！那么小气呀！也不送件大礼物给我。你看，我都这么大了。" Edison 好像从未失忆过一样，而且他找到了母亲温暖的样子，所以即使受了点磨难，他也觉得很值。

　　"你觉得妈会这样小气嘛！当然，也包括你想要的洋娃娃。"

　　"真的吗？妈，你不会骗我吧！你以前老是反对我呢！"

　　Edison 的母亲看见阳光照耀在儿子的脸上，他似乎真的回到了很久以前，像是找到了自己的精神，不再闷闷不乐、一副失魂落魄的样子。

　　他们一边散步，一边说笑着："哥，我想吃柚子，还有橙子，还有樱桃。"

　　"好，我马上去买。你和姑妈聊会儿天。" Allen 说完就走了。

　　Allen 走出医院，穿过天桥，来到斜对面的一家大型水果超市。

Allen 按照 Edison 说的挑了最新鲜的柚子、进口橙，以及娇滴滴的鲜红色的樱桃。他还挑了一串香蕉和一些红富士苹果。结好账后，正打算走出店门，忽然，有一个人拍了下他的肩膀，那人朝他打了声招呼："嗨，是 Allen 吗？"

Allen 怔了一下，好一会儿才回过神来，打量了一下面前这位看似年轻的男子。最近这段时间他实在太疲倦了，有点反应不过来："你是？"

"你怎么连我也认不出来了，我是 Bill 啊！"这位男子说。

"Bill？" Allen 迅速在大脑里搜索着这个人的模样，他终于想起来了，"玩乐队的 Bill？"

"对啊，你总算想起来了！" Bill 说。

"你也住附近？" Bill 看 Allen 提着这么多水果，以为他住在附近。

"哦，不是呢！" Allen 说。

"对了，你现在怎么样了？"

"就老样子喽，还是继续玩着音乐呗，偶尔接一些商演，也会去一些高校演出。前不久，去了母校做公益演出。" Bill 说完之后，突然想起了一件事。

"哦，那挺好呀。" Allen 说。

"我想问一下，你弟弟他，他怎么样了？" Bill 有点不好意思地问。

"哦，他……" Allen 也不知该不该讲。

"他怎么了？我记得他真的消失很久很久了，不会出事了吧？" Bill 想既然 Allen 吞吞吐吐，Edison 是不是发生了什么事。

"他在医院里。"

"哦，不好意思，我不该这么鲁莽地问。"

"没关系，你们是朋友，你也是关心他。"Allen 说。

"我这儿有封你弟弟的信，是无意中看到的，我不知是否该让他知道？"

"什么信呢？"Allen 好奇地问。

"我家就在附近，我去拿给你吧，你转交给你弟弟吧！"

"好！"

Bill 转身走到了不远处的一条巷子里，一会儿又回到水果店门口，把这封信认真地交给了 Allen，并对他说："请务必交给你的弟弟，这是一个女孩的心意。"

"我一定会的。谢谢你！"Allen 也认真地说。

"拜拜！有机会再见！"Bill 很快消失在巷子的一端。

陈青一整天都坐在办公室里，她满腹心事，其间接到蓓蓓的电话，她很淡然地说自己在忙，这令蓓蓓感到很吃惊，她以为她仍会像那天那样要死要活的，或者不去单位，或者心不在焉。然而与事实相反，陈青干净利落地回复自己有事在忙。蓓蓓想着也许这一关陈青必须自己过，所以她不再细问。中午，陈青的母亲给她送来了爱心午餐。当她看到自己的女儿情绪稳定之后，她也放心了不少，悬着的心也终于放下了。她也相信女儿一片炽热的心，他总有一天会明了。毕竟她是过来人，她相信老天爷一定会将幸福赐予她的女儿，只是时间还未到而已。

陈青的手机响了一下，她一看是 Allen 的来电，她不想接，可是想了一下，觉得老是不接电话也不礼貌，她还是接了起来。Allen 告诉她，昨晚 Edison 喊着她的名字，请她去看他一下，也许他会认出她。陈青说自己有空会过去的，然后她挂断了电话。其实她不想让 Allen 失望，事实上现在她并不想去医院，去了有什么用呢？假如 Edison 真的想她，他一定会自己打电话来的。否则她一个人傻乎乎地看着他，而他并不想理她，那有什么意思呢！她叹了一口气。她不想尴尬地面对他，尤其是他和 Maggie。她总感觉 Maggie 好像并未放手的样子。

Maggie 下午来到医院，她本以为 Edison 会像之前那样和她有说有笑。然而她发现她错了。Edison 没有主动和她说话，她有点生气。即使她了解 Edison 把她当成妹妹，她也不想被他冷落。

Allen 看到 Maggie 在场，姑母也在场，他只好招呼大家吃水果，先把信的事情搁置起来，等有机会再给 Edison。

Edison 的母亲对自己的儿子说："妈已经吩咐李嫂全面打扫你的房间了。"

"妈，那我的书籍呢？"

"你放心，妈吩咐李嫂把你所有的东西放置回原位，而且尽量按照你的喜好去摆放。"

这时的 Edison 微微笑了一下："谢谢妈！"

"等你出院了，回家住。不要一个人住了，住家里人多热闹。"

"可我还是想一个人住嘛！"

"听话，这回要听妈妈的，你一个人吃饭怎么办？回家你还要静养一段时间，要好好调理身体哦！"Edison 的母亲关切地说。

"对，姑妈说得对，先回家住上一段日子，无聊的话，哥陪你，反正过年我也没什么事。你想去哪儿我带你去，好不好？"Allen 说。

Edison 想了一会儿，他觉得他们说得也有道理，把自己的身体调养好最重要，要不然她将来怎么办？他还是不自觉地想到了她。也想到了曾经和她一起做饭的美好时光，那个时候也是冬天。他看着盘子里盛放着的樱桃，心里好想哭，为什么他一说不认得她，她就不出现了？都到下午了，为啥她还不出现呢？他的胸口一阵疼痛，他很快捂住了自己的胸口。

"孩子，你怎么了？" Edison 的母亲吓得不轻，赶忙喊来了医生。

医生给 Edison 做了检查："没什么大碍，康复期间情绪要保持稳定，不要激动，也不要过于忧伤，这样对身体不好，任何时候，都要想一想那些开心和美好的事。"

"谢谢你，医生！" Allen 说。

Edison 的母亲终于放心了，她给儿子倒了杯温开水。"妈都依你，都依你！"

她害怕自己的儿子再出什么意外，哪怕Edison现在提出无理的要求，她也会答应的。她害怕再次失去儿子，她年岁大了，不想自己的儿子再有什么事，那样她真的承受不了的。

这时的 Edison 看到母亲慌乱的神情，忙贴心地安慰道："妈，你别担心，我已经恢复健康了，胸口疼也不是什么大事。您别自己吓自己嘛！"

"乖儿子，妈就知道你吉人自有天相！"

"Edison 哥这么善良，一定会没事的！" Maggie 说道。

在一旁的 Maggie 看到此时的情景，她其实内心也很担心，她也怕他再有什么意外，她突然觉得很心酸，觉得对不起他。如果说之前她也觉得对不起他，那么现在就多了内疚和惭愧，即使做不成恋人，她也一直当他是亲人，当看到他那么难过的样子，她心里也很难受，觉得以前的自己是王八蛋，难道这次来还想夺走他的幸福吗？他好不容易在茫茫人海中又和初恋相遇了，自己为什么要吃醋、难受。Edison 哥本就不属于她，他自始至终喜欢的都是那个清秀的女子。这一刻，她落泪了，她释怀了，她知道他是属于陈青的，即使现在他不认得陈青，终将有一天他还是属于陈青的。而她也要去寻找属于她自己的幸福了，那个一直等着她、容忍她的帅男人。

她决定等他康复出院后，把以前的事情原原本本地告诉他，即便他会看不起她，否则她的心里会永远难受，像是做了一件天大的亏心事似的得不到解脱。其实，这次 Maggie 回国，她本就是想告诉 Edison 一些事情，只是她真的没有想到他竟然又一次惨遭车祸，而罪魁祸首又是那名女子，她内心里也是气愤的，加上一点不甘心。可是这能怎么办呢？也许这就是命运吧！既然他心里装的都是陈青，她又何必勉强呢！也许在自己的心里，她对他更多的是一种亲情的依赖和被宠溺的感觉，她明白，他曾经也对自己很好，可是曾经的自己也伤害过那时失忆的他。她明白他不会计较，因为她不在他的心灵最深处。他真的是个很好的人，当她想再次拥有时，她明白她的想法实在是太幼稚了。女人也许就是这样的，当拥有时，总挑他的刺，当失去时，却又后悔。当他和别人在一起时又萌生嫉妒之心，当看到他软弱时，却又以为爱情重新浮现了，其实，那只不过是一场幻影。

她明白，她的内心已经彻底告别了他，当她向他提出分手之际，当她把失忆的他一个人抛在了陌生的环境中，如果她爱他，又怎么舍得在他艰难的时候，让他陷入孤立无援的境地，即使那时的自己还不成熟。现在的她有多责怪以前的自己，而 Edison 哥还是和从前一样，因为那个女孩在他身边，她想只要那位女孩理他，他很快就会生龙活虎的，她相信，他们也总会回到最初的日子。

时光真的是一把双刃剑，它可以让人成长，也可以让人遗憾当初的选择。假如当初她没有提出分手，那么现在她和 Edison 哥会怎样？

Maggie 坚信，就算在一起，他的内心深处爱的也不是她，他仍期待和那位女孩的再次相遇。

要怪也只能怪自己也是有精神洁癖的人。就像现在的自己突然也想靠在他的肩膀上大哭一场，为自己的曾经，为自己的年少无知，也为她的亲人 Edison 哥。

待 Maggie 走后，Edison 和 Allen 并坐在沙发上。Allen 见 Edison 心情不错，他打算将陈青早已知道他是蒋明羽的事告诉 Edison。

"她知道你是蒋明羽。"Allen 对 Edison 说。

"什么？她知道了？"Edison 觉得很惊讶。

"是的，Maggie 回国时联系不到你，就到你的办公室去找你，她认出了那位女孩就是你的大学恋人。"Allen 说。

"噢，怪不得那天她的眼神怪怪的，原来她早就知道了我是谁。"

那天她看他的眼神明显充满着期待，他知道，只有曾经的她才会用这样的眼神来看他。她现在一定失望极了，他想。

"你还记得以前的 Bill 吗？"Allen 想找些轻松的话题让气氛不再那么严肃，也不想让 Edison 的思绪过于混乱。

"当然啦，文艺腔很浓的 Bill，他现在怎么样啦？"Edison 问。

"他住的地方离这儿不远，还在玩乐队，和以前没什么两样，就是成熟了些，略微沧桑了些，哈哈。据说还常去你的母校演出。"

"我们都老了呗。"Edison 感慨道，"我在澳洲五年，原来我们都不再年轻了。"

"你想念她吗？"Allen 问。

"哥，你别提她。她都不来看我，她一定对我有怨恨。"Edison 无奈地说。

　　"这里有封信，你拿去看看吧！"Allen 从口袋里掏出一个黄色牛皮纸信封，递给了 Edison，他神色凝固，似乎还有别的话要说，只是嘴巴张了张，却又未说出口。

　　"谁的信？"Edison 问。

　　"你看了应该就会知道的。"Allen 轻轻地说。

　　Edison 打开信封，拿出里面粉红色的信纸，这个笔迹他很熟悉，熟悉到忘掉自己也忘不掉它。他看了信的内容，即一首诗，边看边哭了。他恨自己，他只能恨自己，他只觉得眼前一片昏暗，靠在了 Allen 身上。信纸飘落在了地上。

第二十四章 ／ 幸 福

　　陈青下了班，直奔家里，她没打算去医院看 Edison，她知道现在医院里一定有很多人，她去了也只有惹人讨厌和尴尬的份。回到家，母亲已烧好热气腾腾的饭菜。她脱下外套，去洗了手。

　　她看着满桌子的饭菜，突然眼睛就湿润了，脑海里想的是：他吃了吗？他的心里是否还在惦记着她？

　　"你怎么了？"

　　"哦，太烫了。"陈青掩饰着自己思念的心。

　　"想去就去吧！"母亲轻描淡写地说。

　　"我才不去呢！"

　　"你呀，嘴硬。"母亲笑着说，"妈是让你多去关心一下人家嘛。吃了饭，你把妈妈熬的鸡汤带过去给他，给人家留一个好印象嘛！你这么倔强，他又不记得你，难道你们俩就这么僵着吗？总得多主动点才是呀！"陈青的母亲说得不无道理。

　　"哇，妈，原来你挺懂的啊，早知道我应该什么都找你商量呀！"

　　"不行啦，你们年轻人嫌我们啰唆呢！"

　　"不会啦，妈！"陈青说，"可是？"

　　"可是什么？"

　　"可是人家不认识我了，我多尴尬，也不知道该说什么，在医院里，话又不好乱说。"

　　"有什么好难为情的，他是你的男朋友，生病了，你照顾他是应该的呀，你别把他不认得你的事放在心上，你就当作他认得你，该干吗干吗，说不定他很快就能想起你的存在。"

　　"哦，这样，让我好好想一想！"陈青还是觉得一头雾水。

　　吃过晚饭后，困乏的倦意袭来，加之烦恼，陈青只觉得头痛，她一头钻进了被窝里，打算隔离掉外界的纷纷扰扰。然而刚躺下去没多久，她就睡不好了，翻来覆去，只好起来打开了床头灯。冬天的夜晚，安静得可怕，只听得到抽屉里的怀表发出的嘀嗒嘀嗒的声音。她想起那时他的笑容，他对她的关心，他深情凝望她的眼神，她的泪水止不住地流淌了下来，滴到了枕巾上。她拿来纸巾，想忍住不哭，可是思念的泪水却怎么也止不住，一泻而下，他的身影、他的笑容、他的眼神全都清晰地出现在她的面前。好一会儿，她才知道这是幻影，她的脑海里全是他过去的样子。她在被子里啜泣着，她很想他，真的很想他，哪怕他不记得她，她也要去看他，要不然，这一夜她准是睡不好了，如同曾经思念他的日日夜夜。她打定主意稍晚就去医院看他，哪怕悄悄地、偷偷地去看他一眼也好。她不禁为自己的想法感到可笑，明明是他的女友，为何要偷偷摸摸地去看他。这时她又有点埋怨他：难道你就真的一点也想不起我吗？难道多年的深情守候，你一点也不知道吗？虽然她怨他，可她知道他的内心一定有她，表哥不是说了他在喊她的名字吗？为什么自己要不相信自己呢？也许他在等着自己去呼唤他呢！想到这儿，她才停止了哭泣，拿起怀表放在胸口。她从温暖的被窝中起来了，穿上外套，把怀表放在外套的口袋中，拿起包从屋里走了出来。她的母亲看到了颇感意外，她以为她真的累了睡觉去了："你这是上哪儿去呀？"

"妈，我……"陈青的脸略微红了，她不好意思地低下了头。

其实她的母亲早已看出她的心思，她的眼眶红红的，她肯定是刚才哭过了。她母亲从厨房里拿出鸡汤，装进保温盒中，并把它放在陈青的手中，并帮她把帽子戴上，嘱咐她："要好好和他说话，要温柔点，知道嘛！别让他难过。"陈青嗯了一声，对于母亲的理解她很欣慰，在转身关门后的瞬间，她的泪又悄然而至。

到达医院后，陈青徘徊了一阵子，她怕会不小心撞上 Edison 的母亲，也许是怕自己不知所措、无所适从吧！想了一会儿，她深吸了一口气，然后上了电梯。走在走廊上，她在思考着如何和 Edison 讲话，她发现此时的自己是紧张的，大脑一片空白，她既希望他刚好醒着，又希望他正在睡着，这样就可以悄悄地看望他，可她又想看到他的表情，看到他对自己突然出现的反应。她透过玻璃看到他的表哥正在和他聊天，她很想推门进去，然而她一直在门边看着他，提着盛满鸡汤的保温盒。她又陷入了不自信的状态：他会赶她走吗？他是不是恨她？因为两次车祸都是她造成的，如果不是她，她的明羽哥怎么会变成现在这样。一想到这儿，她真的很想落荒而逃，她觉得无地自容，他不记得她是理所当然的，是自己害他变成这样，她还有什么资格奢望他想起她。可她又好想看到他的脸，看到他的眼睛，她不忍心就这样走掉，自己怎么可以这样不负责任地走掉。她的心底另一个声音突然想起：因为你，他才会变成这样，难道你不该认真地负责吗？难道你不该好好照顾他吗？为什么要逃避，也许他此刻最需要的就是你！

　　陈青蹲在门边，被正在开门的 Allen 看到了，他一惊，想不到这么晚了她还会来。陈青没有发现他，直到他拿起她手里的保温盒，她才反应过来。

　　"进去吧，外面太冷了。" Allen 温和而又心疼地说。

　　"哦。" 陈青这才走了进来。她忐忑不安地往病床上看去。

　　"他刚睡下。" Allen 说。

　　Allen 给坐在沙发上的陈青倒了一杯温开水。陈青的手冻得有些发青，她双手捧着水杯，却不停地颤抖。"难为你了！" Allen 说。

　　陈青尴尬地笑了笑："我来看看他好点没。"

　　"你还是挂念他吧！" Allen 抬头看着她说。

　　"我，我……" 陈青支支吾吾的，想要掩饰自己对 Edison 的想念。

　　"想他就来呗，他是你的男朋友，有什么不好意思的呢！" Allen 说这话的时候陈青脸红了。"我还怕你不来呢！" Allen 笑着说。

　　"表哥，我想好了，我不会逃避了，我不能一遇到困难就逃走，我要照顾他，不管他认不认得我。我再也不想错过他了，我也不会让他再次遭遇意外了。"

　　"真的吗？" Allen 惊讶陈青的态度。他以为她会失望到不想看见 Edison。

　　"嗯，都是因为我，他才发生了意外，我不是觉得亏欠，而是我真的爱他。我想要时刻守在他的身边，我知道他一定需要我。我要唤醒他，因为我明白他的心意，我了解他过去的痛楚。我要守护着他！"

　　说到这里，陈青早已泪流满面。"过去的岁月里，在他需要我的日子里，我不在他的身边，他多么孤独，我知道他一定是熬过了很多难以言说的日子。我了解他一定是在等待着我去找他，他一定是承受了很多痛苦，直到他再次回来，我又遇见了他，然而我也没有给他好脸色，我以为他是别人。我想那时的他也一定很绝望、很失落，而我却总是伤害他，对他若即若离的，我如果用心一点，就会早点发现他就是明羽哥，所以都是我的错，都是我才害他变成现在的样子，所以他有一千个理由、一万个理由拒绝在内心想起我的存在，我都不怪他，我绝不怪他。在他需要我的日子里，我没办法出现，现在，我不会再离开他了，决不。"

Allen 欣喜 Edison 的选择，他知道不管将来如何，这个女孩都不会轻易放弃 Edison。

"其实他昨夜又在喊你的名字！我想他的心里只有你！"

"我知道的。"

"我把他交给你喽，哥哥回家去睡个好觉了。"Allen 一脸轻松地说。

待 Allen 走后，陈青仔细地望着 Edison，她好想摸一摸他的脸，可他正睡得香，她怕会惊醒他。看着他的这一刻，陈青终于不用提心吊胆了，她感到了安心，就像回到了五年前的旧时光，她微微地笑了。他睡着的时候还是像以前一样，像个小孩似的，她多么希望他能轻轻地唤她的名字，就像从前一样，那样温柔，那样深情。他的脸不像五年前那样阳光，现在多了一份沧桑与成熟。她知道，因为她，他伤心费神，因为她，他耗尽他的热情、他的耐心。一想到这，她好想哭，她心疼他，为什么他对她的好，竟然没让她发现他就是明羽哥，自己该是多么粗心大意和不用心。她责怪自己，难道每次他深情凝望自己的时候，自己就没有发现吗？她现在终于明白了，他与她是心有灵犀的，他们之间早就心意相通了，尽管她没能认出他来，他也没有认出她。可其实，他的心早就认出它的主人了。所以每次他头痛，只要她安慰他、抱着他，他就不会再痛，好像他的心灵找到了安定的港湾，他的大脑记忆瞬间有了归处。因为她是他的止痛药。

"我会做你一辈子的止痛药的！"她在内心里对他说。

夜深人静了，她有些困了，就在椅子上睡着了，后来实在吃不消，她竟然把头趴在他的床沿边呼呼地睡着了。

半夜，他起来去洗手间。睁开眼，起初，他吓了一大跳，而后很快意识到是她，他怕惊醒她，小心地从另一侧下来走到了洗手间。他用热水洗了一把脸，漱了口水，喝了一杯热水，然后从柜子里拿出毛毯，小心地披在她的肩上。她正睡得沉，偶尔的呼吸声让他有种想偷笑的感觉，像极了大学时候的她。看来，她还是没有多大改变，他想。

他又轻轻地回到了床上，躺了下来。兴许是刚刚喝了热水的缘故，他竟然一时半会儿睡不着，他只好又起来了，靠在床背上。听着她的呼吸声，她一定是累坏了，他想。看着眼前的她，他突然有种想哭的念头，眼睛慢慢地湿润了。他温柔地抚摸了她的发丝，又怕把她吵醒。"傻瓜，你为什么半夜才来，是以为我睡着了看不见吗？难道在你眼里，我真的有那么凶吗？说不认识就不认识吗？我的大脑记忆力有那么脆弱吗？难道你以为我是那种没有良心的人吗？你明知道我心里是记挂着你的。难道叫你面对我，有那么难吗？为什么还给我写诗，在你心里，我真的这么值得你付出吗？你为了五年前的我，而不要之前对你百依百顺的我。那时候的你，该有多么痛苦，多么纠结，为什么你从不跟我说，难道在你眼里，我有那么可怕吗？为什么心里话不告诉我，你该有多么寂寞和孤独啊！"

"这些年，你过得好吗？是否一直在找我？很辛苦吧！是不是很累，很委屈，很无助？对不起，在你需要我的时候，我不在你身边，让你吃了这么多苦头。那时，我在海的另一边，我也很苦闷，我失去了大学的记忆，我一个人在澳洲过着孤单的日子，我隐约中感觉到有人在呼唤我，所以我毕业了就回国了。现在我终于明白，那是你的心在找寻着我，让我沿着你在的方向靠近，让我再次遇见你！对不起，又让你受了很多委屈，当你徘徊在过去的明羽和后来的 Edison 中一定很痛苦吧，是不是很为难，想说却又没有勇气说，想大声地呼喊却感到无路可走的绝望。我让你这么难过，你是怎么坚持下来的？你瘦了，比大学的时候瘦多了，我知道你一定是因为我，是我让你如此伤神，让你伤心绝望，我怎么丢下你一个人就去留学了呢？你在心里埋怨过我吗？怨恨过我吗？是我给你带来那么多的痛苦与失望，请你原谅我吧！我发誓我一定会对你好的，让我补偿你吧，我的青儿！你一直在我的心灵深处，即使当我失去记忆的时候，你也一直在我内心的某个角落里安静地沉睡着，直到我去唤醒你！"

　　Edison 的内心告白，让他自己泪流满面，他情不自禁地哭了。他把头转向了一侧，他怕陈青万一醒来看见他这个样子。等到情绪稍微平稳些的时候，他抚摸着她的长发，就像从前一样。此刻，他很想拥她入怀，这个等了他多年的女孩，他很想告诉她，他很爱她，他也一直在等她，等她的出现，等她的微笑。他想把世间所有的温暖都给她，他想买一颗很大的钻石送给她，上面印着他俩的名字，并且此生不渝。他曾说的毕业后就娶她，他不久会实现他的诺言的，他在心里对她说。

　　陈青睡了很久，终于感觉到手臂很酸。她打了个哈欠，揉了揉眼睛，发现有人在动她的头发，她马上条件反射一般睁开了双眼，发现此刻的 Edison 正在看着她，她想也没想地说："你干吗要动我的头发？"

　　"那我不动好喽！"他坐直了身子，靠在床背上，眼神坏坏地看着她，然后他看她噘着嘴巴，说："那你干吗在这儿待着呢？我又不认识你。"Edison 马上为自己说出的话感到后悔，然而说出去的话像泼出去的水，无法回收。

这时的陈青正郁闷着，听他这么一说，马上生气地回他："你不认识我？那我走好了。"她把肩上的毛毯往床上一扔，径直走开了。

然而等她走到门边的时候，她听到他小声地啜泣着。她停了一下，其实她的内心在滴血，她怎么舍得走掉，她怕万一她走掉，转身也许就是一辈子。她怎么会舍得，可是他刚才都这么说了，难道自己不要自尊吗？为了他，自己已经变成这样不知羞耻的人了，难道还要继续待在这儿吗？

"喂，同学，把英文翻译借我抄一下。"

"什么？"她小声地问。

"把英文翻译借我抄一下。"他大声地说，他几乎是从床上跳下来的。他怕她真的离开了，他会后悔莫及，他不愿失去她。

"流氓，伪君子！"她把拳头打在了正走到她面前的 Edison 肩上。

"哎呀，好痛！"他故意捂住了自己的胸口喊疼。

"你，怎么了？"她的声音变得与过去一样温柔。

"好痛！"他偷偷地望着她的脸庞。

"好点了吗？"她揉了揉他的胸口，"还疼吗？"

"嗯，不疼了！"他一把搂住了她，将她搂得紧紧的。

"你，你放开我！"陈青还是有些抗拒，也有些意外，她一时还没反应过来。

"我不放！"Edison 坚决地说。

"你放不放？"

"我爱你，傻瓜！"他轻轻地抚摸着她的头说。

"我讨厌你，讨厌你！"她趴在他的肩上哭了。

"不许离开我哦！"他霸道地说。

"我再也不离开你了，明羽哥！"她依偎在他身边。

两人和好如初，心与心紧紧地靠在了一起。

寒冬时节，一弯明月仍照耀着大地，护佑着人们安静地休息。星辰皓月，银河系探出一颗小星星，祝福他与她的相聚。星星无数次看到她的流泪，看到她的孤单，也看到她的落寞；同时也看到他一个人在海外的孤寂，他思念着她，然而他的大脑却想不起她。终于在这一夜，他们找到了归宿，那是他们等候了无数个日日夜夜而换来的，因为她的执念，也因为他的难以忘怀。她曾经以为无人知晓她对他的想念和盼望，然而星星知道，在这一刻，她得到了祝福，幸福终于来临了！

尾声

　　中午时分，Maggie 前来看望 Edison，她发现陈青正在帮他收拾床铺，而他看她的眼神早已不同于那天。Maggie 明白，他对她始终是深情的，这一点她怎么会不知晓，他当年可从来没用这样的眼神看过她。所以，在那一刹那，她有些不好意思。陈青给她倒了杯水，她看出 Maggie 应该有话要跟 Edison 说。"我去楼下超市买点东西。"陈青对 Edison 说。

　　"好！" Edison 舍不得她走，拉了拉她的手，而陈青调皮地朝他眨了眨眼，然后挣脱了他。

　　Maggie 看到这样的情景，内心里对自己说："果真是天造地设的一对，他的眼睛始终离不开她的身影。"

　　"明羽哥！" Maggie 突然这么叫他。两人聊起了过去的一些事情。

　　"谢谢你，把那张照片给她看。" Edison 真诚地说。

　　"明羽哥，你都知道了？"

　　"她昨晚都跟我说了，真的要谢谢你！否则她都不知道我是以前的蒋明羽。"

"明羽哥，以前的事你不责怪我吗？"Maggie惭愧地说。

Edison想了会儿说："这怎么能怪你呢！那时候大家都年轻，不懂事，你和我在一起的日子我也并没有好好地照顾你，自己心不在焉的。"

"那是因为你在思念着她。而我们却硬生生地剥夺了你记起她的权利。要是当时我们把照片给你，你就不会那么痛苦，也许你和她早就相认了。明羽哥，对不起。我一直藏着那张照片，却没办法在当时鼓足勇气去告诉你真相。"

"Maggie，你不要自责，我没有怪过任何人，我想也许这一切都是天意吧！不管经历多少困难，现在我和她都已经重逢了，这是老天爷的安排吧！"

"明羽哥，你真的没有怪过我吗？在你最需要的时候又离开了你！"

"不要难过，在我心底里，你永远是我的好妹妹。小时候是，现在也一样是。"

Maggie的眼眶湿润了，其实她离开他也是因为她了解到了她与他其实只有亲情，但是在当时，她却没办法这样残忍地告诉他，只能悄无声息地离开，其实当时的她也很痛苦。

他看着她难过的样子，拍了拍她的肩膀："男朋友对你怎么样？"

"他对我很好啊！"

"哥哥希望你幸福哦！"Edison在内心衷心地祝福她。

"明羽哥，我们都会幸福的。"

两天后，Edison出院了。他的母亲给他送了一份大礼，让他吃惊不已。蓓蓓打电话给陈青恭喜她成为老板娘，陈青感到莫名其妙，后来才知道原来他的母亲那么心疼自己的儿子。她为Edison感到开心，他终于可以做自己了。

　　陈青去他家，他硬是不让她离开："你是怕我母亲看到吗？"

　　"才不是呢！"她羞涩地答道。

　　"那是什么？"他感到迷惑。

　　"你自己猜呗！"她故意坏坏地说。

　　她的神情弄得他很糊涂。

　　"我妈催我回家了！"她说。

　　"嗯，我不要你走嘛，陪陪我！"他向她撒娇道。

　　"很晚啦，我要回家啦！"她说。

　　"哎呀，我的头好痛好痛。"他抱着自己的头作一脸的痛苦状。

　　"你怎么了？"她忙转过身来看他，并且走到他的身旁。

　　他顺势抱住了她，给她带上了之前给她戴过的项链。她顿时呆住了，任由他耐心地将它戴上。他深情款款地看着她："我不许你逃走，今生今世你都是我的！"说完，他温柔而又霸道地吻了她，她靠在了他的肩膀上。

　　年前的最后一天，他和她手牵着手走在校园的林荫小道上。一道斜阳照射着树梢，映衬在他们的身上，虽然那时的青春已过，但是因为他们走过了青春，走过了困惑，走过了彷徨，最终走到了一起。原来执念是可以产生力量的，而且是一种坚定的爱情信仰。

　　在校园的草坪上，他和她聊着过往的青春岁月。她的欢声笑语如同五年前一样，没有改变。他的笑容也亦如此，阳光明媚的少年又出现在了眼前。"你的那首诗写得真美，我居然未发现你还能写诗！"他诧异之余也是赞叹不已。

　　"还不是被你给逼的，没想到远在天边，近在眼前！"她感叹道。

"谢谢你！"他们同时望向天边。

"假如有一天，我又失忆了呢？"他问她。

"我还是会找到你。"她坚定地说。

"不，我们会找到彼此！"他凝望着她说。

她深情回应。

他单膝跪下，紧张地拿着戒指，她一下子没反应过来，心里也是紧张得要命。他温柔地说："嫁给我吧！陪我看细水长流！"她的脸通红却不知如何反应，心里一阵心酸，这是她等待了多久、期待了多久、盼望了多久的幸福，然而当它来临时，她竟然有点不知所措，看着他紧张的样子、心慌的样子，她心里很疼。

"我再也不会让你找不到我了，青儿！原谅我这几年的离开，悄无声息地逃避，好吗？我爱你，我一直爱着你！在心里忘不了你的存在，你是我永远的归宿！请你嫁给我吧！我想好好地照顾你，不让你流眼泪，不让你难过，不让你伤心。我会像以前一样煮饭给你吃。"

陈青听了这些话，眼泪情不自禁地流下了。她终于等到了这一天。

大冬天，他的额头却直冒汗。"你愿意吗？"他问她。

她看见他的膝盖快撑不住了，又差点笑出了声："你还有什么话要说呢？"

"我，我……"他因为紧张而大脑空白，该讲的都讲过了，他一时之间竟然想不起来还要讲什么，他的心里急得差点要哭了。

她转过身不看他，心里想：让你尝尝看不见我的滋味，你知道那些日日夜夜我都是怎么过的吗？然而当她转过头来的时候，却发现他竟然跪在那儿哭了，她心痛不已。"有没有搞错，这么脆弱。哎，怎么比五年前还脆弱。"

　　"Yes, I do! 大傻瓜。"她大声地回应，然后把手伸了过去，"给我戴上吧！"

　　他笑泪交织，立刻反应了过来，给她戴上。"哈哈！"他简直欢天喜地，紧紧地抱住了她，"你终于嫁给我咯！"

　　相遇自有天意，重逢也必有安排。陈青终于走出了迷雾，和她的心上人幸福地生活在一起。只要坚持，老天爷总会给你一份意想不到的惊喜！